NICHTS
IST VERGESSEN

JOHANNES GÖNNER

NICHTS IST VERGESSEN

EIN PFARR-KRIMI

styria krimi

1

Franziska
Donnerstag, 12. August

„Na, hab ich dir zu viel versprochen?"
„Was, da sind wir schon?! Glaub mir, ein paar Stufen mehr hätte ich schon noch geschafft!"
Habe ich ihn zuvor in seiner Ehre getroffen? Für sein … für *unser* Alter ist Kostas sogar sehr sportlich.
„Nein, das ist ja wirklich … Was ist denn *das* da?"
„Wo? Ach so, das ist die Müllverbrennung. Schaut nicht so aus. Hat ein verstorbener Künstler verziert, Hundertwasser hieß er. Eine originelle Gestalt. Wollte alles Eckige rund machen – und alles Graue zu Gold."
„Bleibt das so? Oder kommt das auch wieder weg?"
„Nein, das ist schon viele Jahre so! Schau, das ist der einzige Ort, von dem man unserem Pfarrer ins Zimmer sehen kann, zumindest auf den Balkon."
Wir gehen langsam die sechzehn Fenster des Dachreiters entlang, öffnen einzelne, sodass sogar heute angenehm kühler Wind durchstreicht. Der Blick führt weit über Wien, von den Hügeln des Wienerwaldes bis in die Ebene. Inzwischen machen auch bei uns die Hochhäuser den Kirchtürmen Konkurrenz. Zuletzt zeige ich Kostas noch unsere Türme: Die Ebene der Glocke, wir haben ja nur eine einzige, versteckt hinter einer großen Holzjalousie, und gleich darüber die Aussichtsfenster, aus denen aber nie jemand hinaussieht. Moment mal: Eines der Fenster steht weit offen. Haben sie das vergessen? Eine Windböe und das Ding kracht uns noch in die Tiefe! Während Kostas noch weiter in die Ferne blickt, schließe ich die übrigen Fenster wieder.

Auf einmal … Was ist das?
„O Theé mou!“
„Was ist denn los?“
„Was … Franziska, Franziska, das ist ja … Da ist einer hinuntergestürzt!“
Ich habe den Schrei auch gehört, kann aber nichts sehen.
„Was ist denn passiert?“
„Er ist sicher tot! Er ist hinuntergestürzt! Voithíste mas Theé mou!“
„Wer? Wo denn?“
„Da, wahrscheinlich durch das offene Fenster, ich hab ihn nur fallen gesehen, nicht genau, weiter unten – und er hat so geschrien!“
„Komm, wir müssen runter, vielleicht …“
Wir stürzen zur Wendeltreppe, ich voraus, quer durch den Dachstuhl. Wollen die lang gezogene Innentreppe hinunter … Da rennt einer vor uns … Plötzlich ist er weg …
„Hast du den gesehen?“
„Nein, wen denn?“
Aber Kostas war auch noch weiter oben. Unten ist jedenfalls keiner. Wir stolpern weiter, erreichen durch die Lourdesgrotte das Freie, vorbei an einem, der aussieht, als wolle er gerade mit Tixoband Münzen aus dem Opferstock fischen, und schnell das Weite sucht. Erst später wird mir bewusst, dass ich die Tür noch zugesperrt habe – eine Kurzschlussreaktion.
Ins Freie. Aber da ist keiner. Keiner auf der Flucht und kein … Toter. Dafür sind einige Leute zusammengelaufen, schauen gebannt nach oben.
„Was ist geschehen?“, frage ich den Erstbesten.
„Ich weiß nicht, aber da hängt einer, da … da oben!“
Wirklich: Auf den obersten Planken des Gerüstes liegt ein Mann, wahrscheinlich ein Mann. Nein, der liegt nicht, er hängt regelrecht in einem der Schutznetze, die verhindern sollen, dass etwas herunterfällt auf die Straße … dass *einer* herunterfällt.

2

Stefan
Samstag, 1. Mai

Ein Glockenschlag! Jetzt? Aber … trotz der Kopfhörer hab ich's genau gehört. Ich reiße mich los von Schubert – und höre noch deutlich den Nachhall. Genau genommen war das kein richtiger Schlag, aber sie hallt nach, unsere einzige Glocke! Nicht zu überhören von meinem Balkon aus – genau gegenüber ragen sie auf, unsere beiden mächtigen Türme.

Achtzehn Uhr siebenundvierzig … Warum jetzt, während der Maiandacht, der ersten heuer? Endlich einmal ein 1. Mai, an dem ich frei habe. Es gibt doch nur zwei Feiertage für Pfarrer das ganze Jahr über. Den 1. Mai und den Nationalfeiertag. Alle anderen sind kirchlich! Aber damit unsereiner nicht wirklich feiern kann, gibt's Maiandachten, eh klar! Nur heuer bin ich ausgekommen. Wir haben einen Diakon als Praktikanten, der heißt Eberhard und feiert am liebsten mit viel Orgel und noch mehr Weihrauch. Die Orgel kann man leise herüberhören. Noch dazu der erste wirklich warme Tag, das muss man doch nützen! Ist ohnehin schon wieder ein Wetterumschwung angesagt.

Aber jetzt dieser seltsame Glockenschlag, der mich wieder davon abhält, in Ruhe weiterzulesen. Da muss jemand im Turm sein …

„Arnold, dieser Wahnsinnige!"

Ich fahre hoch, lasse mein Buch fallen, erwische irgendwelche Schuhe, stolpere die fünf Stockwerke hinunter, weil der Lift wieder einmal irgendwo blockiert ist, und bin auch schon um die Ecke. Dort renne ich fast unseren Mesner um, der gerade am Schaukasten hantiert, sehr gut … Ja, die Schlüssel … Er hat den großen Schlüsselbund in der Hand.

„Schnell, komm mit, komm schon, Franz, jetzt macht der Kerl wirklich ernst, ja natürlich mit den Schlüsseln, hinauf in den Turm, ja, ganz hinauf!"
Dreimal im weiten Kreis und dann ist Endstation, zugesperrt ... Der hat mich wieder ausgetrickst!
„Kein Problem! Ich hab sie ja *alle* mit!", meint Franz und zieht triumphierend den richtigen, sicher den richtigen, er hat die Kirche im Griff, seit vielen Jahren ... „Steckt!"
„Wir müssen aber, sonst ... sonst geschieht ein Unglück ... Hilf mir, wir müssen sie eintreten!"
„Eintreten, eine Eisentür?"
Er hat recht.
„Wir versuchen's im anderen Turm!"
Worauf ich ihn fragend anschaue.
„Ja, drüben, wir können über die Emporen ausweichen!"
Er hat schon wieder recht! Wir stolpern über die untere Empore hinüber, vorbei an allerlei staubigen Gerätschaften, liturgischen Reformen zum Opfer gefallen – oder auch schlicht dem Holzwurm –, abgestellt und vergessen seit Jahrzehnten, im anderen Turm weiter hinauf und über die Orgelempore wieder zurück.
„Genial, Franz!"
„Ein Bypass", lacht er vielsagend und deutet auf seine vor zwei Jahren operierte Brust. Erfolgreich operiert zum Glück! Die nächste Tür ist unversperrt. Jetzt ist der Weg nach oben frei. Franz weicht zurück, er weiß, was jetzt folgt.
Ich reiße sie auf – und zucke ebenfalls zurück: „Das ist ja furchtbar, dieser Gestank!"
Hier liegt nicht nur ein Jahrhundert Taubendreck, hier liegen auch die Tauben. Ich hole tief Luft und klettere die Holzstiege höher. So schmutzig sie ist, sie scheint nicht nachzugeben unter mir. Dann hält sie Franz locker aus, der kommt hustend nach. Der Glockenstuhl, der Raum mit den Holzjalousien, die ich schon so oft vom

Balkon aus gesehen habe. Wir tasten uns an ihnen entlang, hier kommt Licht herein und ein wenig frische Luft.
„Pass auf, das Ding gibt ja nach!"
Offensichtlich doch schon morsch! Ich trete schnell zurück. Wir hören von oben rumpelnde Geräusche, es ist also noch nichts passiert, schnell noch einmal höher. Franz hängt mich locker ab, sein Bypass arbeitet störungsfrei. Auch hier ist er nicht …
Schlimmer: Er ist schon draußen! Hier gibt es Fenster, gute alte Butzenscheiben. Zwei sind offen, der spürbare Luftzug erleichtert mir das Atmen. Draußen ist ein breites Sims, fast ein Balkon, den hat er mit einem Balken erweitert, festgezurrt mit Seilspannern. Der Balken! Mit dem also hat er die Glocke angeschlagen! Und etwas Buntes, Flatterndes hat er auch schon draußen …
„Arnold, hör auf damit, das ist Wahnsinn!"
„Komm runter, der Pfarrer hat recht!"
„Wie seid ihr da raufgekommen? Ich hab doch … Na klar, der Franz! Geht schnell runter, sonst verpasst ihr die Show! Los! Ich warte nicht mehr lange!"
„Mach Schluss damit, das überlebst du nicht! Das ist nicht hoch genug!"
„Alles berechnet, kein Problem!"
„Berechnet, berechnet! Verdammt, du bist doch noch nie gesprungen! Du hast überhaupt keine Erfahrung damit, Arnold!"
„Der Schirm ist schon offen! Der Veerfort hat's auch geschafft!"
„Welcher Veerfort? Die kommen gleich aus der Maiandacht raus, willst du unsere Treuesten erschlagen?"
„Jetzt doch noch nicht!" Er schaut kurz auf seine Uhr. „Der Eberhard braucht doch sicher eine Stunde dafür, keine Angst! Und ich lande auf der Kreuzung rechts vorne! Schaut mal: drei Kamerateams und ein gutes Dutzend Fotografen – Canisius wird weltberühmt!"
Es ist unmöglich, zu ihm vorzudringen. Und er scheint tatsächlich

kurz vor dem Absprung zu stehen. Alles, was wir tun können, hält ihn jetzt nicht mehr ab, gefährdet ihn vielleicht noch zusätzlich.
„Franz, renn runter und schau, dass wenigstens der Platz frei bleibt!"
Blitzartig ist unser Mesner weg, jetzt auf direktem Weg. Und ebenso rasch kommt für mich die Erleichterung. Weder Arnold noch ich haben das Kommen der dunkelgrauen Wolkenfront bemerkt. Erst als es grell aufblitzt und kurz danach der entsprechende Knall folgt, scheint er innezuhalten. Der Regenguss kommt gerade noch rechtzeitig, um den selbst ernannten Base-Jumper zur Einsicht zu bringen.
Das grellbunte Bündel segelt draußen vorbei. Die Windböen haben es ihm unmöglich gemacht, den Schirm durch das enge Fenster wieder hereinzuholen. Endlich steht er klatschnass neben mir. Verärgert: „Weg sind sie! Weg! Die krieg ich nie wieder her!"
„Wer ist weg?"
„Na, die Presse, das Fernsehen! Vielen Dank! Canisius bleibt ein Niemand, existiert gar nicht! Mann, das war unsere Chance! In die Weltnachrichten wären wir gekommen damit ... Bis nach China! Das war deine Chance, Canisius! Sinke zurück in deine alte Bedeutungslosigkeit ... Die werden die Pfarre auflösen – und keiner wird's bemerken! Und du bist mit schuld!"
Wütend stößt er mich zur Seite und stürzt die Stufen, immer gleich zwei auf einmal, hinunter. Es ist unmöglich, ihm zu folgen.

3

Gregor
Samstag, 15. Mai

Also gut: Unsterblich sind wir nicht, wir „Canisianer", aber das Begräbnis ist aufgeschoben – immerhin! Es bewegt sich was, ja, tatsächlich. Es wird Klartext geredet, und das im Pfarrgemeinderat! Der neu gewählte hat was drauf. Ich hab nie was gehabt gegen die einzelnen Figuren, aber so richtig was drauf … so richtig eine Ahnung schienen mir die ja nicht gerade zu haben. Aber so geclustert wie jetzt machen die echt was her. Was heißt *die*, ich bin ja neuerdings auch dabei. Sogar gewählt – und noch dazu als Jüngster!
Mal sehen, ob das anhält, oder ob's bloß Strohfeuer ist. Anfangs wäre ich ja glatt wieder abgefahren, wenn's nicht so weit heraußen im Weinviertel wäre. „Klausur" nennt sich das, klingt ein wenig nach strengem Kloster oder nach bundesdeutschen Prüfungen, beides nicht gerade … Kaum geht's los, schon wieder das alte Gelaber. Worüber? Na, ums Geld. Und natürlich um Geld, das wir *nicht* haben.
Gut, alles der Reihe nach, sonst kennt sich keiner aus. Also: Begonnen hat eigentlich unser „Häuptling" Stefan, der Pfarrer, ich sag's ja. Etwas feierlich hat er uns einen „Hirtenbrief" ausgeteilt, vom Kardinal an uns Schäflein. Danke, bäh! Seitenweise spirituelle Weisheiten, Kommentare zur Lage der Nation, nein, der Kirche Wiens. Ich hab's inzwischen gelesen, gar nicht so schlecht. Aber eben so, dass du seitenweise ungeduldig wirst: Und? Was kommt jetzt dabei raus? Was ist das dicke Ende?
Reform ist angesagt – und zuletzt wird klar, wo's langgehen soll: Wer kein Geld hat, wird aufgelöst. Wer sich langfristig nicht über Wasser halten kann, muss mit anderen zusammengehen, ja, mit

anderen Pfarren, *darum* geht's natürlich. Damit's ein wenig entspannter klingt, steht da natürlich: „Zusammenarbeit, Synergien nutzen, Stärken ausspielen und Schwerpunkte setzen …"
Mann, ich bin im sechsten Semester Betriebswirtschaft, mir könnt ihr nichts schönreden. Als ob man Familien, die sich keine Wohnung leisten können, auflösen oder zusammenlegen könnte! Na, die Synergien, die schau ich mir an – wenn die alle gleichzeitig aufs Klo müssen. O. k., steht alles nicht so deutlich da. Ist aber genau so gemeint, ist ja längst durchgesickert.
Ganz im Sinn des Kardinals kommt Stefan dann mit einer Bibelstelle, wie üblich, na gut. Apostelgeschichte, ein römisches Schiff mit Waren und Leuten aller Art will auf Biegen und Brechen noch vor den Winterstürmen, wo ja rein nautisch damals gar nichts ging, das einzig erstrebenswerte Ziel erreichen: Rom! Der Apostel Paulus ist als Gefangener mit an Bord und der einzig Vernünftige unter 276 Chaoten: „Warten wir doch lieber hier auf Kreta die gefährlichen Winterzeit mit ihren Unwettern ab, bevor wir nach Malta aufbrechen!" Aber das ist doch kein Leben! Ein Winter, ohne bei den Abschlachtereien im Zirkus dabei zu sein? Ohne den Kaiser zu sehen oder Barbarenhäuptlinge im Käfig beim Triumphzug? Verlorene Lebenszeit für kultivierte Römer! Niemals! Da gehen wir lieber unter! Und so kommt's denn auch vor Malta zum Schiffbruch. Alles müssen sie über Bord werfen, all die schönen, teuren Sachen, um ihre Haut zu retten. Immerhin: Keiner säuft ab! Klar hat dabei wieder Paulus seine Hand im Spiel, ist ein echter Hero!
Sie sind aufs Äußerste erstaunt, wie gut sie aufgenommen werden. Gab halt noch keine Rechtspopulistenpartei damals auf Malta, das waren noch Zeiten! Einen ganzen Winter lang Gastfreundschaft.
„Und was können wir daraus lernen?"
Ich muss unseren Häuptling in Schutz nehmen: So simpel gestrickt wie diese moralisierende Schlussfrage sind seine Predigten sonst nicht. Ist ja auch nicht von ihm, sondern … na, von oben halt.

„… dass es immer ein Fehler ist, Kreta zu früh wieder zu verlassen, wenn man schon einmal dort ist!“
Aber hallo! Der hat ja richtig Humor, dieser Eberhard, dieser seltsam verklemmte Klosterbruder. Kreta im Sommer und den Rest des Jahres Rotwein, wofür interessiert sich der eigentlich sonst noch? Fast ein Jahr ist er bei uns im Haus – und hat noch nie bei der Jugend vorbeigeschaut! Noch nie! Hat der Angst vor uns? Mann, Zölibat!
Stefan lacht mit, hat aber danach alle Hände voll zu tun, die Fäden der Story wieder in die Hand zu bekommen. Also, es geht darum, Ballast abzuwerfen: „back to the roots“, zurückschrauben, aufgeben, was nicht mehr zu halten ist, sich zu spezialisieren, Arbeitsteilung mit den Nachbarn einzuführen. Und wenn wir uns derart erleichtert haben, werden uns die Menschen wieder lieben und in ihre Herzen und Häuser aufnehmen. Amen! Wir haben's schon kapiert, Stefan.
„Sorry, hier ist nix für Jugendliche – musst nach Sankt Venerabilis gehen!“ – „Betteln können S' in Sankt Mirabilis, wir sind da nicht zuständig für!“ – „Zu uns kommen S', wenn S' siebzig sind, wir haben den spezialisierten, überregionalen Seniorenklub! Aber leben S' g'sund bis dahin! Sonst schaffen S' die drei Kilometer von zu Hause hierher nicht, gell!“
Keiner sagt was, klingt ja alles irgendwie logisch, aber …
Da muss ich mich einmischen, zum betreten Schauen sind wir doch nicht hergekommen: „Also nicht mit mir! Nicht mit uns! Wir haben gute Leute, wir haben gute Ideen, immer wieder zumindest! Wir pfeifen auf das ewig wackelige Budget und machen volle Kraft voraus! Dafür sind wir doch da, oder? Klar gibt's Leerläufe in Canisius und schrecklich langweilige Sachen, aber wir geben doch nicht klein bei, bloß weil diese ollen Pfeffersäcke damals vor Malta ihre Pfeffersäcke versenken mussten!“
Und? Die beschwichtigen mich nicht, die machen auch nicht auf

„hast ja recht, bist ja unser Paradejugendlicher, aber eigentlich …"
Nein. Die stimmen mir zu, richtig emotional, ich bin sogar sicher: ehrlich! Wir wollen und werden uns nicht aufgeben!
Nur, eh klar, unser Finanzminister – darauf wollte ich ja anfangs hinaus – kratzt sich dort, wo er seine letzten Haare vermutet: „Aber ihr wisst, die Latte liegt hoch, und … ist ja auch vernünftig: Jede Pfarrgemeinde muss sich langfristig selbst erhalten ... Kirchenaustritte … Von der Zentrale ist bald nichts mehr zu erwarten … Und wenn ich noch so viel herumrechne, das alles geht sich bei uns immer weniger aus. Man traut sich ja gar nicht genau hinzuschauen, was diese riesige Kirche alles bräuchte … Die Kabel bei der Orgel sind noch stoffumwickelt, die haben den Kaiser schon ‚sehr gefreut', was für die Feuerpolizei wohl nicht zutrifft … Muss alles in den nächsten zehn, zwanzig Jahren geschehen!"
Da wirft einer ein, weiß nicht mehr wer, dass es doch allen heute so gehe: „Niemand hat Geld! Die Parteien, die Gewerkschaft, die Krankenkassen, die Theater sowieso nie … Mitgliederschwund, einsparen, gesundschrumpfen. Nirgends ist Geld – wo ist das ganze Geld bloß hingekommen?"
Da halt ich's aber nicht mehr aus: „Soll ich euch sagen, wo das Geld ist? Soll ich …? Geht's bloß mal auf die Straße hinaus – nicht hier, bei uns im Neunten: Was da für Kübel rumstehen, einer nach dem anderen. Keiner hat Geld, jeder jammert, und am Freitagabend steigen sie dann alle in so ein Dreißig-, Vierzigtausend-Euro-Gefährt und ab ins Grüne. Den Rest der Woche steht's ja dann doch nur da, um den Parkplatz zu halten. Es *ist* genug Geld da! Wir müssen die Menschen nur begeistern und fordern. Wo was Sinnvolles läuft, kommt auch Geld herein! Wie ist das bei unserem Sozialmarkt? Da stehen sich doch zeitweise die Mitarbeiter im Weg und immer will noch wer mitmachen! Na, und vor drei Wochen, habt ihr den Haufen Lebensmittel noch vor Augen? Siebenhundert Kilo! Haben wir an *einem* Samstag mit der Jugendgruppe vor Supermärkten ge-

sammelt. Und wer hat uns besonders oft was gegeben: die *jungen* Leute ... und die ganz Alten, die schon mal Hunger erlebt haben! *Geht* doch! Wenn die Leute Begeisterung sehen, ziehen sie mit – viele zumindest!"

Ich hab mich ganz schön in was hineingeredet ... und dann bekomme ich sogar spontanen Applaus, na, schau mal einer an!

„Du hast völlig recht!", pflichtet mir jetzt sogar unser Häuptling bei: „Ich glaub ja auch nicht an diese ‚Glaubenskrise'. Dieses ewige Gejammer ist doch nur eine Ausrede für alle, die sich nichts einfallen lassen und in eiserner Treue das Alte wiederholen. Ich hab ja auch schon manchmal resigniert und gedacht, dass das alles einmal aufhören wird, einfach so, wie Wasser in einer Schale, das verdunstet – und weg ist's. Und dass wir alle noch einmal ersticken an unseren tollen Autos, an unserer ewigen Fitness und den immer neuen Handymodellen. Aber es ist nicht so!"

Und innerhalb weniger Minuten hatten wir zahlreiche Beispiele dafür zusammen, wie in einem Menschen etwas ganz Neues gewachsen ist, Glaube, Zuversicht, unerwartete Ermutigung, egal. Das kleine Mädchen, dem die Kindergartenfreundin jede Menge Bibelgeschichten erzählt hat – und das dann selbst getauft werden wollte, so überzeugt, so lange, bis auch die überraschten Eltern nachdenklich wurden und zustimmten. Oder der Flüchtling aus Afghanistan, der von Schleppern wochenlang in einem dreckigen ukrainischen Keller versteckt wurde. Und dem ein anderer erzählt hat, woran er glaubt. Und der hört zu, was soll er auch sonst tun, hört immer genauer hin, findet darin, was er immer schon gesucht hat, Frieden, wie er sagt, nach so viel Kampf, Gemeinheit und Krieg, kommt glücklich bei uns an – und vertraut sich uns an, will dazugehören, unbedingt, ja, getauft werden, natürlich. Und unsere Firmgruppe ist doch auch so ein Erlebnis, diese herrlich unkomplizierten Typen. Klar: Auf dem Plakat „Das möchte ich so gerne glauben" steht mehr als auf dem mit „Daran glaube ich" – ist doch ehrlich, oder?

Na sowieso: Katholisch sein ist uncool, ist out, ein absolutes No-Go! Klar, *vor* den Kulissen. Aber dahinter? Wir sind uns einig, wirklich einig, sogar mit Typen wie dem Eberhard: Wir werden so was von sicher nicht zusperren! Gerade jetzt nicht! Basta!
Und was konkret dabei herauskommt? Immerhin – ich meine außer der tollen Stimmung – ein Arbeitskreis: „Kreative Ideen zur finanziellen Absicherung der Pfarre Canisius". Na ja fast, zum Glück gelingt es mir dann noch, dieses Ungetüm in „Kreative Ideen unlimited" umzubenennen. Mal sehen! Soll schon im Sommer Vorschläge sammeln, sogar ausprobieren. Immerhin darf „Flohmarkt" kein Thema sein: Das machen doch alle, bringt immer weniger, blockiert alle Räume – und nachher stinkt es drei Wochen nach alten Schuhen. Da haben wir doch mehr drauf! Ich hätte da auch schon ein paar Ideen …
Eigenartig, was da zwischen Stefan und Arnold läuft. Der ist Persönlichkeitstrainer und hat immer wilde Ideen, wie geschaffen für unser Vorhaben. Aber als er ansetzen will, stellt ihn unser Häuptling ganz schnell ab. Und der lässt sich abwürgen, ist sonst nicht sein Ding. Als ob die beiden was aushecken? Na ja, wird sich bald zeigen.

4

Eberhard
Samstag, 15. Mai

Zurück beim Bildungshaus höre ich sie schon singen. Gut gemacht, Eberhard, wieder einmal eine Glanzleistung! Ausgerechnet der Ordensbruder schwänzt die Vesper! Was heißt „Vesper", die beiden Jüngsten haben das Gebet sicher sehr persönlich vorbereitet, bestimmt auch wieder mit irgendeiner Überraschung. Nicht so wie bei uns im Kloster, wo man die Bücher eben auf der richtigen Seite aufschlägt – basta!

Ich wollte noch schnell eine kleine Runde drehen nach dem Abendessen und bin nicht der Einzige, der schwänzt. Clara steht in der Eingangshalle und telefoniert. Eine interessante Frau, kaum zu glauben, dass sie schon zwei erwachsene Töchter hat – dem Alter nach zumindest erwachsen. Sportlich ist sie, eine echte Allwetterjoggerin. Hat die eine Energie, beneidenswert. Und jetzt ist sie beruflich wieder voll eingestiegen, in einem Reisebüro. Eine Figur hat sie, wie ein Model. Ich schätze, so gut wie alle weiblichen Wesen beneiden sie um ihre Kleidergröße. Nur um ihren Mann beneidet sie niemand, wirklich nicht. Auf den ersten Blick vielleicht, aber ich hab noch nie einen Blender erlebt, der so durchschaubar ist, du meine Güte!

Zuerst verstehe ich ihre Halbsätze nicht. Ihre Gesten sind eine seltsame Mischung aus unterdrücktem Zorn und Unterwürfigkeit.

„... jetzt gleich? *Sicher* nicht! Wie soll denn ich bitte riechen, dass du ausgerechnet diesmal früher kommst, anstatt ... Bin doch nicht dein Hund, der auf Pfiff kommt ... Ja, der Pfarrer fährt heute noch rein ... Nein! Wenn ich einmal ... wenigstens heute Abend noch ... Ja, dann geh mit ihnen halt in die Pizzeria ... Sind doch keine Kinder mehr, ich mach jetzt Schluss! … Kein Geld? Für drei Pizzen kein Geld! Was ist denn mit dem neuen Auftrag? … Super! Jetzt hab ich eh wieder die Hälfte versäumt wegen ... Ja, ich weiß, du hältst nichts davon, aber *ich* … Ja, ich schau, was geht. Ein Bus geht kurz nach acht. Hol mich wenigstens in Floridsdorf ab … Ja, ciao."

Clara sieht mich erst jetzt, lächelt sauer: „Mein Mann, *nie* kommt er früher zurück von seinen ‚Geschäftsreisen', im Gegenteil, aber ausgerechnet heute! Aber den Abend hier lass ich mir nicht nehmen, morgen früh halt … Na ja. Und? Wie gefällt dir unsere Klausur?"

„Ich war gerade in den Weinbergen, hab mich dort verlaufen, aber wenn ich ehrlich bin, hab ich mir gerade gedacht: Ich hätte es schlimmer treffen können als mit euch …"

„Na danke!"

„Ach so … Entschuldigung … Ja, aber ehrlich: *viel* schlimmer. Der Ruf, der mir vorausgeeilt ist, war ja sicher nicht begeisternd. Ihr seid bewundernswert, ein eingeschworener Haufen, nicht gerade viele, aber euch haut nicht so schnell was um!"

„Tja, wichtig sind die, denen du in die Augen schaust, und das passt. Ich war eine von den Jugendlichen, als sie in Rom begonnen haben, uns mit Bischöfen regelrecht zu bestrafen, die zuerst keiner kannte – und schon bald kaum noch jemand wollte. Nur um uns Österreicher wieder auf Linie zu bringen. Also von dort hab ich mir noch nie was erwartet. Aber im Kleinen, da braucht's Ehrlichkeit und Mut, sonst verlieren wir die Wirklichkeit noch mehr aus den Augen. Wenn ich mir so meine Töchter ansehe … Aber es gibt erfreulichere Themen."

Es sprudelt so richtig aus ihr heraus. Bevor ich etwas zu erwidern weiß, ist sie drüben im Stüberl, der Kühlschrank scheppert, schon ist sie wieder zurück. Sie lächelt das erste Mal unbeschwert.

„Mit dem da, na ja, da hättest *du* es kaum schlimmer treffen können!"

Ein Blick genügt, und ich muss ihr recht geben. Ich habe ja nichts gegen „globales Denken“, aber „lokal handeln“ sollte man doch besser nicht, wenn es um den Ankauf von „Weinen“ aus Granzendorf geht.

„Das Singen hat aufgehört, ich glaube, sie kommen, ich muss noch schnell hinauf!“

Und weg ist sie. Wahrscheinlich geht sie packen.

Sie singen doch noch etwas.

„Eberhard, wie soll das weitergehen mit dir?“, hat mich der Prior vor einem Jahr zur Brust genommen. „Du hast die Kunstgeschichte vor … ja, vor gut zwei Jahren abgeschlossen, Theologie bis zum Doktorat … sogar in Rom … Deine Arbeit wird übrigens bis zum Generalat hinauf hoch gelobt … Nur: Was willst du? Was willst du wirklich? Ich meine, du bist schon ewig Diakon. Du solltest längst zum Priester geweiht sein und die ewige Profess ablegen, Pfarrer werden …“

„Aber ich habe doch überhaupt keine Ahnung vom Leben in einer Pfarre!“

„Dann geh doch in eine Pfarre! Knie dich rein, so richtig, ein Jahr lang! … Und danach entscheiden wir.“

„Ein Bewährungsjahr?“

„Na ja, so in etwa – du bist jetzt vierzig vorbei, zeig mir, dass du mehr drauf hast als … rumhängen, entschuldige, aber ich muss Klartext reden … Eberhard?“

Natürlich knallte ich die Tür nur im Geiste zu, aber ich drehte mich wortlos um und ging. „Rumhängen“ nennt er das also, wenn du für alles eingeteilt wirst, was keiner machen will – und was auch keiner kann! Ständig von einem unserer Klöster zum anderen, alle Kunstwerke katalogisieren. Drei Putten – gerade noch rechtzeitig, bevor sie gestohlen wurden. Die hätten sie nie zurückbekommen, wenn ich sie nicht so genau dokumentiert hätte! Schaut doch eins wie's andere aus! Zumindest für die Polizei. Chauffeur spielen für die Gäste, Kunstführer für die Touristen, langweilige Nachmittage als Portier, Handwerker beaufsichtigen, Sakristei in Schuss halten und was weiß ich nicht noch alles! „Rumhängen"!

Und dann kam ich nach Canisius, „nach sorgfältiger Prüfung und Auswahl des Einsatzortes, unter Mitsprache des Betroffenen", heißt es wohl in den Managementkursen unserer Chefs. Bei uns doch nicht! Unser Prior traf am nächsten Tag zufällig am Stephansplatz den Generalvikar, unseren Personalchef. Und der hatte Pfarrer Katzner tags zuvor mit einer neuen, arbeitsintensiven Tätigkeit betraut – „unter Beibehaltung seiner bisherigen Tätigkeiten", wie es bei uns so schön heißt, wenn man einen geradewegs ins Burnout schickt. Und hatte jetzt deshalb ein schlechtes Gewissen, so traf es sich gut, ihm gleich den angebotenen Praktikanten zuzuteilen. Von wegen „Personalentwicklung" und „Pastoralplan". Andererseits: Ich hätte es wirklich schlechter treffen können …

Als Stefan zwei Stunden später abfährt, nützen einige den Moment, um schlafen zu gehen. Ein harter Kern wird sich aber sicher bis nach Mitternacht halten. Ich begleite meinen Chef zum Wagen, weil er sichtlich schwer zu tragen hat. Seine Taschen sind tatsächlich schwer – und sie klirren bei jedem Schritt. Mein Gott, er hat sich tatsächlich *hier* mit Wein eingedeckt, mit dem, was sie *hier* offensichtlich für Wein halten! Wie kann einer, der so gute Bücher liest, der so viel von Musik versteht … Solchen Wein? Ich schweige und schleppe für ihn, was man besser fallen lassen sollte.

„Bleib noch ein bisschen bei der Runde. Das jetzt ist der wichtigste Teil der Klausur, glaub mir! Da erfährst du oft mehr als das ganze Jahr über."

Also gut. Ich gehorche, lasse die Gelegenheit zum eleganten Absprung sausen und öffne die Tür zum Stüberl.

„Und, was sagt ihr zu dieser Idee?"

„Unbedingt, na sicher, das machen wir!"

„Alle? Machen alle mit?"

„Klar, alle! Aber wir halten das schriftlich fest, jeder unterschreibt …“

„… und jeder bekommt ein Exemplar, so viel Zeit muss sein.“

„Muss das sein? Das ist doch umständlich!“

„Glaub mir, es ist besser so! Muss alles seine Ordnung haben!“

„Gut, aber ich hab mein Geld nicht herunten.“

„Dann hol's halt, du alter Schnorrer!“

„Alles klar? Und du besorgst sie? Beide?“

„Gleich am Montag, versprochen!“

Ich stehe da und verstehe nur noch Bahnhof.

Clara weiht mich ein.

„Also, du auch?“

„Warum nicht? Ich bin dabei!“, entscheide ich spontan – und vergesse die Sache schnell wieder.

5

Kostas
Donnerstag/Freitag, 27./28. Mai

Noch ist der Andrang hier am Flughafen Iraklio überschaubar. In ein paar Wochen wird sich das gründlich ändern. Ich stelle mich in die Reihe der Reisebüromädchen mit den kurzen, engen Röcken und der lässigen Autovermieterjungs mit Schildern wie „MATALA HOTEL Mr. Wolfgang Tranvnicek“ oder „HOLYDAY Rent-a-car Mrs. Olivia Hutter“. Auf meinem Schild steht „KOSTAS HONEYMOON-TOURS Mrs. Franziska Kerbler“. Ihr Flug scheint schon seit einer halben Stunde als „landed“ auf. Und da sind bereits einige mit typisch Wiener Akzent herausgekommen. Sie werden doch nicht ausgerechnet ihr Gepäck verschludert haben! Angestrengt schaue ich auf die automatische Milchglastür, die immer wieder von erwartungsvollen Bleichgesichtern durchschritten wird.
Wo bleibt sie denn nur? Plötzlich zwei Hände von hinten auf meinen Augen.
„Franziska! Wie hast du das wieder geschafft?“
„Ich komm doch nicht zum ersten Mal hier an! Ich kenne den zweiten Ausgang und wollte dich überraschen! Was hast du denn da? Oh, ‚Honeymoon‘! … Ein wenig voreilig oder hast du den Popen schon bestellt?“
„Wie? Nein, bei uns fangen Hochzeiten bei vierhundert Gästen an, das braucht schon Vorbereitung, weißt du doch. Los, weg von hier oder willst du nach Chersonissos? Speed-Banane reiten?“
„Also bitte! Ab nach Sougia!“
„Eben! Den Wagen hab ich gleich drüben bei den Vermietern geparkt. Für solche Zwecke hab ich ein Fantasieschild ‚KOSTAS Rent-a-car‘. Diese Firma kennt zwar keiner, aber ich bleibe unbehelligt!“

„Du alter Gauner!"

Der Morgenverkehr in Iraklio ist bereits verebbt, wenn er in Krisenzeiten und bei Benzinpreisen wie derzeit üblich überhaupt stattgefunden hat, sodass wir rasch nahe Chania die Souda-Bucht erreichen. Kurz davor biege ich ab. Ich bin schon bald nach Mitternacht abgefahren, und sie kann nach dem Alibisnack im Flieger sicher auch eine Kleinigkeit vertragen.

„Kalami? Was machen wir denn dort?"

„Einen Moment, wir sind schon da! Die Aussicht hier war immer schon ‚kalós', aber seit der Junge übernommen hat, ist auch die Küche 1A!"

Mit weitem Blick über die strahlend blaue Bucht will ich gerade Kalamari und einen Anchovisalat bestellen, da fällt sie mir ins Wort und bestellt selbst.

„Na, was sagst du? Wie mache ich mich als Griechin?"

„Der Kurs ist ja richtig gut, gratuliere. Nur ein kleiner Fehler. Und sogar deine Aussprache ist schon ganz passabel. Du hast dich ja ordentlich ins Zeug gelegt in den letzten Wochen!"

„Stimmt! Nur mit dem Verstehen, da hapert es noch. Wenn die hier loslegen, verstehe ich nur noch ‚Airport'. Ich müsste mir noch ein paar griechische Filme ansehen …"

„… oder besser gleich heute mit meiner Familie loslegen. Na, die werden schauen. Und Mama wird das erst freuen …"

Der junge Inhaber hat jedenfalls alles verstanden, aufs erste Mal! Wir blicken durch das Panoramafenster hoch über dem Golf. Das bestellte Kreuzfahrtschiff kann ich ihr zwar nicht bieten, aber immerhin doch einen imposanten NATO-Kreuzer, der sicher so geheim ist, dass wir nicht einmal hinschauen dürften.

„Und? Wie lange?" Ich kann wohl nicht verbergen, dass sie mir sehr abgegangen ist in diesen letzten Wochen.

„*Lange* diesmal", sie lehnt sich genüsslich zurück, „so lange ich *will* … Aber das erzähle ich dir zu Hause."

„Zu Hause, aha! Freut mich, dass Sougia für dich schon ‚zu Hause' ist."

„Sougia, ja Sougia auch. Aber eigentlich bist *du* es – und deine Familie! Aber wir fahren doch herum? Ich will noch mehr von Kreta sehen!"

„In ein paar Tagen … bringt uns ein Fischer nach Gavdos! Aber zuerst musst du einmal richtig ankommen … und gut essen und trinken, dann…"

Ich bin auf Gavdos geboren. Das ist der südlichste Außenposten Europas, weit weg von allem. In der Antike sollen dort einmal achttausend Menschen gelebt haben, was schlicht unfassbar ist. Heute sind es kaum vierzig, die dort auch überwintern, wenn das Boot wochenlang nicht übersetzen kann. Als ich die Insel verließ, war ich gerade mal fünfzehn. Mein Bruder war schon sechzehn – aber der ging dann gleich bis Amerika. Mit sechzehn nach New York, allein! Hat seinen Weg gemacht, hat mehr erreicht als wir anderen zusammen, finanziell zumindest.

Damals kamen gerade die allerersten Touristen in den Süden. Wenige, aber die blieben dafür oft für Wochen. Also wurde ich Koch, obwohl das damals noch ausschließlich Frauensache war.

Alle wollten mir das ausreden: „Dann halten dich doch alle für schwul, wie sollen wir dich dann unter die Haube bringen?"

Aber was gab's denn für Alternativen? Zimmer-„Mädchen" oder Ziegenhirte? Also Koch … ich hab's nie bereut, na ja, nur selten.

„Auf Gavdos bin ich besonders gespannt! Zeigst du mir dort dein Elternhaus?"

„Wenn davon noch etwas übrig ist … Du wirst enttäuscht sein, das ist seit Jahrzehnten unbewohnt, und dann geht das schnell. Gavdos ist sehr einfach, fast wie früher. Stell dir vor, meine Großtante hatte vor wenigen Jahren noch ein Geschäft in Kastri – so groß wie dein Vorzimmer in Wien. Und als ich sie das letzte Mal besuchte, kam doch glatt ein Tourist herein, gebückt durch die

niedere Türe. Er sah sich erstaunt um und fand wohl nichts, was ihn interessierte, kein Wunder! Aber er wollte wohl aus Höflichkeit nicht gleich wieder gehen. Da entdeckt er zwei, drei Rollen Schokokekse und deutet auf sie und lächelt. Meine Tante Eleni lächelt zurück und fragt ihn mit ihren Fingern: eine oder zwei? Er deutet: eine. Du kannst dir nicht vorstellen, wie verdutzt der dastand, als sie die Keksrolle umständlich öffnete und ihm freudestrahlend ein Keks in die Hand legte. Tante Eleni konnte sich zeitlebens nicht vorstellen, dass sich jemand mehr als ein, zwei Kekse leisten und auf einmal aufessen konnte.
Das ist Gavdos! Oder ‚Onkel' Philippos ‚Kafenion', das eigentlich sein Wohnzimmer war. Wenn ‚Kundschaft' kam, jagte er erst einmal die Hühner unter dem einzigen Tisch hervor. Zuletzt war er so gehbehindert, dass seine Gäste das Wasser für den Kaffee selbst vom Dorfbrunnen holen mussten. Dann war aber garantiert, dass sich alle anderen Dorfbewohner im Handumdrehen einfanden. Einen Gast ‚von draußen', den will sich doch keiner der vier Verbliebenen entgehen lassen!"
Ich tu ja nur so, als fürchtete ich, sie würde sich von meinen archaischen Geschichten abschrecken lassen. Dabei kenne ich sie doch längst gut genug und weiß, dass ich ihre Abenteuerlust gerade damit endgültig geweckt habe. Schnell gratuliere ich dem jungen Chef zu seinem Lokal. Dann sind wir wieder auf der Hauptstraße und nach Chania biegen wir endlich ab – nach Süden. Franziska kann gar nicht glauben, wie viele Windräder hier übers Jahr aus dem Boden gestampft wurden.
„Ja, manchmal sind wir Kreter schneller als unser Ruf!"
„Vorsicht! Eure Berufung liegt doch gerade in der Langsamkeit, das macht doch euren Charme aus!"
„Wie wahr! So langsam schwimmen, dass man gerade nicht untergeht, das Meer genießen, seine Farben, wie seidig es sich anfühlt, stundenlang ... Das ist eine große Kunst!"

„Müssten wir bloß noch die EU-Räte davon überzeugen!"
Endlich kommen wir zu Hause an, alle warten schon auf uns. Bei Franziskas erster Ankunft hatte ich mehr Herzklopfen. Keine Frau aus Kreta? Nicht einmal Griechin? Das Telefonat mit Mama verhieß nichts Gutes. Damals war sie noch aktiver – und sehr skeptisch. Seit dem Tod meines Vaters hat sie das Sagen in der Familie. Und dieses erste gemeinsame Essen war schrecklich: so reserviert, so schweigsam – Franziska fiel das gar nicht auf. Da kannte sie uns ja noch nicht, wie es bei uns wirklich zugeht, wenn wir uns über jemanden freuen und richtig feiern. Da wusste sie ja noch nicht, wie herzlich wir sein können. Für österreichische Verhältnisse war alles in Ordnung, es wurde aufgekocht und eingeschenkt, sogar getanzt. Aber ich hätte sie am liebsten gleich wieder ins Auto gepackt und wäre mit ihr auf und davon, so kühl, so abwartend … Aber dann wäre ich nie wieder nach Hause gekommen …
Ich wollte Franziska nicht verunsichern und machte ihr gegenüber gute Miene zum unfreundlichen Spiel. So ging sie am nächsten Tag ganz unbefangen zu Mama in die Küche, schaute ihr zu, half mit, packte an … Natürlich konnte sie nicht griechisch kochen wie Mama, aber die merkte sofort, was Franziska draufhat. Dabei konnten sich die beiden nur mit Handzeichen verständigen. Als die beiden abends auftrugen, war das Eis gebrochen. Seither weiß Franziska, was es bei uns heißt, zu feiern und gut Freund zu sein. Seither kommt sie gerne …
Mama erhebt sich aus ihrem Sessel, obwohl ihr das schon schwerfällt. Sie hat stark nachgelassen seit damals, steht nur noch selten in der Küche, hilft aber beim Gemüseputzen, Kräuterschneiden … Jetzt ist sie eine alte Frau. Aber ihre Augen leuchten, als sie Franziska umarmt. Auch meine Brüder warten schon: Jorgo, der Wirt, mit seiner Frau Martha, immer noch eine ausgesprochene Schönheit, und Manoli, der Einkäufer, Charmeur und manchmal Fischer. Er wird losgeschickt, wenn es gilt, die fünf Gästezimmer zu füllen.

Seine Frau Eva wird bald kommen, sie hilft gerade einer Freundin in deren „Mini-Market“ aus.
Aus all den Kindern, die zwischen Strand und Haus hin- und herlaufen, kenne ich so nach und nach die mit mir zumindest weitschichtig verwandten heraus. Ihre Eltern haben sie wie üblich bei uns „abgegeben“, um die Woche über zwischen Chania und Athen ihr Geld zu verdienen. Jorgo steht sofort mit einem Begrüßungsrakí bereit. „Tu wenigstens so, wir tauschen dann!“, muss ich Franziska diesmal nicht mehr zuraunen, sie weiß es längst. Ob sie sich je an diese Köstlichkeit gewöhnen wird? Längst hält sie sich an die alte kretische Bauernregel „Gegen Nachschenken hilft nur ein volles Glas“ und nippt nur kurz.
„Also los jetzt, hinauf mit euch!“, deutet Jorgo auf seine Terrasse, den Ort, wo sich unsere Familie seit vielen Jahren versammelt.
Franziska ist früher noch aufgefallen, dass hier die Eisenstangen aus dem Beton herausragen. Sicher will hier keiner mehr aufstocken, aber solange das Haus nicht fertig ist, müssen sie die Steuer nicht bezahlen, so ist das eben. Perfekter aufgedeckt ist unten in der Taverne, die liegt auch direkt am Strand. Aber wirklich gemütlich ist es auf unserer Terrasse mit den Blumen in den rot bemalten Käsedosen. Auf drei Seiten ist sie gegen den Wind mit Schilfmatten geschützt. Aber im Juli weht hier kein Wind, auch abends nicht.
Jorgo muss ab und zu hinunter und in der Taverne nach dem Rechten sehen, denn die ersten Abendgäste kommen gerade.
„Für ein paar von diesen kleinen Exemplaren hat es gerade gereicht“, jammert Manoli und serviert uns frittierte Tintenfische mit Hauswein. Und die hier schmecken noch besser als jene von heute Mittag, die wir natürlich unerwähnt lassen.
„… Aber die Fische! Ihr wisst ja!“
Vor Kreta bist du als Fischer tatsächlich ein armer Hund. Dieser seltsame Kreta-Fan, dieser Eberhard, hat mir in Wien mit Abscheu erzählt, dass er noch vor wenigen Jahren Dynamitfischer beobach-

ten musste. Na so was … Da tat ich natürlich entsetzt und sehr erstaunt und dachte mir insgeheim: Na ja, vielleicht hat er mich als Kind und meinen Großvater gesehen, der es gerne so richtig bumsen ließ auf seine alten Tage. Man brauchte die Fische nach dem Knall ja nur noch einzusammeln. Ein guter Fang – nur dass halt auch der Nachwuchs einer halben Bucht dahin war.

Kaum ist der erste Hunger etwas gestillt, die Sonne hinter dem Kap untergegangen, kaum breitet sich diese einmalige silbrige Abendstimmung Südkretas über Meer und Himmel, da kommt Manoli theatralisch heraus, die Hände am Rücken.

„Erwartet euch jetzt bloß keine Fische, wo gibt's denn die noch vor Kreta, ich kann euch nur …", und er holt mit dramatischer Geste ein großes Tablett hervor, „Fische von Gavdos anbieten – kalí órexi!"

„Du Schwindler! Du bist also wirklich …"

„Klar doch, eigens nach Gavdos hinübergefahren. Und? Schaut euch diese prächtigen Barben an!"

Ich muss aufspringen und mein Bruderherz kräftig umarmen. Da war er doch sicher zehn Stunden unterwegs!

„Ich kann euch doch nicht mit Souvlaki und Pommes abspeisen! Das ist doch höchstens was für da unten!"

Bei all dem Austausch von angestauten Neuigkeiten ist es längst stockdunkel geworden. Bei uns Griechen wirst du das typisch österreichische „Eigentlich gar nichts, was soll schon sein, es ist gar nichts Neues geschehen …" nie hören. Bei uns gibt es schon nach einer Woche so viel zu erzählen, dass es zumindest Mitternacht wird.

Jetzt kommt doch noch leichter Wind auf und verbläst ein wenig die feuchte Hitze, die hier die Sommertage bestimmt. Irgendwie werde ich den Eindruck nicht los, dass Franziska mir noch etwas sagen will. Oder auf etwas wartet?

Und als ob das auch die anderen so spüren, ziehen sie sich ganz

gegen unsere Gewohnheit einzeln zurück. Manoli nimmt als Letzter unsere längst eingeschlafene Mama mit hinunter. Jetzt sind wir allein. Ich warte noch einen Moment. Oder wartet sie auf mich? Dass ich etwas … Ja, was denn sonst, du alter Trottel, es liegt doch längst in der Luft, alle merken es, nur du selbst nicht!
„Franziska?"
„Ja?"
„Sag mal, aber ganz ehrlich: Bist du tatsächlich so abenteuerlustig, dass du … mich heiraten möchtest?"
Sie muss so laut in ihr Glas hineinprusten, dass wir beide ganz nass werden: „Kostas! Das gibt's ja nicht! Du – und ein Heiratsantrag!?"
„Der *erste* meines Lebens! Wie du weißt, bin ich nicht ganz unerfahren mit Frauen … aber *so* weit ist es mit mir noch nie gekommen … Ja, und?"
„Aber Liebling, das ist doch längst ausgemachte Sache, oder etwa nicht? … Du, nein, das heißt: Ja, aber eigentlich wollte ich dir noch etwas anderes vorschlagen …"
Bei aller Liebe und bei allem Verständnis für Franziskas Humor – beides war langsam, aber stetig gewachsen in diesen letzten beiden Jahren –, so habe ich mir das nicht vorgestellt. Aber was dann kommt, lässt mich verstehen.
„Du, ich wollte dir schon lange etwas vorschlagen: Wir beide, du und ich, wir machen ein Lokal auf!"
„Was? Wo? Hier?"
„Nein, nein, wir machen doch deinem Bruder keine Konkurrenz, nein, in Wien, gleich gegenüber der Kirche! Was sagst du dazu?"
„Gegenüber der …"
„Ja, da stehen doch diese vier Geschäfte und dieses Lokal leer, schon seit Jahren, eine Schande: Trafik, Fleischhauer, Devotionalienhändler … Alles Geschichte. Die legen wir jetzt alle zusammen …"
„Zusammen? Verzeih, Franziska, du bist eine exzellente Köchin,

und ich kann auch was, aber, bitte: Schau, ich bin Grieche und wir Griechen haben den Geschäftssinn im Blut … Franziska, da übernehmen wir uns, und zwar gewaltig! Das ist doch sicher alles desolat … Und es sind zwei Häuser, ob die beide vermieten, und wie teuer, und die Feuermauer dazwischen … Ich meine, eure ewigen Gesetze! Und es ist schon ein Risiko … Und dann wir in …"
„… sag jetzt ja nicht: in unserem Alter! Sonst ziehe ich mein Versprechen noch zurück! Ich fühle mich sehr jung!"
„Ja, ich ja auch, mit dir … Aber verzeih, das braucht doch Jahrzehnte, bis das alles hereinkommt, wenn … Ich meine, allein die Mieten!"
„Dann *kaufen* wir es eben!"
„Kaufen? Womit denn? Rechne bitte nicht damit, dass ich …"
„Ich weiß. Ich habe gekündigt, na ja, gewissermaßen zumindest: die Abfertigung, dann hab ich was gespart und da ist auch noch das Erbe von meinem Vater …"
Ich kann das alles gar nicht fassen. Aber ich will den bisher so wunderbaren Abend nicht verderben – und muss ein wenig den Kasperl spielen, stehe auf und zitiere den heiligen Petrus: „Also gut: Auf dein Wort hin … gehe ich halt mit dir auf dem Wasser!"
Franziska lacht: „Ich bin zwar nicht Jesus, aber ich ziehe dich gerne heraus, wenn nötig."
„Ich schätze das Risiko weit höher ein als damals am See Genezareth!"
„Wer weiß, ob Petrus überhaupt schwimmen konnte …"
„Wir *werden* schwimmen, glaub mir, das werden wir, und wie, meine Liebe!"
Und dann lässt sie nichts unversucht, um auch meine Begeisterung zu wecken: „Du weißt doch längst, dass ich mich immer schon für Indien interessiere. Seit der Schule schon. Und dass ich einmal für drei Monate dorthin abgehauen bin, einfach so! Ausgerechnet ich! Damals waren noch mehr Hippies in Goa als Inder. Ich hab's ein-

fach getan! Ich war krank, ich war dünn wie nie zuvor – und nie danach –, ich hatte noch monatelang überall Henna auf der Haut … und einen unglaublichen Nasenring. Ich habe sogar ernsthaft Tanzen gelernt, klassischen Tempeltanz – und Tablas …"

„Bitte was?"

„Tablas, diese Trommeln. Manchmal trommle ich heute noch. Das mit dem Tanzen … Na ja, der Sari von damals passt nicht mehr so recht. Und – darauf will ich hinaus – ich koche leidenschaftlich gerne indisch – so wie du griechisch. Und was verbindet Griechenland und Indien, Schatz?"

„Was? Der Kreuzkümmel im Essen – auf Kreta zumindest."

„Ja sicher, aber den meine ich nicht!"

„Na, was? Die ganzen Araber dazwischen?"

„Nein, viel früher … Welcher Held?"

„… ach so: Alexander der Große!"

„Und genauso wird unser Restaurant auch heißen: Alexander der Große!"

„Klingt gut, aber was jetzt: indisch – oder griechisch?"

„Na, beides! Wir beide machen, was nicht einmal er erreicht hat: ein Lokal für indische und griechische Speisen. Gibt doch genug Leute in Wien, die auf Asiatisch stehen – und andere wieder mehr auf den mediterranen Geschmack. Keiner muss wegbleiben, der eins von den beiden nicht mag."

„Du denkst schon lange darüber nach, hm?"

„Ja, ich stell mir das so vor: links Tische wie hier, quadratisch, Papiertischtuch mit Gummiband und natürlich diese herrlich unbequemen Flechtsessel – und rechts alles mit indischen Ornamenten, mit viel Silberzeug und ein wenig Räucherwerk. Und in der Mitte ein Tisch für die, die sich nicht entscheiden können."

„Und wir kochen – beide?"

„Was sonst? Wenn du willst, kann jemand von hier mithelfen. Die Jungen kriegen doch derzeit hier ohnehin keine Jobs – warum

nicht ein paar Monate Wien? Buchhaltung mach ich seit Jahrzehnten, Steuer detto … Und es soll immer live etwas los sein, Musik vor allem."
„Musiker ohne Einkommen gibt's hier auch genug, und zwar sehr gute sogar. Da könnte uns Manoli sicher welche empfehlen."
„Und ich habe gute Kontakte zur indischen Gemeinde in Wien, zur katholischen, mein ich … Übrigens, warum spielt denn der Dimitrios nicht mehr auf seiner Lyra, der hat doch sonst immer, wenn wir gekommen sind?"
„Weiß nicht? Ich hab ihn überhaupt nur kurz gesehen. Er ist gleich auf sein Zimmer … Liebeskummer vielleicht …"
„Na, den werden wir zwei Hübschen uns hoffentlich ersparen!"
„Weißt du's? Es gibt da noch ein viel größeres Risiko als dieses Restaurant!"
„Und? Was soll das bitte sein – in Friedenszeiten?"
„Mit mir verheiratet zu sein, mein Schatz! Hat noch keine auf sich genommen!"
Jorgo hat für uns lächelnd *zwei* Zimmer vorbereitet: „Mein Schwiegervater ist Pappas, du verstehst? Ach so, ihr sagt ‚Pope', was?"
Wir müssen uns jetzt also entscheiden: das zum Strand – oder das zum Garten?
Wir frühstücken beim Familientischchen gleich neben der Küche, wo Mama längst wieder Unmengen von Gemüse und Petersilie bearbeitet. Es ist unglaublich spät, so wie gestern Nacht eben, so spät, dass sogar schon Touristen unterwegs sind. Wir haben wohlweislich das Gartenzimmer gewählt, das nach Norden zeigt. Müde waren wir gestern schon, aber nach dem vielen Reden wollten wir dann doch auch ein wenig ganz ohne Worte zusammen sein … Ein sehr gutes Gefühl! Ich spüre es noch am ganzen Körper, zumindest solange ich nicht ganz ausgeschlafen bin, wird es mich begleiten. Franziska auch? Genüsslich verrührt sie Honig und Joghurt … Ja, ich denke schon!

Dimitrios hat uns dieses „einzige brauchbare Frühstück hier", wie Franziska sagt, unaufgefordert gebracht. Mit Kaffee natürlich.
Ihre Neugier ist allzu groß: „Dimitrios, spielst du nicht mehr Lyra?"
„Doch, aber nicht im Freien. Das würde meinen Vater kränken. Du weißt doch, Konstantinos ist vor drei Wochen gestorben. Ich spiele nur auf meinem Zimmer, wenn die Fenster geschlossen sind, aus Respekt für Onkels Tod und auch wegen dir, Onkel Kostas! Wenn die vierzig Trauertage um sind, dann vielleicht wieder …"
Ich habe es ihr geschrieben, aber gestern wollte ich seinen Tod nicht erwähnen. Mit sechzehn war er losgezogen, unser ältester Bruder. Um das zu jung, was wir beide jetzt zu alt sind – für ihre Träume. Er war sehr erfolgreich, unser Konstantinos, erfolgreicher als wir alle. Seine Familie muss jetzt keine Sorgen haben – aber mit zweiundsechzig Jahren!

6

Clara
Mittwoch, 21. Juli

„Mann, du Weichei, du regst dich auf über deine zu schwache Klimaanlage? Setz dich auf deinen Meerblick-Balkon und genieß dein Leben! Ich seh doch hier am Schirm, dass es bei dir in Gandía grade mal sechsundzwanzig Grad hat. Was soll denn ich sagen in diesem Kammerl, bei dreiunddreißig Grad in Wien – *ohne* Aircondition! … Deine Freundin kollabiert schon? Dann soll sie halt ausnahmsweise etwas Antialkoholisches trinken und, wenn sie nüchtern ist, eine Runde schwimmen gehen. Nächstens sind wir dann auch noch schuld an ihrem Sonnenbrand! Mann!"
Das hätte ich ihm antworten sollen, diesem Schnösel! Der will ja doch nur Ersatzzahlungen für „entgangene Urlaubsfreuden" herausschinden. Seine Freundin, ja, die hätte da größere Chancen: Mit so einem Kerl entgehen dir eine Menge „Urlaubsfreuden", also ich kenn mich da aus.
Aber natürlich „deeskaliere" ich, wie ich es im Schnellsiede-Seminar gelernt habe: „Das tut mir aber leid für Sie, Herr … Schwendenberg. Wir werden uns umgehend mit der Hotelleitung in Verbindung setzen. Ich bitte schon im Vorhinein um Verständnis für die Unannehmlichkeiten, sollte ein Zimmerwechsel erforderlich werden. Und wenn noch etwas vorfällt, wenden Sie sich doch sofort wieder an uns, natürlich, schöne Ferien!"
„Bloß das nicht! Das war doch der mit der hohen Stimme vom PARADISO, oder?"
Ich nicke meiner Kollegin zu.
„Gestern hat er sich bei mir über eine Spinne im Zimmer beschwert! Will der im Hochreinlabor Urlaub machen? Der ruft sicher wieder

an, du weißt ja, die im PARADISO lesen ihre Mails immer erst nach Mitternacht!"
„Dann haben wir hier aber längst übergeben, was soll's!"
Ihr Apparat läutet.
„Erlebnisreisen SUNNY TOURS, am Apparat Leonie Burgstaller, was kann ich für Sie tun?"
Jetzt ist Leonie dran: hinhören, durchatmen, Verwunderung und Ärger unterdrücken, trösten, vertrösten, immer freundlich sein ...
Warum hab ich heute bloß diese Hose angezogen? Wer außer mir läuft bei dreinunddreißig Grad im Schatten in einer tragbaren Sauna herum!? Weil ich mir gerade diese Jeans vor Jahren echt am Limit gekauft habe – und weil sie jetzt immer noch problemlos passen? Was muss ich mir denn beweisen, oder gar anderen?
Ganz einfach: weil sie einfach so dalagen – und ich nach alter Gewohnheit immer anziehe, was halt daliegt. Weil ich zum Bügeln keine Zeit habe, und diese Röhren sitzen so gut, dass ohnehin keine Falten ... Egal, sie sind viel zu heiß für heute!
Auch meine Füße beginnen längst zu dampfen. Ich bewege meine Zehen: Ballerinas, so weit ausgeschnitten, dass man sie sieht. Die mag ich doch sonst. Sind aber zu eng – deshalb! Das sind ja die, die mir Bella letztens hingestellt hat.
„Mama, ich hab zwei Paar Neue, wenn du sie magst ..."
Typisch, ich schlüpfe immer gleich in alles, was halt so daliegt. Und jetzt renn ich auch noch in den abgelatschten Tretern meiner Tochter durch die Stadt, obwohl ich darin Blasen bekomme. Hab ich da an der linken Ferse schon eine? Ich hab das alles so satt! Aber nicht mehr lange!
Leonie tröstet immer noch die Mama, deren zehnjähriger Knirps von der Hochgeschwindigkeits-Banane geschleudert wurde und dabei seine Taucherbrille verloren hat – wenn ich es richtig mitbekommen habe. Wer braucht denn beim Bananen-Reiten eine Taucherbrille? Sie legt auf.

„Was lachst du?"
„Ich hatte mal eine, die bei dieser Gelegenheit ihr Bikinioberteil verloren hat. Die wollte doch im Ernst, dass wir im Katalog alle Touristinnen warnen und dringend anraten, nur im Badeanzug … Ein toller Job, den wir da haben!"
Leonie ist etwas jünger als ich. Sie hat gleich wieder abgehoben, weil ich eigentlich schon aus habe. *Sie* zieht sicher nicht an, was so herumliegt! Heute einen Stretchrock, weiß und sommerlich kurz – und das knallgelbe Top mit unserem Firmenlogo. Also ich würd ja nie so als Werbefläche herumlaufen, aber es steht ihr echt gut. Und ebenso gelbe Flip-Flops. Für die gäb ich jetzt was. Meine Eltern hätten mich nie mit „so was" außer Haus gelassen. Und als meine Töchter damit zur Schule liefen, wie alle anderen auch, fühlte ich mich dafür doch schon etwas zu alt. Aber in letzter Zeit fühle ich mich deutlich jünger, freier, ich möchte fast sagen: lebendiger! Warum eigentlich nicht? Doch, das tu ich jetzt! Ich gehe heute barfuß nach Hause! Im Park durch die Wiese, die Rolltreppe schaffe ich auch irgendwie – und wenn mich wer blöd anschaut, lächle ich einfach zurück. Kann mir jetzt doch schon egal sein!
Ich schlüpfe aus den längst schiefgetretenen Ballerinas und werfe sie unter den amüsierten Blicken von Leonie demonstrativ in den Papierkorb. Das fühlt sich sehr gut an. Ich will mich noch schnell mit einem Blick auf meine Uhr und einem Nicken verabschieden. Aber sie deutet mir zu bleiben, und während sie weiter zuhört und „Wirklich?" oder „Ich verstehe!" antwortet, geht sie mit ihrem Headset zum Kasten, holt ein weiteres Paar Flip-Flops hervor und hält sie mir fragend hin.
„Sie haben ganz recht, diese Baustelle im Hotel … mitten in der Hochsaison … wirklich unzumutbar, einen Moment bitte … Schenk ich dir!"
Ich will abwehren. Da fällt mir ein, dass ich ja noch Schuhe kaufen will. In diesem feinen Laden werd ich schon damit genug auffallen.

Ich greife nach den weichen Sohlen, gebe ihr einen Wangenkuss, einen vorsichtigen wegen ihres Headsets … und laufe los.
Zum vorletzten Mal also! Ich lasse SUNNY TOURS hinter mir. Dieser Laden hier, das war ja definitiv nie mein Traum. Und was für ein verträumtes Mädchen war ich doch damals, in Innsbruck, als ich meine HAK-Matura machte. In die Touristikbranche wollte ich einsteigen. Sprachen waren immer schon mein Ding – und weite Reisen mein größter Traum. Ein bis dahin unerfüllter allerdings, denn meine Eltern konnten sich nie auf etwas einigen, schon gar nicht auf ein gemeinsames Ziel.
„MAGIC SHU", da bin ich endlich, jetzt also auch ich, wo Bella und Manu seit Jahren ein- und ausgehen. Im Gegensatz zu meinen Töchtern waren mir solche Läden bisher schlicht zu teuer und „Shopping" bloß zum Schauen ist mir echt zu blöd. Hier, um dieses Paar geht es, zur Feier des übermorgigen Tages: weiße, eben nicht *ganz* weiße, leicht elfenbeinfarbige Pumps – mit mutig langer Spitze, *wirklich* mutigen Heels und der unverkennbar roten Sohle von Christian Louboutin. (Bis vor einer Woche hatte ich keine Ahnung von diesem Typ, den meine Töchter geradezu anbeten.) Solche Schuhe kann nicht jede tragen, ohne in der Ambulanz zu landen. Dafür übe ich jetzt schon seit Wochen heimlich, eine Freundin hat mir ihre geborgt. Eigentlich stehe ich überhaupt nicht auf so etwas, aber inzwischen stehe ich ganz gut *drin*. Das musste eben noch sein: Nicht nur Jeans machen sexy! Und das Kleid ist ja keineswegs bodenlang, also ideal dafür.
Die Verkäuferin ist überraschend jung für so einen Nobelladen. Sie blickt lächelnd von meinen Flip-Flops hoch und flüstert verschwörerisch: „Sie haben recht! Für mich endet Eleganz bei dreißig Grad, privat zumindest."
Ich nicke lächelnd, zeige ihr die Auserwählten und sie bringt sie in meiner Größe – gemeinsam mit einem Paar weißer Söckchen. Ich greife nach den Schuhen und will hineinsteigen.

„Entschuldigung, Sie sollten eigentlich …" und hält mir die Söckchen hin.
„Ich muss doch wissen, wie es sich darin *ohne* anfühlt! Es ist für einen wichtigen Tag! Würden *Sie* denn …?"
Sie schaut sich um, wohl wegen ihrer Chefin: „Sie haben recht, nein, die sind ein echtes Kunstwerk … und die müssen genau passen, bei *der* Höhe … Ein besonderer Anlass?"
„Ja!"
Ich gehe herum, schaue in den Spiegel, ja, die machen sich auch nicht schlecht zu meinen simplen Jeans. Das Mädchen ist ganz schön geschrumpft. Darin fühlst du dich gleich als etwas Besonderes, ein seltenes Gefühl. Ungern schlüpfe ich wieder heraus, lasse sie einpacken, probiere noch schicke, originelle Sandalen und bequeme flache, die werd' ich auch brauchen … und bezahle nach gut einer Stunde. Noch nie habe ich auch nur annähernd solche Umstände gemacht, bloß um Schuhe zu kaufen … ausgenommen meine Laufschuhe natürlich. Ja, da musst du jetzt durch, Clara!
Zu Hause angekommen hängt es im Schlafzimmer, in all seiner Pracht, strahlend weiß wie nie: mein Hochzeitskleid! Manu, meine Ältere, hat es aus dieser Spezialputzerei geholt. Sauber, aufgehellt, keine Spur von verblichen, mit welchen Mitteln auch immer. Ich will's gar nicht so genau wissen.
Und das muss jetzt sein: Ich schäle mich aus den Jeans, endlich, aus allem, dusche so kalt, wie ich es aushalte, dusche den langen Bürokammerltag hinunter und werfe mir das Kleid über, gleich so. Die Edel-Heels, fertig. Ja, genau so! Übermorgen! Ein ganz besonderer Anlass!
„Mama, bist das wirklich du? Du schaust ja richtig *geil* aus! Louboutin?"
Manu hat mich gehört und ist unbemerkt ins Zimmer gehuscht.
„*Du* bist die Fachfrau!"
Ich drehe mich – um mich selbst zu bewundern, oder um sie zu beeindrucken, was weiß ich.

Sie sieht, dass der Rückenzipp offen steht.
„Und, was trägst du drunter? Weiß oder Rot? Oder … gar nichts, ja, warum eigentlich nicht …"
Sie grinst mich an, als wäre ich eine ihrer coolen und stylishen Freundinnen.
„Warum eigentlich nicht? Fühlt sich gut an so …"
„Na, schau einer an, einmal ohne ihre Jeans und schon … Also ich tät's … Aber ich muss jetzt … Ciao, Mama!"
Weg ist sie, nicht ohne schnell noch einmal im Spiegel ihr „Outfit zu checken".
Ja, Manu! Da steht ihr Bild. Ohne sie wäre nichts, wie es ist. Als ich so alt war wie sie jetzt, zumindest nicht viel älter, trug ich dieses Kleid zum ersten Mal. Es ging damals alles sehr schnell, viel zu schnell.
Grade erst volljährig ergriff ich damals die erste Chance, mich abzuseilen: ein Hotelpraktikum in Wien. Wie lange meine Eltern wohl gebraucht hätten, mich zu vermissen? Aber wohlerzogen, wie ich war, ließ ich alle Ratschläge über mich ergehen – zweifach natürlich, denn bloß wegen der Verabschiedung ihrer Tochter kamen die beiden auch nicht zusammen.
Ich nützte die Zeit, um meine eigenen Ideen zu wälzen. Ich wollte interessierte Gäste an unscheinbare Orte und einfache Menschen heranführen, sie die umgebende Natur intensiv erleben lassen, ich wollte ihren sportlichen Ehrgeiz wecken für Schluchten und Gipfel im „Hinterland". Sie sollten mit mir und ganz kleinem Gepäck, reduziert auf das Elementarste, angewiesen auf die anderen, Natur ganz neu und hautnah erleben. Dafür müsste ich selbst natürlich zuvor schon lange und voller Neugier diese Länder bereisen.
Mit diesen Träumen im Kopf deckte ich nun in Wien täglich immer dieselben Utensilien fürs Frühstücksbuffet auf und verteilte Vormittage lang frische Bademäntel auf die 260 Zimmer.
Und während ich herumlief und mir als Kontrast meine Zukunft

ausmalte, saß auf einmal David im Frühstückszimmer – und bestellte zwei Gläser Champagner. Er fiel hier schon allein dadurch auf, dass er kaum älter war als ich. Als ich die Gläser brachte und ihn mit dem zweiten fragend ansah, sollte ich mich zu ihm setzen und mit ihm anstoßen. Das war in so einem Nobelschuppen natürlich strengstens verboten, und darauf wies ich ihn auch ängstlich hin. Er lächelte nur, wie er heute noch lächeln kann.

„Wenn du nie etwas Verbotenes machst, erreichst du deine *großen* Ziele nie!"

Das imponierte mir ungemein. Ich trank hastig und wir kamen ins Gespräch. Immerhin einer, der mir zuhörte, *interessiert* zuhörte, was – genau genommen – schon lange keiner getan hatte. Er war ganz begeistert von meinen Ideen und lud mich auf der Stelle ein, mit ihm nach Griechenland zu fliegen – gleich einen ganzen Monat lang, um wirklich dort anzukommen und Erfahrungen „der anderen Art" zu machen – an diese Formulierung erinnere ich mich noch genau.

Ich war ganz hin und weg und vergaß völlig, ein paar ziemlich naheliegende Fragen zu stellen: Was machst du eigentlich so, wovon lebst du? Wer soll das alles bezahlen?

Doch nichts dergleichen. Wir trafen uns mehrmals in diversen Lokalen, entschieden uns für Naxos – und buchten dann doch Kreta, weil der Flug dorthin fast tausend Schilling billiger war.

Irgendwer hatte ihm erzählt, dass man auf dem höchsten Punkt Kretas, dem Psiloritis, wild übernachten kann. Gleich am zweiten Tag machten wir uns auf den Weg, natürlich auf der anstrengendsten Route! Zwölf Stunden Aufstieg durch einen Wald, eine Schlucht entlang, über Almen, zuletzt sogar über die Reste von Schneefeldern – und das Anfang August! Wir froren nachts entsetzlich in unseren leichten Strandschlafsäcken. Aber wir überstanden die Nacht in der zugigen Berghütte, eigentlich nur eine Art Steiniglu. Als dann aber die Sonne endlich aufging und wir fast die ganze

Insel unter uns überblicken konnten, beide Meere und die große Bucht von Timbaki im Süden, da zog ich ihn an mich und küsste ihn, wie ich noch nie geküsst hatte. Ich war wirklich glücklich! Und er war ordentlich perplex, und dann schrie er so laut auf, dass die Berge mitschrien.

„Und jetzt leben wir in einer Bucht: eine Woche nur Wasser, das wir selbst hinschleppen – und die Fische, die wir fangen."

Wir stopften am nächsten Tag Wasserflaschen in unsere geräumigen Rucksäcke, bis wir uns kaum noch bewegen konnten, und stiegen in eine entlegene Schotterbucht ab. Sie war herrlich einsam. Was er zur Steigerung unserer Überlebenschancen noch mitnahm, war eine Harpune mit Dreizack und Gummizug. Kaum hatte ich das Ungetüm von meinem Rücken abgeworfen und war zum Abkühlen ins Wasser, da hörte ich ihn aufschreien – aber ganz anders als auf dem Psiloritis! In seinem Fuß steckte der Dreizack, viel tiefer, als ich es dem Gummizeug zugetraut hätte. Und das Blut rann nur so auf die Steine. Er wollte ihn herausziehen, aber jeder Versuch endete mit Stöhnen und lautem Aufschreien.

„Mach, schnell, sonst verblute ich!"

Aber mir versagten die Kräfte.

„Hol den Schnaps! Aus dem Rucksack!"

Schnaps? Hier? Ich sah ihn fragend an.

„Ja, schnell!"

Tatsächlich fand ich eine Eineinhalbliterflasche mit Rakí. Dazu unten versteckte Konserven, Schnitten und sogar eine Wurst. Was sollte das? Unsere Überlebenswoche – alles nur ein Schwindel? Oder wollte er gar heimlich essen, während er mir den „Mann ohne Grenzen" vorspielte?

„Schnell, solange das steckt …"

Er stöhnte entsetzlich und ich hatte keine Zeit zum Nachdenken, gab ihm einen Becher voll Rakí. Er trank und ich hielt dabei den Dreizack so fest wie möglich in meinen Händen, wobei ich tapfer

gegen meine Übelkeit ankämpfte. Dann goss er sich den Rest auf die Wunde, dabei zuckte er vor Schmerz so stark, dass ich das blöde Ding plötzlich von selbst in der Hand hielt.
Das dreifache Loch sah fürchterlich aus, war jetzt aber wenigstens sauber. Mein T-Shirt musste als Verband herhalten. Und jetzt? Der obligatorische Fischer ließ sich herbeiwinken …
Nach zwei Tagen im Spital und einer fast überstandenen Entzündung bezogen wir unser Zimmer in Chersonissos. Über nichts waren wir in den Wochen zuvor so hergezogen wie genau über *so* ein Hotel in genau dieser 08/15-Gegend mit Pool und mit dem großen Hamsterfest am Frühstücksbuffet.
Sein Fuß brauchte, um zu heilen, genau die zehn Tage, die uns hier noch blieben. Denn obwohl es kein teures Hotel war, kündigte uns seine Kreditkarte bald ihren Dienst auf! Es gelang gerade noch, den Rückflug vorzubuchen – mit *meinen* letzten Drachmen …
Das war's? Nicht ganz! Wir schliefen jetzt miteinander.
„Dafür brauch ich ja meinen linken Fuß nicht!", grinste er, wie er auch nach zwanzig Jahren immer noch grinst, wobei allein schon der Gedanke an Sex blitzartig jeden Schmerz in ihm betäubte.
Also, wir hatten Sex, jeden Tag, mehrmals! Ich bin nun wirklich keine, die das gerne breittritt. Aber ich kann's nicht leugnen: Für mich war's wie vom anderen Stern. Ich hatte ja wenig Erfahrung, aber ich *hatte*. Für mich war Sex bis dahin wie ein angenehm warmer Wind am Meer, wie eine zärtliche Ölmassage bis zum Einschlafen, wie weiche Decken oder wie ein Entspannungsbad bei duftendem Kerzenlicht.
Von all dem verstand – und versteht – David herzlich wenig, eigentlich gar nichts. Aber er bringt mich zur Besinnungslosigkeit, schnell und verlässlich – egal ob ich ihn liebe oder hasse, mitten im Streit genauso wie an einem unserer seltenen harmonischen Wochenenden, ob ich es sehnlich erwarte – oder dagegen ankämpfe. Aber Schluss damit – geht doch wirklich nur mich etwas an!

Na gut: Manu, meine Ältere, *die* geht das schon auch etwas an. Ich bin sicher: Schon beim ersten Mal, als mich der Blitz traf, war sie da. Klar nahm ich die Pille, hallo, wir schrieben 1990! Aber das ganze Durcheinander, die Angst vor einer Hungerwoche, seine Verletzung, die Tage im Spital … Ich hatte sie einfach vergessen, zwei- oder dreimal. Und bald nach unserer Heimkehr bemerkte ich es. Er sprach nie von Abtreibung, ganz im Gegenteil: bald schon vom Heiraten. Mit leuchtenden Augen. Und ich war sogar glücklich dabei. Wenn's das dann auch schon wieder war mit meinen großen, engagierten Berufsträumen …
Also, Manu, es war ganz sicher schon beim ersten Mal! Ja, doch! Ich bestehe darauf!

7

Stefan
Mittwoch, 21. Juli

Nie wieder! Nein, wirklich: Nie wieder so ein „Urlaub"! Zwei Wochen im Toten Gebirge, mit meinem Freund Gerald. Und der ließ mich vorgestern allein zurück. Ein Begräbnis. Eines, wo er einfach hinfahren musste. Eberhard hat recht: Urlaub ist, wenn du nicht erreichbar bist. Und wenn es auch keinen Flieger gibt, mit dem du schnell zurückkommen könntest. Dazu noch dieses ewige Regenwetter, am schlimmsten heute beim Abstieg.

In tiefer Nacht entsteige ich der U-Bahn. Auf den letzten Metern fällt mir eine große Mulde gegenüber der Kirche auf, gehäuft voll mit Bauschutt. Dass sich da auch einmal etwas tut! Vier schon lange geschlossene Geschäftslokale und ein ebenso verlassenes Lokal am Eck. Was die wohl vorhaben? Ist doch bisher alles schnell wieder gescheitert. Vielleicht wird ja auch nur entrümpelt.

Endlich im Trockenen! Schnell noch in die Kanzlei. Es lässt mir ja doch keine Ruhe die Nacht über, wenn ich nicht weiß, was da alles auf mich wartet. Gleich zwei handschriftliche Briefe! Auch das noch! Meine Erfahrung lehrt mich: Mit Hand geschriebene Briefe bedeuten heutzutage selten etwas Gutes. Rechnungen, diözesane Briefe, ungelesene Zeitungen, Frommes und allzu Frommes – warum liegt da eigentlich so viel aufgestapelt? Franziska hat doch längst die Routine, die unnützen drei Viertel Papier sofort zu entlarven und ohne jeden Gewissensbiss zu entsorgen. Bevor noch jemand auf die Idee kommt, das Plakat für die 253. Wallfahrt des „südburgenländischen Sühnebundes" nach Maria Hinteregg auch noch aufzuhängen.

Wer ist denn da noch? Schon halb elf! Das Schloss zur Bibliothek

gegenüber wird gerade aufgesperrt. Zuerst sehe ich nur das rauschende, weiße Kleid. Es ist aber nicht die Ahnfrau, sondern Clara!
„Hallo Stefan, kommst du gerade aus der Dusche?"
„Nein, aus den Bergen!"
„Oje, war wohl nicht so …"
„Also nächstes Jahr hör ich auf den guten Eberhard!"
„Kreta?"
„Na, Süden jedenfalls! Dein Brautkleid?
„Ja, wie neu!"
„Und? Wie laufen eure Vorbereitungen?"
„Seit Wochen. Aber passt schon so – es soll ein echter Knaller werden! Ich freu mich schon sehr auf diesen Augenblick, glaub mir …"
„Glaub ich dir ja, aber David? Ich meine, er …"
„Er stöhnt! Aber immerhin: Er muss nicht plötzlich wieder auf eine seiner ominösen Geschäftsreisen."
„Sag, Clara, bist du glücklich … bei all dem?"
„Glücklich? Entschlossen bin ich!"
„Aber … das ist doch nicht dasselbe!"
„Stimmt! Glücklich? Nachher bin ich vielleicht glücklich. Wer weiß? Doch, ich bin mir sicher. Und erleichtert!"
„Erleichtert?"
„Mal schauen … und alles verrate ich auch dir nicht, Überraschungen gehören zum Leben … Ich häng's nur schnell in die Bibliothek!"
Und weg ist sie. Den Schuhen nach zu schließen läuft sie jetzt noch ein paar Runden um die Häuser. Wenn sie *das* glücklich macht, bei dem Sauwetter! Es bleibt mir ein seltsamer Nachgeschmack. Irgendetwas fehlt mir, irgendwie freut sie sich schon darauf, aber was mir fehlt … Fröhlichkeit! Kein bisschen habe ich an ihr entdeckt. Sie weiß ganz genau, was sie will, ist voller Energie, entschlossen. Aber sie feiert ihre Beziehung doch nicht wirklich, sie will ihr vielleicht einen neuen Impuls geben. Clara lebt ohne Rückspiegel. Na, hoffentlich … Tapfere Frau!

Ach ja, die handgeschriebenen Briefe! Wieder einmal Herr Hammerer. Beschwört weitschweifig Glanz und Glorie der Kirche seiner Kindheit. Na, sicher doch, aber ja, die Jugendaufzüge mit Fahnen und Wimpeln, die Hundertschaften weißer Mädchen bei den täglichen Maiandachten (möge mich der Herr bloß davor bewahren!) und die überquellenden Beichtstühle. Zum Glück bin ich gerade so viel jünger, dass ich gegen dieses „Goldene Zeitalter" immun bin, ich habe es nicht erlebt. Außerdem scheine nur ich die boshafte Bibelstelle aus dem Buch Kohelet zu kennen: „Doch frag nicht: Wie kommt es, dass die früheren Zeiten besser waren als unsere? Denn deine Frage zeugt nicht von Wissen." Auch die ach so bösen 68er-Jahre habe ich nicht mehr bewusst erlebt, sondern nur noch den hier wieder beklagten „Niedergang nach dem Konzil". Bitte, komm endlich zur Sache!

… und möchte Sie, hochwürdigster Herr Pfarrer, darauf hinweisen, dass der Zustand, dass die Canisiuskirche nur über eine einzige, zudem nicht gerade entsprechend große Glocke verfügt, schlechterdings untragbar ist … lege Ihnen daher <u>dringlichst</u> ans Herz, die Anschaffung zweier oder besser dreier weiterer eherner Verkündiger der Herrlichkeit Gottes ehebaldigst in die Wege zu leiten …

Beiliegend dreißig Euro in kleinen Scheinen. Wenn ich noch mein restliches Urlaubsgeld drauflege, kann ich morgen also gleich drei neue Glocken bestellen … Warum muss Dummheit so oft katholisch sein! Gut, es ist ja seltsam, dass eine riesige Kirche mit 86 Meter hohen Türmen nur über eine einzige Glocke verfügt. Aber … Ab in meinen Raritätenordner!
Soll ich mir den nächsten auch noch antun? Moment, das ist ja Franziskas Handschrift! Aber warum schreibt sie … Nein, das muss ich doch sofort lesen …

… aus persönlichen Gründen, du weißt ja: Kostas! … plane ich mit 31. August zu kündigen. Meine sechs Wochen Resturlaub trete ich ab sofort an …

Was? Ich setze mich nieder, schaue auf den Brief, schaue auf meinen Rucksack, um den sich schon eine Lacke gebildet hat … Aber sie hat doch nur noch knapp vier Jahre! Und wir wollten den Übergang in aller Ruhe planen. Was will sie denn jetzt anfangen? Ihr Kostas ist ein anständiger Kerl, aber was kann der schon viel verdienen. Eine glatte Kurzschlusshandlung! Sie muss nach dem hier seit gestern wieder im Lande sein. Ich muss gleich morgen mit ihr sprechen, ihr das ausreden. Die beiden anstehenden Begräbnisse werde ich mir mit Eberhard teilen: Stammersdorf Zentral oder Südwestfriedhof, das ist hier die Frage.
Aber Franziska, was will sie bloß? Seit sie Kostas, den Koch vom Griechen ein paar Gassen weiter, „näher“ kennengelernt hat, ist sie wie ausgewechselt. Dabei hat sie nur noch ein paar Jahre bis zur Pension. Jahrelang hat sie ihren Vater betreut und dann auch gepflegt. Da bleibt nicht viel Zeit. Über die Jahre zuvor spricht sie nie, nur über ihr indisches Abenteuer, ja, da ist sie einmal für Monate ausgebüxt, was sich eigentlich keiner so recht vorstellen kann. Aber seit zwei Jahren, seit sie das erste Mal zu Kostas nach Hause geflogen ist – irgendwo im Süden von Kreta … Also ich versteh das nicht!
Aber jetzt endlich eine warme Dusche bitte, nach all den kalten Duschen heute!

8

David
Donnerstag, 22. Juli

Zwei Tage noch, dann hat der ganze Zinnober endlich sein Ende! Mann, was das Ganze soll? Was bringt *mir* das, ich meine: rein sexuell? Also echt: Zwanzig Jahre kann man ja feiern, aber warum bloß in einer Kirche mit all den säuerlichen Pfaffengesichtern? Wo wir ums gleiche Geld drei Wochen Seychellen machen könnten – mit allem, was echt geil ist – und geil macht! Thai-Massage, Heli-Rundflug, Kitesurfen wollte ich auch schon lange mal probieren. O. k., mehr als eine Woche ist bei meinen Geschäften nicht drin. Präsenz, das ist das Wichtigste ab einem gewissen Level. Und nur von dem spreche ich, wenn ich von *meinen* Geschäften spreche.
Nein, meine kleine Clara schwört auf Kirche und Pfarrsaal. Wenn mich was so *richtig* abtörnt … Also gut! Ja doch! Aber ich wusste gar nicht, was man für so ein Kirchenfestl für ein Schweinegeld ausgeben kann! Gerade, dass ich Do&Co noch verhindern konnte! Champagner, alles mit Stoffservietten, ein Blumenmeer wie beim Neujahrskonzert und alles voller Designerdeko. Der Herr Pfarrer wird seinen eigenen Pfarrsaal nicht mehr wiedererkennen. Geschenkt: Clara hat Stil – zugegeben: einen besseren als ich. Aber das ist ja wirklich …
Und dann noch dieses Brautkleid! Sie hat's doch sicher nicht nötig, so was Züchtiges … 160 Leute haben zugesagt! Fast der ganze Chor ist da, dann diese Gospel-Gang und natürlich Jazz vom Feinsten. Schön langsam könnten wir das Hotel auf den Seychellen schon *kaufen* um das Geld! Ich frag mich ja bloß, ob sie den Elton John auch noch angefragt hat?
Ich meine, ich bin auch nicht billig! Entweder – oder! Aber … Und

dort soll ich auch noch „ein paar Worte der Dankbarkeit" an sie richten, öffentlich! Soll ich ehrlich sein? Soll ich sagen: „Clara, was ich besonders an dir liebe, ist dein saugeiler Arsch!" Na eben, ich pass dort einfach nicht hin. Obwohl: Wie die alle dreinschauen würden? Wenn ich dann hinlangen würde? Einen Versuch wär's ja wert! Da müssens dann aber gleich aus ihrer Kirche den Teufel austreiben und sie wieder neu weihen, hehe!

Na, aber irgendwann müssen die Rechnungen dann bezahlt werden. Bei uns beiden war eins immer klar: „Ich mache die Kohle – und du den Rest!" Mach ich auch, nur gerade jetzt mach ich weniger Kohle als üblich. Hab sozusagen gerade eine Investitionsphase. Russen-Geschäft, wo sonst steckt heute das große Geld drin, da kenn ich mich aus. Das ist meine Bühne! Die wollen hier ganz groß investieren: Immobilien, was sonst, Wiener Bestlage. Kitzbühel muss ich ihnen noch ausreden, da gibt's was viel Lukrativeres in der Nähe, zum halben Preis! Klar geht in Kitz die Post ab, aber der Heli-Landeplatz ist doch eh überall inklusive, sollen's halt schnell mal rüberhüpfen Richtung Streif. Und eine Mega-Eigenjagd, möglichst bis zum Steinbock rauf. Kein Problem! Wenn sie zahlen, treib ich ihnen auch Elefanten auf die Alm – grundsätzlich ist bei mir alles zu haben.

Aber die müssen dir erst vertrauen, diese Russen. Ist ja nicht alles astrein, weder wo das Geld herkommt noch das mit den Baubewilligungen, den angeblichen Hauptmeldungen usw. Da fallen schon Spesen an, nicht zu knapp. Und sie müssen sicher sein, dass du dein Maul hältst. Mehr sag ich nicht. Wenn von all dem erst mal etwas in der Zeitung steht, hast du ein Problem, *echt* ein Problem. Ich kannte einen, der hat sich erschossen, weil er dieses Problem bekam. In dem Fall war er etwas schneller als seine Kundschaft.

Und da geht sie mich jetzt letztens an wegen dem Cabrio! Ist doch eh eins von den billigeren. Ja, soll ich bei den Russen im Clio vorfahren?

Ach, unzufrieden war sie immer wieder. Sie findet immer einen neuen Grund zum Streiten: Ich hab zu hohe Schulden, ich soll mich gefälligst auch um die Mädchen kümmern, ich soll sie nicht herumkommandieren, ich bin dauernd weg, wer weiß, wo und wie lange … Mann, Flexibilität ist mein Job!

Aber seit 20 Jahren hol ich sie da wieder runter. Mit Garantie! Ich brauch keine Paartherapie oder Familienaufstellung und wie der ganze Schnickschnack heißt. Meine Therapie? Na was? Ich vögle sie! Und darin bin ich echt gut, der Beste! Ein Naturtalent eben – nein: eine Natur*gewalt!* Nachher ist sie fertig – und glücklich, ob sie will oder nicht!

Ich weiß ja auch, was ich an ihr habe! Mit zwanzig kannst du leicht eine haben, die so was von geil aussieht. Aber wenn sie dich mit vierzig noch schärfer macht … Alle Achtung! Clara, ich liebe dich! Ganz ehrlich!

Ich bin treu, oh ja – auf meine Weise. Ich meine, wenn sich unterwegs was anbietet – und bei einem wie mir bietet sich eben oft was an, sorry –, da läuft dann schon mal was. Ob sie's weiß? Egal, kommt doch letztlich *ihr* zugute: Sogar einer wie ich kann noch dazulernen.

Die nächsten Jahre werden leichter für sie. Die Gören werden sich bald absetzen. Und wenn nicht? Dann kriegen sie einen Kick in den Arsch, wenn's nötig ist. Zugegeben: Clara hatte es nicht immer leicht mit den beiden. Die sind ja imstande, mit Vor-, Haupt-, Spät- und Nachpubertät ihr halbes Leben zu verplempern.

Und dann wird's ja vielleicht doch noch was mit ihren alten Ideen: alternativer Tourismus. Soll sein! Ich hab ja nie wirklich kapiert, was das sein soll. Touris mit der Bevölkerung in Kontakt bringen – na ja, also *ich* will Action, wenn ich schon da bin! Ich hab doch nicht den geringsten Bock drauf, mir von alten Weibern ihr trauriges Leben erzählen zu lassen. Oder dass mir Tattergreise was über den „deutschen Krieg" vorlabern, was geht mich denn das an? Und

Bergwandern in griechischen Gebirgen, wo's nicht einmal Hütten gibt, nur Zisternenwasser, zum Schluss noch in Hirtenunterständen übernachten, Ziegenpemmerl inklusive – na, wenn's ihr Spaß macht! Da bin ich großzügig.

9

Stefan
Donnerstag, 22. Juli

„Fabiola!"
„Herr Pfarrer, bist du schon wieder im Lande? Ich dachte … es ist doch erst der …"
„… 22. Juli, ich weiß. Hätte noch zehn Tage Urlaub, aber weißt du nicht: Claras Fest!"
„Ach ja, natürlich! Darum bin ich ja auch hier."
„Was, dich haben sie auch eingespannt? Das nimmt ja immer unglaublichere Dimensionen an, das Ganze."
Fabiola beugt sich zu mir und flüstert, als ob irgendjemand in der Kanzlei wäre: „Nicht Clara, Manuela!"
„Manu? Was hat denn sie …?"
„Sie hat bei mir ein Bild in Auftrag gegeben, soll aber eine Überraschung sein. Ich hab's in der Teeküche versteckt!"
„Darf ich's sehen?"
Darauf hat sie nur gewartet. Fabiola malt Ölbilder, sehr gekonnt. Sie hat schließlich „bei Picasso studiert", was zwar reichlich übertrieben ist, aber auch wieder nicht ganz falsch. Das hätte sie auch nie freiwillig erfunden, kann doch mithilfe dieser Story jeder ausrechnen, wie alt sie schon sein muss. Aber diesen hohen Preis ist ihr die Geschichte wert!
Wer sie und ihre immer noch fantastische Figur sieht, der muss ihr auch glauben, dass sie damals eine ausgezeichnete Tänzerin war. Keine Primaballerina zwar, aber im Rang gleich danach. Fabiola, kein Künstlername, wie sie beteuert. Ihre Eltern waren sicher nicht von der Art: „Kind, doch nicht zum Ballett! Lern doch was G'scheites!" Ich bin sicher, sie waren verliebt in ihr einziges Kind,

in ihren Star! Bei einem Pariser Auftritt hat *er* sie dann gesehen. Sogar zweimal, denn er kam eigens wegen ihr noch einmal – und engagierte sie als Modell. Drei Monate lang malte er sie. Und zwischendurch versuchte sie es selbst. Dabei zeigte er ihr, wie sie mit dem Kohlestift umgehen sollte.

Es war eine Phase des Meisters, in der man vom fertigen Bild nicht wirklich auf das Aussehen des Modells schließen konnte. Und das war ihr auch ganz recht so. Es wäre doch unschicklich gewesen, hätte man sie auf den Bildern „so!" erkennen können. Eines davon hab ich einmal mit ihrer Hilfe gegoogelt. Es hängt in einem kleinen französischen Museum und ist wirklich sehr abstrakt.

Und ich sollte auch nicht glauben, dass da irgendetwas lief! Ist ja bekannt, dass er kaum etwas ausließ, der gute Pablo. Aber Fabiola schilderte mir die Eifersucht seiner damaligen Favoritin so eindringlich, dass ich ihr glauben *musste*: „An dieser Furie wäre selbst die Monroe gescheitert!"

Hätte ihr der Meister nicht ein einziges, noch so kleines und unbedeutendes Bild schenken können? Tat er aber nicht, vielleicht wegen der Furie, und so lebt sie heute von ihrer kleinen Pension. Gut, für Essen gibt sie ja sichtlich nicht viel aus.

In der Teeküche holt sie jetzt hinter der Sitzbank das gut eingewickelte Bild hervor und öffnet es für mich. Dabei fällt ihr die Brille zu Boden. Ich will mich bücken – sie ist schneller, unglaublich, wie gelenkig für ihr Alter!

„Adam und Eva?", frage ich erstaunt.

„Na ja, das sollen Clara und David sein, damals am Strand in Griechenland – als alles begann mit den beiden. Und wie Manuela überzeugt ist: auch mit *ihr*!"

„Nackt?"

„Na, hör mal: frisch verliebt, jung, ein einsamer Strand … Oder soll ich ihnen noch schnell was anziehen, ginge sich noch aus bis morgen."

„Bloß nicht! Bin doch nicht Pius der … Vierte, glaub ich!"

„Du und Papst? Warum gerade der?"
„Das war der, der den ‚Hosenmaler' engagiert hat. Du weißt ja: Seither ist das ‚Jüngste Gericht' in der Sixtina ordentlich und züchtig."
„Also, kann ich's so lassen?"
„War doch nur ein Scherz, Fabiola!"
„Sicher?" Und als ich schmunzelnd nicke: „Dann schau ich noch schnell in den Saal hinunter, wo's am besten zur Wirkung kommt!"
„Du wirst staunen, was die schon so alles aufgefahren haben!"
Sie stellt das Bild wieder hinter die Bank, wobei ihr die Brille wieder zu Boden fällt. Darauf habe ich schon gewartet, sie nicht – trotzdem ist sie auch diesmal schneller. Unglaublich … Fabiola natürlich! Ja, die Brille auch!
Jetzt aber zum Schreibtisch, bevor der Papiergletscher zu fließen beginnt. Also das Begräbnis morgen bleibt mir. Eberhard hat „irgendeinen Termin" – wenn man ihn einmal bräuchte! Stammersdorf Zentral. 87 war sie, kaum älter als Fabiola … Nächster Angehöriger ihr Mann, steht im E-Mail des Einsegnungsdienstes. Auch die Nummer. Wieder hebt dort niemand ab, seltsam! Wo ist denn der alte Herr den ganzen Tag. Ich wüsste schon zuvor gerne etwas über seine Frau. Früher musstest du das in wenigen Minuten vor dem Begräbnis schnell erfragen. Das hat sich gebessert, auch weil es weniger katholische Beerdigungen gibt. Die Vorbereitung braucht jetzt mehr Zeit, aber ich will mich ja auf den Menschen einstellen können. Seltsam: Ich bin mir ziemlich sicher, dass ich wenige Dinge besser kann als Begräbnisse halten – und trotzdem: Ich bin jedes Mal so erleichtert, wenn ich dort wieder wegfahren kann. Gut, da ist nichts zu machen heute, also doch erst morgen kurz davor.
Das mit Franziskas Kündigung liegt mir im Magen, ihre Nummer hab ich natürlich … *nicht* eingespeichert! Sie ist … sie *war* ja immer da. Wo finde ich …
„Herr Pfarrer, bitte, komm schnell, schau dir das an!"
„Fabiola?"

„Schnell, das ist ja ungeheuerlich … Die Arme!"
Was ist bloß los? Die Schreie kommen aus der Bibliothek gegenüber.
„Da!"
Sie hat sogar ihr Bild fallen lassen und deutet auf Claras Brautkleid: strahlend weiß – und mit drei wackeligen, dicken roten Streifen verunstaltet. Offensichtlich mit einer Spraydose. Auch die Regale dahinter haben etwas abbekommen.
„Die arme Clara! Wer macht denn so was? Sie hat sich so gefreut! Glaubst du, kann man das noch putzen?"
„Sicher nicht. Das geht ja selbst von Hauswänden kaum runter!"
„Das ist wirklich die größte Schweinerei, die ich je gesehen habe!" Fabiola übergeht dabei geflissentlich, dass sie schon den Zweiten Weltkrieg erlebt hat. Aber das hier ist ja wirklich unglaublich. „Wer kann denn da überhaupt rein?"
„War offen?"
„Ja, das hat mich ohnehin gewundert."
„Dabei hab ich gestern Abend noch gesehen, wie Clara zugesperrt hat, vor meinen Augen. Und das Schloss … ist o. k.!"
„Aber … du meinst doch nicht!?"
„Jemand von uns … Ich fürchte, ich muss es ihr sagen."
„Aber bitte schonend!"
Schonend? Wie soll das gehen? Bevor ich wähle, lehne ich mich zurück: ausgerechnet Clara! Sie kann doch mit all dem Aufwand niemandem so auf die Nerven gegangen sein! Wem sollte ausgerechnet sie in die Quere gekommen sein? Noch dazu jemandem aus der Pfarrgemeinde. Gut, jede und jeder hat bei uns Schlüssel, besonders zur Bibliothek, unserem Besprechungszimmer. Was geht da bloß vor? Da kommt niemand von den besonders Frommen infrage. Clara ist eifrig, „ordentlich" verheiratet, noch dazu mit einem wie David, zwanzig Jahre lang, geradezu heroisch. Und dass ihre beiden Töchter mit der Kirche nicht mehr viel am Hut haben, das ist doch eher der Normalfall in diesem Alter. Also wer?

Ich will es ihr direkt sagen, nicht am Handy. Sie ist verwundert und will gleich vorbeischauen. Ach ja, das Bild liegt noch drüben, das muss ich noch schnell verstecken. Schnell rüber – und …
„Hallo, Stefan, gut dass du schon da bist. Wie war der Urlaub? Wir müssen das mit den Kirchtürmen unbedingt besprechen, am bestens jetzt gleich!"
Arnold ist wie üblich nicht zu bremsen.
„Muss das sein? Ich meine jetzt?"
„Ich bin fast fertig …"
„Was? Ich war noch gar nicht drüben bei der Kirche, aber …"
„Nein, mit den *Vorbereitungen* bin ich fast fertig. Das mit dem Geld krieg ich geregelt …"
„Auch die ganze Fassadensäuberung hinterher?"
„Kein Problem, lehn dich entspannt zurück und warte, bis wir hier in Canisius weltberühmt sind … Ob's dann noch so ruhig ist, kann ich allerdings nicht versprechen, *hoffentlich* nicht. Schau nicht so: Du kannst alles schriftlich haben … für die Diözese, wenn du sonst Ärger …"
Da kommt Clara im Eilschritt zur Türe herein: „Stefan, was ist los? Ich hab's schrecklich eilig heute."
„Clara, dein Kleid …"
„Ja, das hängt drüben. Verzeih, ich dachte, es stört nicht …"
„Stört ja auch keinen, aber jemand hat es dir … versaut!"
„Versaut, wie?"
Sie läuft hinüber, wir hinterher. Ein Aufschrei, wir stehen betreten hinter ihr, dann dreht sie sich langsam um, nimmt die Hände vom Gesicht – und lacht. Schallend! Nein, das ist kein hysterisch verkrampftes Lachen. Ich hab sie überhaupt noch nie so lachen gesehen, so … befreit. Arnold und ich sehen uns ratlos an.
„Dass ich da nicht selber draufgekommen bin! Genial … einfach genial, das ist es!"
„Du wirst doch nicht … ich meine, solange es *so* aussieht!"

„Und *wie* ich das anziehen werde! Und wie …"
Sie tritt näher, betrachtet das „Kunstwerk", fühlt die farbigen Stellen: „Also ich verstehe gar nichts. Ich weiß nicht, welcher Idiot … Aber das ist genial! So und nicht anders … Tut euch nichts an deshalb … Nein, das *ist* es! Entschuldigt mich jetzt, ich muss, bis bald!"
Weg ist sie.
Als ihre Schritte, ihre *beschwingten* Schritte längst nicht mehr zu hören sind, ist Arnold der Erste, der seinen Mund zu- und auch wieder aufbekommt: „Frauenversteher – ein harter Job!"
„Wo ich schon dich nicht durchschau mit deinem Kirchturmtick, aber so was …"
„Heulen – oder schreien – oder Gift und Galle, hätt' ich alles verstanden … Aber sie hat gelacht!"
„Seit ich sie kenne zum ersten Mal! Irgendetwas geht hier vor, irgendwas hab ich verpasst, das ist doch … alles … nicht …"
„Entschuldigung?", ruft eine fremde, tiefe Stimme ins Stiegenhaus: „Entschuldigung? … Ach, da ist ja doch wer …"
Ein stämmiger Mann im blauen Overall füllt die Bürotüre aus.
„Können Sie mir sagen, wo hier der Konzertsaal ist. Ich weiß nicht …"
„Konzertsaal? Wir sind eine Pfarre, nicht der Musikverein!"
„Witzig! Sie können mir glauben, *ich* kenne den Musikverein."
„Aber das hier ist wirklich kein …"
„Aber Sie veranstalten doch hier Konzerte, oder? Da, bitte!" Er zeigt auf ein Plakat am Anschlagbrett. „Winterreise, Schubert. Auch witzig, im Juli … Aber ich möchte wissen, wie Sie das ohne Klavier spielen wollen."
„Ach so, ja, in der Krypta sind immer wieder Konzerte. Kommen Sie von der AKM?"
Damit meine ich diese lästige Organisation, die durch ihre Spitzel stets weiß, wo Werke von „Autoren, Komponisten, Musikern" auf-

geführt werden – und die Veranstalter dafür stets kräftig zur Kasse bitten.
„Hör'n S', schau ich so aus?"
„Ah, nein, Sie haben recht, aber …"
„Wir haben nämlich Ihr Klavier auf der Ladefläche, wenn Sie also bitte so lieb wären …"
„Unser Klavier?"
Ich schaue Arnold fragend an, der zieht nur die Schultern hoch.
„War das denn weg? Wer hat denn das veranlasst?"
„Ich glaube, Sie missverstehen da was, mein Herr: Der Flügel ist neu! Ein 290er Imperial, Spezialausführung, fünf Jahre Stimmen inklusive!"
„Und das heißt?"
„Zwei Meter neunzig vom feinsten, der größte, den wir derzeit liefern, allerdings *selten* liefern. So was stellt man sich ja nicht ins Wohnzimmer!"
„Aber wir haben keinen Flügel …, ich meine, wir *haben* doch einen!"
„Mein lieber Herr, dann haben Sie jetzt eben zwei! Mein persönlicher Tipp, wenn Sie erlauben: Spielen S' das Es-Dur-Konzert vom Mozart, dafür brauchen S' zwei, und laden S' mich ein, das hör ich nämlich besonders gern!"
„Ich auch … Äh, also von wo kommen Sie eigentlich?"
„Direkt vom Werk Wiener Neustadt: Bösendorfer! Schon gehört?"
„Bösendorfer! Zwei Meter neunzig, neu! Wer bitte soll denn das bezahlen?"
„Sehen S', da hätten Sie jetzt möglichweise wirklich ein Problem: Listenpreis 139.900 Euro. Die gute Nachricht: Ist alles schon bezahlt! Aber könnten wir jetzt bitte … Wir hätten heute noch eins …"
Und da lässt es sich nicht mehr aufhalten: Das wertvolle Ungeheuer rollt die Einfahrt hinunter und kommt nach dem Aushängen einer

Eisentür, die so etwas sicher seit 1903 noch nicht erlebt hat, neben seinem kleinen Geschwisterchen zum Stehen. Der Kleine ist zwar auch aus gutem Haus, aber eben doch nicht von so hoher Geburt.
„Ein Autogramm bitte, der Herr ... Und der Klavierstimmer kommt dann nächste Woche, wenn sich's einmal in Ruhe akklimatisiert hat, das gute Stück, alles inklusive, alles bezahlt. Ich wünsche Ihnen ...", dabei sieht er auf meine Hände und bessert sich mit mitleidigem Lächeln aus: „... ich meine: ihren Pianisten, viel Freude! ... Und eins noch: eine gute Wahl! Diese ewigen ‚Steinways' werden doch bloß überschätzt, wer'n S' schon sehen. Schön's Wochenende noch!"
Weg ist er. Auch die Spedition war wohl die beste, denn der „gute Mann" hat keinerlei Andeutung wegen eines Trinkgelds gemacht.
„Und, was sagst du jetzt, Arnold?"
„Ein Wahnsinn! Wer bitte hat denn heutzutage so viel Geld? Unvorstellbar!"
„Wer? Na du zum Beispiel! Was das mit dem Turm kostet, will ich ja gar nicht wissen."
„Ach, das ist längst in trockenen Tüchern ... Aber irgendwie ist hier heute alles verrückt, einfach verrückt."
Da hat er nun unumstößlich recht. Wir laufen schnell in die Kanzlei hinauf, denn ich habe zwei brennende Fragen. Wir lassen den Computer hochfahren. Fünf Minuten später ist alles klar: Der 290er Imperial kostet tatsächlich fast 140.000 Euro. Und: Von keinem unserer Pfarrkonten ist ein nur annähernd so hoher Betrag abgebucht worden, ha ha, wie auch? Mein Anruf in Wiener Neustadt bringt auch keine neuen Erkenntnisse. Entweder wissen sie wirklich nichts – oder sie dürfen nichts sagen. Wer? Wem gegenüber habe ich schon einmal laut über einen echten Bösendorfer fantasiert? Ja, zugegeben: Ich *habe* ...

10

Stefan
Freitag, 23. Juli

Natürlich bin ich in Stammersdorf der Einzige, der im schwarzen Anzug Straßenbahn fährt. Wirklich sommerlich sind hier aber eigentlich nur die beiden Mädchen vorne im Wagen gekleidet, sicher Schülerinnen, die frei haben. Entsprechend dem Datum, nicht dem Wetter. Seit ich zurück bin, gab's kaum je zwanzig Grad. Heute Vormittag passt mir das auch ganz gut, entschuldigt meinen Egoismus, ihr zwei da vorne! Was hab ich auf Friedhöfen schon geschwitzt!
Er ist nicht gekommen, konnte nicht kommen zum Begräbnis seiner Frau, nach sechsundfünfzig Jahren Ehe! Die Nichte sagt mir, sie habe ihn ja gedrängt, ein paar Tage bei ihr zu wohnen, „bis das alles vorbei ist". Aber er wollte nicht, wollte wohl im gemeinsam geschaffenen Haus um sie trauern. Und ist gleich in der ersten Nacht, nachdem sie seine Herta abgeholt haben, schwer gestürzt, war eben ganz durcheinander. Drei Rippen, zum Glück nicht der ominöse Oberschenkelhals: „Im Dezember wird er neunzig, mein Onkel! Hoffentlich …"
Noch vor der Pension haben sie sich ihr kleines Häuschen mit Garten gebaut. Da muss ein Schalterbeamter bei der Post noch gut verdient haben. Ihre winzige Wohnung bei uns im Neunten haben sie bis zuletzt behalten, zweimal Studenten aus der Verwandtschaft zur Verfügung gestellt. Die Nichte weiß selbst nicht so recht, wie die beiden es bisher ganz allein geschafft haben. Aber das verstehen die Jüngeren ja ganz selten, was älteren Menschen ihre vier Wände oder gar das eigene Dach über dem Kopf bedeuten.
„Ihr seht nur eine alte, unbeholfene Frau vor euch, und das bin ich ja! Aber ich bin genauso gut die junge! Ich bin auch heute noch

das Mädchen, das sich gegen alle Ratschläge wohlmeinender Eltern das erste Mal verliebt hat; und ich bin die stolze junge Frau, die ihre Ausbildung mit Auszeichnung abgeschlossen hat und sofort eine ‚schöne Stellung' bekam. Und auch heute noch bin ich die geschockte Ehefrau, die soeben erfahren hat, dass sie nie Kinder wird zur Welt bringen können. An all das erinnern mich die Gegenstände, die ich aufgehoben habe – und eben nicht wegwerfen will, das ist nicht nur ‚altes Zeug, das unnütz den Staub fängt'. Und gerade dieses Haus ist ein großer Teil meines Lebens, jeder Winkel hat seine Bedeutung. Hier sind wir gesessen und haben zum x-ten Mal verzweifelt gerechnet, wie sich das alles doch noch ausgehen soll. Und hier hat er seinen Arm um mich gelegt und mich getröstet: ‚Geht sich alles aus, wirst schon sehen!' Und da, auf der kleinen Terrasse, unsere endlosen Grillabende mit den Freunden, die alle nicht mehr sind. Und dort bei der Tür hast du mich nach meinem letzten Arbeitstag begrüßt, um die neue Freiheit zu begießen. Ja, jeder Winkel unseres Hauses ist Teil meines Lebens, mancher Platz ganz besonders … ‚Ich gehe euch voraus, um euch Wohnung und Heimat zu bereiten', diese Worte des Abschieds von Jesus … Das verstehen ältere Menschen weit besser als junge. Wenn er sie jetzt zu sich nimmt, dann ihr *ganzes* Leben! Alles, was ihr Leben ausmacht, alles, was ihre Persönlichkeit geprägt hat, alles, woran sie ihr Haus erinnert hat – auch all das, an das sich sonst niemand mehr erinnern kann, das man sich gar nicht mehr vorstellen kann. ‚Ich bereite euch Wohnung' – mit allem, was dir lieb und heilig war, komm zu mir, sei bei mir! Auch mit allem Ungetrösteten! Lassen wir sie los – und geben wir sie in seine Hand."
Ungefähr das habe ich gerade in meiner Ansprache gesagt. Zwei haben sich sogar eigens bedankt: „… als ob Sie sie gekannt hätten!" So individuell und gar so unterschiedlich sind wir Menschen auch wieder nicht. Was ich da sagte, gilt ja für viele. Aber natürlich habe ich versucht, gut zuzuhören und mir diese Frau vorzustellen.

Unsicherheit bleibt hier immer. Wie gewohnt fahre ich erleichtert heim. Mit der Straßenbahn. Ich bin vor Begräbnissen einfach zu abgelenkt zum Autofahren.
Endstation! Ich muss ja umsteigen! Vor etlichen Jahren wollten sie aus der „Endstation" eine „Endstelle" machen. Hat sich aber irgendwie nicht durchgesetzt. In Wien ist und bleibt auch das Ende nur eine Station! Das Credo der Wiener war immer schon ein ganz spezielles …
Nach gut vier Stunden wieder zurück, schaue ich zunächst im Büro vorbei. Die Türe offen? Jetzt um halb zwei? Mitten im Sommer? Eberhard! Nein, es ist Franziska! Ich muss ziemlich entgeistert geschaut haben, sie zuckt fast zusammen.
„Nein, kein Einbrecher, ich bin's!"
„Ich konnte dich nicht erreichen, dachte, du bist noch in Griechenland."
„Ja, alte Gewohnheit, die Schlüssel hab ich ja noch."
„Franziska, du schaust so unverschämt energiegeladen aus! War das dein voller Ernst? Ich meine, ich hab's noch nicht weitergeschickt. Du kannst dir das alles noch …"
„Nein, Stefan, ich hab mir das gut überlegt … Aber bitte nimm das alles nicht persönlich. Das hat nichts mit der Pfarre zu tun, schon gar nicht mit dir."
„Mit Kostas?"
Sie lächelt strahlend, nickt aber nicht.
„Gehst du jetzt ganz nach Kreta?"
„Ach so, nein, wir haben ein Projekt, gleich hier um die Ecke!"
„Um welche Ecke?"
„Gegenüber der Kirche, ein Lokal!"
Ich muss mich setzen, auch wenn das eigentlich unhöflich ist.
„Ach, *ihr* seid das … mit der großen Mulde … Franziska, übernimmst du dich da nicht? Griechisch?"
Und schon sprudelt das ganze „Projekt", ihr Lebensprojekt, nur so

aus ihr heraus. Und das Ganze ist, ich muss es zugeben, stimmig. Gewagt ja, aber doch auch gut durchdacht. Und es wäre natürlich fantastisch für unser – was Lokale angeht – ziemlich verödetes Viertel. Und noch dazu kein Sauf- und Gröllokal wie so manches am Gürtel.

„Ein Kirchenwirt sozusagen?“, unterbreche ich sie belustigt.

„Na ja, im Notfall mach ich schon auch ein Schnitzerl, wenn wer gar nichts anderes mag.“

„Aber bitte, wie … Du hast doch gesagt, dein Kostas ist Kellner …“

„Koch, nur ausnahmsweise Kellner. Und zwar der beste Grieche in ganz Wien!“

„Gut, Koch. Aber er ist doch kein Reeder!“

„Reeder? Ach so, du meinst das Geld? Nein, das haben wir im Griff, glaub mir … Im Herbst sperren wir auf, spätestens im Oktober.“

Ich sag gar nichts mehr. Aber als Pfarrer weiß ich natürlich, dass Eile am Bau die Kosten immer enorm steigert. Warum hat sich denn die thermische Sanierung unseres Pfarrhauses so lange hingezogen? Eben!

„Schau doch einmal vorbei, wir sind jetzt fast den ganzen Tag drüben. Dann zeigen wir dir alles. Und du weiß ja, wenn es hier irgendwelche Probleme gibt, zum Beispiel bei der Einschulung einer Nachfolgerin … oder so zwischendurch: Natürlich kannst du mit mir rechnen, ich bin ja nur ums Eck, wie immer schon …“

Ich blicke mich zum ersten Mal auf dem Schreibtisch um.

„Wie immer, hast du denn auch gleich die Post sortiert?“

„Ich sagte ja schon, alte Gewohnheit, so viele Jahre … Da will einer, dass wir Glocken …“

„Weißt eh: unser alter Bekannter. Diese Leute haben Sorgen! Dem seine Sorgen und das Geld vom Onassis, heißt es doch … Na, jetzt muss ich doch sagen: und das Geld von Franziska!“

„Jetzt übertreib bitte nicht … Der hat sogar einen Preisvorschlag beigelegt …“

„Zeig mal her! Wie bitte? Na ja, vielleicht schenkt uns ja jemand die Glocken!"

„Schenken?"

„Na, schau bitte einmal in die Krypta, was wir da geschenkt bekommen haben! Nein, das sag ich jetzt nicht, das musst du gesehen haben!"

„Jetzt hast du mich aber neugierig gemacht. Ich schau mal schnell …!"

Inzwischen bin ich am Grunde des Stapels angekommen: ein Hochglanzkatalog mit Altertümern, mit echten archäologischen Fundstücken. Nicht ganz so verrückt, wie das vielleicht klingt. Was nur wenige wissen: Ich sammle nämlich solche Dinge! Aber natürlich nicht *solche* Stücke! Ich bin ja kein Museum! Kaum jemand weiß, dass man das einfach ersteigern kann: bis zu fünftausend Jahre alte Keramik aus Palästina, fast zweitausend Jahre alte römische Gläser, Idole und Götterstatuetten von Indien bis Israel. Diese Stücke sind ganz legal erhältlich, meist noch aus Zeiten, in denen Grabräuberei nicht strafbar war. Oder auch mit Zertifikat von heutigen Grabungen. Von Sammlung zu Sammlung weitergereicht. Meine Sammlung hat schon so manchen Besucher in Staunen versetzt. Und ganz im Sinne von Gregor: So manches Auto, das unten herumsteht, ist wesentlich teurer als das alles hier zusammen.

Ja, aber in diesem Katalog, da gibt es kaum ein Objekt, das nicht wenigstens mein Jahresgehalt ausmacht. Und das sind ja erst die Ausrufungspreise! Wer bitte kommt auf diese Idee? Wahrscheinlich einer von diesen ebay-Läden, bei denen ich schon gekauft habe, sorgsam ausgewählt natürlich. Die haben sich bei mir aber ganz schön verschätzt! Wirklich einmalige Stücke: ein Krater, also ein Weinmischgefäß, klassische Periode, voll intakt, fast dreißig Zentimeter, sehr feine polychrome Bemalung, Orpheus mit seiner Flöte, wäre schon mein Thema … 22.700 Euro, nein sogar Pfund, na ja …"

„Nobel! Nobel!“, Franziska kommt atemlos zurück, aber sie meint das gute Stück in der Krypta: „Wenn das die Finanzkammer spitzkriegt, bekommt Canisius nie wieder einen Zuschuss!“
„Sag einmal, kannst *du* dir vorstellen …?“
„Nein, echt nicht! Wir haben hier doch noch nie was geerbt – oder was Größeres geschenkt bekommen, Mäzene haben hier keine Tradition … Einfach so geschenkt? Anonym?“
„Einfach so!“
„Du, in Deutschland gibt's eine Stadt, ich glaub irgendwo im Norden, da legt jemand mehrmals im Jahr Geld unter Fußmatten, ordentlich viel Geld. Meist für soziale Einrichtungen, ich glaub auch bei einer Kirche …“
„Zu blöd, wir haben ja gar keine richtigen Fußmatten!“
„Dann würd ich aber schnell investieren … Aber der dort, oder *die* dort, hat einmal geschrieben, sobald er enttarnt wird, hört er auf … oder sie eben. Also nicht zu viele Fragen stellen!“
„Und wenn das Geld nun aus dunklen Kanälen fließt? Wir sind schließlich eine Pfarre, Franziska, und viele schauen da ganz genau auf uns!“
„Ja … Nein, Ganoven kaufen keinen Bösendorfer!“
„Stimmt auch wieder!“
„Wenn, dann kaufen die Steinways, bestimmt.“
Sie lacht, als gerade Fabiola hereintanzt.
„Ich hab gehört, wir haben einen Bösendorfer geschenkt bekommen? Darf ich den einmal …?“
„Stimmt, und was für einen!“, bestätige ich begeistert, wundere mich aber: „Woher weißt du das? Spricht sich das schon herum? Ich dachte, momentan gibt es nur ein Thema bei uns.“
„Das Jubiläum, natürlich. Aber ihr wisst doch: Eine Pfarre ist wie ein Dorf, meist schneller als das Internet. Was hast du denn da? Ein Museumskatalog? Willst du noch einmal verreisen? Ach, das klassische Griechenland …“

„Nein, ein Auktionskatalog. Warum sie ausgerechnet mir den schicken?“
„Du sammelst doch …“
„Ja, schon, aber doch nicht … Schau! Über 20.000 Euro, das verdien ich ja im Jahr nicht!“
Franziska ist inzwischen ungeduldig geworden: „Also ich muss jetzt los, sonst glaubt Kostas noch, ich spring wieder ab!“
Fabiola riskiert noch einmal einen Blick in den Katalog: „Wirklich schön, und sooo alt! Gar nicht zu glauben … Würde dir so einer gefallen? Aber ich lass dich jetzt in Ruhe, du musst ja sicher noch wegen morgen …“
Und weg ist sie, mit bewundernswerter Leichtigkeit.
Wenn die beiden mit ihrem Restaurant nur schon so weit wären! Aber noch bleibt ihre Küche kalt, das heißt, dort sind ja gerade erst die Maurer am Werk. Für ein Mittagessen ist es jetzt fast schon zu spät. Aber ich habe Hunger, was ich vor einem Begräbnis nie habe. Ich habe ja auch noch gar nichts eingekauft, seit ich wieder da bin. In jeder Pfarrküche gibt es immer irgendetwas – sogar im Sommer. Na bitte: Eingefrorene Würstchen vom letzten Pfarrfest, hoffentlich vom letzten! Nach einem Sommer-Gespritzten spüre ich, dass sich die Stunde der Wahrheit nicht mehr aufschieben lässt.
Wenigstens kann ich mich dazu jetzt auf meinen Balkon setzen, denn die Sonne kommt zeitweise durch. Mit Blick auf die Kirche muss hier und jetzt endgültig geklärt werden: Was für eine Ansprache soll ich da bitte morgen halten? Clara hat ganz typische Hochzeitslesungen aus der Bibel ausgewählt. Die muss ich gar nicht erst nachschlagen. Korintherbrief: „… hättest aber die Liebe nicht, bist du nur dröhnendes Erz, eine lärmende Pauke, also im Grunde gar nichts …“ Und das Gleichnis vom „Haus auf Sand“ und dem „Haus auf Felsengrund“. Steht diese Ehe denn wirklich auf einem Felsen? Lügen oder herumschwafeln – das ist hier die Frage. Beides liegt mir nicht, ich sehe bloß keinen dritten Weg.

Noch dazu wollen *sie zuerst* etwas sagen – „Worte der Dankbarkeit“ oder so. Ob er das wirklich will? Und dann erst bin ich an der Reihe, ungewöhnlich! Wie soll denn ich wissen, ob das dann überhaupt noch zu ihren Worten passt! Und was sie sagen, ist natürlich streng geheim, eine „Überraschung“. Na gut, wie auch immer, morgen um diese Zeit ist alles vorbei und wir haben's hinter uns, alles bis auf das Spitzenbuffet, immerhin …

Es dämmert schon und ich will es mir zunächst nicht eingestehen, aber mich fröstelt, mitten im Sommer. Und bin doch noch keinen Schritt weiter … mit meiner Predigt und mit all den seltsamen Dingen, die hier auf einmal geschehen … mitten im Sommer!

11

Manuela
Samstag, 24. Juli

Also, Mama, bei aller Liebe, aber du hast schon einen ordentlichen Klescher! Das gibt's ja gar nicht, was sich da so alles abspielt! Nein, ehrlich, ich bin ja stolz auf dich, aber das sag ich dir besser nachher. Es mit Papa zwanzig Jahre lang aushalten, na, aber hallo, das macht dir keine so schnell nach … Nein, um Himmels willen, so mein ich das nicht!

Aber das hier? Dagegen ist ja der Life Ball die reinste Kinderjause! Was die vom Catering schon alles an Styroporboxen angeschleppt haben … Ich check's nicht, da kommt ja immer noch was! Vier Eiskästen nur für den Sekt, entschuldige: Champagner natürlich! Und nichts mit Papptellern oder so, nein, nein: alles Porzellan und … mal schauen, ja, tatsächlich: *Riedel*-Glas! Beide Säle und auch noch im Garten, logo. Oben und unten singt sich je ein Chor ein …

Ah, schau! Ja, das passt: Fabiolas Paradiesgemälde, mein Einfall! Gar nicht so kitschig, hab ich ihr den Sonnenuntergang doch noch ausreden können. Und die Harpune hat sie wieder übermalt, war keine so gute Idee. Glaub nicht, dass Papsch das lustig fände. Die Narben sieht man heute noch auf seinem Fuß. Aber wer weiß, vielleicht hätt's ihm ja doch gefallen, Ende gut … Die Folgen seiner Verletzung damals, die können sich ja sehen lassen … Schauts mich an, na eben!

Manu, schau dich an! Na? Gute Wahl! Sexy Stretchmini, wetten, es kommt keine kürzer, wetten? Darüber Kurzarmjäckchen, tailliert, *höllisch* tailliert, schade um das gute Essen, aber viel geht da nicht … Papsch hat mir das Geld dafür gegeben – und klar hat's ihm gefallen. Alles in gar nicht dezentem Pink – die passenden

Heels hatte ich ja zum Glück schon … Na ja, hoffentlich kommen nicht nur lauter Oldies!
Also das mit Mamas Kleid! Schweine, kann ich nur sagen, echte Schweine! Mit den zwanzig Jahre alten Klamotten abfeiern, o.k., das wär nicht so mein Ding. Sie könnt sich locker leisten … Halb so viel Stoff würde ihr besser stehen, so wie sie sich gehalten hat. Ich weiß ja längst, was für Zombies in so einer Pfarre herumlaufen, aber solche Idioten! Wie sie das so cool wegsteckt, Mamsch, alle Achtung! Es gefällt ihr sogar. Stimmt ja auch. Also da musst du schon wirklich ewig „Fashion.TV" schauen, dass du *so* ein Teil rumlaufen siehst. Klar zeigen die dort irre Teile, nur so was Verrücktes ist denen auch noch nicht eingefallen! Als Hochzeitskleid! Hallöchen, meine Süßen, da könnt ihr euch mal was echt Neues abkupfern! Nur der Papsch war echt sauer. Na ja, kein Wunder, weil er jetzt daneben einfach abstinken muss, egal was er sich selbst aus dem Kasten holt. Er und Mode! Wenn er mal echt stylish aussieht, war sicher ich mit ihm shoppen!
Als ich das gute Stück aus der Reinigung gebracht hab, hat sie's gerade still angestarrt. Und als sie mich dann bemerkt hat, hat sie so nebenher gefragt, ob sie was drunter anziehen soll. Also ich weiß nicht, irgendwas ist total anders mit ihr. Find ich ja gut, nur … Seltsam schon auch … Passt irgendwie nicht zu ihr. Und was sie sich für Schuhe gekauft hat! Ob sie die je wieder anzieht? Armes Schwesterchen! Bella hat gut eine Nummer größer als sie, und so hohe müssen genau passen – werden wohl mir bleiben, wow, Louboutin!
Ja, und Bella? Kann sich's nicht verkneifen, als sie das strahlende Kleid sieht: „Glaubst du, dass jemals eine Frau so in Weiß geheiratet hat, also *fast* geheiratet jedenfalls, die schon so was von *keine* Jungfrau mehr war wie Mama?"
Bella ist noch frecher als ich, manchmal zumindest.
„Na hör mal: Also ich find das Klasse, wenn zwei auch noch im Alter so aktiv sind!"

Sie hat ja recht: Joggen allein macht noch nicht glücklich!
Sie hat sich – angeblich „zu Mamas und Papas Ehre" – Edeljeans gekauft, in Pink! Ausgerechnet! Und so ein weißes Top, das hinten nur Bändchen hat. Schaut ja sonst recht billig aus. Aber echte Seide, schimmernd, sehr weich, sie kann sich's leisten.
Oje, es muss gleich losgehen, wir beide sollen ja mit einziehen. Wenn bloß diese blöde Fürbitte nicht wäre, ich weiß nie, wann das ist und ob das irgendwie passt, was ich da geschrieben habe, und der Zettel, auswendig geht gar nicht, bei der Aufregung, so ein Rock hat doch keine Taschen, ganz schön hochgerutscht, muss ich schnell … doch, zumindest für die Kirche!
Fünf Minuten noch, immerhin. Schnell nachschminken! Ah, Bella ist auch schon da. Schaut echt hammermäßig aus, muss ich zugeben … Und ich? Doch, ja, sitzt gut, etwas … na ja … Aber muss ich denn was verstecken? Na eben! Hoffentlich hat Mama bei den Fotografen nicht gespart. Könnte echt scharfe Fotos von uns geben … ja von Mama und Papsch natürlich auch.
Wir müssen von ganz hinten einziehen. Florian wird bestimmt für die verwendeten Register bezahlt, der lässt keines aus, Mega-Bässe inklusive. Schaut nicht schlecht aus, dieser Organist, besser als die meisten Kerle vor Ort – die Auswahl ist ja auch eher trist hier. Trotz Florians Gedröhne ist nicht zu überhören, wie immer mehr Bankreihen verlegen oder entsetzt aufraunen und gar nicht so versteckt auf Mama deuten. Alle sehr ernst, wie's halt in Kirchen so zugeht, anstatt dass irgendwer lacht oder gar applaudiert. Manche starren verlegen in ihre Liederzettel, obwohl's noch gar nichts zu singen gibt.
Was die hier für krasse „Teppiche" herumliegen haben, aber in echt saublöd! In Kirchen riskierst du immer gleich einen Bänderriss, wenn du geile Schuhe anziehst! Sind denn hier immer alle mit Gesundheitslatschen unterwegs? Bella kämpft auch mit diesem welligen Zeug. Nur Mama … also wie die das hinkriegt? Die wird

doch nicht noch heimlich geübt haben, *muss* sie aber doch. Endlich! Vorerst in Sicherheit. Zwei barocke Stühle, eine fromme Kniebank – wie vor zwanzig Jahren!
Müssen glatt zweihundert Leute sein, mitten im Sommer! Und mit all den Geschenken und Blumensträußen und Kinderwägen wirkt die Kirche ja richtig voll! Sogar sechs Ministranten müssen hier ihre Ferien verplempern. Kriegen wohl eine Sonderprämie, aber trotzdem. Die eine ist ja fast so alt wie ich! Ich pack's nicht. Dass die in dem Alter noch … Aber hallo: Der eine schaut gar nicht … sogar *sehr* gut aus. Hoffentlich bleibt der nachher noch!
Auch die Stammbesetzung ist natürlich da. Die kenn sogar ich! Die lassen keine Messe aus, auch wenn das hier gar keine wird, glaub ich zumindest. Von dort hinten hab ich zuvor aufgeschnappt: „Also, dass man die *so* überhaupt hier reinlässt! Das ist ja unerhört!"
Zuerst dachte ich, die meinen Bella oder mich. Aber wir beide sind heute nur Statisten – neben Mama in *diesem* Kleid!
Bella gibt mir ein Zeichen, zeigt mit dem Daumen hoch – verdammt, meine Fürbitte, bin ich schon dran? Wo…? Sie schüttelt belustigt den Kopf, deutet nach vorne links: der Gospel-Chor! Vierundzwanzig Stimmen, sogar ein paar echte Schwarze dabei. Und die legen los, echt ein Hammer! Da musst du einfach mitswingen, sogar Mama hält es nicht mehr auf ihrem Hocker. Aber die singen doch sicher nicht umsonst! Ob *die* mehr abcashen – oder der Florist? Ich kann nur hoffen, dass Papas Russen bald auf eine Goldader stoßen. Sonst gibt's in Zukunft nur noch H&M! Ich will doch nicht rumrennen wie Mamsch, nein, wirklich nicht! Schade, aus … Fürs Erste.
Stefan betritt die Bühne. Bei der Firmung waren wir per Du, ob das jetzt noch gilt? Normalerweise hat er schon was drauf, ich meine: für einen Pfarrer! Wirkt aber schrecklich steif heute … Na ja, ich war auch schon chilliger drauf! Wenn er bloß nicht mit dieser „ur-

lustigen'" Harpunengeschichte anfängt. Ich find die ja super, aber Papa, der große Held … Gott sei Dank bleibt er ziemlich allgemein, besser so, hebt Mamas Engagement hervor und … Ha, sie singen wieder!
Mamas Cousine liest. Tante Esther ist eigens aus Tirol gekommen! Hat echt Power, die Frau: „… wärest du nur dröhnendes Erz und eine lärmende Schelle!" Nicht nur ich zucke zusammen … Das macht ja richtig Angst! Na ja, nicht wirklich … Noch ein Chor, der hiesige, gute Stimmen, o. k., aber *was* die singen, also das rockt wirklich nicht, gar nicht! Und auch was Stefan vorliest, ist recht düster: „… als nun der Sturm kam und die Wasserflut, da brach das Haus in sich zusammen!"
Ich schaue Bella an, mein zerknülltes Zettelchen immer noch in der Hand. Aber sie schüttelt den Kopf und deutet auf Papa, der gerade umständlich aufsteht.
In der Nähe höre ich eine belustigte Stimme: „Der Arme!"
Aber auch weniger belustigt: „… das erste Mal in einer Kirche und darf schon predigen, also ich weiß nicht …"
Zuerst hört man ihn fast gar nicht, nur einen kleinen Quälgeist, der ausgerechnet jetzt volle Windeln hat und schnell in die Sakristei verfrachtet wird.
„Papa! Direkt reinreden! Ja, so!"
Er kapiert's.
„Liebe Clara! Liebe Bella und Manu! Liebe Festversammlung! Ich hoffe, ihr seid's alle gut drauf! Are you happy? Also ich bin's! Zwanzig Jahre – Clara, so lange hat's noch keine mit mir ausgehalten. Clara, ich liebe dich! Wie damals in unserer einsamen Bucht … Und wie damals, du in diesem Kleid, und schon ein bisschen schwanger, jetzt dürfen wir's ja verraten, oder … Heute, doppelt so alt und sexy wie nie zuvor … Ach so, *du* natürlich … Obwohl, na ja … Ich doch auch, oder? Damals wie heute – und so viele Male dazwischen, ihr versteht, was ich meine …"

Papa! Wir sind hier in einer Kirche! Ich dachte schon, jetzt greift er Mamsch an den Po, wie so oft. Doch ... Ich glaub's nicht: Seh ich da eine Träne bei Papa? Das gibt's jetzt aber nicht!
„... also, weil ihr's alle wissen sollt: Ich fänd es echt cool, dich hier heute gleich noch einmal zu heiraten, was aber auch wieder gar nicht nötig ist – wir sind ja verheiratet ... Und so soll es noch zwanzig und mehr Jahre bleiben."
Applaus, wenn auch hörbar nicht von allen. Er will sie theatralisch küssen, sie weicht gerade weit genug zurück, lächelt, lächelt irgendwie seltsam: „Wart noch einen kleinen Moment!"
Jetzt also Mama, ich bin gespannt. Alle sind gespannt, Stefan besonders!
„David! Liebe Familie! Liebe Freunde! Ihr wisst alle, wie wichtig dieses Fest für mich ist. Darum danke ich euch allen, dass ihr gekommen seid. Ich weiß, manche haben sogar umplanen müssen. Vor zwanzig Jahren und noch einem Jahr bin ich diesem Kerl hier auf den Leim gegangen: Champagner im Luxushotel, ein starker Auftakt! Und dann auf unserer ersten Reise hat er mich verwöhnt – und mir alle Wünsche von den Augen abgelesen, ja, hat er – genau eineinhalb Tage lang. Tja, danach war ich dann seine Krankenschwester am Ballermann von Kreta. Und seine Geliebte natürlich auch. Und seither klebe ich fest an diesem mehr als gut aussehenden, coole Sprüche klopfenden Ekel!"
Hab ich sie richtig verstanden? Ist schon reichlich schräg, was sie da von sich gibt. Bella schaut etwas betreten zu mir herüber. Sie checkt das auch nicht. Hinter mir kommt Flüstern auf, aber alles bleibt gespannt, als sie weiterspricht.
„Wie mit Kaugummi klebe ich fest an dir, an Bella und Manu, an einem nichts als nervenden Job – und an deinen ewig neuen Versprechungen. ‚Ich mach die Kohle, und du machst den Rest!' Und wenn deine Kohle wieder einmal ausbleibt, arbeite ich halt deine Schulden ab – und darf mir bloß noch deine lässigen Sprüche an-

hören. Und weißt du denn überhaupt, was das bedeutet: der Rest? Unsere ewig pubertierenden, stets gelangweilten Gören jahrelang zu treten, dass sie nicht ganz absacken!"

Wo sind … Ich stochere mit bloßen Füßen unter der Kniebank. Ich bin doch glatt aus meinen Schuhen gekippt … Endlich … Alle ringsum starren Bella und mich entgeistert an. Ja, was!? Mama, was geht da für eine Show ab? Du kannst doch nicht …

„Ihr seid noch jung genug, vielleicht geschieht ja noch ein Wunder. Ich kann's nicht vollbringen. Wenn ihr weiter nichts als eure Klamotten und Freitagabend im Kopf habt … Im Gegensatz zu eurem Vater geb ich die Hoffnung für euch nicht auf – aber jetzt seid ihr selbst dran! Ihr alle habt nie gesehen, wie fertig ich war. Wie hab ich das bloß durchgehalten? Und als ich diesen Scheißjob annahm, weil mir das Inkassobüro immer neue Rechnungen unter die Nase hielt? Was hörte ich da hinter meinem Rücken? ‚Mama macht jetzt auf Selbstverwirklichung! Endlich! Hoffentlich ist sie jetzt ausgeglichener!' Ich hatte bloß kein Burn-out, weil es das damals noch nicht gab.

Und dann sprach ich von Scheidung und meinte es ernst damit. Ihr habt bloß weggehört. ‚Mamsch beruhigt sich schon wieder, wie immer …' Auch bei euch in der Pfarre ist nie jemandem was aufgefallen. Ich arbeite gerne hier und vieles will ich nicht missen. Aber es *hätte* euch etwas auffallen müssen an mir, auch wenn ich vieles überspielt habe, zugegeben."

Da werden jetzt einige rot, auch Stefan kann's nicht verbergen. Kann sie denn keiner stoppen? Das ist doch alles so … Jemand aus unserer Familie, den ich nicht wirklich kenne, redet neben mir auf Tante Esther ein: „Mach doch was, Esther, auf dich hört sie!"

„Was denn? Warum denn? Sie hat doch recht!"

„Ich *habe* mich wieder beruhigt, weil ihr mich gebraucht habt. Kein Buch, kein Theater, kein Einsatz für irgendetwas, kein Thema außer ‚Fashion' und ‚Styling'! Keine einzige Prüfung nach einem Jahr

Studium, Manu! Ich zwing euch jetzt zu nichts mehr; zeigt selbst, ob ihr irgendetwas drauf habt!

Aber du, David, du bist zweiundvierzig! In all der Zeit hast du mich nie geheiratet! Du hast dir eine Geliebte zugelegt, eine Dauer-…, eine Hauptgeliebte. Und du bist wirklich ganz große Klasse beim … – im Bett jedenfalls, oder wo auch immer!"

Ich höre die ersten lauten Protestrufe, und zwar nicht mehr nur von ganz hinten. Ich sitze wie versteinert da. Das ist ja … Wo ist denn der Schalter, mit dem man sie abschalten kann! Oder mit dem wenigstens ich mich wegbeamen könnte von hier, nichts wie weg!

„Ich weiß zu schätzen, wie du mich immer wieder verwöhnt hast, über-mannt hast. Egal, was zuvor gerade war. Egal, wie es um mich gerade … In diesen Augenblicken war ich dann doch immer wieder – hin und weg. Ich weiß, manche beneiden mich darum. Wahrscheinlich auch viele von denen, die du nur ab und zu verwöhnst … Aber mir ist das längst zu wenig … Obwohl, wie oft war ich denn schon an diesem Punkt! Wie oft wollte ich schon weg! Wie oft war ich verzweifelt, gedemütigt, krank – und du hast mich immer wieder herumgekriegt.

Ihr wusstet, wie wichtig mir dieses Fest ist. Aber ihr alle hattet keine Ahnung, *warum* es mir so wichtig ist: Um hier ein für alle Mal einen Schlussstrich zu ziehen. Ja, es ist aus! Ihr seid alle da, damit ich es mir endgültig unmöglich mach, noch einmal kleben zu bleiben. Dieses Kleid, dieses so herrlich versaute Kleid, das so gut passt, nicht nur mir, sondern zu diesem ganz besonderen Anlass heute … ihr könnt es haben! Aber mich könnt ihr nicht mehr haben, nie wieder besitzen …"

„Mama, bitte nicht, bitte …! Auch das noch!"

Bella will wenigstens *das* jetzt noch verhindern. Sie wird doch nicht! Aber Clara ist drunter nicht nackt, *doch* nicht. Weiße Unterwäsche, rot beschmiert wie ihr Kleid, das sie vor den Altar wirft … Kein Laut ist zu hören, kein Flüstern, sogar die Quälgeister sind

ganz entgeistert … Sie fährt aus ihren Schuhen, läuft zur Sakristeitür – und weg ist sie!
„Mama, bleib doch, wir können doch …"
Ich laufe zur Tür, die ist versperrt, da war doch noch nie ein Schlüssel! Sie hat alles genau geplant. Bella ist schon durch den Mittelgang. Klar! Sie kann ja nur durch die Krypta – ums Eck ist sie! Ich hole Bella ein, sie hat einen Schuh verloren, Scheißteppich auch! Ein schwarzer Mercedes fährt gerade weg. Wir laufen barfuß dem Wagen nach, vorne ist Rot, dort steht er jetzt … Wir können sie gerade noch sehen, sie hat ein gelbes Kleid an … Zwei Schritte zu langsam … Grün … Er startet und biegt in die Hauptstraße ein … Mama! Für immer?
Bella ist fassungslos, sie heult, wirft sich auf mich, trommelt mit den Fäusten auf meinen Rücken, nein, das ist ihr Schuh. Ihr Seidentop ist verrutscht, nicht mehr nur rückenfrei. Ich ziehe es ihr zurecht, immer noch sexy genug, aber wen kümmert das jetzt.
Sie brüllt mich an: „Ist das wahr, was sie gesagt hat? Sag's mir, ist das wahr?"
„Was weiß ich! Für *sie* ist und bleibt es die Wahrheit!"
Wir gehen schwankend wie Betrunkene die beiden Gassen hinauf. Erst als ich die Menschentrauben vor der Kirche sehe, bemerke ich die Schuhe in meiner Hand und das Zettelchen. Ich fahre schnell hinein. Meine Füße sind schmutzig. Ich fühle mich schmutzig. Bin ich's zuvor auch schon gewesen und hab's nur nicht bemerkt! Mama, bitte …
„Bella, du humpelst ja!"
„Hab mir die Ferse aufgeschnitten, was weiß ich, ist doch egal … Paps! Wo ist er? Armer Paps!"

sich alles auflöst … Mann, was verstehen Sie schon davon! Aber so is es!“

„Verzeihen Sie, also … ich glaub, ich hab Sie wirklich unterschätzt. Aber Sie müssen schon verstehen, so wie Sie oft daherreden … Und jetzt? Was machen wir jetzt?“

„Jetzt kneif ich den Arsch zusammen und wir feiern das hier zu Ende, und Sie kommen mit! Und dann … was weiß denn ich … Sie muss jetzt ihre Freiheit haben. Wenn sie glücklich wird ohne uns, soll's sein, aber ich glaub's nicht. Ich hab mir meine Freiheiten genommen – soll sie sie jetzt auch haben. Ich hab jetzt eine Menge wieder ins Lot zu bringen, rein finanziell … Ich werd mich reinknien, ihr beweisen, dass ich nicht das Schwein bin, das … Und dann mal sehen!“

Er sagte, ich solle warten, und ging schnell seine Prachtgewänder verstauen. Es waren nur ein paar Minuten, aber so lange war ich noch nie allein in einer Kirche. Fast lautlos hatten die Gospelsänger bereits eingepackt und waren verschwunden …

Vor dem Eingang zum Pfarrhof stolperten uns Bella und Manu in die Hände. Die beiden sahen schrecklich aus: verheult, schwarze Schlieren unter den Augen, völlig entgeistert. Wenn die einmal nicht mehr auf ihr Äußeres achten … Ich überredete sie mit einiger Anstrengung, nicht gleich davonzurennen. Aber zuvor sollten sie sich doch mal in einen Spiegel schauen … Ich glaube, dazu habe ich sie in ihrem Leben noch nie aufgefordert.

Unten wies das Buffet schon überraschend große Lücken auf. Sie wussten nicht so recht, was sie sagen oder tun sollten. Da war nun mal das Einfachste, sich etwas in den Mund zu stopfen. Ich deutete der Band, sie solle zu spielen anfangen, was sie bereitwillig tat. Die Musiker stellten sich gegenseitig vor, das ersparte mir irgendwelche Worte. Ich wusste, dass ich mich heute betrinken würde. Das hatte ich schon oft genug getan, oft auch zum denkbar falschen Zeitpunkt – heute ist der richtige!

Meine beiden erschienen wieder auf der Bildfläche, bald auch auf der Tanzfläche. Sie schauten wieder überraschend gut aus, wie immer eben, sind ja meine Töchter! Bella sogar richtig verführerisch, was die gewünschte Wirkung nicht verfehlte. Waren ja nicht gerade viele junge Kerle mit von der Partie, aber diese paar Schmetterlinge hatten schnell ihr Licht gefunden. Abgelenkt waren sie wenigstens, gut so …

Ich ließ mir einschenken, und mein Cousin Gerhard war als Erster zur Stelle, um anzustoßen: „Auf Claras Freiheit?"

Er musterte mich unsicher.

„Auf Claras Freiheit … und auf mich, den größten Idioten der Welt!", lächelte ich ihm etwas gequält zu.

„Und jetzt? Was wird sie denn jetzt tun? Wo ist sie hin?"

Ich musste gestehen, dass ich ehrlich keine Ahnung hatte: „In Kärnten – und bereitet sich auf den Wörthersee-Halbmarathon vor? Im Gartenhäuschen ihrer Freundin? Oder sie fliegt gerade ans Ende der Welt? Wobei … keine Ahnung, mit welchem Geld. Sie kann nicht viel erspart haben. Aber vielleicht gibt ihr jemand etwas? Sie kann mit unglaublich wenig auskommen. Mit irgendetwas im Tourismus Geld verdienen …"

„Du hast wirklich keine Ahnung?"

„Nein. Wo würdest du denn an ihrer Stelle …?"

„Nach Santiago pilgern … Nein, im Ernst, irgendwas Einfaches, aber direkt am Meer, im Süden, kein Regen …"

„Santiago! Sie hat mal davon gesprochen … Zäh wie sie ist, geht sie gleich von hier los … Würde ihr sogar guttun, denk ich. Aber sie hat auch gesagt, dort sei ihr zu viel Rummel … Also eher nicht. Jedenfalls hat sie alles genau geplant: der Schlüssel, das Kleid, das Taxi … Sie kann schon bald sehr weit weg sein."

„Sei ehrlich, sie hat doch oft genug nicht gewusst, wo *du* dich gerade herumtreibst, stimmt doch, oder?"

„Die *gerechte Strafe*, hör bloß auf damit! Schenk mir lieber nach!

Keine Ahnung, wie ich das hier alles bezahlen soll! Da hat sie mich noch richtig eingetunkt mit all dem Brimborium … Na ja, der Champagner ist wenigstens sein Geld wert. Prost!"

„Wenn du was brauchst, David, du weißt …"

„Ja, hunderttausend oder so, um wieder aktionsfähig zu sein; zwei Bodyguards, falls die Russen doch noch … und …"

Aber da war er schon bei der Gruppe nebenan, mein lieber Cousin Gerhard.

13

Arnold
Sonntag, 25. Juli

„Ach, wie schön, so viele Blumen! Was feiern wir denn heute?“, fragt mich Frau Kluftensteiner, als wir zufällig gemeinsam die Kirche betreten.
„Gestern war Hochzeitsjubiläum. Haben Sie nichts davon gehört?“
„Was? … Ach so, Hochzeit, wer hat denn geheiratet?“
„Eine Silberhochzeit – oder so.“
„Silber! Ach, wie schön, wenn zwei so lange glücklich sein können miteinander!“
Warum soll ich ihr die Freude verderben. Sie geht ohnehin nie ins Pfarrcafé und wird die Wahrheit nicht erfahren. Ich habe es eilig, will noch schnell in die Sakristei, fragen, ob ich zum Lesen benötigt werde.
Schon vor der Türe kommt mir eine aufgeregte Stimme entgegen: „… nicht ich allein, viele, ja viele haben an mich herangetragen, dass in dieser Kirche *so* keine Messe mehr gefeiert werden kann. Nach so einem himmelschreienden Skandal! Nackt war sie! Ja, nackt – am Altar! Die Kirche muss neu geweiht werden! So schnell wie möglich, für so etwas muss sich der Bischof eben Zeit nehmen …!“
Unser Pfarrer wird regelrecht erdrückt von diesem vorwurfsvollen Schwall geballter entrüsteter Frömmigkeit. Sichtlich will er Herrn Brenner etwas erwidern, doch der verzichtet momentan ganz aufs Luftholen …
„… niemals kann ich wieder das heilige Sakrament empfangen, an derselben Stelle, wo sie … ich kann das ja gar nicht … Und Sie sind gar nicht eingeschritten, gut, Sie waren wahrscheinlich geschockt

wie wir alle … Oder meinen Sie, es sollte gleich ein erfahrener Exorzist …?"

Obwohl die Frage nur rhetorisch gemeint ist, kann Stefan die kurze Pause nützen: „In Kirchen ist doch schon viel Schlimmeres geschehen, als dass sich jemand etwas auszieht und wegläuft."

„Schlimmeres? Als sich nackt ausziehen? Und so herzuziehen über das heilige Sakrament der Ehe, was soll da schlimmer sein? Ja, verstehen Sie denn nicht, dass …"

„Es soll schon vorgekommen sein, dass Christen über andere herziehen, Unwahrheiten über sie verbreiten, nicht nur selbst lästern, sondern auch noch gezielt Stimmung gegen sie machen."

„Wie meinen Sie das? Sie wollen doch nicht sagen …"

„So, es ist halb zehn. Und wir *werden* die Messe feiern. Ich mag das auch nicht, wenn ein Gottesdienst für so eine Szene herhalten muss wie gestern, aber vielleicht hatte sie keine andere Wahl. Ich werfe sicher keinen Stein! Und da uns weder Bischof noch Exorzist zur Verfügung stehen, lade ich Sie … und alle anderen auch … dazu ein, heute für Clara und ihre Familie zu beten."

„Was, so einfach? Sie können doch nicht … da muss ich mir jetzt aber wirklich überlegen …"

„Und bitte bei der Wahrheit bleiben: Sie war *nicht* nackt! Aber diese Ehe musste sie einfach hinter sich lassen, also auch das Kleid, symbolisch … So versteh ich das. Und übrigens auch ihr Mann … inzwischen …"

Unsere Kirche ist auffällig gut gefüllt. Gerade nach samstäglichen Festen kommen doch sonst oft spürbar weniger Leute. Die einen, weil sie „ihre Sonntagspflicht ja schon erfüllt haben", und die anderen, weil sie durchgefeiert haben. Ein kurzer Blick überzeugt mich davon, dass manche tatsächlich nach Zweiterem aussehen. Diesen Moment wollen sie sich aber nicht entgehen lassen. Wer heute nicht kommt, zuhört und mitredet, ist weg vom pfarrlichen Fenster.

Ich bewundere Stefan, wie er es schafft, die Dinge *an*zusprechen, ohne sie direkt *aus*zusprechen, um nicht noch Öl ins Feuer zu gießen. Er hat entgegen der offiziellen Leseordnung das Evangeliengleichnis von Pharisäer und Zöllner eingeschleust. Ersterer steht in der Synagoge ganz vorne und dankt Gott, nicht so ein Schuft und Verbrecher zu sein wie der Zöllner ganz hinten. Dieser wiederum bittet einfach und ehrlich zerknirscht um Vergebung für seine illegalen Geschäfte – und hat damit die Sympathie von Jesus klar auf seiner Seite. Wer dabei und bei Stefans Predigt einigermaßen zuhört, kann danach nicht mehr über Clara herziehen.

Viele hören aber offensichtlich nicht so genau hin, wie sich in den Gesprächen im Pfarrcafé gleich danach deutlich zeigt.

„… und die hatten auch noch die Frechheit, hier zu feiern? Nach alldem? Bis nach Mitternacht! Herr Pfarrer, da muss ich Sie jetzt schon fragen: Warum haben sie die nicht hochkant hinausgeschmissen?"

Wieder ist Herr Brenner Sprachrohr für „zahlreiche Messbesucher, die das an ihn herangetragen haben". Eh klar. Immer noch besser, er redet sich ein, dass alle so denken, anstatt aktiv Stimmung zu machen und andere aufzuhetzen.

„Ich war ja selbst bis zum Schluss dabei. So wie Arnold, also Herr Konzelmann, und einige andere auch. Wir konnten sie doch nicht alleine lassen, in dem Zustand. Na ja, lustig war das alles ja nicht gerade, aber ein paar sehr gute Gespräche …"

„Sie unterstützen das also auch noch! Wie kann man denn eine Scheidung feiern? Wo doch der Heilige Vater ausdrücklich und mehrmals …"

Das schreit ja geradezu nach paradoxer Intervention, ich kann's nicht lassen: „Herr Brenner, wissen Sie eigentlich, von wem dieser köstliche Kuchen ist, den wir da essen?"

„Was? Ach so. Von Frau Kledinger, denke ich, die kann das besonders gut. Aber eigentlich wollte ich …"

„Nein, der ist vom gestrigen Fest, ist natürlich einiges übrig geblieben."

„Ach!"

Plötzlich beginnt er zu würgen, bekommt den Bissen nicht hinunter. Was für eine Chance! Ich ziehe Stefan schnell zur Seite, worüber er sichtlich erleichtert ist.

„Sie entschuldigen … Du, ich muss mit dir dringend über die Türme sprechen. Du hast ja gesagt, nach dem Fest …"

„Arnold, siehst du denn nicht, was hier los ist! Die Ersten kriegen sich schon in die Haare, das wird uns noch die ganze Gemeinde spalten."

Tatsächlich ist der Lautstärkepegel inzwischen ganz schön angeschwollen. So viele waren schon lange nicht mehr im Pfarrcafé. Und das mitten im Sommerloch! Natürlich gibt es nur ein Thema.

„Du, ich *kann* aber nicht mehr lange warten damit. Es ist alles im Laufen. Ich hab alles beisammen. Sonst springt mir wieder jemand ab. Also: Zuerst putzen wir, dann wird grundiert, damit nichts zurückbleibt. Und dann kommt die Farbe, du, der Entwurf ist echt so was von, den muss ich dir heute noch vorbeibringen. Ein halbes Jahr muss es so bleiben, nicht länger. Du, ich sag dir, das geht um die Welt, das wird *der* Hammer."

„Aber zuvor geht das doch bis zum Denkmalamt und bis …"

„Ich bin doch kein Amateur, Stefan! Ich habe einen Klienten in meiner Beratung, der kennt genau den Richtigen im Amt. Natürlich brauch ich noch deine Unterschrift für das Ansuchen, aber das ist so gut wie durch …"

„Wirklich? So einfach geht das? Also meine Erfahrungen bisher …"

„Ich locke sie mit der sauberen Fassade danach, du, das wird auch ein wahres Schmuckstück! So gestrahlt hat unser Kirchenmonster nicht mehr, seit es unseren lieben alten Kaiser sehr gefreut hat!"

„Und unser Bauamt? Du kennst die ja nicht. Die werden mich in der Luft zerreißen. Da muss doch immer alles von liturgischen und

sonstigen Kommissionen begutachtet werden! Denk doch an die Wogen, die diese Werbung auf der Votivkirche geschlagen hat!"
„Was für eine Werbung?"
„Huch! Ich wage es ja gar nicht auszusprechen: ein gut zwanzig Meter großes Mädchen – im Bikini!"
Ich lächle zurück: „Oh, shocking! Dabei … Gerade auf gotischen Kathedralen sind doch außen immer die ärgsten Biester und Dämonen, diese Wasserspeier, die Schrecken der Heidenwelt und so … Also ein Bikinimädchen? Darüber hätten die damals nur gelacht! Im richtigen Mittelalter. Na, bei uns wird jedenfalls alles ganz abstrakt, das verspreche ich dir! Aber die Farbwirkung! Eine Symphonie aus Feuer und Wasser, einfach genial. Die Müllverbrennung Spittelau vom Hundertwasser gleich nebenan ist nichts dagegen. Du wirst es sehen und begeistert sein, glaub mir!"
„Die Votiv-Werbung hat wenigstens Geld eingebracht. Ich kann nicht verstehen, wie du das alles finanzieren willst!"
Diese Frage ist natürlich allzu verständlich. Pfarrer haben ja nie Geld, deswegen müssen sie auch so oft daran denken und darüber reden. Aber dieses Problem ist überhaupt keines mehr. Ich will und kann aber nicht ins Detail gehen.
„Das Thema Geld kannst du getrost vergessen. Alles in trockenen Tüchern, sagte ich doch. Ich habe meine Sponsoren längst beisammen."
„Was sind denn das für Sponsoren?"
„Victoria's Secret!" Ich muss ein wenig ablenken und aufziehen will ich ihn jetzt auch: „Du weißt schon, diese glamouröse Wäschefirma mit den teuersten Models überhaupt …"
„Aber ich habe doch gesagt, wir wollen keine Werbefläche sein. Und bloß keine Wäschewerbung, man muss sich ja nicht die ganze Kirchenleitung zum Feind machen …"
„Sche-erz, Stefan! Und du glaubst das gleich … Nein, ganz harmlos und kirchenfreundlich. Aber meine Sponsoren wollen nicht genannt werden."

„Sponsoren, die *nicht* genannt werden wollen? Das hab ich noch nie gehört. Ich hoffe, du fällst da auf niemanden herein."
„Stefan, Motivation ist mein Job! Schau mich an: *Wenn* einer Leute überzeugen kann …"
„Das stimmt: Ich weiß ja selbst nicht, wie du mich zu diesem Wahnsinn überredet hast!"
Mehr ist jetzt beim besten Willen nicht drin. Fast der halbe Saal umlagert uns und will aus erster Hand erfahren, was denn jetzt gestern wirklich genau geschehen … Wie das mit der Feier danach … Ob sie jetzt automatisch exkommuniziert ist … Ob denn die Hostien im Tabernakel nach all dem jetzt noch … Wo sie denn jetzt sein könne, wo sie doch jetzt sicher „solche" Schulden habe … Ob ein anderer auf ihr Mandat als Pfarrgemeinderat nachrücke … der Herr Brenner vielleicht … Ob man nicht doch wenigstens eine Gebetsstunde einberufen sollte, wenn schon keine neue Weihe …
Auch ich hätte eine Frage, aber die kann mir hier keiner beantworten: Ob Manu die Schuhe ihrer Mutter heute schon trägt – oder ob sie das teure Paar doch erst in ein paar Tagen ausführen wird. Denn als sich die Runde gestern, eigentlich heute, auflöste, stand sie plötzlich neben mir. Ob ich einen Kirchenschlüssel hätte und ihr aufsperren könnte … Ich habe immer alle Schlüssel, diesen zwar inoffiziell, egal … Zuerst dachte ich: natürlich, das Kleid! Das war schon in der Sakristei, aber das war es nicht. Ihr Interesse galt Claras Schuhen! Sie wurde ganz unruhig, als wir sie nicht gleich fanden. Zwischen zwei der zahllosen Blumenarrangements wurden wir dann doch noch fündig. Manus Augen leuchteten auf. Arme Bella, der sind sie nach Manus Angaben zu groß. Für Bella ist und bleibt es ein wirklich trauriger Tag …

14

Stefan
Montag, 26. Juli

Also gut, es gibt Schlimmeres. Wenn ein junger Mensch plötzlich stirbt. Wenn Kinder missbraucht und misshandelt werden. Wenn jemand ein Verbrechen begeht – und die ganze Familie mit hineinzieht. Keine Frage, es *gibt* Schlimmeres …

Ich sitze in der ersten Morgensonne auf meinem Balkon, vor mir die riesige Kirche, Schauplatz der inzwischen ebenso bejubelten wie verstörenden Ereignisse. Was für ein Bilderbuchmorgen. Die Zeitung steckt noch unten im Briefkasten, für politische Skandälchen und neuerliche Beweise für die Erderwärmung fehlt mir heute das Interesse. Oder für die üblichen Hurrikans in der Karibik. Mir ist plötzlich, als säße ich hier im Auge so eines Hurrikans. Wolkenlos, windstill, die Vögel zwitschern, die übliche Wespe umrundet mich. Aber das dicke Ende kommt noch, was auch immer du unternimmst! Es kommt …

So ein Wochenende habe ich noch nie erlebt! Das ging ja gestern noch bis in die Nacht hinein. Zunächst die immer hitzigeren Debatten im Pfarrcafé. Zuerst hatten jene die Oberhand, die Clara verurteilen, die sie am liebsten in der Luft zerreißen möchten. Sogar in Abwesenheit. Die Verteidiger der „heiligen Ehe" und diejenigen, die von Blasphemie sprechen und nun Sorge haben, dass sich der Teufel höchstpersönlich in unserer Kirche eingenistet hat und alle darin gespendeten Sakramente daher ungültig sind.

Kunstinteressierte mit gutem Gedächtnis und Smartphone hatten schnell heraußen, dass es 1987 war, als George Tabori in der Salzburger Universitätskirche Nackte auftreten ließ. Das wurde damals zwar schnell unterbunden, die Kirche selbst aber blieb in

Verwendung. Was die Gegenseite wiederum nur mit Abscheu und angewiderten Gesichtern goutierte. Und mit einem demonstrativen Abgang, als die Bewunderer Claras immer mehr die Oberhand gewannen – selbstverständlich nicht ohne ihren Kuchen aufgegessen zu haben.

Eine Runde jüngerer Frauen fantasierte sichtlich amüsiert, was sie selbst jetzt an Claras Stelle anstellen würden. Bei der Wahl der möglichen Traumziele konnten sie sich aber nicht einigen. Von der Antarktis bis zur Wüste Gobi spannte sich der Bogen der Sehnsucht. Aber alle begrüßten und beklatschten den Vorschlag, sich durch eine befreundete „Kontaktperson" darüber auf dem Laufenden zu halten, was jetzt über sie so gedacht und geredet wurde. Die Frage, ob sie sich bald schon „einen anderen angeln solle", führte zu unüberhörbaren Kontroversen: von „also ich an ihrer Stelle bräuchte jetzt lange keinen" bis „wenn ihr der Richtige über den Weg läuft, jetzt wo sie endlich frei ist". Wenn bloß der Papst niemanden unter uns hat, der ihn „auf dem Laufenden hält"!

Auch wenn ich nicht alles unterschreiben möchte, was da im Übereifer durch den Saal tönte, war ich doch einigermaßen erleichtert darüber, dass die lebenslustigere Seite die Oberhand gewann. Und was sollte ich schon dagegen argumentieren, wenn sie eine sofortige Scheidung als einzige Lösung ansahen, damit Clara nicht für Davids Schulden geradestehen musste?

Die Menge an immer noch köstlichen Brötchen, Pasteten und Kuchen trug das ihrige dazu bei, dass sich die Debatten in die Länge zogen. Schließlich musste nach alldem niemand mehr etwas kochen. Zuletzt blieben noch die Nachdenklichen. Was wird jetzt aus den Mädels und David? Können wir sie irgendwie unterstützen? Und wenn Clara ein Lebenszeichen von sich gibt – wie reagieren wir dann? Und welche Abgründe haben sich da heute aufgetan unter den Mitgliedern unserer Gemeinde! Welche Ängste stecken hinter diesen extremen und unversöhnlichen Positionen? Wer jahrzehntelang eine schwierige Ehe ertragen hat, kann das mit Clara nicht gutheißen, ohne das eigene Leben selbst zutiefst infrage zu stellen! Ist Scheidung bei uns immer noch ein Tabuthema? Fühlen sich Geschiedene unter uns immer noch als Christen zweiter Klasse? Keine Frage, da geht es um Lebensschicksale. Aber warum liegt für viele der eigentliche Skandal ausgerechnet darin, dass eine Frau in Unterwäsche aus der Kirche läuft, das ist doch vergleichsweise … Das tut doch keinem weh!

Diese grundvernünftige Schlussrunde gestern war für mich sehr wohltuend. Natürlich gehen mir all die Fragen auch heute noch nach. Gestern war ja dann gar keine Zeit mehr, sie alle zu beantworten. Kaum war ich in meiner Wohnung, kam auch schon ein Anruf, nicht irgendeiner: der Generalvikar! Die rechte Hand des Bischofs, der Personalchef und vieles mehr in einer Person. Sonntags, um diese Zeit! Irgendjemand hatte das Unmögliche geschafft, seine private Handynummer auszuforschen. Und aufgeregt alles erzählt, was bei uns tatsächlich vorgefallen war – und noch ein wenig mehr! Anonym natürlich. Was denn wirklich geschehen sei … (Höre ich ein leises Schmunzeln am anderen Ende? Aber ich kann mich täuschen …) Wie wir darauf reagiert hätten, und ich natürlich … Ob zu befürchten sei, dass sie sich etwas antun könne …

Wir kennen uns vom Studium, das Gespräch blieb sachlich. Er war ja selbst lange genug Pfarrer, da hat man schon eine Gesprächsbasis. Über weite Strecken konnte ich ihn beruhigen. Aber ich verschwieg ihm die plötzliche Polarisierung der Gemeinde nicht. Ich könne mich auf ihn berufen, dass eine neuerliche Weihe natürlich kein Thema sei. Er wird unseren Bischof informieren, aber nur, damit der bei Anfragen nicht ahnungslos dasteht. Danach stellte ich mein Handy ab. Es reichte jetzt.

Noch hatte ich nicht entschieden, welche CD ich jetzt hören wollte, da läutete es an der Tür. Was denn jetzt noch? Wenn's schon wieder Arnold war mit seinen Kirchtürmen, würde ich ihn wegschicken!

Nein, doch nicht. Das Gesicht kam mir bekannt vor. Es ging also nicht, wie so oft, um finanzielle Unterstützung. Nicht um die üblichen, angeblich gestohlenen Ausweise oder die weit entfernt verstorbene Mutter, also um keine jener Geschichten, die möglichst schnell und viel Geld auf die Hand bewirken sollten. Und die ich seit meinem Dienstantritt vor achtundzwanzig Jahren auswendig kenne. Aber wer …

Ach so, der Redakteur vom Lokalteil einer Tageszeitung. Er hat vor gut einem Jahr einen Artikel über Sozialmärkte verfasst, einen sehr gut recherchierten sogar. Und auch mich hat er damals dazu eingehend befragt. Ein „Geschäftsfreund" von David, der am Samstag eingeladen war, sei auch mit ihm befreundet und habe ihm die Story mit Claras Abgang gesteckt.

„Aber wen interessiert denn so etwas? Da gibt es doch ganz andere Scheidungsdramen!"

„Stimmt schon, Herr Pfarrer, aber dieser Vorfall ist so ungewöhnlich. So unglaublich cool inszeniert. Sie wissen doch, welcher Erfolg ‚Thelma & Louise' damals war!"

„Ja, den Film hab sogar ich gesehen. Aber bei uns ging doch gestern kein Tankwagen in die Luft! Das kann man doch nicht vergleichen!"

„Unterschätzen Sie das nicht: so eine Szene – auf heiligem Boden! Nicht nur diesem smarten Macho hat sie's gegeben, auch Ihnen allen, verzeihen Sie. Das macht längst die Runde durch die Stadt, glauben Sie mir. Waren doch mehr als zweihundert Leute da, oder? Und wenn ich nicht die Wahrheit schreibe, macht der blanke zusammengereimte Unsinn der Konkurrenz die Runde. Wollen Sie das?"

So weit hatte er recht: Manchmal ist es wirklich schwer zu begreifen, was die Leute interessiert – und was die größten Kreise zieht. Vor wenigen Jahren hatte ein bemitleidenswerter Kollege wegen eines Gespräches mit Hinterbliebenen ganz darauf vergessen, dass er eigentlich eine Hochzeit halten sollte. Als ob das vor ihm noch

keinem passiert wäre. Dieser Fehler hielt sich nicht nur wochenlang in heimischen Medien. Später erfuhr ich dann: Man konnte diese Geschichte sogar in einer neuseeländischen Zeitung nachlesen.
Es war gar nicht so einfach, dem Journalisten das gestrige Jubiläumsfest und seine dramatische Zuspitzung verständlich zu machen, ohne die Privatsphäre der Betroffenen allzu sehr in Mitleidenschaft zu ziehen. Den Titel „Die Silber-Braut, die sich was traut" konnte ich ihm gerade noch ausreden … Hoffentlich.
Als er dann ging, stand plötzlich doch noch Arnold vor der Tür. Ich war längst zu müde, um ihn hinauszuwerfen. Und außerdem tat es gut, mit jemandem jetzt noch ein Bier zu trinken. Zuletzt unterschrieb ich seine Verträge – zur Gegenwehr nicht mehr fähig. So verrückt er auch ist – auf seine Ehrlichkeit kann ich mich verlassen. Und auf den Satz, dass aus all dem „der Pfarre keinerlei Kosten erwachsen"… an *den* kann ich mich noch *sehr gut* erinnern.
Die Kaffeetasse in der Hand, den angenehm kühlen Morgenwind im Gesicht, frage ich mich nun, wie denn jetzt der Alltag wieder einkehren soll, der eher ruhige Sommeralltag. Und was gehört in meinem Beruf zum Sommeralltag? Die Pfarrchronik natürlich. Viele schmökern ja gerne in den alten Bänden, in denen Fakten und oft genug auch allzu klerikale Gedankengänge verwoben wurden. Gerade das Subjektive macht ja den Reiz dieser Lektüre aus. Aber wie soll man das heute angehen? Was ist denn schon so wichtig, dass es jahrhundertelang überliefert werden soll? Andererseits: Schon nach zehn oder fünfzehn Jahren gerät vieles in Vergessenheit und kann kaum noch rekonstruiert werden. Na eben, bestes Beispiel: Gehört Claras Fest in so eine Chronik?
Es ist schon neun. Die Pfarrkanzlei ist nach Franziskas Abgang verwaist. Viele werden heute nicht kommen – oder doch? Eine gute Gelegenheit, zunächst einmal ein wenig durch die früheren Zeiten zu blättern, bevor ich dann selbst fortsetze. Es sind gerade einmal vier Bände. Unsere Kirche ist ja nicht viel älter als hundert Jahre.

Der erste ist mit seinem Ledereinband und Goldaufdruck ein wahres Prachtexemplar. Und alles beginnt mit eleganter Handschrift und – wie könnte es anders sein – mit dem Kaiser, dem *alten* Kaiser natürlich!

Ob der 1903 zur Weihe kam, ist mir nicht bekannt, also eher nicht. Ob er am 18. Oktober noch in Ischl war, wahrscheinlich nicht mehr. Aber irgendwo auf der Jagd? Schon eher. Stimmt gar nicht! Eine Seite weiter sieht man ihn auf einem leicht vergilbten Foto die Stufen des Portals hinunterschreiten, also doch! Und Sisi, die Kaiserin? Natürlich nicht, sie wurde ja schon 1898 ermordet. Zu Ehren des Kaisers und als Dank für seine Unterstützung wurden zwei Marmortafeln beim Kirchentor angebracht, die bis heute von der Trauer um Sisi künden. Franz Joseph mischte aber auch schon beim Kirchenbau mit. Kein Gebäude in Wien durfte die seiner Rettung gewidmete Votivkirche überragen. Und so blieb die Canisiuskirche zwangsläufig die mit den zweithöchsten Doppeltürmen. Musste doch sogar das Rathaus einen Meter niedriger gebaut werden, was die Wiener Bürger jedoch mit dem überlebensgroßen Rathausmann obenauf doch wieder umgingen.

Davon steht aber nichts in unserer Chronik, überhaupt wenig zum Baugeschehen. Adelige Familien hatten tüchtig gespendet und wurden dafür mit jenen Wappen belohnt, die hoch oben die Türme zieren. Kein kaiserliches Dekret oder Glückwunschschreiben ist erhalten. Leider auch kein Autogramm von höchster Hand. Dafür offensichtlich eine Menge Ärger: Ein altes Klageschreiben liegt bei, schau schau! Ein gewisser Giovanni … „Manorini" oder so (seine Unterschrift ist besonders schwer zu lesen, egal) klagt den Kirchenbauverein, wenn ich das recht verstehe, auf böswillige Täuschung und Betrug. Auch sein Beschwerdebrief, schon Wochen vorher abgeschickt, liegt bei. Schwer zu entziffern und voller seltsamer Schreibfehler und Formulierungen.

Manorini war Zimmermann, aber offenbar keiner der vielen italienischen Wanderarbeiter der Ringstraßenzeit, sondern selbstständiger Unternehmer. Er hatte die Ausschreibung für die Ausgestaltung des nördlichen Turmes gewonnen und ihn in der Folge mit Treppen, Fenstern, Jalousien, Plattformen und mit dem Glockenstuhl ausgestattet. Ich brauche einige Zeit, um den Kern des Problems zu verstehen. Die Aufzeichnungen des ersten Chronisten reden auch seltsam um den heißen Brei herum. Der war noch kein Pfarrer, eher ein Ordensoberer. Diese ganze Angelegenheit ist ihm spürbar peinlich. Obwohl er selbst am Bau nicht beteiligt war und daher nicht vor Gericht erscheinen musste.

Manorini hatte im Vertrag mit seiner Unterschrift bestätigt, dass er das alles „in Eiche“ ausführen werde. Arbeitskraft war billig, Material der entscheidende Kostenfaktor. Und Eiche nicht nur das haltbarste, sondern auch das teuerste aller heimischen Hölzer, darum auch ungewöhnlich für derart großflächige Zimmererarbeiten. Sein Deutsch war sichtlich nicht gut genug, um zu verstehen, was er da unterschrieb. Als er dann doch begriff, war er außer sich: Das konnte nur den Ruin seines kleinen Betriebes, also seines Lebenswerkes, bedeuten. Er war schon über sechzig und wollte sich mit dem Gewinn wahrscheinlich zur Ruhe setzen. Die strengen Herren vom Kirchenbauausschuss ließen sich nicht erweichen und bestanden auf der Durchführung. Ob er nun tatsächlich in Konkurs ging, ist hier nicht herauszufinden. Jedenfalls versuchte er es vor Gericht. Die Klage wurde aber abgewiesen. Der Chronist schreibt dann noch von einem letzten Brief Manorinis an ihn selbst, der aber „derart wüthend, voll Ingrimm“ formuliert und von derart „bösartigen, ja unheimlichen und unfläthigen Flüchen“ durchsetzt war, dass er es vorzog, ihn schnellstens zu verbrennen. Nach der abschließenden Mutmaßung, dass seine Beschimpfungen „offensichtlich den bekannt ungezügelten Umgangsformen eines Süditalieners“ entsprechen, lässt er die Angelegenheit auf sich beruhen.

Danach kann er auf große Erfolge gleich nach der Kirchenweihe

verweisen: Besonders von den unzähligen Kindern ist immer wieder die Rede, die sich zur Erstkommunion, zur Firmung oder auch zu den Maiandachten und zum Umgang einfanden. Bald erscheinen weitere, gar nicht so schlecht erhaltene Fotografien. In eine der zahlreichen Erwachsenengruppen und „Kongregationen" aufgenommen zu werden war eine Ehre, die nicht jedem zuteil wurde. Warum dann von Anfang an bloß eine einzige Glocke? Hier finde ich die Antwort nicht. Besonders spannend ist der langsame Stimmungswandel in der Zeit des Ersten Weltkrieges. Das gesamte Ausmaß der Geschehnisse und die zahllosen tragischen Einzelschicksale wurden auch meinem Vorgänger erst langsam bewusst.
Ein Anruf reißt mich aus meinen historischen Studien.
„Ja, auch im Sommer, wie immer um achtzehn Uhr dreißig. Und vorher Rosenkranz, selbstverständlich. Einen schönen Tag noch!"
Mal schauen, ob Post da ist. Das darf doch nicht wahr sein: eine Paketverständigung … Aber ich war doch da, die ganze Zeit nebenan. War wohl wieder einmal zu schwer! Wozu gibt's denn die Post, wenn man sich die Pakete dann doch selbst abholen muss, irgendwo! Für mich, aus England … Wen kenne ich denn dort? Und was kann das sein? Das lässt mir jetzt keine Ruhe, wenn ich mich beeile, schaffe ich es noch vor zwölf.
„Da haben Sie aber Glück, dass das schon da ist, sonst immer am nächsten Tag, bitte!"
Ich hege immer noch den Verdacht, dass das Paket erst gar nicht losgeschickt worden ist. Was ich dann zu sehen bekomme, stimmt mich milder.
„Aber ich habe doch keine Waschmaschine bestellt!"
„Keine Angst, ist gar nicht so schwer, wie's aussieht!"
Die Schalterbeamtin hievt das Monster ohne große Anstrengung auf den Tisch. Ich muss nichts bezahlen, nur unterschreiben, und trabe los. Zeitweise trage ich mein *British parcel XXL* einfach auf dem Kopf.

Als ich unseren Eingang endlich erreiche, heute schon schwitzend, für morgen mit Muskelkater ausgestattet, kommt gerade Fabiola heraus.
„Was ist denn das, wenn ich so neugierig sein darf?“
„Keine Ahnung! Komm mit, das Rätsel lösen wir jetzt gemeinsam!“
In der Kiste findet sich zuerst eine dicke Schicht Styroporflocken, dann noch ein Karton, darin etwas scheinbar Rundes, aber in dicke Packungen von Noppenplastik eingehüllt.
„Pass auf, das scheint sehr zerbrechlich zu sein, wenn sie das so einpacken!“
„Ich kenne das, so waren manchmal meine archäologischen Artefakte eingepackt. Aber ich habe seit über einem Jahr nichts mehr gekauft … Moment, Vorsicht … Ein Krater! Ein attischer Krater! Bemalt … mehrfarbig … scheinbar völlig unversehrt … Aber so was steht doch im Athener Nationalmuseum, das gibt's doch gar nicht!“
Eine beigelegte Schriftrolle gibt mir recht, also lese ich vor: „Greek crater (for mixing wine and water), attic, about 450 BC. Ex Matthew Lancaster-Collection (ambassador in Athens during the 1860s), polychrome painting of Orpheo playing his flute … perfect preservation, no crack, no repair. Exceptional museum piece … Von Bonhams! Dann ist das Ding ja tatsächlich echt, kein Zweifel!“
„Bonhams, nie gehört, wer ist denn das?“
„Das ist wie Christie's oder Sotheby's, nur halt auf solche Sachen spezialisiert. Der Katalog! Wo ist der denn? Hier … Das ist er! Genau der! Das ist ja …“
„Zeig her! 22.700?“
„Ja, aber Pfund! Und das war der Ausrufungspreis, wer weiß, wie hoch der ging! Bitte, wer … Fabiola, ich versteh das nicht! Niemand hat Geld heute, alle stecken ständig in der Krise und müssen sparen … und dann das?“
„Gehört dir, ist an dich adressiert! Gib ihm einen schönen Platz!“

„So was kann man ja nirgends hinstellen! Da rennt wer an, oder ein Erdbeben, gibt's ja auch bei uns, für so ein Stück hat man ja Verantwortung. Das ist ja … Erbe der Menschheit!"
„Lieber Herr Pfarrer, also komm wieder runter. Was du da in der Hand hast, ist *nicht* die Mona Lisa! Gut? Freu dich einfach … Aber zeig ihn nur ehrlichen Leuten. Warte, ich mach dir die Lifttür auf! Und wenn du das erste Mal so einen griechischen G'spritzten machst damit, dann lad mich bitte ein! Versprochen?"
„Nein, wenn dabei die Farbe abblättert! Unmöglich!"
„Stefan, ein Scherz!"
Sie schaut mich mit großen Augen an. Endlich kann auch ich wieder lachen – über mich selbst. Wo der Lift bloß wieder steckt? Während ich warte, sehe ich das Bild ganz nahe. 2460 Jahre! Und so unversehrt erhalten. Noch dazu dieses Motiv: Orpheus in der Unterwelt, eine tragische Geschichte, bittersüß – und doch voll Hoffnung, fast eine Auferstehungsgeschichte! … *Wer?* Wer bitte …
„Was hast du denn da, warst du in Griechenland? Ich kenn den Kitsch dort, aber wie hast du das denn bewerkstelligt mit dem Fluggepäck? Die sind ja ganz unverschämt heute, nicht nur die Billigflieger …"
Daniele! Lang nicht mehr gesehen.
„Red keinen Unsinn, der ist echt!"
„Echt? Mach dich nicht lächerlich, Stefan, wenn der echt wäre … müsste er aus einem renommierten Auktionshaus kommen!"
„So ist es! Ich frag mich nur, wer mir so was schenkt. Dabei hab ich nicht einmal Geburtstag."
„Geschenkt? Und du meinst … Also da müssen manche Leute plötzlich sehr viel Geld haben … Ich hab gehört, in der Krypta geht die Geburtstagsparty weiter?"
„Die was? Ach so, das Klavier, ja, das ist auch recht mysteriös."
„An deiner Stelle wäre ich da vorsichtig, Stefan. Im Leben kriegt man nichts geschenkt. Glaub mir. Da stecken bestimmt krumme

Dinge dahinter, da will dich wer erpressen, wirst schon sehen. Zuerst Geschenke, dann kommen die Forderungen – und schon steckst du mittendrin!"
„Wo *drin*? Solange wir gar nicht wissen, von wem. Du meinst, das hat was mit der Mafia zu tun? Was sollen denn die von uns … oder von mir wollen? Weißt du denn mehr?"
„Blödsinn, bloß weil ich einen italienischen Namen habe, hab ich doch nichts mit der Mafia zu tun! Immer diese Vorurteile, jetzt fängst du auch schon damit an. Wenn ihr mir alle blöd kommt, dann macht euch eure Steuergeschichten selber! Ich bin immer nur der Trottel vom Dienst! Schau dir doch deine saubere Pfarre an: Es laufen euch doch die Vernünftigen davon, und die Jungen auch – und die Komiker, die Verschrobenen, die Ewiggestrigen, die bleiben! Na bravo! Das ist ja alles nicht mehr normal, was da passiert. Und das vorgestern … das ist ja das reinste Irrenhaus hier. Früher war da echt noch was los, da waren wir Freunde, aber so was? Macht euch euren Dreck doch alleine …"
Und weg ist er. Und ich mit meinem „Weltkulturerbe" in der Hand kann ihm nicht einmal nachlaufen. Daniele redet sich schon mal in Rage. Eigentlich heißt er Daniel. Aber weil es bei uns noch einen anderen Daniel gibt, er Morosini heißt und wohl auch italienische Vorfahren hat, nennen ihn hier alle so. Seine Vorfahren sollen sogar am Bau der Kirche vor gut einhundertzehn Jahren mitgewirkt haben, sind wie viele der Arbeiter aus Italien zugezogen. Er selbst kann aber gar nicht Italienisch. Und natürlich habe ich keinen Moment daran gedacht, dass er und die Mafia … So ein Unsinn! Früher war er hier wirklich zu Hause, soll hier fast gewohnt haben. Jetzt arbeitet er irgendwo für eine Sicherheitsfirma, Objektbewachung und so. Mehr sagt er nicht, „aus Sicherheitsgründen" angeblich, aber das passt zu seiner Geheimniskrämerei. Und erklärt auch, warum er stets zu den ungewöhnlichsten Zeiten auftritt, sonst aber nie Zeit hat. Außerdem soll er jetzt eine Freundin haben, so-

gar schon lange, und ist mit ihr zusammengezogen, irgendwo in Simmering. Aber er hilft uns weiterhin bei den wirklich heiklen Steuersachen und der Buchhaltung.
Was macht ihn gerade heute so aggressiv? Mich persönlich ist er noch nie so angegangen. Sind wir hier denn wirklich ein Irrenhaus? Manchmal hege ich diesen Verdacht ja auch … Aber eine Pfarre ist schließlich dafür da, dass auch eigenartige und schwierige Menschen einen Platz finden und jederzeit kommen können. Manches an den gestrigen Diskussionen war ja wirklich … Na ja, zumindest in der „wirklichen Welt" draußen hätte sich das sehr seltsam angehört. Aber da sind doch so viele, die sichtlich mit Freude dabei sind, die engagiert sind, die Hausverstand haben und eine Menge Lebenserfahrung auch. Natürlich hat er nicht recht … oder nur zum Teil … nur ein wenig … Aber ich kenne mich: Diese Vorwürfe werden noch tagelang in mir bohren, trotzdem.
Plötzlich kommt der Aufzug. Einer der afrikanischen Priester, die bei uns wohnen, steigt mit zwei anderen aus, offensichtlich Landsleute aus seiner Gemeinde. Er lächelt freundlich, ich will ihm die Hand geben … Vorsicht, ich hab ja immer noch den Krater in den Händen. Sie schauen ziemlich erstaunt.
„Schön! Sehr schön! Ist das zum Kochen?"
Ich lächle und übernehme den Lift.

15

Clara
Dienstag, 27. Juli

Dürres Braun, tiefes Blau, dazwischen ein paar Tupfer Weiß und Grün. Das ist es also: Südkreta! Die grünen Fleckchen sind oft hintereinander aufgereiht in steilen Rinnen zu finden, wo ein wenig Wasser durchkommt, das die Oberfläche meist gar nicht erreicht, aber doch die Wurzeln der überlebenden Büsche. Die allgegenwärtige Macchie hingegen hat bis zum Spätherbst nur noch Stacheln zu bieten, oft aber auch winzige Blüten. So winzig, dass du dich fragst, wo denn dieser intensive Duft herkommt.
Ich hätte ja meinen Allrad nehmen können, den ich schon vor Wochen bestellt habe. Und der das hier locker packen würde. Aber ich brauch das jetzt: Vierzig Grad, mittags, die absolut windstille Küste entlang! So definieren Griechen den Wahnsinn, aber ich genieße es. Ich werde mir noch unverwüstliche Bergschuhe kaufen, aber jetzt reichen meine Laufschuhe. Es ist einfach herrlich hier! Und wieder so ein Wolke aus Thymianaroma. Woher?
Drei Stunden, stets auf staubigen Pisten, und noch immer kein einziges Auto. Kein Wunder: Sonntag! Hinter dem kleinen Pass dort vorne muss es hinuntergehen, zu einer von Eberhards Traumbuchten. Ich hab in letzter Zeit genau hingehört, wenn er wieder einmal ins Schwärmen und Erzählen gekommen ist – und danach gleich alles aufgeschrieben. Also *wenn* einer ahnt, wo ich bin … Aber der wird sich hüten, etwas zu verraten!
Ja, gerade davor hat er mich gewarnt: „Im Sommer zu Mittag die Küste entlanglaufen, das lässt man besser, glaub mir!"
Im Gegenteil: Das ist einfach herrlich! Ich schwitze am ganzen Körper, ich glühe schon so richtig. Das Salz rinnt mir in die Augen,

und das Sonnenöl. Meine Schenkel sind schon paniert vom Staub … Ich bin ja immer schon Läuferin, aber was sind die verregneten Häuserblocks im Vergleich mit dem hier! Letzter Anstieg …

… geschafft, da unten sehe ich schon ein wenig vom grauen Sand. Ein Schluck aus der Wasserflasche, lauwarm war einmal. Der Rucksack liegt auch schon ganz nass auf meinem Rücken. Eigentlich müsste ich längst Hunger haben, aber ich spüre keinen. Ich spüre einen ganz anderen Hunger, eine richtige Gier – nach allem, was *vor* mir liegt. Und nach dem Meer da unten!

Ich springe über den steinigen Pfad hinunter. Dass ich dabei ganz schön ins Rutschen komme, lässt mich nur lachen. Ein paar größere Felsblöcke noch im trockenen Bachbett, ein letzter Schattendurchgang mit überhängenden, wie bemalt erscheinende Felsen, darunter weißer und roter Oleander, der sein Wasser irgendwo vom Grund des Schotterbettes saugt, und immer wieder die fast betäubend duftenden Oreganopolster. Sogar ein Feigenbaum mit vereinzelt blau schimmernden Früchten, jetzt schon reif! Wie lange ist das alles her … Wie süß! Das ist klebrige Finger wert. Aber jetzt endlich zum Wasser! Schnell!

Was für eine dramatische Bucht. Begrenzt durch Felsen, die wie schlafende Krokodile daliegen, und gleich dahinter eine steile Felswand mit herabgestürzten Brocken. Das Wasser vom nahen Türkis ins weite Azur hinaus unberührt. Niemand ist da, das Ende der Welt … oder ihr Anfang? Wie am siebenten Schöpfungstag.

Aber jetzt! Ich rolle die Isomatte aus. Den Rucksack und ein paar Steine darauf, obwohl nicht der geringste Wind geht, und das Badetuch. Und raus aus dem nassen Zeug!

Los jetzt! Ich hab das ja immer noch an, bloß einmal schnell gewaschen, ich wollte es bis hierher nicht … Neu gekauft, edles Weiß, aber ich hab das *selbst* verziert oder *selbst* versaut oder was auch immer – mit Davids längst vergessenem Lackspray, gekauft für sein ehemaliges *rotes* Cabrio. Ich hatte mich schon dazu entschlossen, ohne alles aus der Kirche zu laufen. Natürlich hätte ich mich wahnsinnig geschämt dabei, aber ich wär da durch, hinter mir die Sintflut! Aber es gibt ja auch die *ehrlich* Frommen, und denen wollte ich *das* nicht antun. Und Stefan auch nicht. Der hat sicher so schon genug Scherereien wegen mir. O. k., er hält das aus …

Aber jetzt! Ohne jedes Nachdenken ziehe ich aus, was ich nie wieder anziehen werde. Es ist wie ein Ritus, eine Reinigung, meine Befreiung, endlich! Die Steine sind heiß! Fünf weite Sprünge sind es bis ins Meer. Ich laufe, bis es mich umwirft, tauche ein, so tief und lange ich kann, gleite durchs seidenweiche Wasser, lasse meine Beine tief ins Kühlere hinunter, tauche wieder ein, „wie eine Süchtige", denke ich, jetzt lass doch das viele Denken!

Als ich immer noch euphorisch aus dem Wasser steige, sind ganz unerwartet kleine Mittagswolken vor die Sonne gezogen. Sie ersparen es mir, mich in den Schatten der Felsblöcke zu verkriechen. Ich liege mitten in einer riesigen Bucht. Ich spüre meinen aufgeregten Pulsschlag. Und nichts ist zwischen mir und dem Leben: keine Verpflichtung, kein Handy, keine Uhr, kein Mann, kein Kind, keine Pläne, kein Gestern und kein Morgen, keine Schulden, keine Sorgen, nicht einmal ein Feigenblatt, nur der leichte Wind auf meiner Haut, der mit den vereinzelten Wolken aufgekommen ist. Hier bin ich niemand, nichts, keiner kennt mich, keiner erwartet etwas von mir, auch ich nicht. Ich nehme auch noch meinen Armreif ab, das war's, jetzt trage ich nichts mehr – Clara pur, nein: *irgendwer* pur …

Ich habe Durst. Da fällt mir die Weinflasche ein, ja genau! Der muss jetzt furchtbar warm sein, aber den *will* ich jetzt. Ich greife neben mich, finde die Flasche und trinke gierig, ohne mich aufzusetzen, auch wenn einiges danebenrinnt, bis zum Nabel. Ich öle ein an mir, was heuer noch nicht viel Sonne gesehen hat, – und döse vor mich hin.

Gedichtzeilen fallen mir ein, fallen mir zu, Marie Luise Kaschnitz?

Ja. Wie oft hab ich die schon gelesen, ich merk mir doch sonst nichts auswendig. Und jetzt? Ja, wirklich, so ist das! Das erste Mal! „Mir um die Schultern, Liebkosung schöne Bewegung, wie einst von tyrrhenischen Wellen …“ Das also ist der Himmel. Bloß jetzt nicht aufwachen. Ist da noch ein Schluck Wein? Gut so …
Die Sonne ist weg! Hier, aber drüben scheint sie noch. Ich will doch in der Sonne liegen, in dieser herrlichen Felsen-Farben-Sonne jetzt. Ocker-Orange und sanft und satt … Ich nehme einen letzten Schluck, dann mein Badetuch und gehe ihr entgegen. Aber ich habe Hunger … Die Feigen, ja, Feigen will ich. Ich lasse das Tuch liegen und stapfe das Bachbett hinauf. Viele sind noch nicht reif, aber genug! Eine verschlinge ich, andere genieße ich.
Ich bemerke noch, dass ich mir die Schuhe angezogen habe – sonst nichts. Oh, shocking! Doesn't matter! Sind ja genug … Feigenblätter da. Ich muss lachen und kann gar nicht aufhören. Und du bist also … Clara? Das soll tatsächlich diese Clara sein? Nicht? *Nirgendwer*? Das ist gut, das merk ich mir: *Nirgendwer* …
Ich laufe hinunter, laufe ins Wasser, wasche meine Hände, tauche ein … liege auf meinem Badetuch. Warum liege ich mit nassen Schuhen da? Warum ist alles so weich unter mir? Warum … egal. *Nirgendwer* …

16

Stefan
Mittwoch, 28. Juli

Ob das jetzt wirklich der beste Moment ist? Ein riesiger Mischwagen steht vor der Großbaustelle und pumpt gerade Beton durch einen dicken Schlauch ins Hausinnere. In dem Loch, das wahrscheinlich einmal zum Eingang wird, steht eine gestikulierende Gestalt in Latzhose, kariertem Hemd und gelbem Helm. Und das ist tatsächlich Franziska! Sie ist überall gleichzeitig und diktiert den Arbeitern. Ob das gut geht?

Kostas hilft nebenan einer anderen Partie, Holzplanken in die ohnehin schon übervollen Mulden zu verfrachten. Die gehörten wahrscheinlich zu einer Wandverkleidung. Er kommt zu mir herüber.

„Grüß Sie Gott, Herr Pfarrer! Das alte Zeug muss raus. Soll alles einen einheitlichen Stil erhalten, meint Franziska. Hat eigens einen Innenarchitekten engagiert."

„Und ihr dürft wirklich durch die Feuermauer?"

„Schon geschehen. Bei uns zu Hause fragt da keiner. Aber wie Franziska das hier in Wien bewerkstelligt hat? Ich will's ja gar nicht wissen. Wir mussten nur die Decke besonders dicht machen, feuerfest eben. Sie hat alles im Griff, wir liegen gut in der Zeit. Kommen Sie, die Küche hinten ist schon fast fertig, mit Abluftsystem und Kaminen. Franziska, komm doch rüber, die können das auch ohne dich! Obwohl: Ihr entgeht nichts, keine Schlamperei, kein Pfusch."

„Ich weiß, so macht sie ja auch die Buchhaltung. Sie ist nie nach Hause gegangen, solange noch irgendwo zehn Cent gefehlt haben. Da bist du ja! Du hast dich irgendwie verändert, sag nichts: Mir fällt's gleich ein!"

„Nicht frech werden, mein Herr! Willkommen zur ebenen Erd! Na, was sagst du? Schon die Küche gesehen?“

„Nein, ich wollte sie ihm gerade zeigen. Komm!“

Auch hier ist es noch staubig. Aber die Ausrüstung: wie in einer Schauküche, nicht wie in so manchem Gasthaus, wo du besser nicht hinter die Kulissen schaust ... Selbst für den Laien einfach umwerfend. Alles da, alles groß, alles Nirosta! Und vor allem: Alles fertig, nur noch unter durchsichtigen Schutzhüllen.

„Das ist ja unglaublich. Da hat der penibelste Hygienekontrollor keine Chance bei euch! Habt ihr schon einmal gekocht hier?“

Kostas kann seine Ungeduld nicht verbergen: „Leider, noch kein Gas. Das wird erst angeschlossen, wenn alle Leitungen liegen. Heute kommt der Estrich, gleich in voller Länge. Dann ist hier erst mal zwei, drei Tage Pause ...“

„Zwei, drei Tage nur? Ich dachte ...“

„Wir verwenden ja auch extra schnell aushärtenden, da geht das.“ Franziska will wohl zeigen, dass Bauen nicht nur Männersache ist. „Nach drei Tagen geht es weiter mit den Fliesen ...“

„In vier, meine Liebe! Am Sonntag wird bei uns nicht gebaut. Kiriakí. Der Sonntag ist heilig!“

„Und ihr wollt wirklich schon im September starten?“

„Schaut ganz so aus ... Stefanos? Du? Heute schon? Wo kommst du her?“

Ein dunkler, junger Feschak mit gekrausten Haaren und Vollbart steht in der Tür. Kostas springt ihm entgegen: „Lass dich umarmen!“

„Das ist Stefanos, mein Neffe! Der Sohn von Manoli, meinem Bruder, und Eva.“

Selbst Franziska scheint ihn noch gar nicht zu kennen.

„Er war bei der Armee und arbeitet in Piräus, Getränkegroßhandel. Was ist mit dir? Was machst du denn in Wien?“

Stefanos kann ein wenig Englisch. Na ja, den PISA-Test seines Lan-

des treibt er damit nicht gerade in die Höhe. Nach und nach kommt heraus, dass seine Firma dichtgemacht hat. Die also auch! Und sein Vater hat ihn geradewegs zu Kostas geschickt. Nachdem sich die beiden in hastigem Griechisch über das Wichtigste verständigt haben, erklärt uns Kostas: „Er bleibt eine Zeit lang in Wien. Er ist sehr tüchtig, wir können ihn jetzt sicher brauchen. Und die Wohnung direkt hier drüber haben wir zum Glück schon angemietet, für Gäste und Mitarbeiter. Da kann er wohnen. Er spielt übrigens ausgezeichnet Lyra, aber das hat Zeit ... Stefano, *Papas* Stefan!"
Der junge Mann gibt mir schüchtern die Hand und begreift erst auf Nachfrage, dass wir denselben Namen tragen und was für eine Art „Papas" ich bin.
„Franziska, das muss gefeiert werden! Herr Pfarrer, haben Sie abends Zeit? Ich koche etwas ganz Spezielles ... Ach zu blöd, die Wohnung drüben ist ja völlig zugeräumt mit Plänen und mit all dem Geschirr, hier ist es ja noch nicht sicher ... Herr Pfarrer, darf ich in Ihrer Küche? Wir müssen doch feiern ..."
Es sind ja Ferien, also gibt's heute keinen Abendtermin nach der Messe, warum also nicht.
„Ja gerne, Kostas, aber meine Küche ist ungefähr ein Zehntel von der hier!"
„Kein Problem, solange das Backrohr funktioniert. Aber ich komme dann bald, weil echte griechische Küche braucht viel Zeit. Wir werden schnell einkaufen, in einer Stunde?"
Ob ich mein Backrohr in einer Stunde sauber habe? Da hat er mich jetzt am falschen Fuß erwischt. Aber einmal muss es ja sein.
Die beiden Männer suchen das Weite, Franziska wird hier alleine die Kontrolle übernehmen.
„Danke, Stefan! Bei den Griechen wird gefeiert, wenn es einen Grund dafür gibt, wie zur Begrüßung eben. Ich hoffe, der Jungspund packt wirklich zu – und ist nicht nur der Spion der Familie, der nachschauen soll, ob hier alles mit rechten Dingen zugeht."

„Tut's denn das?"
„Was? … mit rechten Dingen zugehen: Na hör mal, bei mir hat noch nie ein Cent in der Kassa gefehlt, oder?"
„Natürlich nicht, Franziska! Ich freu mich jedenfalls auf den Abend. Endlich wieder was los auf meinem Balkon. Der verkommt ja schon vor lauter Beschaulichkeit."
Kostas arrangiert sich mit meiner Miniküche. Ob er merkt, dass mein Backrohr noch feucht ist und nach Spülmittel riecht? Er hat seinen Freund vom Griechen mitgenommen, bei dem sie bis vor Kurzem noch gemeinsam in der Küche standen. Der hat ihm auch bei dem schwierigen Unterfangen geholfen, hier im Neunten ausgerechnet Ziegenfleisch aufzutreiben, das sie schon unten im Hof zerhackt haben. Beim Essen muss man dann aber ganz schön aufpassen bei all den Knochenstückchen, die sich da in „Ziege mit Zwiebel und Tomaten" verstecken. Aber beide schwören darauf, dass gerade das erst den richtigen Geschmack ausmacht. Und die mindestens zweistündige Garzeit natürlich auch!
Den ganzen Abend schon beobachte ich Franziska, ob sie irgendwelche Anzeichen von Unruhe oder Nervosität zeigt. Aber ich kann keine feststellen. Nur ein wenig Unmut darüber, dass die drei ständig ins Griechische verfallen, das sie schon besser spricht als versteht. Sie strahlt Entschiedenheit und Vorfreude aus.
„Und du kommst doch sicher zur Eröffnung am 3. September?", fragt sie mich.
„Unbedingt, ist doch Ehrensache! Warum genau am 3. September?"
„Der Geburtstag von Kostas' Vater! Der ist ihm heilig … und man muss sich ja ein Limit setzen. Und dann musst du dich entscheiden …"
„Entscheiden? Wofür?"
„Griechisch oder Indisch!"
„Da muss ich dann wohl eine Münze werfen. Ich leg mich doch mit keinem von euch an!"

17

Franziska
Donnerstag, 29. Juli

Dabei hab ich doch ständig abgelehnt – aber du kommst ihnen nicht aus, nicht einmal als Frau. Wo sie bloß den ganzen Wein so schnell herbekommen haben? Griechischen natürlich! Und immer noch einen besseren, schwereren: zuerst den leicht geharzten Hauswein von zu Hause, in Plastikflaschen, die Stefanos im Flugzeug begleitet haben. Dann einen Weißen aus Sitia, als Steigerung den berühmten Vulkanwein von Santorini, dann noch einen schweren Roten aus Makedonien und … was weiß ich. Obwohl ich den Rakí verweigert habe, war's heute früh wirklich nicht leicht.
Kostas ist schon unterwegs. Mit seinem verschlafenen Neffen. Er ist gehorsam aus dem Bett gesprungen, ganz so, wie er es wahrscheinlich beim Heer gelernt hat. Es ist gar nicht leicht, in Wien echt griechische Holztische zu bekommen, und diese typischen, geflochtenen Sessel, auf denen man eigentlich gar nie richtig sitzen kann. Ebenso „authentisch" wären nur die neuerdings in Griechenland allzu verbreiteten Plastikstapelsessel. Aber die kommen mir nicht ins Haus. In Sougia müssten wir nur zwei, drei Tage warten. Dann kommt immer wieder ein Händler mit Klein-Lkw und Lautsprechern angefahren, mit allem nur erdenklichen Hausinventar. Die beiden müssen sich eben ein wenig anstrengen.
Viel kann ich heute zwar nicht tun, der neue Estrich muss ja erst trocknen. Aber ich muss einfach täglich mit eigenen Augen sehen, was wir schon alles fertiggebracht haben. Noch einen Monat und eine Woche. Ich sperre die letzte verbliebene Außentüre auf. Dahinter ist die Küche, darum haben wir das Schloss hier noch belassen. Es riecht feucht und sieht auch noch feucht aus. Hoffentlich

haben uns die nicht zu viel versprochen. Aber zur Not bleiben noch ein paar Reservetage.
Ich blicke durch das Schaufenster in den derzeit unzugänglichen Bereich. Ich muss nähertreten, weil es spiegelt. Alles sauber und eben, gute Arbeit. Ich trete zurück und sehe das Eingangstor der Kirche gegenüber. Dort stehen drei Personen, gehen aber nicht hinein. Ich drehe mich um und verstehe: Da hat jemand etwas an die Kirchenmauer gesprayt, auch gleich quer über das Tor. Knallrot.

DU ELENDER KUTTENBRUNZER!
Alles kommt ans Licht,
freu dich nicht zu früh!

Zwei Burschen schauen und gehen lachend weiter. Ein älterer Mann mit Hund schüttelt den Kopf, eilt angewidert weiter, sobald es sein vierbeiniger Begleiter erlaubt. Ich stehe entgeistert da, bis mich ein sehr bürgerlich aussehender Mann anspricht: „Geschieht ihnen recht, den Moralaposteln da. Wenn wer Dreck am Stecken hat …"
Erwartet er etwa Zustimmung von mir?
„Ich bin ja schon vor zwanzig Jahren ausgetreten! War doch alles kein Geheimnis …"
Zum Glück geht er weiter.
Ich zücke mein Handy und rufe Stefan an. Es ist ein wunderbarer Morgen. Ich weiß, dass er jetzt auf seinem Balkon sitzt, aufsteht, etwas widerwillig Zeitung und Kaffee beiseitelegt, sein Handy sucht und …
„Hallo? Guten Morgen, Franziska! Schon munter? Und, wie gefiel dir unser gestriger …"
„Komm schnell herunter, ich meine zur Kirche, das ist eine Sauerei, das muss schnell weg!"
„Was denn?"

„Egal, komm schnell – und schau dir *das* an!“

Overdressed ist er nicht gerade, als er ums Eck kommt.

„Was das wieder kostet. Gerade vom Stein kriegst du das ja fast nicht runter. Aber wir müssten die Nummer dieser Firma noch haben.“

„Das ist alles? Mehr sagt du nicht, Stefan! Das ist doch ungeheuerlich, eine Frechheit, eine bodenlose … Wer gibt denen immer das Recht, auf uns loszugehen! Möchte wissen, *wer* da der falsche Moralapostel ist …“

„So ist das eben, wenn man die Stimmung und die Presse gegen sich hat. Damit hab ich mich längst abgefunden. Soll ich mich jetzt fürchten? Ich bin ein ganz langweiliger, kreuzbraver Bürger. Und alle anderen auch. Was soll denn da ‚ans Licht' kommen? Dass ich meine Steuererklärung wieder einmal drei Tage zu spät abgeschickt habe?“

„Verstehst du denn nicht? Allein der Vorwurf!“

„Also so ein halbwüchsiger Graffitisprayer war das nicht. Die würden sich für so ein Geschmiere schämen. Und die kennen doch dieses altmodische Schimpfwort gar nicht mehr. Außerdem hab ich in meinem Leben noch nie eine Kutte angehabt … Wart mal, das ist doch dieselbe Farbe wie … auf Claras Kleid! Könnte zumindest sein.“

„Wir müssen die Polizei verständigen.“

Sie ist richtig wütend.

„Wird uns nichts anderes übrig bleiben, bei dem Schaden.“

„Und wenn der gar nicht uns meint, ich meine dich und …“

„Wen denn?“

„Mit Kutte rennt doch hier nur einer rum: Eberhard, manchmal zumindest. Ob *er* gemeint ist? Ich meine, so viel wissen wir über ihn auch wieder nicht.“

„Jetzt setz bloß *du* keine Gerüchte in die Welt, Franziska! Aber … wenn Eberhard gemeint ist, muss es jemand sein, der sich zumin-

dest ein wenig hier auskennt. Ich meine, auf der Straße trägt er doch selten seine Kutte."
„Schon wieder! Wie … also wer Claras Kleid versaut hat, hatte einen Schlüssel … Sollen wir wirklich die Polizei rufen?"
„Ja, auch wenn's einer von uns war. Da bleibt uns wohl nichts anderes übrig."
Da kommt Kostas vorgefahren.
„Du, wir haben etwas gefunden, gar nicht so … Was ist denn da los … Was heißt denn das?"
Obwohl es nicht sehr appetitlich ist, das Wort „Kuttenbrunzer" zu definieren, versuche ich es trotzdem. Nachdem er sich wieder beruhigt hat, was aber einige Minuten in Anspruch nimmt, verwandelt sich mein zorniger Kostas in den praktisch veranlagten:
„Also ein Vorschlag: Bis das abgewaschen ist, wird das wohl ein Weilchen dauern. Und bis dahin wollen wir das doch nicht stehen lassen, oder …"
„Ja, und … das ist das Problem, aber die Lösung?", fragt Stefan etwas ungeduldig und verrät damit auch schon seine praktischen Schwächen.
„Herr Pfarrer: Wir nehmen eine ähnlich rote Farbe, eine gut abwaschbare natürlich – und übermalen das alles. Das fällt zwar auch auf – aber man kann's nicht mehr lesen."
„Franziska, du hast dir ein Genie geangelt! So machen wir das."
„*Ich* mache das!", stellt Kostas klar, „Ehrensache! Heute ist sowieso noch Pause!"
Das ist mein Kostas, wie er leibt und lebt: energisch, unglaublich praktisch veranlagt und immer der, der zuerst zupackt – und den Krampen als Letzter aus der Hand legt. Mit keinem anderen würde ich mir das hier zutrauen. Und schon zwei Stunden später wird die Schmiererei unlesbar sein. Er würde das in einer halben Stunde hinbekommen, aber wir müssen noch die Polizei abwarten und Fotos machen.

Auch diese kurze Zeit genügt, dass zahlreiche Passanten das Machwerk lesen und ganz unterschiedlich darauf reagieren: belustigt, schadenfroh, kopfschüttelnd, aufgebracht oder einfach so, als ob sie gar nichts bemerkt hätten. Oder entsetzt, wie die Damen unseres Seniorenklubs. Nicht dass die alle hier wohnen und *zufällig* vorbeikommen. Aber die Telefonkette läuft heiß, nachdem Frau Kledinger ihre Einkaufstaschen vor Schreck hat fallen lassen. Dabei sind einige jener Eier zu Bruch gegangen, die doch eigentlich den Weg in einen weiteren ihrer fantastischen Pfarrcafé-Kuchen hätten finden sollen.
Schon eine Viertelstunde nach ihrem Aufschrei ist fast die ganze Gruppe versammelt. Und nach aufgeregtem und ratlosem Hin und Her fassen sie einen Beschluss. Einen streng geheimen natürlich, von dem ich nie etwas erfahren hätte, wäre ich nicht siebenundzwanzig Jahre lang Pfarrsekretärin in Canisius gewesen. Was ich von meiner „undichten Stelle" erfahren habe, belustigt mich dann mehr als es mich beunruhigt …
Ab sofort huschen unauffällige Gestalten noch öfter als sonst in die Lourdesgrotte gleich neben dem Kirchentor, Tag und Nacht. Obwohl der Mesner natürlich abends absperrt. Aber Schlüssel sind bei uns kein wirkliches Hindernis. Die Türe steht immer gerade so weit offen, dass das Kirchentor im Blickfeld liegt. Soll sein. Also heute Nacht kommt keine Maus ungesehen rein oder raus, auch nicht in unsere Baustelle. Was sie machen, wenn wirklich einer kommt? Der Sprayer, dem sie auflauern? Das kann auch ich nicht erfahren. Es fällt nur auf, dass all die unauffälligen Damen mit Gehstock und dicken Taschen kommen … Obwohl die meisten sonst gar keinen Stock brauchen …
Für längere Zeit sind das einzig Interessante, das sie aus ihrem Ausguck beobachen können, zwei Polizisten, die mit Stefan und mir als „Zeugin" beraten, was geschehen soll. Sehr begeistert scheinen die ja nicht, da Sprayereien selten aufgeklärt werden können. Aber

der hohe Sachschaden erlaubt es auch nicht, „die Sache" einfach als Bagatelle abzutun. Es ist gar nicht so leicht, Claras Brautkleid aufzutreiben. Bei ihr zu Hause ist es nie angekommen, also noch bei uns? Unser Mesner hat am Donnerstag immer frei. Er hatte es in den Sakristeikasten zu den Messgewändern gehängt ...
Wir haben guten Kontakt zur Polizei. Wir können ihnen aber auch nicht weiterhelfen, als sie uns nach verdächtigen Personen fragen. Sie werden sich bemühen, etwas herauszubekommen, aber viel Hoffnung haben wir alle vier nicht. Immerhin können sie analysieren, ob es derselbe Spray war, nicht nur die Firma, sondern normalerweise auch die Produktionscharge. Die Fingerabdrücke an der Kirchentür werden wahrscheinlich nicht viel bringen, wenn der Täter nicht ganz belämmert ist. Die beiden Wachebeamten durchsuchen auch die Lourdesgrotte, finden dort aber wie erwartet keine weiteren Spuren. Wie auch, sie war ja über Nacht versperrt. Was sie finden, aber kaum beachten, ist eine ganz ins Gebet versunkene, sicher gehbehinderte Dame ... mit Stock eben.

18

Clara
Donnerstag/Freitag, 29./30. Juli

Vollmond. Mitternacht? Ich sitze auf meiner Terrasse, direkt am Meer. Ein, zwei Meter oder fünf Stufen unter mir plätschern die Wellen an den Kies. Am anderen Ende der Bucht liegen die Häuser der kleinen Ortschaft. Zugegeben: Ihre nächtlichen Lichter sind weit schöner als sie selbst. Tagsüber kommen ein paar griechische Familien. Sonst aber kaum jemand. Krise eben, wie überall. Zwei Zimmer gehören zur Terrasse. Ich habe beide gemietet. Die Vermieterin denkt wohl, ich warte auf Freunde, auch gut, aber ich warte auf niemanden. Und was noch viel besser ist: Niemand wartet hier auf mich! Auf dies und das, was ich tun soll und tun muss – oder nicht tun darf. Mir etwas einzureden – oder auszureden. Mich zu überreden. Niemand! Fantastisches Gefühl!
Ich hab mir zuvor einen Salat gemacht mit diesen unglaublich g'schmackigen Paradeisern, ein wenig Schafkäse und schwarzen Oliven – und mit frischem, festem Weißbrot. Eine Flasche Wein steht auf dem Tisch. Santorini-Wein, weißer also, denn im Zimmer ist sogar ein Eiskasten. Vorgestern hab ich ja ein bisschen zu viel erwischt … Blödsinn, wer sagt das? Hier sagt eben niemand, dass es „ein bisschen zu viel" war. Basta!
Als ich aufwachte, ein paar Stunden später, drüben in der vergessenen Bucht, stand der Mond so hoch wie jetzt. Den Wein spürte ich kaum noch, aber den aufkommenden Wind. Mir war nicht wirklich kalt, aber der Sand war doch merklich ausgekühlt. Draußen sah ich das wackelnde rote Licht eines Fischerbootes, das langsam vorbeizog. Ich streifte meine Schuhe von den Füßen. Sie waren zwar getrocknet, aber voller Sand.

Gab's denn das, dass ich in meinem Leben noch nie bei Vollmond im Meer war? Ein paar Schritte hinein, es war herrlich warm, noch seidenweicher als am Tag. Der Mond bestrahlte die Felswände ringsum. Wie lange schon rauschten diese Wellen an Land, immer schon? Ewig. Fast. Und ich war ein Teil davon, ich tauchte ein ins ewige Wogen.
Eine Wolke streifte über den Mond hinweg. Plötzlich war alles um mich herum dunkel. Besser, ich schwimme an Land. Moment, was war denn das? Woher kam das? Lauter leuchtende Punkte vor und unter mir, überall, wohin ich schwamm, leuchtete es auf, wie Glühwürmchen … Leuchtplankton! In irgendeiner Dokumentation hatte ich davon gehört … Aber das muss man *sehen* – und hautnah erleben! Ja, wirklich hautnah. Schon hatte sich die Wolke verzogen und der Mond überdeckte dieses Leuchten wieder.
Als ich aus dem Wasser stieg, fielen mir unwillkürlich ganz und gar kitschige Bilder ein: von wunderschönen Meerjungfrauen, die im Mondlicht dem Meer entsteigen … Ja, diese Bilder, auf denen manchmal auch noch ein Pferd dabei ist, ein weißes Einhorn natürlich! Aber hier war gar nichts kitschig, es war einfach zauberhaft. Das sanfte Licht half mir, meine verstreuten Sachen zusammenzutragen. Ich fand das Tuch, das ich sonst als Wickelrock verwende, wickelte mich ein, schob einen kleinen Sandhügel als Polster unter meine Matte und blickte endlos lange aufs Meer hinaus und auf den tanzenden Mond, der auf mich zukam. Meine Zehen bohrten sich in den Sand, so tief, bis sie die Wärme des gestrigen Tages erreichten.
Wer war da? Was war denn … Ich schreckte hoch. Ich hatte doch geschlafen. Es waren Ziegen, die an mir vorbeizogen. Sie schnaubten mich an und wanderten weiter, zu einer Wasserstelle? Die Sonne war gerade dabei, sich über die Felsen links von mir zu hanteln. Dort drüben sollte sogar eine kleine blaue Grotte sein. Aber dafür musste sie höher stehen, das hatte noch Zeit. Und ich hatte Zeit, jede Menge, so viel ich wollte!

Ein Flugzeug-Croissant, luftdicht verpackt, und das Wasser, merklich kühler jetzt … mein Frühstück. Ein wenig mehr hätte ich schon vertragen. Aber die verbliebenen Feigen waren noch nicht reif und sonst war hier Wüste. Und schon war es heiß! Ich wollte so lange bleiben, bis mir die Sonne zu viel würde. Ich hatte da ein Zimmer ausgekundschaftet, eigentlich war's ein Geheimtipp von Eberhard. Der wird mir immer sympathischer, ja, echt!
Ich wickelte mich aus. Lieferte mich den Sonnenstrahlen aus. Bald würde ich nicht mehr farblos und bleich sein wie bisher, nirgends mehr!
Die Sonne stand jetzt hoch genug für die blaue Grotte. Ob ich das packen würde? Vierhundert Meter waren es bestimmt hinüber, und die Wellen waren jetzt auch höher. Ich lief wieder los, bis es mich vornüberwarf. Die Wellen ließen mich immer wieder Salzwasser schlucken – na und? Leicht erschöpft erreichte ich die Felsen und suchte nach dem Eingang. Ich zögerte. In dem engen Durchschlupf hoben mich die Wellen fast bis an die Decke. Los, weiter! Drinnen leuchtete es von unten abwechselnd tiefblau und türkis, die kleinen Wellen tanzten, ihre Reflexionen huschten über die glatt polierten Felsen, die spitzbogige Gewölbe bildeten, von Wellen mit saugenden und schnaufenden Geräuschen begleitet. Ich wollte hier gar nicht mehr weg, aber ich bekam langsam Gänsehaut.
Stimmen! Mehrere Stimmen. Also doch! Meine Sachen! Mit drei Zügen war ich draußen. Eine ganze Gruppe hatte sich eingefunden, mit Kindern. Ich glaubte, Französisch zu verstehen. Eigentlich wollte ich ja den Strand zurückgehen, denn jetzt kamen mir die Wellen auch noch entgegen. Ich müsste an ihnen vorbei, aber … Nichts aber! Hier starrt dich keiner an. Ich stieg aus dem Wasser, nickte ihnen zu … Es war niemand da, der mir sagte: „Du kannst doch nicht! Das geht doch nicht!“ Ich ging an ihnen vorbei, den ganzen Strand entlang …
Ich hatte noch einen heißen Weg vor mir. „Verrückt, zu Mittag die

Küste entlang!" Aber auch das sagte niemand, weil keiner da war, um mir Vernunft einzureden. Ich packte zusammen, schüttelte den Sand aus den Schuhen, schwitzte schon wieder, schlüpfte schnell in Top und Shorts … und lief los. Ich schaffte es tatsächlich, fast den ganzen steilen Weg hinaufzulaufen … Wow!
Und seither genieße ich diesen Platz hier. Auf der kleinen Terrasse. Schlafe und wache auf, schwimme und esse etwas, klettere und tauche, wann auch immer mir danach ist. Und wenn der Mond jetzt bald untergehen wird, werde ich mir dieses leuchtende Plankton hautnah geben. Und wenn mir der kalte Wein schmeckt und mir danach ist, werde ich wieder betrunken sein. Und alles um mich herum wird sich auflösen …
… und untergehen … und wieder auftauchen … wie Sonne und Mond.

19

Arnold
Freitag, 30. Juli

Genau so hab ich's mir vorgestellt, schon von Weitem war mir klar: *Das* muss es sein. Ein noch echt holzvertäfeltes Geschäftslokal. Klar, in der Innenstadt gibt's so was ja noch: „Geigenbau Hagenfeld gegr. 1857". Fehlt nur noch … Wo steht's denn? ... Nein. Doch nicht. Eigentlich hätte ich hier „k. u. k. Hoflieferant" erwartet. Na ja, wann kaufte der alte Herr schon Geigen? Im Hoforchester wurden sie sicher von Generation zu Generation weitervererbt.
Pech! Jetzt ist gerade eine Asiatin mit Geigenkasten vor mir hineingehuscht. Ich bleibe noch ein wenig draußen und sehe mich um, entdecke aber nicht viel in der Auslage: Anne-Sophie, Mischa, Gideon … wie sie alle heißen – alles Kunden? Und ein Schwarz-Weiß-Bild von Fritz Kreisler, auch schon eine Weile her. Aber hier zählen nicht die Auslagen, sondern die inneren Werte.
Bevor mir noch eine weitere grazile, blasse Geigerin zuvorkommt, trete ich vorsichtshalber ein.
„Grüß Gott, mein Herr, wenn Sie einen Moment …"
Hier wird das „Sie" bestimmt noch sehr groß geschrieben. Die Wände sind voller Instrumente. Ganze Mahler-Orchester an einer einzigen Stange! Andere liegen in gediegenen alten Holzvitrinen. Das sind wohl die „alten Italiener", die Stradivaris, Amatis oder so. Im hinteren Teil befindet sich die Werkstatt, sicher nur für kleinere Operationen. Es riecht nur schwach nach Tischlerei, als hätten die alten Instrumente ihren Duft nach Holz längst abgegeben. Das Glöckchen erschallt, ohne dass ich Schritte gehört hätte.
„Mein lieber Herr, was kann ich für Sie tun? Kennen wir uns?"

Es ist ein gemütlicher, älterer Intellektueller mit einem Blick, dem nichts entgeht. Er lächelt mich fragend an.
„Nein, aber vielleicht haben Sie von meinem Sohn schon gehört: Benjamin Konzelmann?"
„Ach ja, natürlich, Ben, eines *der* österreichischen Talente, Ich meine, schon ein wenig *mehr* als nur ein Talent, wie alt ist er? ... Zweiunddreißig! Na ja, wissen Sie, manchmal liegt es nur an Kleinigkeiten ... Er ist aber bestimmt kein Tutti-Typ, nicht wahr, da bin ich mir sicher ... Ach so, Sie sind nicht vom Fach, ja, Tutti ... eben eine Stimme unter vielen im Orchester, nein, er nicht, ganz sicher nicht, wissen Sie, so etwas sehe ich gleich ... Und wenn man sich die lieben Kollegen bei der Kammermusik nicht antun will ... Oh, die Kammermusik, das ist ärger, als verheiratet zu sein, glauben Sie mir, mein Herr, viel ärger, wenn Sie verstehen, man weiß ja ... Selbst bei den besten Quartetten kommt es vor, dass die Herren ... Ha, da musste es immer mindestens vier gute Hotels in der Stadt geben ... hahaha, waren nicht bereit, im selben zu logieren ... Man könnte sich doch, Gott behüte, über den Weg laufen. Jahrzehntelang gemeinsam proben und aufführen, das reicht wirklich ... Aber der Ben, der Benjamin ... Solist oder gar nichts ... Irgendetwas, irgendetwas fehlt halt noch ... Was? Ja, das ist oft ein Rätsel, fast ein *mysterium stricte dictum*, wenn Sie verstehen ... selbst für die allerbesten Lehrer. Es können eben nur wenige. ‚Viele sind berufen, aber nur wenige sind auserwählt' ..."
„Also er meint, es sei die Geige! Er braucht eine besondere."
„Ach ja, natürlich. Gib mir eine Guarneri und ich schaffe den Durchbruch. Wenn mir der und der nicht die Gagliano von der Nationalbank weggeschnappt hätte, niemand spräche mehr von Paganini. Larifari! Das heißt natürlich, wenn wirklich nur noch ein allerletztes winziges Irgendwas fehlt, *dann* kann so eine Meistergeige schon inspirieren. Sie flüstert dir etwas ein, sie fordert dich – aber natürlich nur, wenn du sie hören und verstehen kannst. Dann, ja dann ..."

„Er hat sich da eine besondere in den Kopf gesetzt, eine … warten Sie, er hat's mir aufgeschrieben: Guarneri."
„Giuseppe Guarneri … die Passacaglia! Die Passcaglia-Violine von 1741, die einstens verschollene?
„Ja, ich denke, so hat er sie genannt."
„Ist meines Wissens in Wiener Besitz. Der Rumor sagt aber, sie soll bei Christie's London versteigert werden, aber das haben Sie jetzt nicht von mir!"
„Stimmt, er kennt den Besitzer und könnte sie angeblich zum Ausrufungspreis haben."
„Den Besitzer, den Meyerhoffer? Oh, das hätte ich jetzt nicht sagen sollen, das haben Sie nicht gehört, sonst komm ich noch in … Wissen Sie, in meiner Branche muss man *alles* wissen, man darf aber *gar nichts* wissen, so ist das."
„Keine Sorge, wem sollt ich's denn erzählen als meinem Sohn – und der weiß es ja …"
„Sehr gut, sehr gut. Aber verzeihen Sie meine Indiskretion: Haben Sie eine texanische Ölquelle geerbt, wie man doch so treffend sagt? Oder passt Ihr Mondrian nicht mehr in Ihre Wohnung? Im Vertrauen, das gute Stück ist doch drei bis vier Millionen wert! Noch ohne Steuern und Gebühren."
„Drei Komma sechs."
„Jaja, so ist das, seit die Chinesen mitbieten. Die haben uns gerade noch gefehlt! Wenn da so einer kommt, der Geige spielen kann wie der Lang Lang Klavier, dann geht dort die Post ab … Entschuldigen Sie meine Ausdrucksweise … So gesehen sollte man gerade *jetzt* noch kaufen. Und?"
„Was und?"
„*Werden* Sie kaufen?"
„Halten Sie mich für einen Millionär? Und überhaupt: Wie kann ich denn wissen, ob sie das überhaupt wert ist? Sogar ein Laie wie ich hört da ja manchmal Sachen, wo du dir denkst: Finger weg!"

Herr Hagenfeld jun. sieht mich über seinen Brillenrand hinweg mitleidig an: „Echt – oder unecht, das ist die Frage. Und auch die ‚echten' … Da gibt es Violinen, da streiten sich die Leut herum, ob die vom Vater oder vom Sohn sind. Vom Vater ist die das Doppelte wert. Und wenn ein Gutachter darauf besteht, sie ist vom Sohn, ist sie gleich nur noch die Hälfte wert, vorausgesetzt, Sie glauben dem Gutachter …"

„… und ist doch dieselbe Geige …"

„Ist sie dann eben nicht mehr, mein Herr! Dasselbe Holz, derselbe Leim … aber doch eine ganz andere Geige! Sobald sie vom Vater ist, klingt sie gleich viel ‚voller', ‚inspirierter', ‚homogener'. Ich weiß, dass das Humbug ist, aber glauben Sie mir: Auch ich kann mich dem nicht entziehen. Auf einmal hör ich den Unterschied. Ist halt so wie bei teuren Weinen."

„Aber Sie werden doch nicht leugnen, dass eine Stradivari nicht nur teuer ist, sondern auch wirklich gut klingt. Oder?"

„Ach was! Es gibt Geigen mit noch so großen Namen, da bau ich Ihnen um 10.000 Euro eine bessere. Nicht nur, dass auch das beste Instrument kaputtgehen kann. Glauben S' mir, es gibt Millionengeigen, die sind ein Schmarrn! Die waren *nie* gut. Kann ja keiner … Was sind Sie eigentlich von Beruf, wenn ich so indiskret sein darf?"

„Persönlichkeitstrainer: Outdoorseminare, Managerkurse …"

„Ja, eben. Wenn Sie Seminare abhalten, gelingen die immer gleich? Sind Ihre Kunden immer gleichmäßig begeistert? Und haben Sie immer ein gutes Gefühl, wenn die Gruppe wieder abreist? Na, warum soll das beim Herrn Stradivari anders sein?!"

„Ja, stimmt natürlich … Könnten Sie vielleicht, ich meine, Sie wurden mir wärmstens empfohlen, sich diese Geige einmal anschauen?"

„Ein Gutachten? Ein Zertifikat! Gewiss, immer sehr einträglich, aber nein … Bewahre! Im ganzen deutschen Sprachraum finden

Sie derzeit keinen, der Ihnen für eine wie die Passacaglia ein Gutachten ausfertigt. Ich meine: Ein Scharlatan findet sich natürlich immer … Aber jemand mit Namen?"
„Das verstehe ich jetzt aber nicht: Es muss doch eine Autorität für so etwas …?"
„Traut sich doch keiner! Tritt doch keiner an – gegen den Bartinger!"
„Bartinger?"
„*Das* ist die Koryphäe! Da machst eine Expertise und der Kunde geht dann auch noch zum Bartinger. Und wenn der dann was anderes behauptet? Mehr brauchst du nicht mehr, schon bist weg vom Fenster!"
„Aha, meinen Sie, der Bartinger, der würde mir …?"
„Ha, wenn Sie eine Besuchsbewilligung bekommen, soll aber nicht einfach sein …"
„Eine Besuchsbewilligung?"
„Das Problem ist: Der Bartinger … zumindest momentan, aber vielleicht auch noch ziemlich lange … Er sitzt."
„Aber doch nicht im Gefängnis!"
„Doch."
„Der Einzige, und der … sitzt? Wofür denn?"
„Gefälschte Gutachten, Doppelverkäufe … und so halt."
Ich kann's nicht glauben, das ist ja das reinste Irrenhaus: „Das ist ja unglaublich … das ist ja …"
„… Wien! Musikstadt Wien. Nichtsdestotrotz: Er *ist* der Beste!"
Ich bin völlig verunsichert: „Sagen Sie einmal: Woran erkennt man denn, ob so ein Instrument überhaupt echt ist?"
„Na ja, zuerst ist da einmal der Geigenzettel! Der ist … Schau'n Sie, hier zum Beispiel …" Er leuchtet mit einer Taschenlampe in dieses seltsam geschwungene Loch der nächstbesten Geige: „… Carl Rautmann, anno 1878. Guter Name."
„Und *das* ist dann sicher?"
„Sicher? Sicher ist der Tod, mein lieber Herr. So was zu fälschen

bring ich Ihnen an einem Nachmittag bei. Das richtige Papier vorausgesetzt … Was schauen S' mich denn so an: Nein! *Ich* mach so was nicht. Aber man muss die Tricks doch kennen, wenn man sie durchschauen will. Ich meine: Für meine Kunden hör ich zuerst auf den Klang – und zweitens … wieder auf den Klang. Aber ich hab ja gesagt: Nicht nur der Klang macht den Preis, sondern der Name! Und man will ja auch nicht, dass die besten Kunden draufzahlen. Schon gar nicht die besten Künstler."

„Eben, was würden Sie denn einem Künstler empfehlen, ich meine, einem wie meinem Sohn?"

„Gute Frage, für mich *die* entscheidende Frage! Inspirieren muss sie, sagte ich ja schon, ja, inspirieren! Die darf nicht nur spielen, was du gerade spielen willst. Das ist banal. Sie zeigt dir was. Sie weckt deine Fantasie auf. Ja, sie kommt dir manchmal auch in die Quere. Sie ärgert dich, bis du es begreifst … Wehe, sie macht es dir zu leicht! Entweder du scheiterst an einer genialen Geige – oder du wächst über dich hinaus."

„Aha … und woran liegt das? Ich meine, für mich schauen alle Geigen irgendwie gleich aus …"

„Manche sagen, es waren die kalten Winter in den Jahrzehnten vor den großen Italienern. Das Holz wuchs langsamer, die Wachstumsringe waren besonders eng … Na ja … Andere haben wieder herausgefunden, sie hätten das Holz damals in Traubensaft eingelegt. Sie hören richtig, nicht in Wein, sondern in Traubensaft, wie prosaisch! Ich bitte Sie, wie kommt ausgerechnet ein Italiener auf so was? Glaub ich denen nie! Wo? Wo liegt das Geheimnis wirklich? Ist ja nicht viel Platz für so ein Geheimnis, nicht? Ein paar Klötzchen … der Rest ist nicht viel mehr als … Holz und Lack … Bleibt wohl für immer ein Rätsel."

„Da muss ich Sie noch etwas fragen. Ich trau mich so etwas ja gar nicht in die Hand nehmen, so zart ist das. Aber da hab ich neulich irgendwo gehört, aber das kann doch nicht stimmen, da ist einmal eine Stradivari-Geige ins Meer gefallen, in Amerika, weg war sie. Die schlechte Nachricht: Im Wasser löste sie sich in ihre Einzelteile auf. Die gute: Sie war noch im Geigenkasten, also fehlte kein Teil. Dann haben sie diese Reliquien entsalzt, getrocknet, gebügelt oder so, nehm ich an, und dann wieder zusammengeleimt. Und jetzt kommt's: Nachher war der Klang nicht mehr wie zuvor … sondern angeblich noch *besser*! Das ist doch Humbug!"

„Keineswegs! Keineswegs, mein Herr! Das ist wahr. Nur dass es nicht das Meer war, sondern der Rio de La Plata, also etwas weniger Salz, und keine Violine, sondern ein Cello, das ‚Mara'-Cello."

„Also wenn ich den Wert steigern möchte, muss ich das Ding ins Wasser werfen? Als ob ein Auto besser fahren würde, wenn man's ins Wasser schmeißt, zerfallen lässt und wieder zusammenschraubt. Das ist doch absurd!"

„Ja, eine Geige ist eben kein Auto, die Geige ist ein Mysterium! Das größte im Bereich der Materie … der unbelebten zumindest. Beglückwünschen Sie mich zu meiner Profession! Aber bitte entschuldigen Sie mich jetzt, die Dame kommt eigens aus Sievering zu mir und wartet schon …"

Wirklich, ich habe sie gar nicht kommen gehört. Die Dame ist so um die 16, sehr still und unauffällig – und sie hat mir Banausen wohl schon einige Zeit zuhören müssen. Ich geniere mich fast für meinen Vergleich mit dem Auto, das es in der Zeitzone hier herinnen ja noch gar nicht geben darf, und verlasse möglichst geräuschlos den Laden. Seine klingelnde Tür führt mich in eine ganz andere Welt hinaus.

Gleich nebenan stehen Tische auf dem Gehsteig. Zum Glück im Schatten. Ich bestelle einen Kaffee. Das Glas Wasser tut gut, der Kaffee auch. Das ist ja wie im Irrenhaus: ein Gutachter, der alle aussticht, momentan aber einsitzt. Ein Handwerker, der keine Stradivari hat, aber um 10.000 Euro etwas Besseres zusammenleimen will. Etwas Holz und Lack, vielleicht in Traubensaft getränkt – und

das soll 3,6 Mille wert sein, zum Freundschaftspreis natürlich, was sonst. Und wenn du sie mit Gewinn verkaufen willst, wirf sie ein paar Wochen lang ins Meer, bis sie schön durch ist. Und wenn sie nicht gestorben sind …
Mein Entschluss steht fest: Mit mir nicht! Ich lass mich doch nicht zum Affen machen!

20

Stefan
Freitag, 30. Juli

„Ja, natürlich weiß ich … und *wie* ernst … Gerade nach alldem ist mir doch bewusst … Wenig, nein, von der Ordensleitung weiß ich wenig, aber auch gar nichts, was *darauf* hindeuten würde … Nein, eben gar nichts. Das war ja gerade eines unserer Probleme mit ihm, pastoral meine ich, dass er sich um Kinder und Jugendliche überhaupt nicht kümmert … Soweit ich weiß, überhaupt nie, auch nicht am Sommerlager. Also wenn er's darauf anlegen würde … na eben. Früher? Über seine vergangene Arbeit weiß ich wenig, nur dass er fast durchgehend irgendetwas studiert hat. Und in den letzten Jahren hat er kunstgeschichtliche Expertisen erstellt … Außerdem … Ja, ich wollte noch sagen … Nein, überhaupt nicht. Was ich noch sagen wollte: Die Polizei geht davon aus, dass der Täter aus den Reihen unserer Mitarbeiter kommt, im weiteren Sinne zumindest … Natürlich ist das ein Wahnsinn, aber … Moment, was ich sagen wollte … Also: Wenn etwas vorgefallen sein sollte, dann sicher nicht in Wien. Da hat er ja nie gelebt. Und wer von uns, bitte, wer sollte etwas wissen, was dort … Eben, das gibt doch überhaupt keinen Sinn … Ja sicher, möglich ist immer alles, aber möglich ist auch, dass ich – oder Sie … Nein, Entschuldigung, so hab ich das doch nicht gemeint … Meines Erachtens liegt gegen ihn überhaupt kein Verdacht vor … Auffällig unverdächtig? Was soll das heißen? … Soll ich ihn denn direkt danach fragen? … Na eben, was sollte er schon sagen. Außerdem ist der Vorwurf des Sprayers so vage, dass auch etwas ganz anderes gemeint sein könnte. Also morgen fliegt er auf Urlaub und es gibt keinen Grund, ihn zurückzuhalten … Natürlich, selbstverständlich. Sobald sich irgendein neuer Sachverhalt ergibt, werde ich mich unverzüglich melden … Grüß Gott!"

Na, die haben Feuer am Dach bei der neu eingerichteten Stelle gegen sexuellen Missbrauch. Ich bin ja heilfroh, dass es die jetzt gibt – und dass da hoffentlich nichts mehr vertuscht wird. Aber jetzt hören die das Gras wachsen. „DU ELENDER KUTTENBRUNZER …" Aus dem kann man doch Eberhard jetzt wirklich keinen Strick drehen. Von wegen „Kutte": Die meisten Leute können doch gar nicht unterscheiden zwischen einem Diakon und Ordensmann wie Eberhard – und einem Diözesanpriester wie mir. Und was da überhaupt ans Licht kommen soll? Ich hab noch nie von einem Missbrauchstäter gehört, der seinen potenziellen Opfern so konsequent aus dem Weg gegangen ist.

Seit heute wissen wir auch, dass es sich beide Male um denselben Lackspray gehandelt hat, am Brautkleid und am Kirchentor. Und wenn der Sprayer also tatsächlich ein Insider ist, weiß er ja, wie so eine vage Verdächtigung bei uns derzeit einschlägt, auch wenn gar nichts dahintersteckt. Ich möchte doch bloß wissen, wer die Geschichte brühwarm ins Ordinariat, in unsere Zentrale, weitergeleitet hat. Die „üblichen Verdächtigen", die uns sonst gerne in der Zentrale anschwärzen und harmlos nachfragen, ob denn dies und das so erlaubt sei, was der Herr Pfarrer tut … Aber die lieben ihn doch, den feierlichen Eberhard. Die sind doch traurig, dass er uns wieder verlassen wird. Wer also?

Natürlich werde ich Eberhard auf diesen Verdacht *nicht* ansprechen. Ich werde ihm doch jetzt nicht seinen Urlaub verderben. Halb acht schon! Er muss gleich da sein. Wir haben so eine Art Übergabegespräch vereinbart, obwohl ich ohnehin schon seit einer Woche alles übernommen habe. Eigentlich wollte ich ein Abendessen vorbereiten, aber dieses Telefonat hat ja fast ein Stunde gedauert. Schnell! Ich hab doch noch eine Flasche Rotwein, oder? Ja sicher, da ist er: Granzendorf, ah ja, der aus dem Bildungshaus.

Ich muss ihn rechtzeitig entkorken, Eberhard meint, das verbessert den Geschmack.

Wir werden draußen auf dem Balkon essen. Auf meinem Esstisch steht immer noch der attische Krater, ich muss ihn immer wieder ansehen. Was ich erst im Nachhinein entdeckt habe: Er wurde eigens einer Thermoluminiszenzanalyse unterzogen. Die beweist seine Echtheit unzweifelhaft – und ist ganz schön teuer. 450 v. Chr. plus/minus 25 Jahre. Die Besitzer kannten also Perikles, wahrscheinlich sogar persönlich! Ich besitze Keramik, die doppelt so alt ist, aus Palästina, auch aus dem Indusgebiet. Aber nichts ist mit diesem Prachtstück vergleichbar. Die meisten wissen gar nicht, dass ich sammle. Und wem gegenüber habe ich verraten, dass ich gerade so ein Stück … war ja auch gar nicht ernst gemeint …

Es klingelt. Er kommt gleich mit zwei Flaschen herein: „Grüß dich Gott, Stefan! Ich hab uns etwas mitgebracht …"

„Ich hab auch schon, schau mal!"

„Gut, aber fangen wir einmal mit *dem* da an … Wir können ja dann nachher deinen …"

Zu einer dritten Flasche wird es ja wohl nicht kommen. Er vertraut meiner Weinauswahl nicht so ganz? Na ja, Auswahl?

„Du musst mir noch ein bisschen Zeit geben. Gerade jetzt kam ein Anruf, ein ziemlich langwieriger."

„Lass mich raten! Frau Kluftensteiner? Hat sich's jetzt doch bis zu ihr durchgesprochen, die Sache mit Clara?"

„Na ja, so ähnlich … Kannst du bitte aufdecken bis ich …"

Eberhard lobt meine Kochkünste. Dieser Artischockensalat ist auch wirklich ein Patentrezept: ein Dressing mit Honig und Senf, auf das wäre selbst er nicht gekommen. Und er scheint es sogar ehrlich zu meinen. Er ist ein grundehrlicher Kerl. Woher ich das weiß? Na ja: Meine Weine hat er noch nie gelobt. Das heißt, wenn ich's so recht überlege: Irgendwie hat er immer vermieden, meinen zu trinken.

„Zum Wohl!"

Als nur noch Wein auf dem Tischchen steht, muss ich meiner Neugierde doch Luft machen: „Jetzt sag einmal, was fasziniert dich eigentlich so an Kreta? Ich meine, arme Ordensbrüder wie du suchen sich doch oft ein anderes Kloster in schöner Umgebung."
„Was soll denn daran Urlaub sein? Nein, auf Kreta weiß ich nie, wo ich morgen bin. Ich hab ein Auto und kann jederzeit weiter. Wird es mir am Meer zu heiß, geht's rauf in die Berge. Ganz oben ist wahrscheinlich jetzt noch Schnee. Inzwischen kenne ich an vielen Orten Menschen und einfache Häuser, wo ich unterkommen kann. Weißt du, für mich ist immer der Ausblick das Wichtigste. Wie ein Zimmer ausgestattet ist, ist mir egal. Ob die Dusche warm wird oder kalt bleibt, was soll's. Hauptsache, ich kann stundenlang schauen: in die hoch aufragenden Berge oder von weit oben die Küste entlang, aus einer Höhle auf ein Kap im Sonnenuntergang oder natürlich auf das Meer hinaus. Und wenn mir das Schauen nicht mehr reicht, renn ich irgendwo durch eine Schlucht, auf einen Gipfel hinauf, durch ein verlassenes Dorf. Kreta ist groß."
„Und da bist du immer *allein* unterwegs? Also für mich wäre das deprimierend. Wenn ich an meinen heurigen Urlaub denke …"
„Kommt schon vor, dass mich jemand besucht. Aber normalerweise …"
„Seit wann ... ich meine: Wie bist du überhaupt auf Kreta gekommen? Und auf diese Art zu reisen?"
„Seit unserer Maturareise. Das war natürlich Zufall. Wir nahmen, was am billigsten war. Ich kann mich noch genau an das ägyptische Flugzeug erinnern, in dem jeder Sitz eine andere Farbe hatte. Das hatten sie wahrscheinlich aus drei alten Maschinen zusammengeschraubt. Wir waren irgendwie … übrig geblieben. Die meisten wollten ‚action pur', das war so die Vorstufe zu diesen heutigen ‚Summer Splashs' oder wie das Zeug heißt. Andere waren mit ihren Familien wer weiß wohin unterwegs. Und wir wollten anders sein. Ist uns auch gelungen. Es war wunderschön – und die Menschen

dort so, dass wir am liebsten gleich geblieben wären. Irgendwie bin ich's ja auch."

Ich sehe, wie seine Augen aufleuchten, dann wieder verträumt an der Kirche vorbei in die Weite blicken.

„Wir saßen da an einem Strand, wollten dort übernachten, dachten zumindest darüber nach. Zum ersten Mal im Freien? Und waren nicht so sicher, ob das eine gute Idee war. Ich meine, mach das einmal am Wörthersee! Die Hippiezeit war ja auch schon wieder vorüber. Und als wir's immer noch nicht so recht wissen, da kommt ein Mann den Hang herunter, hält geradeaus auf uns zu. Okay, denk ich, das war's, der stampert uns jetzt, hoffentlich nicht gleich mit der Polizei. Nein, wahrscheinlich der Bauer, dem das hier gehört. Kommt auf uns zu ... Ich sehe, wie er lacht ... und er hält mir ein braunes Papiersackerl hin: ‚Kalí órexi!' Was auch immer das heißt, denk ich, der ist freundlich. Ich nehm's zögernd und schau hinein: Weintrauben! Wahrscheinlich von seinen Stöcken gleich oberhalb. Dreht sich lächelnd um und springt den Hang wieder hinauf. Marcella ruft ihm noch schnell ‚Evcharistó!' nach – und weg ist er. Verstehst du? *Das* ist Kreta! Wenn du glaubst, dich vertreibt einer, schenkt er dir einfach Trauben, weil er stolz ist auf seine Trauben – und weil er sich drüber freut, dass wir da sind. Wir Habenichtse, die ja doch kaum Geld hierlassen. Aber so denkt der nicht. So denkt ein Grieche nicht! Warte, ich hole noch eine!"

Haben wir wirklich schon zwei Flaschen?

„Du, ich hab noch einen offen!"

Aber er ist schon die Treppen hinunter. Langsam beginne ich zu verstehen, was ihn immer wieder nach Kreta treibt. Die Sache mit den Trauben, mit diesen faszinierend anderen Menschen, die wilde Natur und das Übernachten direkt am Meer ... Und? Die wichtigsten Dinge werden doch immer zuerst so nebenher erwähnt, wie zufällig. Wer viele Gespräche führt, kennt das. Die Sache mit Marcella! Wer ist denn diese „Marcella"? Irgendwie werd ich das

Gefühl nicht los: Es geht um sie. Sucht er dort immer noch … Nein, wahrscheinlich sucht er nicht mehr sie, sondern sich selbst, so wie er damals war. Diesen jungen, verliebten Eberhard, zu dem er dann irgendwie im Lauf der Jahre den Faden verloren hat … Wie hieß die noch schnell? Die mit dem Faden? Die im Labyrinth von … na eben … von Knossos? Ach ja, Ariadne! Nicht Marcella! Ist doch egal … eigentlich hab ich schon genug intus.

Vom weiteren „Abend" fehlen mir weitgehend die Erinnerungen. Ich weiß nur noch, dass Eberhard feierlich verlauten lässt: „Und jetzt trinken wir den besten Wein, den ich je getrunken habe! Den hab ich für heute aufbewahrt!"

Und als ich abwehre, der sei doch an mir verschwendet, fährt er unbeirrt fort: „Zur Feier des Tages! Dieser Tag ist ein ganz besonderer für mich!"

Das klingt nach weit mehr als bloß nach Urlaubsbeginn. Aber weiter komme ich nicht mehr mit meinem Denken, ich habe endgültig den Faden verloren …

Ich träume dann von dunklen, kalten Mauern, von wenigen Fackeln, die immer weiter in die Irre führen … und von Schritten, meinen Schritten? Bin *ich* das, der da voller Angst weitertappt, in einem Spiegel sehe ich in Eberhards Gesicht, aber das muss doch, warum ist es nicht *meines* … Ich habe doch gerade noch diesen roten Wollfaden gehabt, jetzt ist er weg, einfach weg … Und von vorne dieses infernalische Gebrüll, das unaufhaltsam näherkommt, bis ich ihn sehe, *fast* sehe, ihn, den Minotaurus … und schreiend aufwachte: „Ariadne! Ariadne!" … Ich sitze aufrecht im Bett: Ariadne? Welche Ariadne? … Hier *ist* keine Ariadne …

… eben!

21

Stefan
Samstag, 31. Juli

Wenn alles gut gegangen ist, sitzt Eberhard bereits im Flugzeug. Wie er das geschafft hat, ist mir ein Rätsel. So spät bin ich überhaupt noch nicht aufgewacht in diesem Sommer. Und schnell war ich bei der Wasserleitung. An meinem Durst ist diesmal nicht die Hitze schuld. Ich zähle vier Flaschen, das erklärt einiges. Nicht jedoch, warum ich nur bis drei gezählt habe. Eine der leeren Flaschen sticht selbst für mich heraus: Jahrgang 1988! Weine dieses Alters sind bei mir stets „hinüber" gewesen. Das leicht beschädigte Etikett verrät, dass sein Inhalt aus Frankreich stammte: *Château Pétrus Pomerol.*

Ich gehe hinunter ins Büro und schalte den Computer und den Kaffeeautomaten ein. Der Blick in den Bildschirm erinnert mich wieder an meinen Brummschädel. 2.100 Euro! Das gibt's doch nicht! Aber emsiges Surfen durch verschiedenste Seiten zeigt nur, dass es sich bei der ersten Versandfirma noch um ein „Sonderangebot" gehandelt hat. Wie bitte … Eineinhalb Monatsgehälter! Das kann er doch nicht selbst …? Aber wer sollte ihm diesen flüssigen Schatz geschenkt haben? Sicher keiner aus dem Orden, wie auch. Und bei uns hier – fällt mir auch keiner ein.

So einen Wein hätten wir eigentlich aus meinem Krater schöpfen müssen, Ehre wem Ehre gebührt. Ach so, war das vielleicht auch so ein heimliches Geschenk? Und mich lädt er dazu ein, was für eine Ehre, aber auch was für eine Verschwendung. Gut war er schon, soweit ich mich erinnern kann, aber …

Seit ich von meinem Urlaub zurück bin, scheint um mich herum Geld überhaupt keine Rolle mehr zu spielen: zuerst der Flügel, dann

der archäologische Schatz für mich, dann vielleicht dieser Wein, wer weiß, wahrscheinlich gleich eine ganze Kiste, der Mann von Welt kauft Wein doch in Kisten, sechs oder gleich zwölf Flaschen! Franziskas Restaurant, ja, und Arnold wollte auch heute kommen, mit der Bemalung der Kirche beginnen – wenn ich daran denke, was das noch für Wellen, nein Wogen, nach sich ziehen wird, wird mein Kopfweh gleich noch viel bedrohlicher.
Dabei wollte ich heute endlich mit der Chronik weitermachen. Und nicht vergessen: Ab heute bin ich ja allein. Da brauche ich eine kurze, prägnante Predigt. Ich muss sie ja gleich dreimal halten. Wenn dir wenig einfällt und du zuletzt immer noch nicht so recht zufrieden bist, dann predigst du einmal – und Schwamm drüber. Aber dreimal! Da sitze ich doch morgen früh schon vor sechs wieder am Computer und tippe gegen die Uhr, was mir nächtens eingefallen ist. Ich kenne diese unruhigen Nächte. Bloß nicht!
Immerhin: Ein Samstagmorgen mitten im Sommer, das garantiert Ruhe. Wer sollte auch kommen, wenn sogar die Parksheriffs für Wochen ihren Dienst einstellen – mangels parkender Autos weit und breit. Und auf den Kaffeeautomaten ist auch immer Verlass: wenig Wasser, viel Bohne, das hat sich schon oft bewährt. Aber viel Wasser dazu! Jetzt also los: Nach den ersten Sätzen wird es ohnehin gleich leichter. An meinen ersten Sommer hier vor vier Jahren, an den erinnere ich mich noch gut. Meine Sachen brachte ich im Klein-Lkw vom Lagerhaus. Abends, sodass man ihn unmöglich noch ausladen konnte. Nur passte er nicht durch die Einfahrt. Unser Mesner führte mich vorsorglich ins Leben der Großstadt ein: „Den können S' doch nicht hier stehen lassen, ist ja nichts versperrt! Da kann ja jeder kommen und sich bedienen. Warten S', ich bewache ihn bis morgen, da können S' ruhig schlafen!"
Seither weiß ich, was ich an ihm habe! Er saß die ganze Nacht im Kinderwagen-Abstellraum gleich neben dem Tor – und ließ kein Herrl und keinen Hund unbeobachtet …

Gut, aber das gehört nicht in die Chronik, ist ja nicht mein Tagebuch. Ich sitze im kühlen Pfarrbüro und habe „Band IV" aufgeschlagen vor mir liegen. Ja, aber der Sturm, der die Hitze damals ablöste, der gehört schon hierher. Der räumte nämlich ganz schön auf unter den schönen, glasierten Dachziegeln gleich gegenüber. Auch wenn die Versicherung den Schaden zahlte, damit fange ich jetzt an!

„Des is ja! … Wissen Sie überhaupt, was gerade mit Ihrer Kirche passiert!?"

Was macht denn Daniele da, um diese Zeit am Samstag? Diese Nachteule?

„Sag einmal, wir sind doch längst per Du, oder Daniele?"

„Ah ja, egal … Komm, schau dir das an! Da beschmiert schon wieder wer die Kirche. Aber diesmal noch viel schlimmer! Ruf sofort die Polizei an, bevor ich die Verrückten eigenhändig vom Gerüst prügeln muss!"

„Jetzt beruhig dich aber! Das ist der Arnold, na, du weißt schon, der Konzelmann. Der ist heute schon an der Arbeit! Am Samstag, unglaublich, da muss er ja Zulagen noch und noch zahlen, weil er's gar so eilig hat."

„Was für eine ‚Arbeit' bitte? Die beschmieren unsere Kirche! In den wildesten Farben! Die lassen das von oben nur so herunterrinnen … Weißt du denn davon nix?"

„Aber ja, er will unsere Kirche berühmt machen – aber in einem halben Jahr ist alles wieder weg. Und dann putzt er die gesamte Fassade so schön sauber, wie sie seit Kaisers Zeiten nicht mehr war. Ich hab's schriftlich von ihm."

„Du steckst da auch dahinter? Beim Versauen einer der schönsten Kirchen Wiens! Weiß das der Bischof schon? Hol ihn runter von da oben, aber schnell, hol ihn runter!"

Mit dem Bischof hat er meine wunde Stelle getroffen. Nach „oben" haben wir nichts gemeldet, das war natürlich ein Fehler, *mein* Fehler. Aber nach all dem, was hier vorgefallen ist!

„Meine Vorfahren haben geschuftet, dass diese Kirche so schnell dastand. Mein Urgroßvater, der ... Ach was, ist doch euch egal, was die für Opfer gebracht haben. ‚Berühmt' soll die Kirche werden, so ein Schwachsinn. Und was da für Geld verschleudert wird für diesen Unsinn."
„Ich schreibe gerade an der Chronik. Du weißt doch sicher mehr über die Baugeschichte der Kirche. Ich habe da etwas gefunden, da geht es auch um einen Italiener, der hat sogar prozessiert gegen ..."
„Ich weiß gar nichts. Ich weiß nur, dass da draußen eine ganz große Sauerei vor sich geht. Und dass der Pfarrer von Canisius auch noch mitspielt. Ich verständige jetzt die Diözese und das Denkmalamt, das bin ich meinen Vorfahren einfach schuldig! Ihr könnt mich alle mal!"
Und weg ist er. So blitzartig, dass er gar nicht dazu kommt, die Türe zuzuknallen.
Soweit ich meine Chefetage kenne, wird er heute wenig erreichen. Vor Montag kommt er kaum an Generalvikar oder Bischof heran. Vom Denkmalamt ganz zu schweigen, und die haben ja angeblich zugestimmt, hoffentlich wirklich ... Ich habe also zwei Tage Zeit, um mir eine Strategie auszudenken. Aber dieser Daniele weiß mehr, als er sagt. Irgendetwas, das ihn so in Rage bringt. Was werden erst die Messbesucher morgen sagen. Das wird ja wieder ein hitziges Pfarrcafé.
Natürlich muss ich jetzt auch sehen, was da vor sich geht. Ich versuche mir ja seit Tagen vorzustellen, wie das aussehen wird, was Arnold vorhat. Aber als ich um die Ecke komme, muss ich mir eingestehen: Stefan, deine Fantasie ist schon sehr begrenzt. Es haut einem wirklich fast die Augen raus! Etwas anderes fällt mir dazu nicht ein. Da ist ja ... wie ... Ja klar, es fehlt nur noch der fliegende Knochen. Das Ganze erinnert an diese psychedelische Filmsequenz aus „2001: Odyssee im Weltraum", in der die wildesten Farbmuster herumschwirren. Nach wenigen Sekunden wird mir schwindlig.

Dabei ist erst höchstens ein Viertel bemalt. Immerhin: Der ekelhafte Sprayerspruch ist auch schon verschwunden.
Die Arbeiter und Arnold sind nirgends zu sehen. Die machen wohl Mittagspause. Aber Dutzende Menschen stehen da, teils wild gestikulierend, teils völlig erstarrt im Blick nach oben. Was ich zu hören bekomme, reicht von „Jetzt spinnen sie endgültig, die Katholen!" bis zu „So was Geiles hätt' ich denen nicht zugetraut, ehrlich. Ruf sofort die anderen her!"
Ich werde von hinten angesprochen: „Daran ist nur das Konzil schuld mit all diesen überflüssigen Neuerungen, da sieht man jetzt, was dabei rauskommt! Das ist das wahre Gesicht dieser verfluchten Neuerer!"
Ich drehe mich lieber nicht um. Als dann noch eine mir sehr bekannte ältere Dame mit Gehstock aus der Lourdesgrotte kommt, biege ich schnell um die Ecke. Plötzlich kommt mir Clara in den Sinn: Nichts wie weg hier! Einfach verschwinden, abhauen, unauffindbar sein – und das für lange Zeit! Irgendwohin, wo mich keiner kennt …

22

Lena
Freitag, 6. August

„Irgendwann wird's ihn zerreißen, er wird einfach explodieren – und das war's dann!“
Es ist einfach urkomisch, wir müssen beide lachen: Gregor und ich. Ich müsste eigentlich längst eifersüchtig sein auf seinen Uralt-VW-Käfer. Was er in dieses Nostalgiegefährt schon alles investiert hat an Reparaturen, Pflege und natürlich unverhältnismäßigen Unmengen an Benzin! Aber mit seinem Käfer ist er ja auch schon länger befreundet als mit mir. Bei uns sind es sechs Jahre und ebenso lange bin ich Zeugin dieser immer gleichen Actionszene: das Bepacken eines viel zu engen Vehikels mit überquellendem Jungscharlagerzeugs.
Seit Tagen füllen wir in Kisten und Säcke, was wir draußen für die Kids und uns selbst so alles brauchen: Sportgeräte, Methodenbücher, Bastelsachen, Jutesäcke, Kostüme, Knabbereien, Küchengeräte, Zelte, eine unsinnig große Lagerapotheke (Sonja studiert Medizin!) und natürlich unser aufblasbares Kanu. Da keiner vom Leitungsteam Physik oder Geometrie studiert, versuchen wir das Unmögliche Jahr für Jahr von Neuem. Und das Einzige, was wirklich Hoffnung macht, ist die Erinnerung: Irgendwie hat immer alles hineingepasst, wie auch immer.
Natürlich ist dieses legendäre, aber zumindest für derartige Unternehmungen höchst unpraktische Gefährt längst voll. Doch am Gehsteig liegt noch einmal so viel herum. Der Rest des Tages geht wahrscheinlich beim Diskutieren darüber drauf, was nun doch zu Hause bleiben könnte. Früher haben wir öfters – damals noch nicht gegendert – „Mann über Bord“ gespielt: Wir sitzen in einem

schwankenden Boot, das kurz vor dem Absaufen ist. Und diskutieren darüber, wer von uns entbehrlich ist und zum Wohle der anderen über Bord geworfen werden soll. Klar hat sich jeder gewehrt, aber im Vergleich zu diesem Unternehmen hier ging's da ja noch friedlich zu: „Eine Kinderwoche ohne Spritzpistolen, unmöglich!" – „Diese Gummikeulen müssen mit, die waren letztes Jahr der volle Hit!" – „Die kleinen Mädels meiner Gruppe stehen aber so auf Prinzessinnen. Weißt du, wie mühsam das war, diese Kleidchen aufzutreiben, die brauchen doch eh kaum Platz!"
„Alle Jahre wieder?" Pfarrer Stefan kommt aus dem Haus, sichtlich belustigt. „Soll ich euch noch ein paar Spiele für lange Abende mitgeben?"
„Das meinst du jetzt aber nicht im Ernst?", fragt Gregor unsicher.
„Warum, die kannst du ja auf dem Schoß mitnehmen!"
„Unsinn, dieser Platz ist schon für die Jutesäcke reserviert, weil's ja gar so kalt ist."
Da stürmt auch noch dieser witzige Trainer heraus, wie heißt er doch schnell, ja, Konzelmann, der mit den verrückten Ideen, aber wir sollen ihn ja … nennen! Egal, fällt mir wieder ein … Er hat mit uns Jugendleitern schon zweimal Seminare durchgeführt, aber nicht so was Ödes mit Pinnwand und Papierwölkchen. Der ist echt gut für sein Alter, hat uns ganz schön aufgemischt. Nur Höhenangst darfst du bei seinen Aktionen keine haben, unter fünf Metern geht da gar nichts. Von Chillen hält der auch nicht viel. Einmal ging's die ganze Nacht durch …
Heute scheint er besonders unter Strom zu stehen: „Hallo ihr! Das habt ihr sichtlich von mir gelernt: ‚Wir wachsen mit der Herausforderung.' – ‚Wir kapitulieren nicht vor dem Möglichen, wir riskieren das Unmögliche.' Na dann, viel Erfolg! Aber kommts einmal, lassts das Zeug kurz liegen, schauts euch an, was da ums Eck gerade abgeht! Habt ihr's noch gar nicht gesehen?"
„Was denn?"

Ich habe irgendetwas von so einer Aktion bei der Kirche gehört, aber nichts Genaueres. Haben sie endlich die blöde Schmiererei entfernt? Aber wegen so etwas … Nein, der Arnold, ja genau, so heißt er, so aufgekratzt wie der ist, muss schon mehr passiert sein. Nur Stefan, der braucht sichtlich noch ein paar vor seinen ‚Motivationsseminaren', so knieweich wie der daneben steht. Was hat er denn, dass er gar so abgetörnt dreinschaut?
„… glaubst wirklich, so was bringt die Jungen wieder in die Kirche? Lächerlich! Die sollen sich um die Armen kümmern, nicht um solche aufgeblasenen Kindereien."
„Also ich weiß net, irgendwie … des *hat* was, ich find …"
Noch vor der Ecke hören wir Kommentare, die uns neugierig machen. Was bitte ist denn hier los?
„… doch keine Blasphemie! Mach dich nicht lächerlich! Endlich einmal nicht so farblos, nicht so langweilig, so viel Farbe hätt ich denen …"
„Wow! Das gibt's ja nicht! So was hast du noch nicht gesehen!" Gregor stockt der Atem, er schaut die Türme entlang hinauf, erstarrt – und lacht, kann gar nicht mehr aufhören zu lachen: „Das ist der Knaller! Und das … unser Canisius … Ich pack's nicht!"
„Was sagt *ihr* dazu?"
Ein ratloser Häuptling Stefan steht neben uns. Irgendwie schaut er wie ein Baby drein: Da weißt du auch nicht, ob's gleich lachen oder heulen wird. Aber dann lässt er sich doch von unserer Begeisterung anstecken: „Ich wusste gar nicht, dass man Pink, Orange und Knallgelb kombinieren kann, aber so …"
Auch Rot und ein sattes Grün kommen nicht zu kurz. Kein Schwarz, kein Grau und kein Violett! Nichts von diesen frommen Unfarben. So lebendig, als würden die Farben gerade erst herunterfließen – und aufschäumen – und aufspritzen. Ich hab zuerst auch gleich auf meine weißen Jeans geschaut, so eine erste Reaktion, als ob ich auch schon angespritzt wäre. Es zieht sich über beide Türme – bis weit über die Seitenwände hinüber. Kaum zu glauben, dass die eben

noch schmutziggraubraun da standen. Sie beginnen gerade, das Gerüst abzubauen. Gut ein Dutzend Arbeiter muss da am Werk sein. Und wer bitte ist das? Da kommt ein bärtiger Kerl von gegenüber auf … Arnold zugestürmt, wie aus dem Nichts. Staubig wie aus einer Bäckerei. Und schreit zum Teil unverständliches Zeug. Er packt Arnold am Kragen. Scheint ganz schön kräftig für sein Alter. Der ist ja richtig in Rage wegen dieser „schändlichen Gotteslästerei". Mann, brems dich wieder ein! Wir drängen uns dazwischen und versuchen ihn zu beruhigen.
Aber er ist schon ganz rot im Gesicht und schreit: „Ihr seid ja alles Heiden! Bei uns zu Hause, nein, wir Griechen haben noch Ehrfurcht vor Gott. Alle spotten über uns, weil wir Schulden haben. Aber wir haben doch unsere Ehre … und Ehrfurcht! Dass Sie nur so dastehen, Herr Pfarrer? Wo bleibt denn die Polizei? Dieser Mann gehört hinter Gitter, bis ihm so was vergeht … Aber in diesem Land ist ja alles erlaubt."
Wieder will er Arnold packen, aber wir halten ihn mit vereinten Kräften zurück.
„Warte nur, du … Wenn dich erwische, dann wird dir das hier noch leid tun! Kurzen Prozess sollte man machen mit Leuten wie dir!"
Endlich zieht er ab und verschwindet in der Baustelle gegenüber, wobei er immer noch Unverständliches vor sich hinmurmelt. Griechisch ist das also. Das muss dieser Kostas sein, der Freund von Franziska. Das hier passt noch weniger in seine Welt – als es schon in unsere nicht passt. Aber muss er deswegen gleich durchdrehen? Bisher hab ich nur Gutes über ihn gehört. Von drinnen hört man Franziska, die ihn erfolgreich beruhigt.
Das erste Mal ist der Arnold jetzt schmähstad. Die Reaktionen auf sein Werk fallen doch stärker aus, als er gedacht hat. Was wird dann erst morgen passieren, wenn es die ganze Stadt erfahren hat? Oder noch viel schlimmer: Herr Brenner!
Moment, wo ist Gregor? Ach so, da drüben. Er hat seine Großtante

eingesammelt, die coole Tänzerin: „Na, Tante Fabiola, *ist* das ein Hit?" Sie hat von der Szene scheinbar nichts mitbekommen und hält sich ihre Hände theatralisch vors Gesicht, nimmt sie langsam weg – und schaut eine Weile mit weit geöffneten Augen.

Dann summt sie etwas vor sich hin, singt fast unhörbar, dann aber immer lauter: „So we sailed on to the sun, till we found a sea of green. And we lived beneath the waves … We all live in a yellow submarine …" Hintergründig lächelnd zieht sie weiter: „Ich muss noch einkaufen, meine Lieben! Yellow submarine …"

„Ha? Was meint sie damit, Gregor? Das ist doch von den Beatles?"

„Ja ja, das gelbe U-Boot, das kommt mich noch teuer zu stehen!", meldet sich Stefan zu Wort. „War ja schon damals kein Geheimnis, dass die auf einen LSD-Trip anspielen. Aber Fabiola? Dass sie eine Frau mit Erfahrungen ist, weiß ich schon lange, aber …"

Jetzt muss ich aber einhaken: „Stefan, was hast du denn? Gefällt es dir denn nicht? Das ist doch eine Jahrhundertidee, das ist doch *der* Hammer!"

„Ja, klar … Ich denke nur an das, was jetzt auf uns zukommt. Und weil ja nächste Woche nur noch ich die Stellung halte: Was da auf *mich* zukommt. Ich hätte die alle verständigen und vorwarnen müssen …"

„Aber dann wäre doch sicher nichts daraus geworden, oder?"

„Stimmt!"

„Also Augen zu und durch! Glaubst du, der Bischof setzt dich deswegen ab?"

„Und wen soll er dann hersetzen? Nein. Es ist ja auch gar nichts passiert. In einem halben Jahr ist das alles weg und die Kirche wie aus dem Ei gepellt."

„Na eben! Du, schau, ein Fernsehteam, ich glaube, die wollen ein Interview mit dir!"

Da kommt ja wirklich etwas auf ihn zu. Noch bevor sich Kameramann und Mikrofonträger auf ihn stürzen, kommt Kostas wieder

heraus und tut ihnen wild gestikulierend seinen Unmut kund. Aber die wollen natürlich vor allem den Skandalpfarrer vor die Linse bekommen. Und wir hauen ab in die Steiermark, auch irgendwie feig. Aber muss ja sein! Und wir müssen jetzt weitermachen, sonst wird das nie was mit dem Einpacken.
Gregor ist schon wieder beim Wagen. Natürlich muss der Beifahrersitz auch voll beladen werden. Ich schaue durchs Fenster. Er deutet, ich soll kurz warten, und will gerade das Handschuhfach öffnen. Logo, zuerst muss er da rausholen, was wir unterwegs brauchen: Landkarte, Reservierungsbrief und sicherheitshalber die Autopapiere. Bevor er den Platz vollstopft.
Ein Knall!
Alles ist auf einmal Rot!
Der ganze Wagen voll rotem Rauch! Um Gottes willen! Ich will die Türe aufreißen, geht nicht, von innen verriegelt, darf ja unterwegs nicht … Ich renne ums Auto, reiße die Fahrertür auf. Gregor ist rot, überall rot.
Blut?
„Gregor! Greeegor!"
Nein, Rauch, ein feines Pulver. Er hustet, fällt keuchend aus dem Wagen. Drinnen ist alles rot! Und er ist rot!
„Hilfe! Schnell! Er erstickt!"
Ich brülle so laut, dass die Leute um die Ecke gelaufen kommen. Es sind ja genug da, Schaulustige! Allen voran die Fernsehfuzzis. Gregor hustet aus voller Lunge. Sie fuchteln ihm mit der Kamera vor dem Gesicht herum. Ich stoße den Kerl wütend weg.
„Schnell! Ruft die Rettung! Er erstickt! Gregor!"
„Geht schon wieder, geht schon …"
Er hustet weiter. Arnold und Stefan kommen dazu. Irgendwer telefoniert wirklich. Der Journalist, na immerhin! Arnold hält Gregor fest, klopft ihm den Rücken ab. Er spuckt rotes Zeug aus. Zum Glück kein Blut. Dafür ist das zu hell. Er wird langsam ruhiger.

„Was ist denn passiert? Was war denn das?"
Er ringt sich ein paar Worte ab: „Wie? Das Handschuh… Gerade als ich's öffnen …"
„Geht's besser?"
„Was? Ich versteh euch so schlecht, ich hab da so einen Ton …"
„Die Polizei!", ruft Stefan. „Die Rettung ist schon unterwegs, aber wir brauchen auch die Polizei. Ich versteh das alles nicht, was ist denn hier los?"
„Geht schon, geht schon. Ich krieg schon wieder Luft, keine Panik!"
Ich bin so happy und umarme ihn ganz fest, Gott sei Dank! Meine Jeans schauen fast aus wie Claras Kleid … Egal!
„Sie dürfen die Braut jetzt küssen!"
Das erste Mal sehe ich Stefan heute lächeln. Auch er ist erleichtert.
„Aber doch nicht auf Befehl!"
„Rote Lippen soll man küssen …"
„Blödmann!"
Der Notarztwagen kommt gegen die Einbahn heraufgefahren. Ein paar routinierte Griffe, ein paar routinierte Fragen – und der ebenso routinierte Widerspruch: „Nein, nein, Sie kommen besser mit. Wenn weiter nichts passiert ist, sind Sie in zwei Stunden wieder heraußen. Aber glauben Sie mir, mit der Lunge darf man nicht spielen. Und wir wissen ja noch nicht, was das da für ein Pulver ist."
Das überzeugt Gregor. Aber erst auf's zweite Mal. Er hört sichtlich schlecht.
Und ich krieg gleich wieder die Panik: „Los! Schnell! Wenn das Zeug giftig ist!"
Arnold hat Proben von dem roten Zeug eingesammelt und gibt sie uns in einem Taschentuch mit. Der Mann bewahrt wirklich die Übersicht. So schnell, wie die fahren, mit dem ganzen Programm an Licht und Horn, das macht mir Sorgen. Wollen keine Sekunde verlieren. Wissen die mehr als sie mir sagen?

23

Stefan
Freitag, 6. August

Gott sei Dank! Um Gregors Leben müssen wir uns keine Sorgen mehr machen. Aber das mit seinem Gehör, wenn da bloß nichts bleibt! Er ist ja auch ein guter Musiker. Lena ist mit ihm ins Spital gefahren. Die Kisten stehen immer noch neben dem Käfer, in dem alles nur noch knallrot leuchtet.

Ich hätte ihn jetzt gar nicht als Polizisten erkannt, weil er in Zivil kommt. Als „Revierinspektor Ruhandl" stellt er sich vor. Mir werfen ja auch manche vor, ohne „anständige Priesterkleidung" sei ich nicht zu erkennen. Aber die Polizeiuniform ist ja wenigstens nicht nur schwarz. Er ist auffällig jung für seine Position.

„Haben Sie denn die Aufschrift entfernen lassen?", fragt er mit vorwurfsvollem Blick auf die Kirchenfassade.

„Hätten Sie denn so etwas auf Ihrem Kommissariat stehen lassen? Ihre Kollegen haben doch ohnehin alles fotografiert und Proben genommen."

Es ist nicht leicht zu sehen, ob ihn das überzeugt. Jedenfalls ist Inspektor Ruhandl der Meinung, dass wir jetzt nichts mehr auf die leichte Schulter nehmen dürfen: „Immer diese rote Farbe … Und wie es scheint, eskalieren diese Bosheitsakte immer mehr. Offensichtlich versucht der Täter … oder die Täterin … die Aufmerksamkeit immer stärker auf sich zu ziehen … Wer weiß, was da noch auf uns zukommt."

Er hat natürlich recht. Es kann ja wirklich kein Zufall mehr sein, dass die Anschläge immer nur unserer Kirche oder ihren engsten Mitarbeitern gelten. Nur ein Insider kann das alles wissen.

Seine Schlussfolgerungen sind beunruhigend, ja, erschreckend:

„Und wenn es ein Insider ist, was treibt ihn dazu? Oder *sie*? Was weiß er … oder sie … dann vielleicht über diesen Ordensmann bei Ihnen …?“
Hat er gerade einen Genderkurs hinter sich?
„Sie meinen … wegen ‚Kuttenbrunzer‘? Da gehen Sie aber jetzt zu weit.“
„Dieser Herr ist doch verschwunden? Wie heißt er eigentlich?“
„Eberhard. Eberhard Meininger. Er ist auf Urlaub. Wie er es schon lange geplant hat. Es liegt doch nichts gegen ihn vor!“
„Wir konnten mit ihm keinen Kontakt aufnehmen. Erscheint Ihnen das nicht auch etwas seltsam?“
„Bruder Eberhard ist ein ausgewiesener Kreta-Fan. Der kennt dort jede Bucht und auch noch das kleinste Dorf. Er kann irgendwo sein, bei griechischen Freunden, auf einem Fischerboot oder sonst wo. Er will halt seine Ruhe haben. Und sein Handy hat er ja sogar hier meistens ausgeschaltet.“
„Wir werden nicht umhinkommen, sein Zimmer in Augenschein zu nehmen.“
„Das können Sie aber doch nur mit einem … Wie heißt das?“
„… den bekomme ich, nach all dem hier. Schauen Sie, hier tickt eine Bombe, hier ist Gefahr im Verzug. Bei Verdacht auf sexuellen Missbrauch müssen wir sofort aktiv werden.“
Das geht aber jetzt wirklich zu weit!
„Sexueller Missbrauch? Was haben Sie denn bitte in der Hand gegen ihn? Nur weil einer Priester ist, ist er für Sie gleich ein Missbrauchstäter? Dabei ist er noch gar kein Priester! Also gut, er hätte ja sicher nichts dagegen. Wenn dann Ruhe ist. Sie gehen doch mit diesem Verdacht nicht an die Öffentlichkeit?!“
„Entschuldigen Sie, ich beschuldige doch überhaupt niemanden! Aber bevor andere auf diese Idee kommen, will ich diesen Verdacht einmal ausschließen.“
Wenn ich ehrlich bin, glaube ich ihm das jetzt nicht so ohne

Weiteres. Ich begleite ihn in den dritten Stock und sperre mit dem Generalschlüssel auf. Seit Eberhard hier eingezogen ist, war ich nie wieder weiter als bis zu seiner Türe, ist doch seltsam. Es sind zwei kleine Zimmer, eines mit Kochnische, das andere grenzt an ein winziges Badezimmer. Eigentlich recht geschmackvoll eingerichtet, wenn auch ein wenig überladen. Diese antike Kommode passt nicht wirklich herein, ist sicher ein Erbstück, an dem er hängt. Seine Eltern leben ja nicht mehr. Ruhandl zieht sich Gummihandschuhe an.

„Den Computer werde ich mitnehmen müssen, Sie wissen ja …"

„Klar, ist sicher voller Kinderpornos, keine Frage!", entfährt es mir verärgert. Dieser ewige Generalverdacht! „Soweit ich weiß, hatte er nie mit Kindern und Jugendlichen zu tun. Zu denen hat er doch überhaupt keinen Draht. Und die Jungen wissen nichts mit ihm anzufangen. Er ist überhaupt nicht der Typ dafür."

„Da haben sich schon viele getäuscht. Kollegen von Ihnen, und … zugegeben, auch Kollegen von *mir*. Es *gibt* diesen Missbrauchstyp nicht, die sind sehr unauffällig, so wie Sie und ich … Aber schauen Sie einmal: Was ist denn das?"

Er hält mir ein Bündel Schleifen oder Banderolen entgegen: „Die lagen in seinem Papierkorb. Was sagen Sie dazu? Glauben Sie immer noch, ich saug mir meinen Verdacht nur aus den Fingern? Da ist doch etwas oberfaul! Da, schauen Sie!"

Bei genauerem Hinsehen verschlägt es mir die Sprache. „100 x 500,– Euro" steht auf jeder einzelnen Schleife. Er zählt mir dreizehn Stück vor, aber es könnten auch noch mehr gewesen sein, da von manchen nur noch Papierschnitzel vorhanden sind.

„Von 650.000 Euro aufwärts … Hat er denn so viel Vermögen? Oder eine andere Einkommensquelle? Ich meine, hier? Er ist doch, soweit ich weiß, als Ordensmann der Armut verpflichtet!"

Das ist wirklich seltsam. Natürlich beweisen Banderolen nicht, dass auch das Geld hier war. Aber wie kommen sie sonst in seinen

Papierkorb? Ich habe ja immer die Frage verdrängt, wie er seine Weine finanziert.

„Soweit ich weiß, hat er nur sein Gehalt von der Diözese. Seinen Besitz müsste er erst bei der ewigen Profess dem Kloster überschreiben, aber ich weiß von gar keinem Besitz."

Wir finden dann noch eine angebrochene Kiste mit dem *Château Pétrus Pomerol.* Die restlichen fünf Flaschen. In den Genuss der sechsten Flasche bin ich ja erst vor Kurzem gekommen. Inspektor Ruhandl wird es ja doch erfahren.

„So eine Flasche ist über zweitausend Euro wert. Ich muss zugeben, das erstaunt mich jetzt … Moment einmal, Herr Inspektor. Ich muss Ihnen noch etwas sagen: Seit Kurzem werden wir hier anonym beschenkt, und zwar sehr großzügig. Die Pfarre bekam ein Klavier, das heißt, einen Meisterflügel, und mir wurde eine griechische Vase zugeschickt …"

„So ein kitschiges Allerweltssouvenir?"

„Nein, das Ding ist doppelt so viel wert wie diese Weinkiste hier. Und er hat eben diesen Wein … Der Spender weiß von uns allen genau, was wir uns wünschen. Das ist schon sehr seltsam."

„Allerdings! Aber für mich liegt ein anderer Schluss viel näher: Ihr guter ‚Herr Eberhard' wurde erpresst! Und irgendwie hat er es geschafft, zu so viel Geld zu kommen. Also irgendwer hat *doch* etwas von seinem Vorleben erfahren. Und als er nicht mehr weiterwusste, oder als ihm das Geld ausging, hat er sich gerade noch rechtzeitig abgesetzt – mit dem restlichen Geld. Wie lange arbeitet er denn schon hier?"

„Seit knapp einem Jahr … Aber das sind doch nur vage Vermutungen, das stimmt doch alles nicht!"

„Und vorher? Wo hat er da gearbeitet?"

„Sie meinen mit Kindern? Da kann ich Sie beruhigen. Er hat zwei Jahre lang die Kunstwerke seines Ordens katalogisiert. Zuvor hat er das Kunstgeschichtestudium abgeschlossen. Mit Doktorat!"

„Die hatten bisher kein Register? Wann lernt Ihr Kirchenleute einmal dazu. Bitte, wie sollen wir die gestohlenen Sachen denn für euch finden, wenn wir nicht einmal Fotos haben!? Haben Sie denn ein Register für Ihre Pfarre?"
„Sicher, na ja, zumindest für die wertvollsten Stücke. Aber Sie haben recht. Er wurde mit dieser Arbeit betraut, weil zuvor mehrmals Diebstähle vorgekommen waren, und man wusste dann nicht mehr genau, wann die Kunstwerke überhaupt abhanden gekommen waren."
„Und ausgerechnet dieser ‚Herr Eberhard' kam nun plötzlich zu unvermutetem Reichtum. Wenn seine Mitbrüder gar nicht wussten, was sie überhaupt besitzen! Da war es doch für ihn ein Leichtes, das eine oder andere abzuzweigen … Ich meine, *bevor* er die anderen Stücke in den Katalog aufgenommen hat. Vielleicht hat er ja etwas entdeckt, das den weniger geschulten Blicken entgangen ist? Ein unscheinbares, verdunkeltes Gemälde vielleicht? Und wer erkennt schon eine Veit-Stoß-Madonna, wenn sie einmal grässlich übermalt wurde? Wer? Na eben, ein Kunsthistoriker!"
Ich will da gar nicht mehr zuhören: „Aber das sind doch jetzt wilde Konstrukte!"
„Wie sagten Sie? Diebstähle zuvor? Wenn einer aus dem Orden Kunstgeschichte studiert, dann wird ihm doch niemand verwehren, das eine oder andere Stück hier oder dort genauer in Augenschein zu nehmen. Ich meine, noch *während* seines Studiums. Und weg ist es, wenn er es geschickt anstellt. Natürlich ist das nur ein Erstverdacht, aber ich werde dem nachgehen, was damals dort gestohlen wurde, ob es inzwischen wieder aufgetaucht ist und so weiter. Und natürlich auch, ob es irgendwann einmal um seine Person Gerüchte gegeben hat …"
Ich verstehe! Der arme Kerl sitzt da irgendwo in einem Hirtenunterstand oder an einem ruhigen Strand – und hat überhaupt keine Ahnung davon, was sich über ihm zusammenbraut. Und das alles nur wegen einer saublöden Schmiererei!

„Da, schauen Sie mal! Können Sie mir das erklären? Den Rest kann ich nicht finden. Und in der Mülltonne wird jetzt auch nichts mehr zu finden sein. Nach über einer Woche, die er nun weg ist. Klingt irgendwie … Also ich muss zugeben, da kann ich mir jetzt keinen Reim drauf machen, aber … Schauen Sie mal!"
Noch einmal ist Inspektor Ruhandl fündig geworden, ganz unten im Papierkorb. Ein Stück Papier, ein Teil einer zerrissenen Seite. Wahrscheinlich beim Ausleeren übersehen. Wer weiß, wie lange es hier schon feststeckt. Das ist eindeutig Claras Handschrift, schräg durchgerissen, mehr als die Hälfte des Textes fehlt, nur etwa das untere Drittel ist erhalten:

… anteilsmäßige Auszahlung je nach … wird ausgeschlossen von der … wird strenges Stillschweigen aller … Dies gilt bis zum Tod des letzten [durchgestrichen, ausgebessert auf: vorletzten] Beteiligten an der Auszahlung. Eberhard Meininger, Franziska Kerbler, Clara Depauli, Gregor Schranz, Daniel Morosini, Arnold Konzelmann.

Ich lese mehrmals, verstehe gar nichts. Es soll Geld ausgezahlt werden. Es darf keiner etwas davon erfahren. Und nur der letzte Überlebende darf sprechen? Worüber? Und woher kommt das Geld? Um wie viel geht es da überhaupt? So theatralisch wie das Ganze wirkt, handelt es sich da wohl eher um eine größere Summe.
„Wissen Sie, um wen es sich bei den anderen vier Namen handelt?"
„Die sind alle aus unserer Gemeinde, ja … Sogar alle aus dem Pfarrgemeinderat … Das ist schon sehr seltsam!"
„Ich werde sie alle verhören müssen. Es klingt schon sehr nach Erpressung. Obwohl ich zugeben muss, dass sein Name dann einfach so neben denen seiner Erpresser steht, das ist eigenartig. Und dass man so etwas schriftlich macht … Und wenn ich das hier richtig verstehe: Die werden alle sehr schweigsam sein …"
„Also das ist einfach auszuschließen, mit Nachdruck, dass diese

vier Personen allesamt feige Erpresser sind, noch dazu wenn sie damit ein Verbrechen decken. Es ist einfach undenkbar, dass eine Frau und Mutter wie Clara so etwas nicht zur Anzeige brächte."

„Ich respektiere ja Ihre Gefühle, aber ich muss allem nachgehen. Zum Beispiel diese Clara: Wie heißt sie noch? Wo kann ich sie finden?"

„Sie ist … verschwunden."

„Verschwunden? Wie bitte?"

„Sie machte einen ganz starken Abgang, vor ziemlich genau vierzehn Tagen. Und keiner weiß, wo sie hin ist. Und wenn ich ehrlich bin: Niemand weiß, wie sie sich das leisten kann bei den Schulden, die ihr Mann verursacht hat. Das kann doch alles nicht wahr …"

„Da haben wir ja in ein richtiges Wespennest gestochen, mein lieber Herr Pfarrer!"

Inspektor Ruhandl sieht seine junge, aber steile Karriere sichtlich im Aufwind.

Ich gebe ihm das Stück Papier, diesen eigenartigen Vertrag, entgeistert zurück. Dabei entdecken wir auf der Rückseite noch etwas, eine Liste, ganz leicht mit Bleistift notiert:

Ich 23 %
Clara 23 %
Gregor 23 %
Franzi 23 %
Daniel ?
Arnold 8 %

Inspektor Ruhandl holt tief Luft: „Ein Betrag, Höhe weiterhin unbekannt, fast zu gleichen Teilen auf vier aufgeteilt, einer bekommt viel weniger und einer ist nur ein Fragezeichen wert. Und der mutmaßliche Erpresser ist unter den Beteiligten. Na ja, für seine Flucht braucht er ja schließlich auch Geld. Jedenfalls dieselben sechs, die umseitig unterschrieben haben. Und dieser Arnold? Warum bekommt der so wenig? Konnte er ihn billiger abspeisen als die anderen? Mit Daniel hat er wohl noch nicht verhandelt ... Aber warum eigentlich nur Prozente? Die haben doch sicher bestimmte Summen von ihm verlangt. Welcher Erpresser verlangt Prozente? Und Prozente ... von was?"

„Bitte ermitteln Sie nicht nur in diese eine Richtung! Sie sehen doch, dass da noch lange nicht alles zusammenpasst. Es gibt doch überhaupt keinen Hinweis auf Missbrauch! Und bitte, bleiben Sie diskret, solange überhaupt nichts feststeht!"

„Darauf können Sie sich verlassen. Aber wir werden einander in nächster Zeit noch öfters begegnen. Darauf können Sie sich auch verlassen."

Es fällt kaum noch ein Wort zwischen uns. Er versiegelt die Wohnungstür und steigt in den Lift. Ich gehe hinauf. Zu weit, denn gedankenverloren stehe ich plötzlich vor der Dachbodentür.

24

Clara
Samstag, 7. August

„Entschuldigen Sie, dürfte ich Sie etwas fragen?"
„Kein Problem, setzen Sie sich doch zu mir!"
Schau, schau, vor zwei Wochen hätte ich sie noch voll abblitzen lassen. Bin ich schon so lange allein unterwegs, dass ich mich auf ein wenig Unterhaltung freue? Sie ist in etwa so alt wie ich und offensichtlich auch alleine. Vielleicht deswegen. Zumindest habe ich sie gestern vom Balkon aus ohne Begleitung kommen sehen. Mit dem kleinen Boot des Besitzers, mit dem ich selbst auch hier eingelangt bin, vorgestern.
„Aber woher wissen Sie denn, dass ich Deutsch spreche?"
„Doris, danke!" Sie gibt mir die Hand.
„Sag ruhig Du, und sag … Fabienne zu mir. Ich heiße zwar nicht so, wollte aber immer schon so heißen."
„Fabienne? Bist wohl auch hier, um ganz neu anzufangen? Den ganzen früheren Scheiß hinter dir zu lassen? Sich selbst neu erfinden … Find ich klasse. Ja, warum ich eigentlich … wegen deiner Schuhe, ich …"
„Wegen meiner Schuhe?"
Was will sie damit sagen? Ich hab Flip-Flops … Stimmt gar nicht, ich bin doch gerade barfuß auf einen Kaffee heruntergekommen.
„Ich meine gestern: Du warst mit hohen Wanderschuhen unterwegs. Kennst dich auf Kreta sichtlich schon gut aus. Ich wollte hier auch ein wenig in den Bergen herumlaufen. Soll sehr eindrucksvoll sein, die Schlucht und die ganze Küste hier. Und da dachte ich, du kennst dich hier vielleicht aus … Und außerdem: Es sind doch

fast immer nur Österreicher und Deutsche, die hier bei der Hitze herumwandern, wer sonst?"
„Ach so, deshalb gleich Deutsch. Ja, ich war in der Schlucht nebenan, da drüben, siehst du? Zuerst musst du auf dem Sims da drüben hinüber ... Siehst du das?"
„Das geht?"
„Kein Problem, außer dir wird leicht schwindlig ... Ja, und dann einfach die Schlucht hinauf. Die kann es zeitweise mit der Samaria-Schlucht weiter drüben aufnehmen, ist aber ganz einsam. Mal eben und über Schotter, dann ein bisschen Kletterei. Nur vor dem Ende oben, da kommen dann noch zwei Leitern, eine allein fast zwanzig Meter hoch ..."
„Aha. Klingt ein wenig abenteuerlich, also ..."
„Keine Angst. Da kannst schon vorher abzweigen und wieder zurück ... Oder du kannst die Leitern auch umgehen. Zahlt sich aus. Dauert aber drei, vier Stunden, die ganze Runde."
„Ich hab Zeit!"
„Ich auch, das erste Mal in meinem Leben hab ich Zeit. Und keiner nimmt sie mir."
„Danke, ich glaub, das werd ich morgen versuchen. Aber jetzt geh ich noch einmal schwimmen. Die Luft steht ja vor Hitze hier! Und danke, Fabienne!"
Fabienne? Klar, ich bin Fabienne – oder wer ich auch immer sein möchte. Manchmal bin ich auch Clara, warum nicht, aber nicht die alte Clara! Fabienne hat keine Höhenangst, läuft über ausgesetze Felsbänder und klettert über schwindelerregende Leitern. Wie sie das kann? Sie tut's einfach! Fabienne schläft und isst und schwimmt und fährt Kanu, wann und so oft sie will. Und sie zieht sich an – oder aus, wie auch immer ihr gerade danach ist. Clara ist sportlich und hat eine gute Figur, aber Fabienne ist sexy. Oder völlig unauffällig – wonach ihr gerade ist. Sie hat ein Zimmer und einen Schlüssel. Und im Hafen nebenan ein Auto, mit dem sie

überallhin kann. Brave Mädchen kommen in den Himmel, böse kommen … überallhin!
Dieses nur vom Meer aus erreichbare Haus ist einfach ideal für Fabienne. Lauter angenehme Gäste, keine Hintergrundmusik im Lokal. Wenn schon, dann hiesige Musik, aber vom Freund des Besitzers gespielt. Zu essen gibt es, was der Bruder selbst züchtet oder der Gemüsegarten hergibt. Oder auch Fisch, wenn einer ins Netz geht. Wenn nicht, dann eben morgen … Aber sicher keinen gefrorenen aus Argentinien.
Jedes Zimmer schaut direkt aufs Meer hinaus. Und die Kanus sind auch nie alle auf einmal vergeben. Alle paar Stunden fährt eines der Fährschiffe vorbei, die Menschen vom Zielpunkt der Samaria-Schlucht abholen. Morgen gehe ich einmal die Küste entlang. Nehme mir dort ein Zimmer und tags drauf probier ich Eberhards Tipp aus: „Du musst immer *gegen* den Strom unterwegs sein, das ist das Geheimnis! Die Samaria-Schlucht musst du *hinauf*gehen. Dann hast du sie fast den ganzen Tag über für dich allein. Weil ja alle im Pulk herunterkommen."
Die Gegenrichtung wählen, das tun, was sonst keiner tut. Eben typisch Fabienne. Mal schauen. Bisher hat mich alles überzeugt, was er mir empfohlen hat.
Übrigens: Fabienne trinkt Bier! Ungesund saukaltes Bier! Sogar ein zweites! Das wäre Clara nie eingefallen. Prost, Clara!

25

Stefan
Montag, 9. August

Das ganze Wochenende über habe ich jetzt vor mich hin gegrübelt. Das kann alles so nicht stimmen. Ein Diakon als Sexualtäter und unser halber Pfarrgemeinderat als Mitwisser und stille „Nutznießer". Sogar Gregor! Gregor ist immer noch im Spital, aber es soll ihm schon wieder besser gehen, auch seinen Ohren. Nur wird man dort eben vor Montag nicht entlassen, also heute. Ist schon gut so: *Wir* kämpfen ja immer um den Sonntag, dass der nicht zu einem Tag wie jeder andere verflacht, an dem wir alle weiterrotieren: „24 hours – 7 days".

Ich hab's nicht geschafft, jemanden von der ominösen Liste darauf anzusprechen. Das heißt, und das fällt mir erst jetzt auf: Ich habe keinen von ihnen gesehen: Eberhard und Clara sowieso nicht. Manu war gestern in der Messe. Aus Angst um ihre Mutter. Ich habe mit ihr gesprochen – und weil Clara heute Geburtstag hat. Sie wollte „eine Kerze anzünden … und weil ich schon einmal da bin …" Ob Clara heute irgendwo feiert – und mit wem? Manu war auffällig unauffällig gekleidet, schon schick, aber nicht so, dass alle gleich hinschauen, wie sonst immer, wenn sie irgendwo auftaucht. Daniele kommt ja auch sonst fast nie zur Messe und Arnold hat den strahlenden Sommertag wahrscheinlich irgendwo am Wasser verbracht, wie ich ihn kenne. Wenn ich ihn jetzt fragen würde, wo er war, würde er mich sicher angrinsen und irgendetwas von einem „persönlichkeitsbildenden Seminar für Maronibrater … weil die ja jetzt viel Freizeit haben" oder ähnlichen Unsinn plaudern. Von ihm wird man nie alles erfahren. Also brauche ich ihn zu weit heikleren Themen wie seiner Unterschrift auf diesem Stück Papier gar nicht erst zu befragen. Ich habe ja bei aller Freundschaft von ihm auch nie erfahren, wie das mit seiner Frau war, einer Pianistin, die ihn vor Jahren verlassen hat. Angeblich kam sie von einer Tournee nicht mehr zurück und holte sich nie auch nur ein Stück aus der gemeinsamen Wohnung. Angeblich, wie gesagt. Lieber Herr Inspektor: Viel Freude beim Ermitteln!

Es läutet an meiner Tür. Bis ich sie geöffnet habe, fährt der Lift auch schon wieder nach unten. Sicher so ein Kinderstreich. Die häufen sich im Sommer. Als ich eine halbe Stunde später nach unten will und meine Türe schließe, klebt da ein Brief. Ach so, das war's also. Keine Kinder. Wieder etwas Anonymes? Normalerweise hasse ich anonyme Briefe, aber zurzeit können die ja sehr erfreulich sein. Immerhin: Ich werde für heute Mittag zum „Hagenhofer" eingeladen. Ein ausgezeichnetes Lokal, kaum zehn Minuten zu Fuß. Ein bisschen kurzfristig, aber warum nicht? „Angenehme Gesellschaft" wird versprochen. Mal sehen, wer sich da aufdrängt, aber was soll schon sein? Gut isst man dort allemal.

Aber *darauf* wäre ich nie gekommen! Im „Hagenhofer", in einem eigenen Saal, sitzen schon gut fünfzig Personen an einer langen Tafel. Die meisten kenne ich. Aber hier? Manche kaufen bei uns regelmäßig im Sozialmarkt ein, andere kommen und holen sich Gutscheine für den Fleischhauer ums Eck, einer verkauft bei der U-Bahn-Station die Obdachlosenzeitung. Andere sind mir fremd, passen aber gut ins Bild. Und die meisten kennen sich ganz offensichtlich schon seit Jahren.

„Kommen S', Herr Pfarrer, sonst fangt der net an!"

Klar, den kenne ich doch auch, aber ohne seinen endlosen Kapuzinerbart war er mir zuerst fremd. Max war einmal Koch. Er ist es sogar heute noch und hilft in manchen Sozialeinrichtungen mit. Ein paar Mal standen wir vor Jahren am selben Herd. Seither weiß ich, wie man zwanzig Liter Milch schnell zum Kochen bringt, ohne dass sie anbrennt. Und dass man Carbonara-Soße auch ohne Obers

ganz ordentlich hinkriegt. Er ist berüchtigt für seine „G'schichtln", die niemals zu widerlegen sind – und doch selten stimmen. Das mit dem Koch *muss* aber stimmen, denn kochen kann er.
„Wer hat euch eigentlich hierher eingeladen?"
Die meisten erzählen von einem jungen Mann, der ihnen ähnliche Briefe in die Hand drückte wie jenen an meiner Tür. Einer meint aber, der hätte es sichtlich im Auftrag einer älteren Dame getan, an deren Aussehen er sich aber nicht mehr so genau erinnern konnte.
„Dürfen wir servieren?", reißt mich der Kellner aus meinem Rätselraten.
„Ja, natürlich!", will ich bestätigen.
Aber der Zeitungsverkäufer fällt mir ins Wort: „Einen Moment bitte, der Herr Pfarrer hat sicher noch ein Gebet!"
Wir stehen alle auf, ich bete vor – und ohne dass ich es angestimmt hätte, beginnen (fast) alle mit dem „Vater unser".
Und dann ist es so weit. Kein überkandidelter Irgendwas-Schaum an Nochetwas-Mousse, sondern ordentliche Hausmannskost, aber alles auf dem Niveau dieses erstklassigen Lokals. Dazu hervorragender „Hauswein", was für eine Untertreibung! Auch für jene ist gesorgt, die nicht alles essen können. Sonderwünsche inklusive. Alles auf ausdrücklichen Wunsch „der Auftraggeber", im Voraus bezahlt. Wer?
„Darüber können wir leider keine Angaben machen, wirklich nicht."
Das Phantom hat also wieder zugeschlagen. Ein junger Mann? Eine ältere Dame? Ich komme mit meinen „Ermittlungen" kaum weiter. Lange sitzen wir beisammen, niemand lässt uns spüren, dass es an der Zeit wäre. Wer ein drittes Stück Strudel möchte, bekommt es anstandslos – und immer auf frischen Tellern. Mir fällt der alte Song von der „Proud Mary" ein, diesem geheimnisvollen Mississippi-Dampfer: von dem armseligen Kerl, der immer nur die schlechtesten Ecken der Stadt kennenlernen durfte und immer wieder

ausgenutzt wurde. Und dann geht er einfach an Bord der „Proud Mary" und darf zum ersten Mal in seinem Leben dazugehören. Wer nichts hat, wird einfach eingeladen. Der Fluss wird immer breiter – bis sie das weite Meer erreichen. Was für ein Bild für … ja, für den Himmel einfach, was sonst!

„Rollin', rollin', rollin' on the river …" Ich muss den Refrain vor mich hingesummt haben. Einer meiner Nachbarn summt mit und beginnt das Lied zu singen.

„Der hat früher immer am Friedhof gesungen", raunt mir mein Nachbar ins Ohr.

Wir alle singen. Das war's, genauso war's … auf *unserer* „Proud Mary", einen Nachmittag lang zumindest. Und wer weiß, vielleicht kommen die Einladungen ja wieder.

26

Eberhard
Dienstag, 10. August

Also hier war ich noch nie, ganz sicher nicht! Woher ich das weiß, obwohl ich doch schon so oft auf Kreta war? Der Zustand der Straße macht mich sicher. Mit einem durchschnittlichen Mietwagen ist das hier schlicht unbefahrbar. Ich bin in all den Jahren schon mit Mopeds unterwegs gewesen und mit verschiedenen Autotypen, aber noch nie mit einem echten Allrad-Jeep. Nicht mit diesem Suzuki-Spielzeug, mit dem sie in der langen Kolonne einer „Guided Offroad-Tour" durchs Land ziehen. Die schaffen auch nur die besseren Schotterstraßen und haben noch dazu ein offenes Verdeck, also nichts für mich. Ich habe mein Gepäck immer bei mir und ziehe damit herum.
Das Auto hier ist wirklich etwas anderes. Mit dem kannst du alles fahren, was sonst nur noch die Ziegenhirten in ihren Pick-ups riskieren. Qualität hat natürlich ihren Preis. Und den habe ich bezahlt, gleich zwei Monate im Voraus. Das erste Mal in meinem Leben, dass Geld keine Rolle spielt. Ein eigenartiges Gefühl, habe ich hier doch bisher immer sehr billig gelebt. Die entlegenen Orte mit ihren einfachen Zimmern waren für mich ohnehin immer anziehender. Und die Menschen lernst du dabei auch viel besser kennen.
Ungefährlich sind solche Straßen ja nicht gerade, wenn sie sich halsbrecherisch in die Tiefe schrauben. Auch wenn die ausgewaschenen Kehren mit Beton ausgebessert wurden. Manchmal wüsste ich sogar mit meinem Jeep nicht, wie ich hier ausweichen sollte. Aber es kommt ja ohnehin keiner entgegen!
Ich biege wieder in eine Asphaltstraße ein und erreiche ein Bergdorf, mein heutiges Ziel. Nach Jahren bin ich wieder einmal hier.

Das „Hotel" mit seinen drei Zimmern kenne ich bereits von früher. Die Straße am steilen Hang ist durchgehend so eng, dass es wieder einmal zum Problem wird, irgendwo zu parken. Zu einem Problem, das schnell das halbe Dorf beschäftigt. Als es mit vereinten Kräften gelöst ist, muss ich erst einmal das Erstaunen der Besitzer durchbrechen, die sich nicht vorstellen können, dass tatsächlich jemand eines ihrer Zimmer bewohnen möchte. Ich kann mir eines aussuchen und wähle das Zimmer mit Balkon in Richtung der Weißen Berge.

Ich liebe diesen Blick. Das Dorf klebt am Bergrücken, ganz oben steht die Kirche – gleich nebenan. Dazwischen der Spielplatz, wo die Kinder jetzt in der beginnenden Dämmerung beginnen, Fußball zu spielen. Ums Eck, gerade noch sichtbar, die alte Platane, unter der sich das Kafenion befindet – ein Naturgesetz auf Kreta. Seine grünen Fensterläden und Sessel verraten, dass der Besitzer PASOK wählt, also Sozialdemokrat ist. Oder es zumindest einmal war, denn inzwischen hat sich ja auch hier vieles verändert. Weiter unten im Ort stehen blaue Sessel, was wiederum die Konservativen anzieht. Hinunter führt der Blick in die steilen Gemüsegärten der Häuser, in denen außer sonntags und mittags stets jemand arbeitet, *eine* jemand, versteht sich. Hier werden die Geschlechterrollen noch vormodern ausgestaltet. Und über dem Grün der Gärtchen und Obstbäume ragen die kahlen Weißen Berge hoch auf. Im Abendlicht sind sie intensiv rosa gefärbt. Wer sie durchwandert hat, kennt sie als eindrucksvolle Karstwüste voller Dolinen und scharfkantiger Spalten, aber auch voller kleiner Ebenen, die immer noch von Hirten bewirtschaftet werden.

Ich liebe diesen Blick. Auch wenn das letzte Dämmerlicht verklungen ist und alles nur noch von wenigen Laternen und vom Mond beleuchtet wird. Mir war der Ausblick immer viel wichtiger als das Zimmer selbst. Wie oft habe ich schon im Schotter einer Bucht übernachtet oder bei einer Gipfelkapelle, ja, auch *drinnen*, wenn es allzu stürmisch wurde. Wie oft war ich eigentlich schon hier? Muss schon mehr als zwanzigmal sein, fast jedes Jahr seit meiner Matura. Und immer so lange wie möglich, meinen ganzen Urlaub lang. Was ich mir deshalb schon alles habe anhören müssen von denen, die schon überall waren. In den letzten Jahren bin ich fast immer allein unterwegs gewesen. Anfangs wurde ich nach einer gewissen Zeit sehr melancholisch, aber damit kann ich jetzt umgehen. Ich habe gelernt, auch das zu genießen. Zumindest mit einer Flasche Rotwein gelingt mir das inzwischen ganz gut.

Eigentlich war es ein totaler Zufall: Nur weil hier noch etwas frei war, etwas Billiges. Wir hatten kaum Geld damals. Und unser Entschluss kam ja auch reichlich spät. Irgendwer in unserer Klasse hatte zuvor die Idee von diesem kollektiven Animationsbesäufnis aufgebracht und danach gab es keinerlei Diskussion mehr. Ich kümmerte mich wenig um diese Pläne. Die Matura stand uns ins Haus und ich lernte wie verrückt. Natürlich sahen die meisten meiner Klasse einen Streber in mir, aber ich hatte bloß Angst, es nicht zu schaffen.

Und ich war einer der wenigen, die griechische Philosophen, Geschichte und Literatur gar nicht langweilig fanden. Ich war sehr tiefsinnig, zumindest dachte ich das. Mich langweilten „oberflächliche" Dinge wie Partys und die jeweils tagesaktuelle Rockmusik. Auch die meisten Mädchen und das ewige Spielchen, wer gerade mit wem, interessierte mich nicht. Eine Zeit lang dachte ich, ich sei schwul. Aber der Schreck darüber ließ bald nach. Dann müsste ich ja auf Männer stehen – aber die gefielen mir noch viel weniger. Heute weiß ich, dass die meisten damals ihre groß hinausposaunten sexuellen Höhepunkte ja doch nur aus der BRAVO hatten. Vielleicht redete ich mir nur ein, dass mir alles „Moderne" zuwider sei und dass ich nur die wahren und ewigen Werte suchte. Aber heute bin ich *wirklich* so! Schon seltsam. Erst seit zwei Jahren habe ich ein eigenes Handy, und wie oft beklagen sich die

Leute darüber, dass es ausgeschaltet ist. Hier verwende ich es fast überhaupt nicht.

Natürlich bestand ich die Matura mit Auszeichnung. Für alle anderen stand das ja auch nie infrage. Aber von mir fiel eine Last ab. Meine Familie war glücklich. Und die anderen saßen schon im Flugzeug in Richtung Türkei, in Richtung Grölen und Saufen und Kotzen. Eine Schulkollegin, die ich nachher noch einmal traf, erzählte mir belustigt, dass sie zwei Paar Flip-Flops zerrissen hatte. In der Früh, also so gegen elf, war noch alles so klebrig von den verschütteten süßen Drinks gewesen, dass die Sohle festgeklebt und mitten im Gehen abgerissen war. Ich fühlte mich bestätigt.

Erst nach Tagen bemerkte ich, dass sich doch nicht alle anderen diesem Schwachsinn ergeben hatten. Wir waren sechs Verweigerer, alle noch ohne Pläne für den Sommer. Wir vereinbarten, uns am kommenden Abend zu treffen. Und zwar bei mir, da meine kleine Schwester erstmals auf Kinderwoche fuhr und meine Eltern diese seltene Gelegenheit zur Zweisamkeit für eine Woche Barcelona nützten.

Ich weiß bis heute nicht, woher mir diese sonderbare Idee kam. Aber als ich am nächsten Tag aufwachte, stand mein Entschluss fest. Ich machte mich auf in Richtung Stephansplatz. Woher ich von der „Vinothek St. Stephan“ wusste, ich weiß es wirklich nicht mehr. Ich strebte also diesen ehrwürdigen Ort mit dem Wissen an, dass es roten und weißen Wein gibt. Und verließ das feine Geschäft nach einstündiger, gründlicher und freundlicher Beratung wieder. Mit einer einzigen Flasche Rotwein in Händen. Und mit nur noch knapp der Hälfte meiner monetären Maturageschenke in der Tasche. Ich hatte tatsächlich mehr als tausend Schilling ausgegeben für einen Dreiviertelliter von etwas, von dem ich absolut nichts verstand. Er kam aus Frankreich, das weiß ich gerade noch, und war zweiundzwanzig Jahre alt. Also älter als ich selbst. Und *das* war es, was mich am meisten beeindruckte.

Ich deckte unseren Esstisch so fein wie möglich, suchte unsere nie gebrauchten Renommiergläser heraus, die voluminösen, wie es der feine Herr Sommelier empfohlen hatte, öffnete die Flasche vier Stunden vor dem großen Ereignis, auf die Minute genau nach seinen Anweisungen. Es sollte nur diese eine Flasche sein – und ein wenig Weißbrot, um den Geschmack nicht zu verfälschen. Ich lernte die fantasievolle und blumige Beschreibung auswendig, die er beigelegt hatte, und konnte die „erdigen Aromen" und die „feinen Brombeertöne" gar nicht mehr erwarten. Als es läutete, entzündete ich schnell die Kerzen, obwohl die Sonne noch hereinschien.
Natürlich war unsere Widerstandsgruppe etwas verwundert über meine Anleihen bei der Küche des griechischen Stadtstaates Sparta. Aber dann waren sie schnell bei der Sache. Das Hungergefühl trat hinter dem erhebenden Gefühl zurück, etwas ganz Einzigartiges zu erleben, ja regelrecht zu zelebrieren. Und als die Flasche leer war, der letzte Tropfen seinen samtigen Abgang gemacht hatte, war uns allen klar: Wir machen jetzt auch etwas. Natürlich etwas ganz anderes als die anderen, aber jedenfalls ans Meer.
Dem geheimnisvollen und romantischen Entschluss folgte ziemlich banale Planung: Wer hat jetzt noch etwas für uns sechs, das sogar wir uns leisten können? Und das möglichst bald. Die Wahl, die keine war, fiel auf Kreta, auf Agia Galini im Süden, ein angeblich ruhiges Fischerdorf. So seltsam das vielleicht klingt: Erst jetzt fiel mir auf, dass wir drei Burschen und drei Mädchen waren. Gleichgesinnte, aber keine Paare. Nach einigem Hin und Her kam uns die geniale Idee: Wir nehmen zwei Doppelzimmer und schmuggeln die und den Dritten jeweils mit hinein. Im Flugzeug ging das natürlich nicht, trotzdem schonte dieser Trick unser Reisebudget nicht unerheblich.
Zwei oder drei Tage später trafen wir uns am Flughafen. Fünf von uns wurden von noch aufgeregteren Eltern eskortiert. Und dieselben fünf schleppten zumindest einen gehörig schweren Koffer mit

sich herum. Koffer hatten damals ja noch keine Rollen. Natürlich hatte auch ich den obligatorischen warmen Pullover eingepackt, den Reisebüromerkblätter wohl auch für den Amazonas empfehlen. Wie viele unnötige Tonnen Kerosin wohl schon verpulvert wurden für diesen unnötigen warmen Pullover? Und wo die Mädchen Schminksachen und modische Teile verstaut hatten, führten wir Männer Tauchutensilien und Campingausrüstung mit uns.
Unsere Sechste? Ja, die Sechste war Marcella. Sie kam allein mit der Schnellbahn. Und mit einer kleinen Umhängtasche.
„Und dein Gepäck?", fragten wir ungläubig.
Sie zeigte nur auf ihren Beutel: „Das hier. Was brauch ich mehr?"
Wir waren sprachlos. Dachten wir doch, mit dem Familienritual des Einpackens schon das größte Problem unserer Reise hinter uns gebracht zu haben.
„Zeig her!"
Ohne mit der Wimper zu zucken, öffnete sie ihren Beutel und zeigte uns Jeans-Shorts, Flip-Flops, ein kleines Waschtäschchen und einen Bikini.
„That's it, that will fit, any more questions?"
Ich war schwer beeindruckt. Natürlich boten wir ihr an, sie könne sich unterwegs bei uns alles ausborgen. Das tat sie aber nur mit einer lockeren Handbewegung ab und spazierte lässig durch die Passkontrolle, während wir die nächste Stunde in der üblichen Schlange anstanden. Von diesem Moment an waren Sophia und Laura für mich nur noch nette Reisebegleiterinnen.
Mit einmal Umsteigen schafften wir es bis Agia Galini. Damals gab es noch diese alten Busse, bei denen das Gepäck mit Stricken aufs Dach gehievt wurde. Und wehe du hattest vergessen, zuvor dein Handtuch auszupacken. Denn das war die einzige Möglichkeit, nicht auf den Plastiksitzen festzukleben. Alle Fenster waren ständig offen, was mich zur Vermutung veranlasste, auf Kreta habe die Evolution längst alle Gene eliminiert, die für Zugluft empfindlich

machen. Niemand regte sich darüber auf – und wir Jungen genossen den frischen Wind.
Agia Galini entpuppte sich als hübscher, lebendiger Küstenort. „Still" war aber schon damals nur noch das „Galini" im Namen. Die Zimmer waren in Ordnung. Das „Hotel" erwies sich jedoch als sehr übersichtlich, verfügte wohl kaum über sieben, acht Zimmer. Natürlich durchschaute der Vermieter unseren Trick von Anfang an. Obwohl wir zunächst nur zu viert auftraten, servierte er uns zu Begrüßung lächelnd sechs Gläser Rakí. Wir begriffen und riefen unsere beiden blinden Passagiere herauf.
Der Hausherr selbst stieß mit uns an: „Young people, not many money! Ahhh … Kalí órexi!"
Damit war unser Problem keines mehr – und wir schliefen abwechselnd am Boden, bald aber am luftigeren Balkon.
Eine wirklich herbe Enttäuschung war der Strand.
„Das schaut ja aus wie in Jesolo! Nur viel kleiner!"
Reihen von Liegen und Schirmen, und gleich dahinter die Straße. Es gab keine Diskussion, wir mussten es anderswo versuchen. Wir erkundigten uns und wählten einen Bus zum lang gezogenen Strand vor Timbaki. Heute kenne ich ganz andere Buchten. Aber damals waren wir zufrieden. Nicht gerade menschenleer, aber auch nicht so gedrängt. Ich war das erste Mal in meinem Leben am Meer!
Marcella breitete ein „Hotel"-Handtuch aus, zog ihr Kleid über den Kopf und beugte sich vor, um das Wasser zu testen: „Unglaublich, wie warm das ist! Los! Kommt schon!"
Was ich noch viel unglaublicher fand: Sie trug kein Oberteil, nur ihr knallgelbes Bikinihöschen. Und sie war rundum gebräunt. Lief sie denn immer so herum im Sommer? Zuerst traute ich mich gar nicht zu ihr hin. Aber sie kam ganz unbefangen auf uns zu: „Na, wo bleibt ihr denn?"
Laura und Sophia zupften ihre Bikinis zurecht, mit einem verlegenen Seitenblick auf Marcella. Wir „Männer" waren scheu, trauten

uns gar nicht recht, sie direkt anzuschauen. Die Einzige, die gar nicht begriff, was da vorging, war Marcella. Sie zuckte nur mit ihren Schultern und lief mit vollem Tempo ins Wasser, sodass sie vornüber hineinfiel. Obwohl Laura und Sophie schlanker waren als sie, stahl sie den beiden die Show. Dabei lag ihr überhaupt nichts daran. Sie genoss den Moment, einfach so, wie sie sich wohlfühlte. Sie wusste als Einzige von uns allen, was sie wollte, was Freiheit für sie bedeutete – und würde sich durch nichts davon abbringen lassen.

Natürlich faszinierten mich ihre Brüste, aber viel mehr noch diese Leichtigkeit, diese Unbekümmertheit, die sie ausstrahlte. Und die mir immer gefehlt hat, bis heute. Es war nur eine Frage der Zeit, bis es ihr Laura und Sophia nachmachten und tags darauf auch ihre Tops ablegten, zuerst noch mit verlegenem Lächeln. Wollten sie gleichziehen, nicht als Feiglinge dastehen, sogar anerkennende Blicke ernten? Marcella wollte gar nichts … auch nicht mich.

Ich konnte stundenlang aufs Meer hinausschauen – sie auch. Aber was nur sie fertigbrachte? Danach plötzlich aufspringen und mir zurufen: „Glotz nicht so, bloß Ha Zwei O!“ Und zerstörte den Zauber des Augenblicks dabei überhaupt nicht, sondern verstärkte ihn nur noch mit ihrer Lebensfreude und ihrem Witz. Natürlich fand ich sie sexy und aufregend. Aber entscheidend war, dass ich mein eigenes Leben plötzlich aufregend fand, das Leben überhaupt.

Wir wollten mehr von der Insel sehen und machten uns auf den Weg. Wissensdurstig hatten wir in der Mittagshitze Knossos durchstreift und alle in unserem Polyglott-Führer durchnummerierten Magazine, Megarone und Treppenhäuser identifiziert. Immerhin durfte man damals noch überall hinein. Ich weiß noch, wie uns in Iraklio vor Hitze die Luft wegblieb. Nach dem großen Museum freuten wir uns nur noch auf die Zugluft im Bus. Ein Bild blieb mir vor Augen: Männer mit Dreschflegeln laufen lauthals singend von der Arbeit nach Hause – und haben sichtlich schon einiges an Wein

intus. Nach meiner Matura war alles in Ordnung, alle waren mit mir zufrieden, ich selbst auch. Aber so gefeiert wie die? Marcella kann sicher so feiern … und ich lerne das auch noch!, dachte ich.
Tags darauf beschlossen wir, drei Mopeds zu mieten und einfach draufloszufahren, immer die Küste entlang. Genau genommen war es der Beschluss der anderen fünf. Ich war als Einziger noch nie auf so einem Ding gesessen.
„Das ist mir zu gefährlich bei den Straßen hier. Wie soll ich die Verantwortung übernehmen für …"
„Brauchst du ja auch nicht, *ich* fahr!" Obwohl niemand lachte, fühlte ich mich wie der letzte Vollidiot. Vorne das Mädchen am Lenker – und der Mann hinten. Das war ja … einfach … und das noch dazu in Griechenland! Aber für sie war das ganz normal.
„Was wartest du? Los! Halt dich fest!"
Na ja, so unangenehm war dieses Festhalten auch wieder nicht. Jedenfalls viel angenehmer als die grinsenden Blicke und Zurufe meiner griechischen Altersgenossen entlang der Straße.
Bald merkten wir, dass im Süden Kretas meist nur Boote die Küste entlangfahren können. Auf Rädern musst du oft ganz schön hoch hinauf und dann wieder hinunter ans Meer. Was für herrliche Ausblicke, aber gleich danach … Ich weiß nicht mehr, wie oft ich entsetzt die Augen schloss, wenn es neben der Straße Hunderte Meter hinunterging – und das ziemlich direkt. Marcella meisterte das jedoch bravourös und mit manchem Aufschrei. Als Lohn der Angst zeigte sich unten endlich eine Bucht. Fast einsam, nur eine kleine Gruppe war mit dem Boot gekommen. Noch ein kurzer Abstieg und wir waren am Ziel.
Das war nun wirklich Kreta! Und das sage ich auch aus heutiger Sicht: glitzernde Kiesel, glasklares, blitzendes Wasser, wo es etwas tiefer wurde türkis leuchtend, weiter draußen tiefblau. Marcella war wie immer die Erste im Wasser, aber ich nur zwei Schritte zurück. Während Sophia und Laura noch mit ihrem Sonnenöl be-

schäftigt waren, tauchten wir schon zum ersten Mal. Zuvor sah ich noch, dass sie gar nicht selbst mit dem Öl beschäftigt waren, sondern diese Aufgabe an Männerhände delegiert hatten. Auch gut! Noch vor wenigen Tagen hatte ich peinlich darauf geachtet, Marcella nicht versehentlich zu berühren. Aber sie selbst provozierte mich jetzt dazu, indem sie unter mir durchtauchte und mich unter Wasser „attackierte". Wie du mir …

Nach wenigen Stunden drängten die anderen zum Aufbruch. Auf diesen Straßen wollten sie nicht in die Dunkelheit geraten. Durchaus vernünftig. Aber für uns zwei war es eine gute Chance, sie für kurze Zeit loszuwerden.

„Wir warten noch auf den Sonnenuntergang, fahrt einmal vor!"

Wieder war sie mir zuvorgekommen. So kurz nach der Geografiematura weiß man zwar, dass die Sonne in einer südseitigen Bucht *nie* untergeht, aber darum ging es ja auch gar nicht. Mit einigen mahnenden Worten ließen sie uns zurück – und bald hörten wir sie die Serpentinen hinaufknattern.

Wir waren allein. Die mit dem Boot waren schon lange ums nächste Kap verschwunden. Natürlich hatte sie die Idee, gleich über Nacht hierzubleiben. Wir überlegten gerade, ob unsere zwei Handtücher ausreichend wären dafür. Jetzt war es ja noch heiß … Da sehen wir oben … Diese Geschichte hab ich doch erst vor Kurzem jemandem erzählt … Ach ja, Stefan, einen Tag vor meiner Abreise auf dem Balkon … Auch Marcella war überrascht und tief beeindruckt. Sie war gar nicht auf die Idee gekommen, sich etwas überzuziehen, als der Mann näherkam.

Kein Rausschmiss, im Gegenteil: Er beschenkte uns! Heute weiß ich: Damals bin ich wirklich angekommen in Griechenland! Nein, ich glaube, wir wussten das damals schon. Wir aßen den Großteil der Trauben, die Beine im Wasser, genussvoll, aber auch hungrig. Das einzigartige silbrige Licht der Dämmerung machte sich schon breit, als wir aufbrachen. Es war ein hartes Stück Arbeit, unser

Gefährt wieder in Gang zu bringen. Marcella konnte mit solchen Dingern erstaunlich gut fahren, aber Mechanikerin war auch sie keine. Immer wieder drohte es in der steilen Auffahrt abzusterben. Erleichtert erreichten wir schließlich den Sattel, blickten noch einmal auf die Küstenlinie hinunter, wo jetzt schon einige wenige Lichter erkennbar wurden. Und dann war es plötzlich ganz still. Eine wahrhaft majestätische Stille breitete sich um uns aus. Zuerst merkten wir gar nicht …

Nichts, was in unseren Kräften stand, konnte dieses Moped wieder in Gang bringen. Als hätten wir soeben den letzten Tropfen Sprit verfahren. Aber der Tank war halb voll. Es blieb uns nichts anderes übrig, als zu schieben. Immerhin waren die Lichter des nächsten Ortes nicht mehr allzu weit entfernt. Wir beeilten uns. Mit dem hier oben plötzlich aufkommenden kühlen Wind hatten wir nicht gerechnet.

Im winzigen Kafenion fanden sich schnell immer mehr Männer ein. Es dauerte aber doch einige Zeit, bis jemand kam, der ein Zimmer vermietete. Wir konnten uns nicht mehr leisten und dachten uns nichts dabei. Heute wundere ich mich aber, dass unsere Vermieterin das zuließ: wir zwei in einem Zimmer! Sie hatten sich offensichtlich schon damals mit den Unsitten der „Deutschen" abgefunden. Wohin hätten sie uns auch schicken sollen? Hoffentlich machten sich unsere Freunde keine allzu großen Sorgen. Kaum zu glauben, dass Handys damals noch unbekannt waren. Unsere Weiterfahrt, das würde sich schon finden. In diesem Ort gab es zwar keine Werkstätte, aber sicher genug Männer, die jedes erdenkliche Fahrzeug wieder in Gang bringen konnten.

Auf den beiden Stahlrohrbetten lag nur je ein Leintuch. Selbst das hätten wir in Agia Galini nicht gebraucht, aber hier heroben wurde es unerwartet schnell kühl, sogar empfindlich kühl. Wir teilten uns den Rest der Trauben und schlüpften so wie wir waren schnell unter die „Decke", die keine war.

Lang konnte ich noch nicht geschlafen haben, da hörte ich, wie sie ihre Hände am Körper rieb.
„Kannst du nicht schlafen, Marcella?"
„Ich dachte, du schläfst. Hast gerade noch geschnarcht. Du, mir ist so saukalt. Dabei ist es erst Mitternacht ... darf ich ... ich meine, zu dir rüber?"
Ich hörte ihre Zähne klappern.
Zu zweit hatten wir immerhin zwei Tücher. Zuerst hielten wir noch etwas Abstand, aber dann kamen wir einander doch so nahe, dass ich ihr Herz schlagen spürte. Sie gab vor zu schlafen, aber ihr Herz schlug viel zu schnell dafür. So war es einfach gut, einfach wunderschön ... Zuerst genossen wir die langsam aufsteigende Wärme, dann die vertraute Nähe ... Der Duft ihrer Haare, etwas für mich begeisternd Neues: „Das ist es also!" Irgendwann schliefen wir doch ein.
Als ich aufwachte, schaute sie mich gar nicht mehr so verschlafen an.
„Ich hab dich schon eine Weile beobachtet, nur so ..."
Es wurde gerade erst dämmrig. Einen Arm konnte ich fast nicht spüren.
Sie gab mir einen Kuss auf die Stirn und strahlte mich an: „Danke!" Und warf sich auf den Rücken. Und lachte und blickte mir noch einmal, jetzt aber ganz anders in die Augen und flüsterte: „Jetzt haben wir doch schon miteinander geschlafen ... Komm!"
Dabei zerrte sie erfolgreich an meinen Shorts, schenkte mir das unergründlichste und glücklichste Lachen, das mir je geschenkt wurde, hielt einen ganz kurzen Moment lang fragend inne und ...
... dann ging die Sonne auf, ganz einfach. Mit Naturgewalt und Feuer! Wie soll ich beschreiben, was unbeschreiblich ist?
Ganz gleich, wie lange das alles her ist. Nie wieder hat sich etwas so eingeprägt in mich wie diese Nacht und dieser Morgen.
Bei meinem letzten Zimmercheck, den ich immer vornehme, um

nur ja nichts zu vergessen, entdeckte ich im obersten Fach des Einbaukastens einen ganzen Stapel warmer Decken. Genau dort, wo sie hier überall liegen. Wenn wir das geahnt hätten! Dann wäre einiges anders gelaufen, vielleicht sogar mein ganzes Leben.

Ich war nie wieder in dieser Bucht. Ich habe stets, sooft ich auch in der Nähe war, einen Bogen gemacht um dieses Dorf. Ich wollte diesen Augenblick nicht entweihen. *Mit* ihr wäre ich gerne zurückgekommen, aber das hat sich nie ergeben. Obwohl wir danach ein Paar waren, weit über diese Reise hinaus. Es war der Sommer meines Lebens. Wir hatten die verrücktesten Ideen. Ich weiß noch, wie wir nach einer Wanderung durch den Wienerwald stundenlang in der Wiese lagen und uns unsere Lieblingsfilme erzählten, während uns ein Gewitterregen völlig durchnässte. Wir blieben, bis die Sonne wieder herauskam und uns einigermaßen trocknete.

Als der Herbst kam, begannen wir zu studieren. Sie Spanisch und Dolmetsch. Und sie wollte auch spaßeshalber ein wenig Neugriechisch lernen. Und ich studierte ein Fach, das zufälligerweise Wirtschaftswissenschaften heißt. Mein Vater hatte es mir nahegelegt, weil ich selbst bis zum Inskriptionstermin so gar nicht wusste, was. Natürlich interessierte mich das überhaupt nicht. Aber wenn ich damit mein berufliches Auskommen fand, konnte ich mich daneben ja auch noch Interessanterem zuwenden wie Geschichte oder Kunst.

Was sich schnell wieder einstellte, war meine ewige Angst, es nicht zu schaffen. Immer seltener war ich bereit und in Stimmung, Marcellas verrückten Ideen zuzustimmen.

„Wie soll ich denn auf Befehl *nicht* langweilig sein!“, erwiderte ich im ersten ernsthaften Streit, den sie vom Zaun brach.

Wenn der Stress und meine Unsicherheit wieder nachließen, wenn ich das wieder hinter mir lassen konnte, dann war alles wieder gut. Durch ihren Großvater vermittelt, konnten wir eine Weihnachtswoche in einer winzigen Jagdhütte verbringen. Wir zündeten ein Feuer im Kamin an und schlüpften in der immer noch eiskalten Stube unter alle verfügbaren Decken. Und waren mit einem Schlag wieder in unserem kretischen Bergdorf – und alles war gut. Für eine Woche.

Heute weiß ich, dass ich mich immer mehr treiben ließ: mein Studium, unsere Liebe, meine Pläne. Ich hatte Angst, irgendetwas zum Abschluss zu bringen. Denn: Was dann? Sie drängte auf eine Entscheidung: Was willst du eigentlich werden? Willst du Kinder? Willst du einmal heiraten? Ja, vielleicht sogar – mich?"

Ich traute mir das alles nicht, *noch* nicht zu. Ich wusste es einfach nicht und wich aus. Ich konnte mir einfach nicht vorstellen, dass sie es mit mir ein ganzes Leben lang aushalten könnte, geschweige denn glücklich sein würde. Ich flüchtete, begann ein völlig unnötiges Studienjahr auswärts, zwar nur in Graz, aber immerhin.

Als ich an einem Freitagabend zu ihr kam, steckte sie gerade mitten in ihrer Magisterarbeit für Spanisch. In einem Jahr wollte sie fertig sein. Ich hatte meine Post ungeöffnet mitgenommen und begann sie zu sichten. Eine Parte: Mein Cousin war gestorben. Nicht unerwartet. Aber ich musste mich entsetzt hinsetzen. Gerade in seinen letzten Monaten hatte ich ihn nicht gesehen. Viel hatten wir ja nie miteinander zu tun gehabt.

Marcella stand plötzlich hinter mir: „Wer ist das?"

„Egon, einer meiner Cousins, hab ich dir nicht erzählt?"

„Nein, ich glaube nicht. Was ist denn geschehen?"

„Mukoviszidose! Das muss ich *dir* ja nicht erklären, was das heißt."

„Mukoviszidose? Dein Cousin!" Sie war auf einmal ganz still. „Wie Tante Petra!"

Erst nach und nach begann ich, ihr Erschrecken zu verstehen. Es war nicht Trauer. Sie hatte ihre Tante nie kennengelernt. Auch sie war schon in jungen Jahren an dieser heimtückischen Erbkrankheit gestorben.

„Dann ist es sehr wahrscheinlich, dass auch unsere Kinder …"

Das war es also. Sie hatte Angst um ihre zukünftigen Kinder, unsere … Und obwohl ich nicht viel von Vererbung und Wahrscheinlichkeiten verstand: Ihre Angst war nicht ganz unbegründet.
Von diesem Augenblick an ging langsam alles zu Ende. Meine ewige Unentschlossenheit hatte sie zermürbt und ihr Drängen hatte mich längst innerlich fliehen lassen. Aber bisher hatten wir uns noch in Zukunftsträume gerettet, in vage Träume, in *ihre* Träume, aber doch. Doch von diesem Abend an hatte sie Angst vor gerade dieser Zukunft und damit fehlte unserer Liebe der bisher immer noch entscheidende Impuls: ihre Energie, ihre Zuversicht und ihre Lebensfreude.
Wenige Monate später trennten wir uns. Und sie begann mit einem Jusstudium.
Die Weinflasche ist leer. Und wieder einmal ist es sehr kühl geworden. Kein Wunder: Es ist drei Uhr vorbei und der Ort liegt auf gut tausend Metern Seehöhe. Ich hole mir den hier ja doch wichtigen warmen Pullover, will noch nicht schlafen. Ich habe eine Entscheidung getroffen: Ich werde nicht zurückgehen. Ich kann mich nicht beschweren über die Menschen in Canisius, nein, ganz im Gegenteil. Aber das ist kein Beruf für mich. Ich muss mich ganz auf eine Sache konzentrieren können. Auf etwas, das mich begeistert. So wie auf die Kunstwerke. Kunst anderen nahebringen, sie dafür begeistern, ja vielleicht. Aber dieses verrückte Chaos einer Pfarre leiten? Das kann ich nicht! Da verliere ich jede Übersicht. Stefan kann das viel besser und sogar er ist oft überfordert.
Ich habe Marcella nie vergessen, obwohl ich sie nach unserer Trennung nur noch zwei-, dreimal gesehen habe. Sie hat recht bald darauf geheiratet. Ihre Tochter muss jetzt auch schon studieren, nein, die könnte sogar schon fertig sein. Vor einigen Wochen aber habe ich zufällig erfahren, dass sie wieder allein ist. Schon seit gut einem Jahr. Ich wünsche ihr so, dass sie noch so ist … so lebendig, so zupackend, so unverschämt herzlich … und so verspielt zärtlich … „Glotz nicht so! Bloß Ha Zwei O!"

Ich habe in einem alten Kalender nachgesehen: Es war der 4. September, vor 24 Jahren. Kurz vor meiner Abfahrt habe ich ihr geschrieben:

Marcella!
Wie dein Name immer noch nachklingt … Wenn du dich noch an mich erinnerst und wenn dir dabei ein Lächeln auskommt, nur dann, ja, du darfst ruhig auch über mich lachen, also wenn du an mich denkst und in dir dabei ein ganz klein wenig Sonne aufgeht, dann komm am 4. September! Du weißt schon, wie damals. Ich werde dort sein, wenn die Sonne langsam zu sinken beginnt – wie damals.
Eberhard

Dreieinhalb Wochen noch.

27

Stefan
Mittwoch, 11. August

„Ihr kostet mich meine letzten Nerven! Was um Gottes Willen ist dir denn da eingefallen? Schon mal was von einem Denkmalamt gehört? Was soll das?"
Der Generalvikar und ich, wir haben gemeinsam studiert. Wir waren nie Freunde, aber auch er war jahrelang Pfarrer – und das verbindet … fast immer. Bisher haben wir alle anstehenden Probleme amikal und unkompliziert gelöst. Aber heute hilft das alles herzlich wenig, wenn einer wie er seinen seltenen, sicher kurz bemessenen Urlaub unterbrechen musste. Wegen mir, wegen unserer Pfarre. Er deutet auf drei Zeitungsausgaben auf dem Schreibtisch zwischen uns. Zweimal haben wir es sogar auf das Titelblatt geschafft, einmal auf die Chronikseite. Und in keiner Ausgabe fehlt das Wort „Skandal".
„Die Pressestelle hat mir noch einen ganzen Stapel Zeitungen gebracht. Und Aufnahmen von Fernsehberichten. Fast die Hälfte aus dem Ausland. Das Denkmalamt, die zuständigen Magistratsabteilungen, die Nuntiatur, ja sogar die UNESCO! Weltkulturerbe! Gut, das geht die nichts an, nur die Innenstadt gehört dazu. Gar nicht zu reden vom Erzbischof! Die bei ihm drüben im Büro haben seit heute Urlaubssperre: an die 700 Briefe, noch viel mehr Mails … und die ganzen Interviewanfragen. Eine ‚islamische Jugendorganisation', wer auch immer die sind, hat uns angeboten, eine Protestnote zu veröffentlichen. Den hättest du sehen sollen, als ich ihm gesagt habe, dass das unsere eigenen Leute waren. Er hat nur den Kopf geschüttelt – und recht hat er! Bitte sag mir, was das soll!"
„Das hab ich alles nicht bedacht! Das war so eine fixe Idee eines

Pfarrgemeinderates. Der hat mir die Ohren vollgeredet … Und das Denkmalamt hatte keine Bedenken … bisher … Du hast recht, ich hätte das vorhersehen müssen. Nur zur Beruhigung: In sechs Monaten ist das alles wieder weg. Und ich habe schriftlich, dass die Kirchenfassade dann vollständig gereinigt wird. Das hätten wir uns sonst nie leisten können. Es ist eine einzigartige Chance!"

„Ein halbes Jahr noch? Das halten wir nicht durch. Weißt du, dass so etwas für eine Absetzung reicht? Gar nicht so leicht nach dem Kirchenrecht, einen Pfarrer abzusetzen, aber in so einem Fall … Nein, nein, kommt doch gar nicht infrage: Du *bleibst* und du bringst das wieder in Ordnung. Wer zahlt denn das alles? Eure Türme gehören doch zu den höchsten in Wien."

„Wir zahlen gar nichts. Das übernimmt alles Herr Konzelmann."

„Wer ist denn das? Woher hat der so viel Geld?"

„Pfarrgemeinderat, Persönlichkeitstrainer, sehr erfolgreich auf seinem Gebiet. Er hat Sponsoren aufgetrieben."

„Welche Sponsoren?"

„Die wollen geheim bleiben, sagt er."

„Geheim bleiben? Welcher Sponsor will denn heute geheim bleiben? Worauf hast du dich da bloß eingelassen? Wenn der überhaupt Geld hat: Wer sagt dir, ob das alles legal abläuft? Heutzutage wird dir doch nichts geschenkt …"

„Das ist es ja gerade! Uns wird *ständig* etwas geschenkt: zuerst ein sündteurer Konzertflügel, dann ein archäologisches Prachtstück, dann verdammt teurer Wein – kistenweise –, zuletzt ein Haubenmenü für fünfzig Obdachlose. Und alles anonym."

„Beneidenswert, aber auch verdächtig. Das könnt ihr doch nicht einfach so annehmen! Das Essen für Obdachlose ausgenommen, da kann keiner was sagen. Aber diese anderen Sachen ... Wenn da irgendetwas Linkes dahintersteckt, frisst uns die Presse."

„Ich bin da wahrscheinlich zu naiv. Aber es sind ja auch ganz andere Sachen geschehen in letzter Zeit. Ich krieg das alles nicht aus dem Kopf. Deshalb hab ich diese Sache ja auch schleifen lassen, ich meine, die bemalte Kirche …"

„Ich weiß. Oberinspektor Ruhandl war schon hier. Typischer Karrieremann, aber kompetent. Nur dass er uns hier mit der Ordensleitung verwechselt hat. Er hat einiges gegen Bruder Eberhard in der Hand. Das beunruhigt mich noch viel mehr als deine blöden Kirchentürme. Da geht es um wehrlose Menschen, wenn das wahr ist. Und deine Pfarrgemeinderäte machen da mit?"

„Ich weiß gar nichts mehr. Die Sache mit dem vielen Geld und diesem seltsamen Vertrag macht mir Angst. Obwohl das Geld selbst ja keiner gesehen hat. Das alles passt so gar nicht zu den Beteiligten. Aber was beweist bitte das Wort ‚Kuttenbrunzer'? Überhaupt nichts. Das ist doch so ein typischer Vorwurf, der nur Verdacht schüren soll."

Der Generalvikar stimmt mir nach einer Weile zu, dass man nicht einmal von einem „begründeten Verdacht" sprechen könne. Aber er muss der Sache nachgehen. Er hat schon einen Termin beim Ordensoberen.

„Trotzdem: Das ist schneller in den Zeitungen, als du dir das vorstellen kannst. Und was soll ich denen dann antworten? Dass er von der Bildfläche verschwunden ist, macht die Sache auch nicht leichter."

„Und was soll ich mit der Kirche machen? Ich kann sie ja schwer selbst abwaschen?"

„Deine rosa-orange Kirche ist mir ehrlich gesagt sch… – ziemlich egal, ich meine, im Vergleich zu diesem Vorwurf. Und wenn ich an mögliche Opfer denke … Hoffentlich gibt es keine. Ich meine, ehrlich gesagt, es gab ja auch eine Menge begeisterter Anrufe und Mails. Nicht nur junge Leute. Vielen gefällt das ja. Tatsächlich! Na, meinetwegen. Die vom Denkmalamt sind ja jetzt großteils auf Urlaub. Das kriegen wir hin. Seit vor ein paar Jahren ein großes rosa Schwein die älteste Kirche Wiens hinaufgeklettert ist … Performance nennt man das … Steine halten viel aus. Wirklich Angst hab ich um die Menschen."

„Danke. Und was soll ich tun?"

„Du schaust, dass in deiner Pfarre wieder Frieden einkehrt. Und ich kümmere mich um das mediale Echo und die Ämter. Und versuch alles, um diesen Eberhard aufzutreiben, egal wo er ist. Bevor ihn Ruhandl von Interpol festnehmen lässt. Er hat übrigens schon herausgefunden, dass dieser Eberhard mit einem Mietauto auf Kreta unterwegs ist: mit einem sündteuren sogar, zwei Monatsmieten im Voraus. Irgendetwas ist mit dem, glaub mir!"

Also doch nicht abgesetzt! Soll noch mal einer sagen, meine „Firma" sei ein rigider und sturer Verein. Im Allgemeinen geht es bei uns sehr menschlich zu. Auch unter Vertretern ganz unterschiedlicher Positionen. Andererseits: Wenn er mich in die Wüste schickt und den Pfarrerposten für die Canisiuskirche neu ausschreibt, wie viele arbeitsuchende Priester werden sich da wohl melden? Na eben.

Einigermaßen erleichtert mache ich mich auf den Heimweg.Irgendetwas stimmt nicht mit unserer Lourdesgrotte. Jedes Mal, wenn ich vorbeikomme oder gleich nebenan in die Kirche gehe, fühle ich mich beobachtet. Und wenn ich in der Kapelle nachsehe, sitzt oder kniet da stets eine Dame aus dem Seniorenklub. Warum auch nicht, der stille Platz ist durchaus beliebt, besonders im Sommer, um mit den schweren Einkaufstaschen eine Pause einzulegen. Aber bisher waren das immer Menschen, die ich kaum kannte. Und seit Kurzem fast immer bekannte Gesichter. Wenn ich ehrlich bin auch solche, deren intensive Frömmigkeit mir bisher noch nicht aufgefallen ist.

Auch jetzt steht die Türe wieder einen Spalt weit offen. Die hat doch einen Schließer! Das lässt mir keine Ruhe. Ich gehe auf die Tür zu, da kommt mir schon Frau Markner entgegen.

„Herr Pfarrer, gut, dass Sie kommen! Da stimmt doch was nicht! Schauen S' doch! Das wird ja immer mehr!"

Tatsächlich! Aus allen Türen gegenüber, aus dem zukünftigen „Alexander dem Großen", rinnt Wasser heraus. Es plätschert über den Randstein. Dabei sind die Türen verschlossen. Ich rufe nach Franziska und Kostas. Niemand antwortet. Ich rüttle an einer der Türen. Als sie aufgeht, kommt uns ein Wasserschwall entgegen, der mir in die Schuhe rinnt.
„Was ist denn da passiert! Ich ruf die Feuerwehr! Und die Polizei!" Blitzschnell hat Frau Markner ihr Handy in der Hand und managt den Noteinsatz. Auf meinen Wunsch verständigt sie auch Franziska, die gleich kommen will.
„Ich sag's Ihnen, Herr Pfarrer, das war derselbe wie der mit dem Auto, da bin ich mir sicher. Obwohl das in der Nacht war. Ist noch keine Woche her. Und irgendwo hab ich ihn auch schon früher einmal gesehen."
„Wie mit dem Auto? Mit Gregors Käfer? Wie meinen Sie das?"
Aber bevor wir weiterreden können, biegt ein Löschfahrzeug der Feuerwehr um die Ecke. Etwas erstaunt betrachtet der zuerst Herausgesprungene die kleinen Wasserfälle.
„Sind uns die Ottakringer wieder einmal zuvorgekommen?"
„Die Ottakringer? Nein, das ist kein Löschwasser, das ist ein ordentlicher Wasserschaden. Können Sie das stoppen? Da drinnen ist alles neu eingerichtet!"
„Sie sind doch der Pfarrer! Sie haben doch meine kleine Nichte getauft! Können Sie sich noch erinnern, ich war der Pate …"
„Der bin ich, bitte schnell!"
Seine Kollegen sind schon in der Baustelle. Aber es dauert noch einige Minuten, bevor der Schwall nachlässt. Inzwischen steht Franziska mitten im Wasser.
„Zum Glück ist das meiste schon verfliest. Aber ob die Möbel das aushalten?"
Mitten in allem, was da so herumschwimmt, wirkt sie ziemlich gelassen auf mich. Erst als ihr die Feuerwehrleute erklären, dass

die Hähne an drei Stellen voll aufgedreht waren, wird sie ärgerlich: „Wer macht denn so etwas? Wen bitte stört hier ein Restaurant? Ist doch weit und breit alles ausgestorben. Für wen sollten denn wir eine Gefahr bedeuten oder auch nur Konkurrenz. Also ich versteh das nicht!"

Wir schieben das Wasser so schnell wir können zur Türe hinaus, um den Schaden in Grenzen zu halten. Allzu groß dürfte er aber nicht sein. Die Fliesen werden es aushalten, ausgemalt ist noch nicht. Außer der Nirosta-Küche ist noch wenig Einrichtung hier. Und was schon dasteht, ist alles stabiles Vollholz. Mit billigen Faserholzmöbeln gibt sich Franziska nicht ab.

Als wir das Ärgste fertig haben, kommt Kostas gelaufen und verspricht: „Wenn ich schon zur Drecksarbeit zu spät komme, koche ich uns jetzt etwas richtig Gutes. Bleibt alle hier!"

„Da komme ich ja gerade richtig!"

Ein alter Bekannter erscheint in der Tür, ungewohnt spaßig diesmal: Inspektor Ruhandl.

„Einbruch und schwere Sachbeschädigung. Ich wurde von Frau Markner verständigt … Sind das Sie?"

„Nein, ich bin die Besitzerin. Franziska Kerbler. Frau Markner?"

Jetzt fällt sie mir wieder ein. Ich schaue vor die Tür und tatsächlich: Sie sitzt auf einem der Bänkchen vor der Kirche.

„Frau Markner! Können Sie bitte herüberkommen!?"

Sie freut sich sichtlich, etwas Wichtiges beitragen zu können: „Ich hab ihn gesehen. Das war derselbe Kerl wie letzte Woche mit dem Auto. Aber ich konnte doch nicht wissen …"

Da schau mal einer! Seit fast zwei Wochen beobachten Mitglieder unseres Seniorenklubs die Kirche – von der Lourdesgrotte aus.

„Von nachmittags bis in die Nacht, also bis einundzwanzig Uhr, wenn der Mesner schließt. Und auch danach hat sich ein Herr bereit erklärt, von seinem Fenster gegenüber immer wieder einen Blick auf die Kirche zu werfen. Das lassen wir uns doch nicht bieten, dass noch einmal einer so etwas an unsere Kirche schmiert! Aber Sie wissen ja, schon nach ein paar Tagen bröckeln die ersten ab. Zuletzt waren wir nur noch zu dritt. Sie hatten doch schon einen Verdacht, Herr Pfarrer, oder?"

„Stimmt, aber auf so eine Idee wäre ich nicht gekommen. Frau Markner, wie meinen Sie das mit dem Mann ...?"

„Herr Pfarrer, würden Sie mir die Vernehmung bitte überlassen!"

„Vernehmung? Steh ich denn jetzt unter Eid?"

„Keine Sorge, Frau Markner, bitte immer der Reihe nach!"

„Also vor einer Woche, in der Nacht vor dieser Explosion ... Ich wollte eigentlich schon gehen, aber unser Mesner muss erst nach zehn gekommen sein, da seh ich einen, wie er sich am Käfer-Auto zu schaffen macht. Er hat aufgesperrt, das heißt, ich glaube, es war offen, und hat sicher eine Viertelstunde drin hantiert. Und dann ist er gegangen. Was soll ich mir schon denken dabei: Dass das eben sein Wagen ist. Aber heute seh ich ihn bei euch ins Lokal hineingehen. Gehen ja ständig die Handwerker ein und aus. Und dann das ..."

„Können Sie den Mann beschreiben?"

„Na ja, so Mitte vierzig vielleicht. Aber sportlich. Gut aussehend, aber irgendwie düster oder grantig oder so halt. Bluejeans, aber schwarze. Kurzarmhemd, heute hellgrau, damals in der Nacht? Keine Ahnung. Keine Schnürer, eher so ausgelatschte Schlüpfer, fast wie die von den Indianern, ja genau: Mokassins. Dreitagebart heißt das doch heute, wenn sich einer nicht ordentlich rasiert, oder?"

Der junge Herr Inspektor ist begeistert: „Das nenne ich eine Täterbeschreibung. Das hilft uns wahrscheinlich weiter. Wenn nötig werde ich Sie bei Gelegenheit bitten, ein Phantombild zu erstellen. Herr Pfarrer, sagt Ihnen diese Beschreibung etwas? Haben Sie einen Verdacht, wenn Sie das hören?"

„Momentan nicht, ich müsste nachdenken!"

Ich bin erstaunt, wie „cool“ ich lügen kann. Ich bin mir sicher, er hat es nicht bemerkt. Natürlich sagt mir diese Beschreibung etwas, aber sicher bin ich nicht – und bevor ich jemanden beschuldige, der mit all dem gar nichts zu tun hat … Und was sollte ausgerechnet *er* damit zu tun haben?

Als sich der Inspektor verabschiedet, ist Kostas gerade fertig. Oder will er ihn einfach nicht dabei haben? Ich versuche den ganzen Abend angestrengt zu verhindern, dass unser Gespräch auf die „verschandelten“ oder gar „entweihten“ Türme unserer Kirche zusteuert. Aber Kostas scheint etwas anderes inzwischen mehr zu beschäftigen. Er überlegt, eine Wache aufzustellen – und wer von seiner Familie das Zeug dafür haben könnte. Frau Markner feiert ihren großen Tag mit uns und mit etwas mehr Wein, als ihrem sicheren Gang guttut. Aber beim Heimbegleiten erweist sich Kostas als unschlagbar standfester Gentleman.

Es ist schon Mitternacht, als ich aufbreche. Im nächtlichen Wind blähen sich die Schutznetze auf den verbliebenen Etagen der Gerüste. Bleibt das jetzt so stehen? Sicher nicht, damit geht doch ein Großteil der Farbwirkung verloren. Ich muss Arnold morgen anrufen und fragen, was da jetzt geschieht.

Als ich den Pfarrhof aufschließe, ist da noch Licht. Licht in der Kanzlei? Einbrecher? Ich pirsche mich heran. Die Bürotür steht einen Spalt weit offen.

Daniele! Wer sonst zu so später Stunde. Er sitzt am Computer und tüftelt an irgendetwas – um diese Zeit will ich gar nicht wissen woran.

Er grüßt nur kurz angebunden, schaut kaum auf. Sehr dunkle Jeans, Hemd mit kurzen Ärmeln, Mokassins wie üblich, Viertagebart. Ich starre ihn an.

„Ist was?“

„Daniele, ich muss mit dir sprechen!“

28

Franziska
Donnerstag, 12. August

„Jetzt vergiss diese blöde Malerei und komm, Kostas! Man muss sich doch nicht über Dinge aufregen, die in einem halben Jahr ohnehin Geschichte sind. Und Stefan sagt sogar, dass jetzt mehr Menschen zur Messe kommen, auch unter der Woche. Aus ganz Wien, sogar ganze Gruppen von Touristen, die sich das nicht entgehen lassen wollen … Jetzt komm schon!"

Natürlich kann er nicht zustimmen, aber wenigstens abgefunden hat er sich mit dem Anblick, dem wir hier genau gegenüber ja doch nicht ausweichen können. Wenn sie das hässliche Gerüst wenigstens schon abgebaut hätten. Denn wenn man dieses Farbenspiel einmal als Ganzes sehen könnte, ich glaub, das wirkt gar nicht so übel, im Gegenteil. Wenn die Sonne am Nachmittag voll auf die Kirche scheint … Ich meine, anderswo strahlen sie ihre Kathedralen doch nächtens auch ganz bunt an. Und das ist eine richtige Attraktion.

Das hier war übrigens noch eine ganz schöne Schufterei, das alles wieder trocken zu bekommen. Immerhin ist jetzt alles sauber, zumindest bis die Maler kommen. Zum Glück ist es mir gelungen, meinem Kostas die Idee mit der Wache wieder auszureden. Wer weiß, was da alles hätte passieren können, wenn wirklich noch einmal einer kommt.

„Macht euch keine Sorgen, das passiert nicht wieder! Da bin ich sicher!"

„Wirklich, ganz sicher?"

„Mehr kann ich dir nicht sagen, Franziska, zumindest jetzt noch nicht."

Stefan ist eigens vorbeigekommen, um mich zu beruhigen. Warum ist er da so sicher? Kennt er den Grund für diese Sauerei? Oder weiß er sogar, wer es war? Er ist sich seiner Sache jedenfalls sehr sicher. Mir soll's recht sein.

Kostas räumt immer noch in der Küche herum.

„Jetzt komm schon, das Wetter ist ideal dafür. Oder schaffst du keine zweihundert Stufen?"

„Was soll ich nicht schaffen? Lächerlich! Ich zeig dir schon noch einmal, wer von uns beiden schneller auf dem Psiloritis oben ist, meine Liebe! Dieser Lichtsensor hat mich geärgert, du weißt schon, der vom WC. Geht doch nicht, dass man da drinnen sitzt – und es auf einmal stockdunkel ist. Und du musst aufstehen und herumfuchteln, dass das Licht wieder angeht und du das Klopapier findest. So viel Zeit muss schon sein am verschwiegenen Örtchen, wie ihr so schön sagt. Aber jetzt funktioniert er."

„So genau wollte ich es ja gar nicht wissen. Los, jetzt komm schon!"

Ich habe mir den schweren Schlüsselbund vom Mesner ausgeborgt und will ihm unseren prächtigen Ausblick zeigen. Wir steigen nicht in einen der beiden Haupttürme. Das würde ihn ja doch nur ärgern. Und wenn er dort zum Schluss noch auf Arnold trifft, bloß das nicht! Wir zweigen auf Höhe der Gewölbe ab und durchqueren den imposanten Dachstuhl. Ein paar kleine Fenster geben genug Licht, um die staubigen Rundungen zu betrachten. Und das hoch aufragende, steile Ziegeldach. Wie die Dachdecker da oben aussteigen und draußen arbeiten konnten, war mir immer schon ein Rätsel.

Vorne, genau über der Vierung, steigt eine fest gezimmerte Wendeltreppe nochmals hinauf zum Dachreiter. Der ist fast so hoch wie die Fenster der Türme und bietet einen ungestörteren Rundumblick als sie. Und den Großteil der Malerei kann man aus diesem Winkel zum Glück auch nicht sehen. Der eigentliche Grund aber, warum wir und die verschiedensten Gruppen immer hier aufsteigen, ist schlicht der Dreck. Drüben sollen die Tauben ein wahres Schreckensregime errichtet haben – mit allen Konsequenzen. Ich habe diesen Schmutz zwar noch nie gesehen und meine Nase dort

noch nie hineingesteckt. Das will sich keiner als Erster antun …
„Na, hab ich dir zu viel versprochen?"
„Was, da sind wir schon?! Glaub mir, ein paar Stufen mehr hätte ich schon noch geschafft!"
Hab ich ihn zuvor in seiner Ehre getroffen? Für sein … für *unser* Alter ist Kostas sogar sehr sportlich.
„Nein, das ist ja wirklich … Was ist denn *das* da?"
„Wo? Ach so, das ist die Müllverbrennung. Schaut nicht so aus. Hat ein verstorbener Künstler verziert, Hundertwasser hieß er. Eine originelle Gestalt. Wollte alles Eckige rund machen – und alles Graue zu Gold."
„Bleibt das so? Oder kommt das auch wieder weg?"
„Nein, das ist schon viele Jahre so! Schau, das ist der einzige Ort, von dem man unserem Pfarrer ins Zimmer sehen kann, zumindest auf den Balkon."
Während Kostas noch weiter in die Ferne blickt, schließe ich die übrigen Fenster wieder.
Auf einmal … Ein panischer Schrei …
„O Theé mou!"
„Was ist denn los?"
„Was … Franziska, Franziska, das ist ja … Da ist einer hinuntergestürzt!"
Ich habe den Schrei auch gehört, kann aber nichts sehen.
„Was ist denn passiert?"
„Er ist sicher tot! Er ist hinuntergestürzt! Voithíste mas Theé mou!"
„Wer? Wo denn?"
„Da, wahrscheinlich durch das offene Fenster, ich hab ihn nur fallen gesehen, nicht genau, weiter unten – und er hat so geschrien!"
„Komm, wir müssen runter, vielleicht …"
Wir stürzen zur Wendeltreppe, ich voraus, quer durch den Dachstuhl. Wollen die lang gezogene Innentreppe hinunter … Da rennt einer vor uns … Plötzlich ist er weg …

„Hast du den gesehen?"
„Nein, wen denn?"
Aber Kostas war auch noch weiter oben. Unten ist jedenfalls keiner. Wir stolpern weiter, erreichen durch die Lourdesgrotte das Freie, vorbei an einem, der aussieht, als wolle er gerade mit Tixoband Münzen aus dem Opferstock fischen, und schnell das Weite sucht. Erst später wird mir bewusst, dass ich die Tür noch zugesperrt habe – eine Kurzschlussreaktion.
Ins Freie. Aber da ist keiner. Keiner auf der Flucht und kein … Toter. Dafür sind einige Leute zusammengelaufen, schauen gebannt nach oben.
„Was ist geschehen?", frage ich den Erstbesten.
„Ich weiß nicht, aber da hängt einer, da … da oben!"
Wirklich: Auf den obersten Planken des Gerüstes, also von dem, was noch steht, liegt ein Mann, wahrscheinlich ein Mann. Nein, der liegt nicht, er hängt regelrecht in einem der Schutznetze, die verhindern sollen, dass etwas herunterfällt auf die Straße … dass *einer* herunterfällt.
Als Erstes ist die Feuerwehr da. Die kennen den Weg ja schon. Aber nicht die mit der Leiter. Die kommen erst nach der Polizei und dem Notarzt. Aber wie soll der da hinauf? Die mit der Leiter nehmen ihn und noch einen mit nach oben. Dem Arzt mit dem Notkoffer ist sichtlich nicht ganz wohl dabei. Es sind gut zwanzig Meter, fast dreißig müssen das sein. Im zweiten Anlauf bringen sie eine Trage hinauf, offensichtlich aufblasbar gepolstert. Lebt er noch? Auch von dort ist es noch weit hinauf zum offenen Fenster. Wird er je wieder munter? Bleibt er gelähmt? Oder ist längst alles umsonst, Ärzte versuchen ja immer alles, auch wenn es noch so aussichtslos …
Er muss mich stützen, obwohl er selbst … So hab ich ihn noch nie gesehen. Aber stark ist der Kerl, mein Kostas. Stefan ist längst da. Manche sagen, es sei Arnold. Wie … Arnold? Der Abgestürzte.
„Es tut mir leid, aber ich muss Sie festnehmen!"

„Was, mich? Aber …“
Es ist der Inspektor, ich habe seinen Namen plötzlich vergessen.
„Nicht Sie, Herrn Kostas Gordakis! Ich nehme Sie fest wegen des dringenden Verdachtes, Herrn Arnold … Konzelmann ermordet zu haben, das heißt, Mordversuch war es wohl …“
„Also was denn jetzt? Ich? Und ich heiße Georgidakis!“
Ich stelle mich zwischen die zwei: „Er war aber mit mir auf dem anderen Turm, das heißt auf dem Dachreiter, da, also ganz woanders. Und ich bezeuge, dass er nichts damit zu tun hat!“
„Sie sind mit dem Verhafteten befreundet, näher?“
„Ja, das bin ich!“
„Dann sind Sie ja wohl befangen! Aber wenn Sie wollen, können Sie mitkommen!“
„Aber das ist doch verrückt, suchen Sie doch den richtigen Täter!“
„Sie haben Herrn Konzelmann tätlich angegriffen und bedroht. Und Sie haben ihm gedroht, ‚kurzen Prozess‘ mit ihm zu machen. Das ist alles aktenkundig. Das spricht alles gegen Sie. Jetzt kommen Sie schon, sonst muss ich Sie mit Gewalt abführen lassen.“
Kostas gibt sich geschlagen, er sinkt richtig in sich zusammen: „Wir Griechen, uns hat das Glück verlassen!“
Eben war er noch so stark. Ich steige mit ein. Inzwischen rast der Rettungswagen an uns vorbei, bald schon mit Hornsignal und Blaulicht. Besteht also doch noch Hoffnung? Aber wer hat ihn hinuntergestürzt? Ich hab ihn nicht gesehen, nur gehört! Ein paar Schritte schneller und ich wüsste, wer es war. Und das alles hier bliebe uns erspart. Aber dieser junge Schnösel – hätte er mir das geglaubt?
Als wir losfahren, muss sich der Fahrer erst einen Weg durch die Menschenmenge bahnen. Eine Kamera zielt in unser Auto. Mein Gott, die können doch nicht …! Weg da, hört auf damit! Kostas Gesicht in den Hauptnachrichten. Aber Kostas ist keiner, der sein Gesicht verdeckt! Ich drücke ihm ganz fest die Hand.

29

Gregor
Donnerstag, 12. August

Da ist sie ja endlich! Bloß weg von hier!

„Leeena!"

Ich umarme sie, wirble sie einmal herum. Sie soll merken, dass ich gesund bin, wieder bei Kräften. Ich war ja nie „von Kräften" – oder wie man da sagen soll.

„Und? Haben sie endlich genug von dir?"

„Was und? Raus hier, ich hab schon gepackt und unterschrieben. Bist du mit dem Auto da?"

„Ja, aber nicht mit dem Käfer, da würd ich jetzt anders aussehen. Der ist immer noch unbenützbar. Und mit hellen Sachen setz ich mich da sowieso nicht mehr hinein!"

„Was ist mit dem Käfer?"

„Sind deine Ohren wirklich wieder …?"

„Ein paar Tage wird es noch brauchen, geht aber schon. Welches Auto?"

„Das von Paps! Alle anderen sind ja noch auf Kinderwoche bis morgen. Sind übrigens auffällig wenige Kinder mit heuer."

„Warum das? Die Anmeldungen waren doch wie immer? Spät, aber doch."

„Schon, aber in den letzten Tagen davor haben sich noch einige abgemeldet, ganz kurzfristig. Zum Teil mit sehr fadenscheinigen Ausreden."

„Musst du doch verstehen, wenn *ich* nicht mitfahre …"

„Jetzt bild dir bloß nichts ein! Das ging schon vor gut vierzehn Tagen los mit den Anrufen. Bis kurz vor Abfahrt. Wegen dir hat sich aber niemand mehr abgemeldet, na ja, die kleine Tina vielleicht. Aber angeblich ist sie krank."

„Wer? Da bin ich jetzt aber schwer enttäuscht. Aber im Ernst: Denkst du, wegen der Schmiererei? Dass manche Eltern den ganz großen Bammel gekriegt haben? Eltern sind da sehr empfindlich, versteh ich, wär' ich ja auch, wenn unsere Kinder …"
„… wüsste nicht, dass wir schon welche hätten. Hab ich da was verpasst?"
„Wird schon noch. Aber bevor so ein Verdacht geklärt ist, würde ich mein Kind auch noch schnell abmelden. Lena, glaubst *du*, dass da was dran ist?"
„Was denn? Dieser ‚Öhbörhard' ist doch so was von abgehoben und gestelzt. Der lässt doch keinen an sich ran. Immer ein, zwei genau bemessene Sätze, und ‚wög' ist er. Und mit Kindern, mein Gott, mit denen fängt der doch gar nichts an. Weißt du noch, diese Messe … wo ich ihm hab alles einsagen müssen bei dem Nikolausspiel. Nicht einmal Nikolaus … Ein Fiasko war das! Gut: Ich hab im Kurs gelernt, dass man es nie wissen kann. Aber … nein!"
„Los, fahren wir!"
„Wohin? Heim zu dir?"
„Zu mir … oder zu dir, Baby? … Nein, fahren wir zu Stefan. Er hat dreimal, glaub ich, besorgt angerufen, echt lieb von ihm. Für Mitte August hat der jetzt mächtig was um die Ohren. Sag mal, wie war das in dem Lokal von Franziska und ihrem Greco-Lover?"
Sie erzählt mir die Sache mit der Überschwemmung: „… Schadenssumme nur halb so schlimm. Am ärgsten aber ist dieser Spray, ja, wieder dieser rote Spray. Zwar nur auf den Wandfliesen, aber selbst da kriegst du den kaum runter."
Wir kommen an der Kirche vorbei – irgendetwas macht mich stutzig. Lena versteht zuerst nicht recht: „Meinst du? Ja, du hast recht, da stimmt etwas nicht. Aber frag mich nicht, was …"
Wir schauen beim zukünftigen Restaurant vorbei: Alles zugesperrt, nichts. Gut, es ist Nachmittag, Hochsommer. Aber irgendjemand sitzt doch hier immer auf den Bänkchen. Leute, denen es

in ihrer Wohnung zu heiß geworden ist. Seltsam … niemand! Als wären soeben noch alle da gewesen – und dann weg, wie in Panik weggelaufen.
Auf einem Mäuerchen liegt eine Aktenmappe. Einfach liegen gelassen, vergessen. Auf den Treppen zur Kirche steht ein großer Eisbecher, der vor sich hin schmilzt. Und gleich rechts, halb unter dem Gerüst fliegt eine Silberfolie herum, eine Schockdecke wie aus einem Erste-Hilfe-Koffer. Was ist denn hier los?
Lena hat eine Frau entdeckt, die aus dem Fenster im ersten Stock schaut, und fragt nach.
„Weiß nicht, bin eingedöst … Aber da waren gerade noch der Notarzt und die Feuerwehr, mit der langen Leiter sogar. Sind eben mit Trara wieder weg, wie ich geschaut hab. Und der Pfarrer war auch da. War doch der Pfarrer, obwohl … der schaut ja gar nicht wie ein Pfarrer aus."
„Danke!"
Wir brauchen ihn nicht lange zu suchen. Der gar nicht so wie ein Pfarrer ausschauende Stefan steht gleich ums Eck vor dem Pfarrhof und telefoniert: „… klärt sich doch alles auf, mehr als 24 Stunden können sie ihn nicht festhalten. Die haben doch überhaupt nichts in der Hand … Die haben doch heute Methoden … Na sicher kann er beweisen, dass ihr gar nicht im Turm oben wart … Ich besorge euch einen Anwalt … Nein, der verlangt nichts, wenn ich ihn bitte … Gut, ich kann euch auch einen teuren Anwalt besorgen, wenn du dann ruhiger schlafen kannst … Er soll nur ja keinen Blödsinn machen, ganz ruhig bleiben … Welcher Schlüssel? Der vom Turm? ... Bring ihn halt beizeiten … Wir haben ja noch einen zweiten, dann sperre ich schnell zu, schon wegen der Spuren … Du hast was? ... Zugesperrt? Du? Mensch, du hast Nerven. Na, umso besser. Die Spurensicherung wird sicher gleich da sein … Morgen ist er draußen, dafür sorg ich … Und lass ihn grüßen von mir. Und wenn was ist … Ja, auch in der Nacht, keine Frage!"

„Hallo, Stefan! Wer war denn das? Hast du jetzt auch noch einen Job als Knastseelsorger ausgefasst?"
„Mir reicht schon die Krankenhausseelsorge. Wie geht's dir?"
„Alles im grünen Bereich. Das heißt: fast. Die Ohren brauchen noch ein paar Tage, angeblich. Halb so schlimm!"
„Mit wem hast du denn da gesprochen?"
„Sie haben Kostas eingesperrt – und Franziska bleibt in seiner Nähe."
„Kostas? Aber …"
„Der kommt schon raus, wenn er bloß ruhig bleibt … Aber was viel schlimmer ist: Arnold! Ich weiß nicht einmal, ob er noch lebt."
„Was? Was ist mit Arnold? Was war denn hier los?"
Das wird ja wirklich alles immer mysteriöser.
Stefan ist ganz bleich, er hält sich an der Säule vor dem Portal fest. Wir schleppen ihn in den Wintergarten, wo er sich niedersetzen kann. Er erzählt uns, was er mitbekommen hat. Es ist ihm sichtlich alles zu viel. Was in den letzten zwei, drei Wochen geschehen ist, das hat er, seit er Pfarrer ist, noch nicht erlebt: Claras Abgang, die Attentate, der Verdacht gegen Eberhard, die Aufregungen um den bemalten Turm – und jetzt der Sturz von Arnold – ein Mordversuch … Oder gar Mord, all die Verdächtigungen. Und auch diese seltsamen Geschenke beunruhigen ihn jetzt nur noch, und was da für krumme Dinge dahinterstecken könnten. Und sicher werden ihn wieder Journalisten bestürmen. Hier im Wintergarten findet uns wenigstens keiner.
„Heute nach der Abendmesse beten wir für Arnold. Dabei weiß ich nicht einmal, ob er überhaupt … und was aus ihm wird. Könnt ihr kommen? Und ruft ein paar Leute zusammen."
Lena will das bedrückende Schweigen unbedingt durchbrechen: „Also Kostas war es nicht, das steht fest. Ich kenn ihn zwar kaum, und er dürfte ja zeitweise regelrecht ausrasten, aber wenn Franziska das sagt, dann *ist* er unschuldig. Wer kommt denn dann infrage?

Hatte er mit jemandem Streit, hat er jemanden mit dieser Kirchenaktion in Rage gebracht?"
„Das ist es ja eben. Weder diesem Inspektor noch mir fällt da jemand anderer ein als – Kostas."
Ich greife ein: „Wir drehen uns im Kreis. Wer konnte da hinauf, wer hat einen Schlüssel?"
Stefan schließt die Augen für ein paar Sekunden, um sich zu konzentrieren: „Ihr wisst doch: Im Büro liegt ein Bund, den hatte Franziska mit. Einer ist beim Mesner, dort ist er auch jetzt noch, denk ich mir. Gut, der Arnold hatte für alles Schlüssel, immer schon, das ist sein Markenzeichen. Wie auch immer er das hinkriegt. Entweder hat er den Täter selbst mitgenommen – oder der hat sich hinter Franziska und Kostas hinaufgeschlichen. Dann muss er aber gewusst haben, dass Arnold dort ist. Eigentlich war der ja schon fertig, zumindest da oben. Vielleicht hat er noch etwas abmontiert. Aber wer bitte hat das wissen können?"
„Keine Ahnung. Warte mal. War jemand vor der Kirche, als das passierte?"
„Ja sicher, einige Leute sogar. Sitzt doch immer wer auf den Bänken jetzt im Sommer. Als ich kam, waren einige da. Und das muss gleich danach gewesen sein."
„Und niemand hat jemanden bei der Lourdesgrotte herauslaufen sehen? Ich meine *vor* Franziska und Kostas?"
Stefan denkt nach: „Nein, Ruhandl hat extra überall herumgefragt. Da *war* keiner."
„Und nachher?", frage ich. „Das wäre doch aufgefallen …"
„Sicher nicht … Seltsam genug, aber Franziska hat abgesperrt … War wohl so eine Art Schockreaktion."
„Na dann?"
„Was meinst du?"
„Wenn er nicht vorher – und nicht nachher – und diese alten Türen sind doch alle sehr stabil …"

Stefan dämmert langsam, worauf ich hinauswill: „Ja klar! Du meinst wirklich?"
„Wenn er nicht sonderlich geschickt ist …"
„… ist er noch drinnen!" Auch Lena hat's geschnallt.
Ich möchte am liebsten sofort los und nachsehen. Aber Lena meint, sie will nicht gleich wieder ins Spital fahren. Einer, der nichts mehr zu verlieren hat … Unsere Freunde sind alle weg, auf Urlaub oder eben noch auf Kinderwoche. Aber wenn wir doch noch zwei oder drei zur Unterstützung holen könnten …!
Aber Stefan will davon nichts wissen: „Nein, bloß jetzt keine Abenteuer mehr! Wenn der zum Schluss auch noch bewaffnet ist … Nein! Außerdem müssen die doch erst die Spuren sichern. Wir würden alles zertrampeln."
„Was dann?"
Ein wenig enttäuscht bin ich doch.
„Wir holen Ruhandl zurück, das ist Sache der Polizei. Ich sperre nur schnell das Gitter in der Kirche zu, dann sitzt er endgültig in der Falle."
Unsere Kirche hat, wie viele andere, im hinteren Bereich ein durchgehendes Gitter. Damit man sich tagsüber hineinsetzen kann, ohne dass etwas wegkommt. Wir sehen nach – aber das Gitter *ist* versperrt. Es dauert eine Weile, bis Stefan den Inspektor ans Handy bekommt. Er stellt auf Lautsprecher. Ruhandl ist hörbar verärgert über die Störung beim Verhör. So als hätte er Kostas fast schon so weit, dass er alles gestehe. Und es ist gar nicht so leicht, ihn von unseren Schlussfolgerungen zu überzeugen. Stefan ist echt fertig mit den Nerven, als er endlich einwilligt, zu kommen.
„Also gut … Die Spurensicherung wollte ohnehin soeben los … Ich komme mit."
Eine endlose halbe Stunde später treffen sie dann ein: Ruhandl mit einem Assistenten, dann eine Streife mit drei Uniformierten und später die Fachleute für die Tatortanalyse. Wir müssen draußen

bleiben, dürfen auch nicht in die Kirche zum Gitter, für den Fall, dass Schusswaffen zum Einsatz kommen.

„Sie werden doch in der Kirche nicht das Feuer eröffnen!", verhallt Stefans Ruf ungehört.

Nach gut zwanzig Minuten kommen sie zurück. Mit einem Mann in Handschellen. Nicht in den Türmen, sondern im Dach hatte er sich versteckt. Hinter der Ruine eines alten Kontrabasses aus früheren Kirchenchorzeiten. Er ist so um die dreißig, der Kerl.

„Lassen Sie mich los! Lassen Sie meine Hände los! Bitte, meine Hände – ich bin Geiger!"

„Geiger? Benjamin? Sie sind das?"

Damit hat Stefan nicht gerechnet. Er hat eine Schwäche für Künstler, besonders für Musiker. Aber … aber dass er? Seinen eigenen Vater?

„Ich bin kein Mörder, ich wollte das nicht … Ich verstehe überhaupt nicht, wie das geschehen konnte. Auf einmal war er … weg, einfach weg, wie verschluckt … und hat geschrien. Was ist mit ihm? Ist er … tot?"

An das Gerüst hat er nicht gedacht. Jetzt ist er fast erleichtert. Keiner versteht, was da geschehen sein soll. Er steht immer noch unter Schock. Benjamin setzt sich, betrachtet seine Hände, immer noch gefesselt, bewegt jeden Finger einzeln. Aber erklären kann er immer noch nichts. Er starrt nur noch vor sich hin.

Ruhandl schärft den Beamten von der Spurensicherung Dinge ein, die sie sicher ohnehin wissen. Dann verabschiedet er sich knapp und fährt blitzartig mit seinem neuen „dringend der Tat Verdächtigen" ab. Stefan meint, das sei ihm jetzt sicher peinlich. Wäre ja schließlich seine Sache gewesen, daran zu denken, nicht unsere. Und dann noch dieser Schwachsinn mit der Verhaftung von Kostas. Manchmal sind sie ja echt lasch, die Canisianer. Besonders jetzt im Sommer. Aber wenn's ernst wird, kann man auf sie zählen. Die Kirche ist halb voll nach der Messe. Sogar *gut* halb voll. Und das will schon etwas heißen bei unserm Ungetüm. Und viele bleiben lange. Auch nach dem Gebet und den wenigen, aber sehr gefühlvollen Worten von Stefan.

Zuletzt kommen auch noch Kostas und Franziska. Sie haben eine große Kerze mitgebracht und stellen sie vor den Altar.

„Dieses Licht soll für dich brennen, es darf nicht ausgehen, bis du wieder gesund bist. Versprochen!“

Seit heute ist Kostas endgültig einer von uns. Amen.

30

Benjamin
Montag, 16. August

„Jetzt nehmen Sie mir doch endlich diese Handschellen ab, sonst kriegen Sie eine Klage an den Hals, dass Sie … Verstehen Sie nicht, ich bin Geiger! Ich brauche meine Hände! Geht das in Ihr Polizistengehirn nicht hinein? Von mir aus fesseln Sie meine Füße, aber lassen Sie meine Hände!"

Solche Idioten. Schau ich vielleicht aus wie so ein Bankräuber vom Balkan, der in seinem Leben nichts gelernt hat als militärische Brutalität? In Socken muss ich hier sitzen, sogar meine Schuhe haben sie mir abgenommen … Spurentechnik … Alles Idioten!

„Kommen Sie mit!", will mich mein uniformierter Bewacher in ein benachbartes Zimmer hineinstoßen!

„Lassen Sie mich los, ich kann selbst gehen! Es wird sich ja gleich alles aufklären. Aber sperren Sie das endlich auf!"

„Drinnen!"

Also gut. Wir kommen in ein kleines Vernehmungszimmer. Überraschend freundlich, natürliches Licht, aber vergittert.

„Er möchte, dass wir ihm die Handschellen abnehmen. Er beruft sich dabei auf seinen erlernten Beruf als Geiger."

Der vernehmende Kommissar ist einsichtig, sogar freundlich: „Wir können darauf verzichten."

Will mir wohl den „guten Cop" vorspielen, mich einlullen, für wie blöd halten die mich denn! Sein Untergebener schließt diese Folterwerkzeuge auf und klinkt sie in seinen Gurt. Zur Sicherheit bleibt er aber neben mir stehen, breitbeinig.

„Herr Konzelmann, mein Name ist Ruhandl, Oberinspektor Ruhandl. Wissen Sie über Ihren Vater Bescheid?"

Ich erschrecke: „Ist er denn ... gestorben?"

„Nein. Das nicht. Aber es besteht immer noch akute Lebensgefahr. Und auch wenn er durchkommt ... bei einem Schädel-Hirn-Trauma weiß man nie. Wie auch immer, wir müssen die Ermittlungen durchführen, ohne mit seiner Aussage rechnen zu können ... auf absehbare Zeit zumindest. Haben Sie einen Anwalt herbestellt?"

„Ich kann für mich selbst sprechen!"

„Wie Sie möchten. Sie können natürlich jederzeit jemanden einschalten. Und ehrlich gesagt würde ich Ihnen dazu auch raten. Die Fakten sprechen nicht gerade für Sie. Ihre Fußspuren konnten wir schon sicherstellen: Auch knapp unterhalb des Fensters, durch das Ihr Vater allem Anschein nach abgestürzt ist, fand sich eine. Zugegeben, nicht ganz eindeutig. Es sind ja offensichtlich gerade in letzter Zeit zahlreiche Leute dort oben herumgestiegen. Aber genauere Untersuchungen Ihrer Schuhsohlen werden wohl ergeben, dass Sie dort oben waren. Die jeweilige Mischung aus Taubenkot, Pollen, Staub und Flugsamen ist stets ortstypisch. Sie könnten es sich und uns einfacher machen ..."

„Ja, ich war ja dort oben! Gemeinsam mit meinem Vater. Aber erst nachher bin ich zu dem Fenster hinauf. Um nachzusehen... Verstehen Sie doch, ich bin kein Ganove, der lügt, sobald er den Mund aufmacht."

„Warum? Ich meine: Was wollten Sie von ihm? Und woher wussten Sie, dass er dort oben ist?"

„Ich wusste, dass er in Wien ist. Gibt ja wenige von seinen Seminaren im Hochsommer. Und in letzter Zeit war er doch ständig da oben, um diesen Schwachsinn zu organisieren."

„Sie sind doch selbst Künstler. Sie halten also nichts von dieser Aktion ‚bunter Kirchturm' oder wie auch immer er das nannte?"

„Wissen Sie, was das kostet?"

„Wissen Sie, woher er dafür das Geld hatte?"

„Er sagte: von Sponsoren. Aber das kommt mir höchst sonderbar vor. Haben Sie irgendwo auch nur ein einziges Werbeschild gesehen? Na eben. Inkognito besticht man vielleicht Politiker. Aber sonst wollen die doch immer groß ins Bild! Keine Ahnung, wie er zu dem Geld gekommen ist. Ich meine, mit seinen Seminaren hat er gut verdient – und durch seine Seminare hat er natürlich viele Bekannte in einflussreichen Kreisen. Also … was weiß ich."
„Hätten Sie denn eine andere Verwendung für das Geld gehabt? Warten Sie, ich sag's Ihnen gleich: Wir haben auf Ihrem Laptop einen Entwurf für einen Kaufvertrag gefunden, für eine historische Meistervioline. Dreieinhalb Millionen oder so. Dachten Sie, dass er über so viel Geld verfügt?"
„Was weiß denn ich. Aber ich weiß, dass er sich bei einem renommierten Geigenbauer erkundigt hat, ob diese Violine den Preis wert ist. Natürlich hat sich der herausgeredet, die legen sich ja nie fest bei so einem Stück. Aber nach dem gesamten Schnickschnack mit der Kirche hat's offensichtlich dann nicht mehr gereicht. Er deutete einmal an, er müsse sich ‚entscheiden'. Und das hat er dann auch getan: jedenfalls gegen mich und meine Karriere!"
„Sie hatten also Streit mit ihm!"
„Mehrmals!"
„Sehen Sie, diese Antwort hätte Ihr Anwalt sicher verhindert …"
„Mir doch egal, ich habe ihn nicht umgebracht, ich meine … nicht abstürzen lassen!"
„Aber Sie waren mit ihm im Turm oben, im obersten Geschoß? Ich meine dort, von wo aus nur noch eine Leiter weiter hinaufführt."
„Nicht bei diesem ominösen Fenster, etwas darunter. Dazu stehe ich. Er ist mir ständig ausgewichen. Ich meine, wir hatten nicht ständig Streit. Ich bin ja jetzt im Sommer beruflich oft verreist. Im Sommer machst du keine Karriere, aber Kohle. Provinzfestivals eben. Aber selbst dort muss ich mich für meine Geige schämen. Auf der spiel ich, seit ich dreizehn war. Ein besseres Schülerexemplar.

Damit hast du doch keine Chance! Das hab ich ihm gesagt – und das wahrlich nicht zum ersten Mal."

„Und dann …?"

„Dann habe ich ihn gestoßen, eigentlich nur an den Schultern gepackt …"

„… nur an den Schultern gepackt, aha … Wie bitte soll ein Neunzig-Kilo-Mann durch ein gar nicht so großes, siebzig Zentimeter hohes Fenster stürzen, wenn er ‚bloß gehalten' wird? Bisher hab ich Ihnen noch geglaubt, aber das?"

„Was für ein Fenster? Nein, das hab ich doch erst nachher geöffnet, um zu sehen … und dieses Fenster ist doch ein Geschoß höher. Nennen Sie's Leiter oder enge Treppe, ist doch egal … Ich stieg hinauf, um hinunterzusehen … Aber da standen schon so viele Menschen – und schauten herauf … Ich sah ihn nirgends. Ich dachte noch, warum schauen die Idioten denn alle nach oben, wo er doch unten liegen muss."

„Wussten Sie eigentlich, dass das Gerüst noch stand, ich meine, im unteren Teil?"

„Keine Ahnung, interessiert mich doch nicht, dieser Schwachsinn. So etwas ‚Kunst' zu nennen … Ach so, Sie meinen …"

„Eben: Den freien Fall bis hinunter hätte er sicher nicht überlebt. Mit dem Gerüst bestand immerhin noch die Chance, dass er überlebt."

„Das ist doch völlig gleichgültig! Ich wollte ihn nicht hinunterstoßen … und habe es auch nicht getan, obwohl …"

„Was obwohl?"

„Er fiel einfach … durch. Der Boden gab nach unter ihm, oder diese Holzkonstruktion, oder beides? Aber nachher … ich kann es ja auch nicht begreifen …"

„Was können Sie nicht begreifen?"

„Sie müssen mir glauben, ich bin kein Lügner! Ich stehe zu dem, was ich tue, auch zu einem mies gespielten Konzert … Der Boden

war ein wenig verschoben – ja nach unten. Verdammt, ich weiß ja auch nicht, wie das ... er fiel einfach ... durch!"
„Durchs Fenster?"
„Sie verstehen gar nichts. Das Fenster war da noch geschlossen. Und es ist ein Geschoß höher. Sagte ich doch schon. Es war dort, wo die Glocke hängt, und fiel einfach durch alles durch – und war weg. Das war so gespenstisch, glauben Sie mir! Ich wagte nachher nicht, ganz zu diesem ... Holzgitter, was weiß ich, wie man das nennt ... hinzugehen."
„Sie meinen diese Holzjalousie mit den schrägen Querbalken. Das ist so gebaut, damit der Schall der Glocken hinauskann. Also: Er ‚fiel durch ... was weiß ich was ... hindurch', nur weil Sie ihn ‚an den Schultern hielten', und Sie hielten sich danach von dieser Stelle fern und versuchten stattdessen, durch das Fenster ein Geschoß höher zu sehen ... Und morgen kommt der Weihnachtsmann. Also wenn der Staatsanwalt nicht an paranormale Geschehnisse glaubt – und das tun die wenigsten dieser Zunft –, werden Sie uns hier noch länger erhalten bleiben."
Es ist zum Verzweifeln. Wie soll ich ihm denn erklären, was ich selbst nicht verstehen kann.
„Ja, so verrückt hört sich das an. Aber noch verrückter ist der Gedanke, ich hätte meinen Vater ermordet. Ich weiß schon: impulsiver Künstler und so, alle diese Klischees ... Aber es war so. Vielleicht entdecken Sie ja eine Erklärung, wenn Sie sich das vor Ort ansehen. Aber seien Sie bitte vorsichtig! Und vergessen Sie das Fenster."
„Keine Sorge: Eine genaue Untersuchung des Tatorts ist unsere Pflicht. Aber allzu viel erwarte ich mir davon nicht. Gut, das war's. Sie hören von mir."
„Auch über meinen Vater?"
„Selbstverständlich."
„Ich habe nächste Woche ein Konzert in Graz. Ich muss üben. Ich brauche meine Geige!"

„Hier? Tut mir leid, das ist den Mithäftlingen nicht zuzumuten. Außerdem: An Ihrer Stelle würde ich dieses Konzert unverzüglich absagen, ich kann mir nicht vorstellen … so wie das alles aussieht …“ Hier gibt dir keiner die Hand. Klar, einem Gewaltverbrecher? Einem Vatermörder? Warum hat er dieses verdammte Geld für so einen Unsinn verschwendet? Ich könnte mit dieser Geige in Salzburg auftreten, in Wien! Und er wäre gesund und gut drauf wie immer. Er versteht einfach nicht, wie hart dieses Geschäft ist, gerade hier in Wien. Er hat's leichter mit seinem Trainerschmäh. Er glaubt einfach nicht an mich, das ist sein Problem. Na gut, momentan hat er ganz andere Probleme – und ich auch.

31

Stefan
Montag, 23. August

Eberhard wird gesucht. Jetzt sogar mit internationalem Haftbefehl! Ich hätte nie gedacht, dass das so einfach geht. Ganz ohne alle Beweise. Ich kann mir ja auch nicht erklären, wie er zu so viel Geld gekommen ist. Aber bitte, woher hat Arnold das ganze Geld für seine Turmaktion? Da fragt ja auch keiner nach. Es gibt überhaupt kein ‚Opfer', niemanden, der das auch nur behauptet oder einen konkreten Verdacht erhebt. Und die Sonderbeauftragte der Diözese für Missbrauchsfälle ruft auch ständig an.
Es stimmt ja: Gestern hätte er zurückkommen sollen, sein Urlaub ist eigentlich zu Ende. Ruhandl hat längst herausbekommen, wo er gebucht hat – und ob er irgendwo mit Kreditkarte bezahlt hat. Muss er ja auch früher oder später. Jetzt sucht ihn also die griechische Polizei. Mal sehen, wie motiviert die gerade ist bei der derzeitigen Sparpolitik und den vielen gestrichenen Stellen. Wo der überall sein kann, na viel Vergnügen. Vielleicht bekommen sie ihn über seinen Mietwagen, wie sonst. Nur, was ist, wenn er den gewechselt hat? Und so wie das dort läuft und wie er sich auskennt, bekommt er einen Wagen auch schwarz. Und wenn er bar bezahlt und im Vorhinein, scheint er nirgends auf, da findet ihn auch keiner. Wenn er wirklich geflüchtet ist, aber das glaub ich ja nicht. Er hat bloß keine Ahnung von dem, was hier läuft.
Es ist sowieso unklar, wie es mit ihm weitergehen soll. Sein Einsatz bei uns ist beendet. Vor ein paar Tagen hatte ich ein langes Telefonat mit seinem Prior. Ob ich ihn für die Priesterweihe empfehlen kann? Für den Beruf als Pfarrer sicher nicht. Und wofür er sich sonst eignen würde, wozu er die Weihe braucht? Er ist ein lieber

Kerl, menschlich voll okay, aber er geht nicht auf die Leute zu, er wartet immer nur ab. Und wirkt und spricht oft ein wenig … na ja, antiquiert. Ich dachte ja zuerst, der hat irgendwelche Verbindungslinien zum Adel. Hat er aber nicht. Und der Prior? Der kann sich immer noch nicht entscheiden, ob er ihm jetzt *noch* ein Probejahr geben will.

Aber alle Verdachtsmomente weist sein Chef vehement von sich. Es gab nie auch nur den leisesten Verdacht gegen Eberhard. Für die großen Kinderwochen im Stift und für so manches Firmwochenende hätten sie ihn dringend gebraucht. Aber da hat er sich immer gedrückt. In der Stiftspfarre fühlte er sich immer bei den Senioren und den gemäßigt Konservativen wohl. Und bei den Stiftsführungen, ja, da war er wirklich in seinem Element. Kunstinteressierte zieht er magisch an. Seit er nicht mehr dort ist, spüren sie sogar schon einen leichten Einbruch der Besucherzahlen.

Dass er im Zuge der Katalogisierung etwas hat mitgehen lassen, traut ihm der Prior nicht zu. Andererseits: „Bei dem Schlendrian und Chaos in manchen unserer Häuser“ – natürlich nicht in seinem eigenen! – würde ein Diebstahl kaum auffallen: „Weißt du, man bekommt als Kloster ja öfters etwas geschenkt oder vererbt. Und das steht dann irgendwo herum, zumindest wenn's nicht gleich auf den ersten Blick wertvoll aussieht. Und wenn so etwas einmal wegkommt …“

Für die hohe Geldsumme in Eberhards Wohnung hat aber auch er keinerlei Erklärungen parat: „Er hat ja keine Familie mehr. Und von irgendeinem namhaften Besitz habe ich nie etwas erfahren. Und ihr habt das Geld ja gar nicht gefunden, oder …“

Drei viertel zwölf! Um zwölf kommt der Sachverständige! Es sind schon eineinhalb Wochen seit Arnolds Absturz. Und fast so lange ist dieser Benjamin in Untersuchungshaft. Der redet sich auf eine höchst seltsame Art heraus. Sein Vater soll irgendwie „durch den Boden hindurch“ gestürzt sein. Aber ich habe dort kein Loch

gesehen. Und überhaupt: Gerade in diesem Turm war ich überrascht, wie gut und fest das alles erhalten ist. Wenn die das jetzt untersuchen, soll ich unbedingt dabei sein. Ich hätte ja selbst schon nachgesehen, wenn das da oben nicht alles versiegelt wäre. Arnolds Chancen sind ein wenig gestiegen, die Gehirnschwellung ist abgeklungen. Aber ich weiß nicht, ob er im Koma liegt oder schon in diesem „künstlichen Tiefschlaf". Jeden Tag sprechen wir eine Fürbitte für ihn. Aber selbst wenn er munter wird: Bleibende Gehirnschäden sind eher wahrscheinlich. Das Gerüst steht immer noch, muss es auch, zumindest bis zur heutigen Untersuchung. Das einzig Erleichternde daran ist, dass kaum noch jemand in der Pfarre oder in der Diözese Stimmung gegen die Bemalung macht. Anscheinend aus Pietät, so als sei das schon Arnolds Vermächtnis. Gestern im Pfarrcafé war eine ganz eigenartige Stimmung. Nicht so aggressiv und aufgeregt wie zuletzt. Ein paar meinten sogar, man solle die Bemalung so lassen. Es haben sich ja auch tatsächlich schon zwei Reisegruppen angemeldet. Wegen der bunten Kirche? Oder doch wegen des Urhebers dieser Aktion – und seinem schaurigen Absturz? Irgendjemand soll sogar schon den Vergleich mit Meister Pilgram gezogen haben: Der war ja „auch" mit dem Teufel im Bunde und ist dann auf mysteriöse Weise vom Turm der Stephanskirche in den Tod gestürzt. Aber natürlich findet sich keiner, der wirklich an solchen Unsinn glaubt.
Ja, und es gab Ärger wegen einer Fensterscheibe, die Jugendliche beim Fußballspielen eingeschossen hatten. Kostete mich zwei Anrufe: beim Glaser und bei der Versicherung. Also was regen sich die groß auf, die sowieso nichts zur Lösung des „Falles" beitragen. Trotzdem: Gestern kam mir diese Geschichte gar nicht so ungelegen. Endlich wieder ein Stück Normalität. Es hätte ja auch eine nachbarliche Beschwerde über nächtlichen Lärm aus dem Jugendraum – oder Zigarettenrauch bei einer Geburtstagsparty – sein können. Das Vermieten unserer Säle an Auswärtige versorgt uns

unerschöpflich mit Gesprächsstoff – und mit ein wenig Mieteinnahmen, die wir dringend nötig haben.
Eberhard war überhaupt kein Thema. Obwohl … wenn ich den Laden hier nach all den Jahren gut genug kenne, werden sicher einige irgendwoher erfahren haben, welche Verdachtsmomente es gegen ihn gibt. Und eifrig diskutiert und ihre Kinder noch schnell vom Jungscharlager abgemeldet haben. Aber der Vorwurf ist zu heikel, um offen darüber zu sprechen. Außerdem ist Eberhard nicht bekannt und beliebt genug, um einen Sturm der Entrüstung *für ihn* zu entfachen. Nur zwei Jugendliche sprachen mich darauf an und meinten entschieden: „Also *das* trauen wir ihm wirklich nicht zu, nein … Aber, ehrlich gesagt: auch sonst nicht viel …"
Ja, ich muss hinüber, mit dem großen Schlüsselbund. Zum Aufstieg braucht man nur drei dieser Schlüssel. Aber in dieser Pfarre gibt es so viele Schlüssel, von denen keiner weiß, ob sie noch irgendwo sperren, dass sich noch niemand die Arbeit gemacht hat, das einmal zu überprüfen. Ich bin auch ziemlich sicher, dass es in der unübersichtlichen Kirche mit all ihren Nebenräumen und Galerien noch Räume gibt, kleine zumindest, die ich nicht kenne. Ich muss ja auch nicht jeden versteckten Taubenfriedhof persönlich in Augenschein nehmen.
Inspektor Ruhandl hat gleich drei Personen mitgebracht: eine Fotografin, seine Sekretärin und „Herrn Parzgruber, Sachverständiger für historische Gebäude, spezialisiert auf Zimmerei und Holzkonstruktionen. Er ist erst heute vom Urlaub zurück, aber ich wollte nur den besten." So stellt ihn mir Ruhandl vor. Bei *mir* braucht er sich nicht zu entschuldigen, ich sitze ja nicht seit zehn Tagen in Untersuchungshaft!
Wir steigen in den Turm hinauf. Parzgruber mit einem prall gefüllten, sichtlich schweren Rucksack. Aber konditionelle Probleme werden wir ohnehin keine bekommen. Denn sie wollen alles ganz

genau sehen: die untere Empore, die Orgelempore, die Abstellräume im anderen Turm.
„Und wo führt das hin, Herr Pfarrer?"
Ich fühle mich ertappt: „Keine Ahnung, ich glaube ein Ausstieg für den Dachdecker."
„Herr Pfarrer, das mit dem Glauben, da sind Sie der Spezialist. Aber wir sind für die Fakten zuständig."
Der vorletzte Schlüssel passt. Es *ist* der Ausstieg für den Dachdecker, schon lange nicht benützt führt er zur Unterkante des steilen Daches. Ruhandl nickt. Kurz vor dem großen Raum zwischen den beiden Türmen noch so eine Türe. Niedrig, ein besserer Durchschlupf nur. Und vor ihr liegt wohl schon lange ein alter, rostiger Motor. Wahrscheinlich der Vorgänger des aktuellen Orgelmotors. Seit Jahren ignoriert von allen, die hier vorbeikamen. Ruhandl begnügt sich mit dieser Theorie, nicht aber mit der verschlossenen Türe. Zu der aber kein Schlüssel aus meiner ansehnlichen Sammlung passt.
„Seltsam! Und die Türschnalle ist ohne jedes Staubvorkommen, was man vom Rest hier nun nicht gerade behaupten kann."
Ich möchte ja einmal nachsehen, ob der Dachboden beim Herrn Inspektor stets geschrubbt und keimfrei ist ... Wahrscheinlich *ist* er das, muss ich mir nach einem Seitenblick auf „Mr. Perfect" eingestehen.
Parzgruber versteht auch etwas von Schlosserei, zumindest von Nachschlüsseln. Im Handumdrehen ist die kleine Eisentüre offen ... und die Pfarre um, sagen wir einmal geschätzt, um eine halbe Million reicher! Ich starre entsetzt auf den Stapel Geldscheine.
Ruhandl lächelt überlegen: „Na, Herr Pfarrer, wenn Ihr Chef das erfährt, bekommt ihr sicher so schnell keine Zuschüsse mehr von der Diözese ... Jetzt schauen Sie mich nicht so an: Das ist doch überall dasselbe mit den Budgets!"
Da müsste er aber auch wissen, dass das mit den Zuschüssen ...

Also wir jedenfalls bekommen seit Langem keine mehr. Ich habe keine Zeit, mich darüber zu wundern.
„Aber das Geld gehört ganz sicher nicht der Pfarre!", wehre ich ab.
„Da haben Sie recht, wenn es illegal erworben wurde. Aber wenn nicht, wem dann?"
Ein Großteil der Banknoten befindet sich noch originalverpackt in den Banderolen der Bank. Darum steht schnell fest: Es sind tatsächlich 648.000 Euro. Der Mesner war's ganz sicher nicht, ich war's nicht. Also … Arnold. Der war doch ständig hier heroben, und er und seine Schlüssel – eine allseits bekannte Erfolgsgeschichte. Den hier hat er sogar vom großen Bund verschwinden lassen, damit nur ja keiner rankommt. Von wegen Sponsorgelder! Welcher Sponsor stopft dir die Tasche mit Geldpaketen voll? Ich bin entsetzt. Das kann er doch nur von Eberhard haben, Eberhard als unfreiwilliger Sponsor der wilden Kirchenbemalung, ausgerechnet Eberhard! – ein Treppenwitz der Weltgeschichte! Wurde unsere Turmbemalung mit Hehlerware finanziert? Das alles ist einfach verrückt!
„Sperren Sie bitte wieder zu! Darum kümmern wir uns später. Unten ist doch zugesperrt?"
Ich nicke – immer noch sprachlos.
„So, und ab hier müssen wir alle Spuren ganz besonders genau dokumentieren!"
Wir haben den großen Raum mit der neugotischen Rosette erreicht – und Ruhandl will seine Karriere sicher nicht durch den kleinsten Fehler gefährden. Parzgruber steigt als Erster die Holztreppe zum Glockenraum hinauf. Sein Rucksack passt gerade noch durch die Luke.
Oben angekommen kommt er aus seinem zimmermännischen Staunen gar nicht heraus: „So etwas hab ich noch nicht gesehen. Alles astrein! Ausgezeichnete Arbeit. Wie lange ist das her, Herr Pfarrer?"
„So 110 Jahre und das wurde sicher nie erneuert."

„Warum auch? Solide Arbeit. Aber was mich am meisten erstaunt: Das ist ja alles Eiche hier! Deutsche Eiche! Mit so etwas hat man doch teure Möbel und Parkette gemacht, oder weil wir schon hier sind: vielleicht einmal Kirchenbänke, aber doch nicht Turmaufgänge! Da muss ja mächtig Geld im Spiel gewesen sein! Also wie das gebaut ist … und wie das erhalten ist: Da bricht nichts durch, da gibt nichts nach. Reine Schutzbehauptung. Damit kommt er nicht durch …“

Ich erinnere mich an den Klagebrief dieses Italieners. Den sie gezwungen hatten, teure Eiche zu verwenden – und der danach in Konkurs ging oder zumindest große Probleme bekam.

Das will ich genauer verstehen: „Herr Parzgruber, war das viel teurer als …“

„… Fichte? Ja, meist hat man dafür billige Fichte benützt. Oder Kiefer. Aber sicher doch, locker das Dreifache! Heutzutage. Damals war der Unterschied noch größer, wegen der schwierigeren Bearbeitung, war ja alles noch nicht so mechanisiert damals. Und da fiel der Holzpreis viel stärker in die Waage als heute, weil die Löhne spottbillig waren. Na, die hatten ordentliche Sponsoren damals! Und der andere Turm? Ich bin gleich wieder da!“

„Verwischen Sie ja keine Spuren!“, ruft ihm Ruhandl aufgeregt nach.

Die Fotografin schaut Ruhandl fragend an: „Soll ich mit ihm …?“

Der schüttelt nur den Kopf.

Nach drei Minuten ist der Zimmerer wieder da: „Also drüben, das ist Fichte, gemischt mit etwas Kiefer, soweit man das überhaupt noch erkennen kann. Aber da geht mir keiner mehr hinauf! Sonst stürzt hier *noch* jemand ab, ist ja alles völlig verrottet dort drüben!“

„Machen Sie bitte Fotos, so viel wie möglich, jedes Detail!“

Die Fotografin befolgt Ruhandls Anweisung und hört überhaupt nicht mehr auf, wobei wir ständig ausweichen müssen. Die Sekretärin verdrückt sich ganz in eine Ecke, entdeckt etwas: „Schauen

Sie einmal hier, eine Aufschrift! … Hilfe? Was war denn das? Das ist ja …"
Sie springt in die Mitte zur Glocke.
„Sie sind mir ins Bild gelaufen!"
„Der Boden! Der Boden da, der gibt nach, das ist ja unheimlich!"
„*Der* Boden, das gibt's doch nicht, wo denn?", will der Zimmerer wissen.
„Zeigen Sie mal her, ja, das letzte Foto!"
Ruhandl bewahrt die Übersicht und blickt aufs Display der Kamera: „Also das ist … Bleiben Sie alle stehen, wo Sie sind. Nein, kommen Sie vorsichtig zu mir her! Sehen Sie?"
Ich sehe eine erschrockene Frau, aber nicht, weil sie ins Bild gelaufen ist, sondern weil der Holzboden unter ihr tatsächlich ein Stück weit nachgibt.
„Margot, was für ein Glück, dass Sie so ein Leichtgewicht sind. Wer weiß, sonst lägen Sie jetzt auch da unten!"
Über dieses Kompliment hätte sie sich zur richtigen Zeit sicher sehr gefreut, aber hier … und nach diesem Schreck!
Parzgruber sieht sich das Bild am längsten an: „Da bricht nichts ein, der vordere Teil, da, sehen Sie, der kippt einfach nach unten, und wieder zurück, wie eine Wippe. Schon erstaunlich. Aber der Verunglückte ist doch nicht ins untere Stockwerk gestürzt, sondern aus dem Fenster! Das muss ich mir genau ansehen."
Mit geübtem Griff holt er ein Seil und einen Sitzgurt aus seinem Rucksack. Für einen Kletterer hätte ich ihn nicht gehalten. Aber hielt ich Arnold und die anderen für Erpresser? Und Eberhard … Meine Menschenkenntnis löst sich soeben in Luft auf.
Als das Seil am Glockenstuhl befestigt ist, tastet Parzgruber sich vor zur Holzjalousie, Schritt für Schritt, nichts … und dann plötzlich kippt er weg, völlig unvermutet, viel tiefer als die zierliche Margot, mit einem lauten Schrei, fängt sich in der Jalousie, will sich daran festklammern …

… aber auch die gibt auf einmal nach, kippt nach außen. Er rutscht hilflos über den Rand. Der Boden kommt wieder herauf, das schwingende Holzgestell pendelt zurück, steckt fest.
Parzgruber ist weg, abgestürzt, nein, er hängt am Seil, am eingeklemmten Seil, wir hören ihn von draußen schreien.
Ruhandl behält als einziger Ruhe und Überblick: „Ist hier irgendwo ein Balken, ein Brett oder etwas Ähnliches?"
Ich komme wieder zu mir. Wenn jetzt bloß das Seil nicht durchscheuert! Sind die Bretter vielleicht noch oben? Von denen Arnold abspringen wollte, damals am 1. Mai.
„Ich schaue schnell, vielleicht …"
Mehr bringe ich nicht heraus, klettere die nächste Holztreppe hinauf. Tatsächlich: zwei lange Bretter, wie Heurigenbänke in etwa. Ich schiebe sie hinunter. Ruhandl und die Fotografin legen sie quer über die heimtückische Kippe, tasten sich vorsichtig nach vorne. Er drückt die Jalousie nach außen, damit das Seil freikommt, und schreit uns an: „Zieht! Verdammt nochmal zieht, aber schnell! Fester!"
Das gilt wohl eher mir, denn das Leichtgewicht zu meiner Seite … macht sich gar nicht so schlecht, muss ich erleichtert zugeben. Stück für Stück schaffen wir es, bis Parzgruber draußen irgendwie mithelfen kann. Ruhandl beweist Mut und rückt noch einmal vor, bis es ihm gelingt, das schwere Ding so weit hinauszudrücken, dass der stämmige Zimmerer durchkriechen kann.
Geschafft! Wir sitzen alle unter der Glocke, atmen durch. Margot ist kreidebleich, hält ihren Kopf mit beiden Händen. Die weißen Jeans der Fotografin sind voll dunkler Streifen, ein Ärmel ihrer Bluse ist von einem Nagel aufgerissen. Parzgruber muss sich beim Sturz ins Seil ein Knie angeschlagen haben, es blutet durch seine Hose. Ruhandl und ich halten uns an der Glocke fest. Rein äußerlich sind wir am besten erhalten.
„Also das muss ich mir jetzt genauer anschauen, das ist ja unglaublich, das reinste Teufelszeug!"

Ausgerechnet der Gutachter ist als Erster wieder einsatzbereit. Diese Falle lässt ihm jetzt keine Ruhe mehr. Trotz aller Warnungen tastet er sich über die Bretter nach vorne, drückt immer wieder nach unten. Etwa einen dreiviertel Meter vor der Jalousie gibt der Boden plötzlich nach, schwingt aber sofort zurück, wenn er nachlässt. Und die Holzjalousie wird auch nur durch ihr eigenes Gewicht senkrecht gehalten und gibt sofort nach, wenn er dagegendrückt. Sie lässt sich auch nach innen ziehen, wie ein Pendel eben!

„Das ist ja der helle Wahnsinn! Aber warum ist da noch nie etwas passiert?"

Margot hat sich wieder etwas gefangen. Ich sehe, dass sie zuvor einen Schuh verloren hat. Der befindet sich jetzt wahrscheinlich in einem Zwischenraum des Gebälks. Sie hat es noch gar nicht bemerkt.

„Herr Pfarrer, kommt denn hier nie jemand herauf?"

„In letzter Zeit sehr selten. Es hieß immer, da sei alles verdreckt und morsch. Deswegen bin ich auch nie herauf … bis vor Kurzem. Dachdecker brauchen wir hier heroben zum Glück nie. Die Turmhauben sind sehr stabil. Und der Mann vom Glockenservice … Na ja, wenn der Test erfolgreich ist, muss er gar nicht so weit herauf. Nur selten, aber bis zum Rand kommt er ja nicht … und *ist* er zum Glück auch nie. Herr Parzgruber, wie alt ist denn dieser halsbrecherische Mechanismus, hier ist doch sicher nie etwas umgebaut worden?"

Statt einer Antwort ruft er uns zu sich hinüber: „Helft mir bitte noch einmal, dieses Ding hereinzuziehen, so weit wie möglich, aber vorsichtig …"

Wir geben unser Bestes. Aber je höher wir diese Jalousie anheben, umso schwerer wird sie. Er sucht einen guten Stand auf den Brettern, greift an den Rand des Holzrahmens und zieht etwas heraus.

„Was ist das? Zeigen Sie her!" Ruhandl ist wieder ganz Inspektor.

„Zeitungspapier. Eng zusammen gerollt. Und wenn Sie nach dem Alter forschen, ich wette einiges auf 1903 oder 1902."

„Der Italiener! Der zornige Zimmerer!“, entfährt es mir, obwohl ich das alles hier nicht auch noch verkomplizieren will.

„Welcher Italiener?“

Also gut. Ich erzähle Ruhandl und den anderen, was ich über den längst verjährten Streitfall weiß. Sie hören immer gespannter zu. Margot starrt mich entgeistert an. Als Erste hat sie begriffen, welches Geheimnis dieser Raum bisher verborgen hat: „Dann … dann ist der Mörder seit hundert Jahren tot. Hat das alles eiskalt geplant – und sein Geheimnis mit ins Grab genommen. Aber das hätten sie auch nicht tun dürfen, die haben auch eine Mitschuld, die Bauherren von damals …“

„Genau so ist es, nur: Arnold lebt ja noch. Noch ist es kein Mord. Hoffentlich …“

Meine Ungeduld wächst, endlich kann ich Parzgruber fragen: „Was haben Sie da gefunden? Zeitungspapier? Warum bitte Zeitungspapier?“

„Schauen Sie. Solche Konstruktionen baut man nicht unbedingt fest ein. Manchmal muss man sie ja entfernen. Na, zum Beispiel, wenn sie eine neue Glocke aufziehen. Sie werden also nur eingehängt, dann aber seitlich zum Fensterstock hin mit festen Bolzen fixiert, das genügt auch. Aus Eisen, besser aus haltbarer Bronze, zur Not hätte es auch Holz getan, Eiche hält ja auch ewig. Aber da haben sie, das heißt wahrscheinlich nur der Italiener, eine Zeitbombe eingebaut: fest zusammengerolltes Zeitungspapier. Das ist zunächst sehr stabil und hält auch eine Zeit lang, aber wenn Wasser dazukommt, verrottet es immer stärker, wird brüchiger. Also ich schätze: Nach – was weiß ich – spätestens dreißig oder allerhöchstens vierzig Jahren löste es sich dann auf. Das hier ist ja nur noch der Rest davon. Wer weiß, vielleicht war ja unter dem Boden hier, in dem Hohlraum, auch noch eine Sicherung, die eine Zeit lang hielt.“

„Ein Mordversuch, der nicht mehr bestraft werden kann.“ Ruhandl

ist wieder ganz Kriminalist. „Weil das alles so konstruiert wurde, dass zu seinen Lebzeiten noch gar nichts geschieht. Aber wen wollte er denn töten? Sicher keinen Bauarbeiter …“
„Also wenn ich mich einmischen darf“, bringt sich die Fotografin erstmals ein, „wollte er doch sicher einen Kirchenvertreter treffen, in der damaligen Diktion einen ‚Pfaffen‘. Und ich weiß auch, wie er das bewerkstelligen wollte, sehen Sie, ja, das hier!“
Sie zeigt uns eines ihrer vielen Fotos. Es zeigt ein Messingschild, angebracht auf der Mauer gleich links von der tückischen Falltür. Jetzt sehen wir es auch in natura, genau über der Gefahrenzone angebracht. Sie vergrößert ihr Bild schnell heraus, bis ich es entziffern kann:

Giovanni Morosini fecit in MCMII.
Post superbia ibi erit lapsus.
Ut doceat te turris.

„Herr Pfarrer, jetzt sind Sie dran!“, Margot hat sich wieder erfangen und ist schlicht neugierig: „Was heißt denn das?“
„Ich versuch's einmal: also … Giovanni Morosini hat das gemacht 1902. Nach der Überheblichkeit, nach dem Hochmut wird … äh … hier der Fall kommen. Das soll der Turm dich lehren ... Oder so ähnlich, ist schon lange her mit meinem Latein. Der Fall, der Absturz. Der zornige Prophet Morosini ... Morosini, ich dachte der hieß ... Manorini oder so, schreibt sich ja auch ganz ähnlich … also Morosini? Daniele? So heißt doch Daniele!“
„Daniele? Welcher Daniele?“
Ruhandl zückt jetzt sogar sein eigenes Notizbuch. Obwohl seine Sekretärin ohnehin längst wieder alles mitschreibt.
„Einer, der immer wieder in der Pfarre auftaucht, hilft mir bei der Buchhaltung, ist aber sonst ... Na ja, auch so ein Verärgerter, so ein Wutbürger eben, den immer alle schlecht behandeln. Nicht im-

mer, manchmal … Deshalb kommt er nur noch selten. Aber was interessant ist: Er stammt von italienischen Einwanderern ab. Und gerüchteweise war sein Urgroßvater – wie viele andere Italiener auch – am Bau der Kirche beteiligt. Könnte sein, dass er mehr weiß, als er sagt …?"

„Gut, von dieser Konstruktion wird er wohl nichts gewusst haben. Das hat dieser Morosini, dieser Giovanni meine ich, mit ins Grab genommen, da bin ich mir fast sicher. Ein raffinierter Kerl allemal. Jetzt dämmert mir auch, warum er das Schild … Wer interessiert sich denn für Latein? Bauarbeiter? Dachdecker? … Pfarrer natürlich! Und die wollte er anlocken, in die Falle locken. Kam aber alles ganz anders. Dieser Benjamin hat mit seinem Vater gestritten, um das Geld für die Geige. Um genau das Geld, das nur fünf Meter weiter unten versteckt liegt, ein Teil zumindest. Und er brauchte ihn im Streit tatsächlich nur da hinüberzustoßen. Und dann ‚war er einfach weg', wie er sich so seltsam ausdrückte – seltsam, aber wahr. Wir werden ihn freilassen müssen. Dafür kriegt der Staatsanwalt nicht einmal Körperverletzung durch. Schon der zweite falsche Verdächtige, na ja …"

Es ist dunkel geworden, zumindest zu dunkel für weitere Untersuchungen hier heroben. Ruhandl beschließt, die Detailarbeit auf den morgigen Tag zu verlegen. Alle sind froh, diesen unheimlichen Ort verlassen zu können. Parzgruber will seinen Rucksack unbedingt mitnehmen. Obwohl er doch morgen noch einmal heraufmuss. Als hätte er Angst, hier heroben … Als könnte ihm der Geist des Giovanni Morosini nächtens seine Seile anknabbern.

Unten angekommen blicken wir in gut ein Dutzend entgeisterte Augenpaare. Die gelten wohl unserem Aufzug.

Ruhandl kann es nicht lassen: „Na ja, Frau Kollegin. Jetzt wissen Sie auch, bei welchen Einsätzen man auf weiße Jeans verzichten sollte. Warten Sie, ich nehme Sie mit dem Wagen mit. Sie wollen doch sicher nicht mit der U-Bahn …"

Sie nickt.
Margot ist mit dem eigenen Wagen hier: „Kein Problem. Bis zum Parkplatz kann ich auch barfuß gehen."
Den verbliebenen Schuh hält sie in der Hand.
Aber ich bin im Irrtum: Die Blicke gelten nicht unserer verdreckten Kleidung, sondern einzig mir.
„Na, Herr Pfarrer? Was kann denn wichtiger als die Abendmesse sein? Wir warten seit fast einer halben Stunde. Jetzt wären wir um ein Haar schon gegangen – ohne unsere Messe!"
Von manchen Leuten hörst du immer nur eines: Kritik – oder eben gar nichts …
Aber Frau Brenner hat recht, wie sie ja immer recht hat. So spät ist es schon! Kein Wunder nach all dem. Eine Messe hab ich noch nie versäumt, ehrlich. Aber das da oben, das musst du ja auch erst einmal verdauen. Diesen Hass, bis in den Tod hinein. Blutrache, was sonst? Er musste doch wissen, dass es einmal jemanden treffen würde, der mit all dem gar nichts zu tun hatte. Dass alle, die er so hasste, auch längst nicht mehr leben würden … oder zumindest auf keine Kirchtürme mehr steigen könnten.
„Morgen wieder!"
„Sie können doch nicht die Heilige Messe ausfallen lassen!"
„*Muss* ich sogar, es liegt ein Fluch auf unserer Kirche, sie muss neu geweiht werden!"
„Aber was … Wegen der Aufschrift? Oder doch wegen der Nackten vor dem Altar? Ich hab's doch gewusst!"
„Viel schlimmer! Ich kann euch das heute nicht erklären. Es geht jetzt einfach nicht, *ich* kann jetzt nicht."
„Sind Sie krank, Herr Pfarrer, Sie sehen wirklich blass aus!?" Frau Kluftensteiner, eine von den Liebenswürdigen!
„Nein, aber es geht mir wirklich nicht gut, verzeiht …"
Bevor sie mich noch weiter bearbeiten, bin ich in Richtung Pfarrhof unterwegs. Ein Blick genügt: Es stimmt tatsächlich, die Unterschrift

kann auch als „Morosini“ gelesen werden. Vielleicht *wollte* ich das zuletzt einfach nicht wahrhaben, dass das etwas mit Daniele zu tun haben könnte.

Ich setze mich auf meinen Balkon, ignoriere die dreizehn Anrufe in Abwesenheit. Sicher wieder Journalisten. Und ich weiß im Moment gar nicht, was ich erzählen darf und was nicht. Ich weiß ja nicht einmal, was ich denken soll. Immerhin: Benjamin ist unschuldig. Aber das viele Geld macht mir Angst. Apropos … Das liegt immer noch da oben, gleich hier gegenüber. Ich könnte es nehmen und abhauen damit. Ist zwar sonst nicht meine Art, wird jetzt aber scheinbar Mode bei uns. Eberhard ist immer noch nicht zurück, von Clara ganz zu schweigen … Das alles war selbst für Ruhandl zu viel. Wie konnte er nur das Geld vergessen, so viel Geld? Aber keine Angst, ich verrate Sie nicht, Herr Inspektor.

Woher kommt dieser große Betrag? Es bleibt mir nicht erspart: Ich muss jetzt unbedingt mit allen von der ominösen Liste aus Eberhards Papierkorb sprechen … soweit sie halt noch erreichbar sind. Zuallererst aber mit Daniele, dem Wutbürger mit Vorliebe für rote Farben. Ich weiß nicht, ob ich ihn decken kann. Entweder er weiß tatsächlich etwas über Eberhards Vergangenheit … oder er als Einziger kann ihn endgültig entlasten. In beiden Fällen müsste er aussagen. Aber ob er erklären kann, woher dieses verdammte Geld stammt?

… mit dem ich längst schon über alle Berge sein könnte! Aber das kann ich Ihnen doch nicht antun, Herr Inspektor!

32

Clara
Donnerstag, 26. August

Da *muss* er doch sein! Bin ich schon vorbei? Da war doch eben noch das Schild, nein, er hat gesagt: kurz vor „Agia Deka". Gleich „Zehn Heilige", das hab ich mir gemerkt. Aber da fängt die Stadt schon an. Also umdrehen. Doppelte Sperrlinie. Dabei sieht man hier einen Kilometer weit. Überall sind hier Sperrlinien – und niemand hält sich daran. Ich auch nicht.

Na endlich, da ist er, der LIDL-Markt. Nicht gerade urgriechisch, aber praktisch. Natürlich sind die kleinen Läden und Märkte viel interessanter. Aber ich möchte heute noch in den Osten. Doris hat mir ein SMS geschickt. Wir haben vereinbart, wenn wir etwas ganz Besonderes entdecken, schreiben wir uns. Und wenn es passt, treffen wir uns dort. Sie weiß so gut wie nichts aus meinem Vorleben, nicht einmal meinen Namen. Und ich von ihr kaum mehr. Aber irgendwie sind wir auf derselben Wellenlänge unterwegs. Ich soll nach „Kavoúsi" kommen und meine Wanderschuhe mitnehmen. Ich hab ohnehin immer alles mit im Wagen. Also warum nicht?

Keine Ahnung, wie lange ich dorthin brauche. Ich war noch nie im Osten. Also zuerst einmal LIDL. Wieder so ein Tipp von Eberhard, der Kerl kennt sich hier wirklich aus. Zweimal war ich bisher auf eigene Faust unterwegs und beide Male wurde es ziemlich „entrisch". Aber seine Tipps sind wirklich immer ein Hit. Und ich hab noch einige davon auf Lager. Er hat ja keine Ahnung, wie gut ich bei seinen begeisterten Erzählungen aufgepasst habe! Zuletzt war da dieses Strandhotel bei Rethymno. Na ja, 08/15, aber auf hohem Niveau.

Der Parkplatz beim LIDL bietet den Autos Schattendächer, der

Laden selbst lockt mit angenehmer Kühle. Wenn nichts dagegenspricht, laufe ich inzwischen barfuß herum. Hier drinnen spricht einiges dafür. Was kümmert es Fabienne, wenn manche schauen? Brot, Schafkäse, schwarze Kalamata-Oliven, Wein, diesmal aus Sitia, liegt auch in meiner Richtung. Und natürlich Paradeiser, wie es sie bei uns zu Hause fast nie gibt. Ich freue mich auf dieses einfache Essen – nach all den übertriebenen Allerweltsleckereien der letzten Tage. Ja … war schon auch gut!
Süßwasserpool, Massage, Beautysalon – ich geb ja zu, dass mir das wirklich gutgetan hat. Auch wenn die Masseuse meine Kratzer sehr mitleidig betrachtet und unnötig kommentiert hat. Frühmorgens den endlosen Strand entlangjoggen, ganz allein – und dann noch zwei Stunden schlafen, herrlich! Tennis, bis es vor lauter Hitze einfach nicht mehr geht – und ab in den Pool. Nur das Angebot einer geführten Tour durch die Samaria-Schlucht habe ich hintergründig lächelnd abgelehnt. Die dachten wohl, ich sei dafür zu faul – auch gut.
Die Versuchung war groß, bei SUNNY TOURS anzurufen und mich über mangelnde Kühlung im Zimmer, das Fehlen von Wiener Schnitzel am Buffet oder den Lärm hoher Wellen zu beschweren. Arme Leonie! Das hast du nicht verdient! Als ich merkte, dass mir langweilig wurde, das erste Mal seit ich … egal, heute morgen, nach zehn Tagen, packte ich. Das SMS war ein willkommener Anlass, wieder ins wilde Kreta abzutauchen, mal sehen.
Na bitte, hier endlich finde ich eine passende Gaskartusche für meinen Campingkocher. Ob ich noch Sonnencreme brauche? Meine ist aus, ich hab zwar schon ordentlich Farbe, aber wenn's in die Berge geht … Ach, ich wollte ja noch Pfirsiche, die sind aber …
„Mama, schau doch, die Frau hat gar keine Schuhe, ist die arm?"
„Nein, Eike, das glaub ich nicht …"
Das kommt davon, wenn man *hier* einkauft. Aber ich muss ja nichts verstehen und gehe an den beiden vorüber.

„Aber Papa hat gesagt, die hier in Griechenland sind jetzt so arm, die haben gar kein Geld mehr."
„Schau doch: Sie kauft ja ein. Also muss sie doch Geld haben! Wolltest du nicht Gummibärchen? Komm!"
Sie zieht ihr Töchterchen an mir vorbei und ist sichtlich erleichtert, dass ich nichts verstehe und sie freundlich anlächle. Doris will sicher in die Berge mit mir: Ob sie hier auch Müsliriegel haben …? Sicher ist sicher, nach der Geschichte mit dem „alten Hirtenweg".
Eberhard!
Das gibt's doch nicht! Hier! Will ich? … Soll ich?
Ich mache einen schnellen Schritt hinter ein Regal und beobachte ihn aus den Augenwinkeln heraus. Er hat mich gesehen, vielleicht schon eine Weile beobachtet. Er lächelt und kommt zu mir herüber.
„Clara! Das gibt's doch nicht. Ausgerechnet hier!"
„Was für ein unglaublicher Zufall!"
„Zufall?"
„Jetzt komm mir nicht gleich mit ‚Gottes Vorsehung', Eberhard!"
„Nein, ich meinte nur: vergleichsweise … na, mit dem Zufall haben wir doch schon Erfahrung in letzter Zeit."
„Ach so, ja … Das kann man wohl sagen, zum Glück … Und das hier ist nicht ganz Zufall, war doch schließlich *dein* Tipp, obwohl ich nie gedacht habe, dass ich in Griechenland wirklich beim LIDL … sind übrigens wirklich ein Hammer, deine Tipps. War noch keine Niete dabei!"
„Clara, die arme Frau, die sich keine Schuhe leisten kann!"
„Na, das ist ja wohl unser kleinstes Problem! Und weißt du was: Hier lauf ich genau so herum, wie es mir passt! Pariert und funktioniert hab ich lange genug!"
Er trägt lange, weite Hosen und ein ziemlich wildes T-Shirt. Er ist auffallend braun und viel lebenslustiger unterwegs, als ich ihn je erlebt habe. Er hat ziemlich dasselbe wie ich im Wagen, aber keinen Wein.

„Ob du immer noch das Thema bist in Canisius? Da war ja einiges los. Sie wollten wegen dir die Kirche sogar neu weihen lassen!"
„Stefan?"
„Nein, der doch nicht. Der war fertig, aber ich glaube, der bewundert dich heimlich für deinen starken Abgang. Na, du weißt schon wer, aber hier auf Kreta will ich so griesgrämige Namen gar nicht aussprechen."
„Aber warum neu weihen, das ist doch …"
„Weil du dich nackt ausgezogen hast vor dem Altar …"
„Stimmt doch überhaupt nicht!"
Also eines will ich jetzt bestimmt nicht: deswegen rot werden!
„Weiß ich doch, aber manche wissen eben alles noch ein wenig besser. Egal, inzwischen ist noch jemand verschwunden. Wahrscheinlich ist *das* jetzt das Thema!"
„Verschwunden? Wer denn?"
„Ich!"
„Du?"
„Vorgestern war mein Urlaub zu Ende. Aber ich bleibe hier. Zumindest noch zwei Wochen, wahrscheinlich aber länger, *viel* länger sogar. Und du?"
„Ehrlich gesagt, darüber will ich gar nicht nachdenken, so schnell jedenfalls nicht. Und dann? Keine Ahnung …"
„Dir geht es gut hier, das ist nicht zu übersehen!"
„Ich war noch nie so frei … Ich meine, ich hab mich noch nie so lebendig gefühlt. So unbeschwert, so draufgängerisch … Obwohl …"
„Was?"
„Hast du Zeit? Ich meine: hier zwischen den Regalen …"
„Und du?"
„Eigentlich wollte ich nach … Kavoúsi heißt das, glaub ich. Aber ich kann anrufen und einen Tag später …"
„Kavoúsi? Auf den Afendis Stavroménos? Gute Idee! Dort oben …"
„Lass! Sie will mich überraschen … Gehen wir was essen miteinander?"

„Hier herunten in der Hitze? Nein, ich weiß nicht … Aber eine halbe Stunde, ein wenig höher auch und kühler, das wüsste ich was Uriges, geht das?"
„Also hier vertraue ich dir voll und ganz! Die Kleine schaut schon wieder … Bevor die hier noch eine Sammlung für mich veranstalten … Hast du alles?"
Ganz so schnell geht es dann doch nicht. Zu blöd, ich hab nur noch Kleingeld, zu wenig. Ich muss aus meinem Bauchtäschchen … nur noch Fünfhunderter. Das Mädchen an der Kasse fällt haarscharf nicht in Ohnmacht, hält den hier allzu seltenen Schein mit spitzen Fingern, schüttelt den Kopf, läuft zur älteren Kollegin. Die will etwas von mir, aber was bloß? Sie deutet etwas Rechteckiges, Kleines …
Eberhard hinter mir versteht sie: „Sie will deinen Pass!"
Erst als sie alle Daten und Nummern abgeschrieben hat, akzeptiert sie den Schein.
„Mama, was ist denn das, was die Frau da hat?"
„Das ist Geld, Kleines, sehr viel Geld!"
Nichts wie raus hier!
Am Parkplatz grinst mich Eberhard an: „Du musst aber nicht gleich so auf den Putz hauen, Clara! Und? Hast du genug mit?"
„Geld? Ja, kein Problem. Ich bin so froh, dass dieses leidige Problem für immer gelöst ist … O.k., das hier eben war keine so gute Idee. Aber irgendwo muss ich doch wechseln! Los, schnell, der Asphalt …"
Ich rette meine Fußsohlen in den Schatten. Wir verstauen unsere Einkäufe. Er hat eine Styroporbox dafür. Ich muss mich damit abfinden, dass er mir hier immer einen Schritt voraus sein wird.
Ich folge ihm über Schotterstraßen, die ich selbst nie gefunden hätte. Zuerst noch an den schrecklichen, oft zerfetzten Plastikgewächshäusern vorbei, dann durch kleine Dörfer, zur Mittagszeit wie immer ausgestorben. Die vielen nicht mehr weiß gestrichenen Häuser rufen den Durchreisenden entgegen: Wir sind längst unbe-

wohnt und verlassen. Aber die weißen sind fast überall eingehüllt von leuchtender Blütenpracht: Pink, Orange, oft auch Rot. Ein paar Minuten später sitzen wir in so einer dicht überwachsenen Laube. Ich hätte unter all dem üppigen Grün und Rot kaum das Lokal erkannt. Außer uns sitzen nur zwei ältere Männer gleich vor der Tür. Ein unverwüstlicher alter Hirte in den hier traditionellen Schaftstiefeln und schwarzer Kleidung erscheint: „Was, du schon wieder? Ah, in Begleitung. Willkommen, schöne Dame! Sehr erfreut!"
Eberhard stellt mir Grigori vor. Er war tatsächlich Hirte, am Psiloritis oben. Der Weg gleich gegenüber führt hinauf auf den höchsten Berg Kretas. Falsch, er *ist* Hirte, immer noch, darauf besteht er. Früher war er in zweieinhalb Stunden oben am Gipfel. Bei zweitausend Höhenmetern wirklich schwer zu glauben. Aber als Grigori kurz die Getränke holt, flüstert mir Eberhard zu: „Schau, damals hatte er doch noch gar keine Uhr. Also musste er die Zeit schätzen, so geht sich's dann aus."
Er bringt das Bier. So kalt wie in Agia Roumeli ist es hier nicht. Vormittags ist der Strom ausgefallen. Warum er so gut Deutsch spricht? Er hat einige Jahre in Deutschland gearbeitet, in den 60er-Jahren. Und ist mit seinem eigenen Auto im Winter über die Alpen gefahren, bei dichtem Schneefall und natürlich mit den hier ortsüblichen Reifen ohne Profil. So wie er das erzählt, war das mit Abstand das größte Abenteuer seines Lebens.
Eberhard bestellt eine Omelette und einen Salat. Grigori stapft los. Unterwegs gibt ihm der letzte verbliebene Mann eine Münze in die Hand, steht schwer auf und fährt mit seinem Pick-up davon.
„Zum Wohl! Du hättest mich aber schon fragen können, was ich essen möchte!"
„Verzeih, Clara. Aber bei Grigori *gibt* es nur Salat und Omelette, gegrillt wird erst abends. Und du wirst gleich sehen, warum das für uns beide reicht. Prost!"
Eberhard hat sich hier einquartiert, gestern erst. Zuvor war er oben

auf dem Psiloritis und hat am Gipfel übernachtet. Er zeigt mir die Bilder am Display seiner kleinen Kamera.

„Ist die Königstour auf der Insel, ich spür's schon noch in den Knochen. Wenn ich das gewusst hätte, hätte ich dir Schnee mitgebracht!"

„Schnee? Wirklich, jetzt noch?"

„Nur noch in den Dolinen. Aber heuer bleibt vielleicht sogar ein Rest bis zum Winter."

„Da möchte ich auch hinauf! Aber zweitausend Meter samt Gepäck … Obwohl, die Schlucht bin *ich* hinaufgegangen. Und dann … na ja… Ich hätte mich an deine Route halten sollen …"

„Warum?"

Ich erzähle ihm von meiner Extratour und dem „alten Hirtenweg".

„Dort? Da bist du? … Da hast aber einen Schutzengel gehabt! Angeblich gehen dort nur britische Elitetruppen durch, hab ich gehört. Und auch von denen nur, wer will … Aber doch nicht allein. Sag bloß nichts davon, wenn Grigori zuhört. Der lästert immer über die Deutschen, die allein auf den Psiloritis gehen, sich im Nebel verirren – und irgendwo wieder herunterkommen. Dann rufen sie ihn an und er muss sie von wer weiß wo abholen."

Da kommt er auch schon. Die Omelette ist nicht nur riesig, ihr gesamter Unterbau besteht aus Bratkartoffeln.

„Clara, ich glaube, das wird reichen! Mahlzeit!"

Wir umgehen beide das „Zu-Hause-Thema". Ganz ohne Absprache. Wir sind in einer durchaus vergleichbaren Situation und wollen ganz im Hier und Jetzt leben. Und genau genommen hindert uns nichts daran. Denke ich, bis er dann doch herausrückt.

„Weißt du, ich warte auf eine Frau. Ob sie kommen wird? Keine Ahnung. Ob es gut ist, wenn sie kommt? Doch … Vielleicht bekommen wir eine zweite Chance …"

Jetzt, da er mich neugierig gemacht hat, kommt er mir nicht mehr aus. Er muss mir alles erzählen. Ich würde ihn ja nicht so drängen, aber bald spüre ich ganz deutlich: Er erzählt seine Geschichte mit Marcella sehr gerne, er *muss* sie einfach loswerden.

„Ob wir uns überhaupt noch etwas zu sagen haben? Ob sie an mir nach all dem noch etwas findet? Ob sie noch so impulsiv, so ehrlich ist … Doch, anders kann ich sie mir überhaupt nicht vorstellen. Aber es ist vierundzwanzig Jahre her, ziemlich genau mein halbes Leben …"

„Ich wünsch es dir!"

„Und du, wie denkst du jetzt über David … und deine verrückten Töchter?"

„Ich hab überhaupt nicht an sie gedacht, auch nicht im Ärger. Seltsam, was? Überhaupt nicht! Eine ganz neue Welt, eine ganz neue Clara, manchmal nenne ich mich sogar Fabienne, verrückt, oder? Ich will einfach nicht zurück…fallen. Aber … in letzter Zeit … da kommt es wieder. Ich denke wieder an sie, denke an David, du, ich bete sogar für sie – neulich erst in einer von diesen unzähligen einsam gelegenen Kapellen. Wo man Kerzen in den Sandbehälter stecken kann … Ich brauche Zeit, wahrscheinlich noch viel Zeit. Und dann? Keine Ahnung – aber sicher nicht mehr SUNNY TOURS! Und wer weiß schon, was morgen geschieht … Ich sag nur ein Wort: LIDL!"

Er lacht. Er wird auf seine Marcella warten, am 4. September. Zehn Tage Ungewissheit liegen also noch vor ihm. Und für den Tag danach vereinbaren wir einen Anruf, ein SMS zumindest.

Auf mich wartet Doris. *Nur* Doris! Und das ist auch gut so, für den Moment zumindest. Für Kavoúsi ist es aber heute zu spät. Ich nehme gleich hier bei Grigori ein Zimmer und vertröste Doris auf morgen. Eberhard fährt los. Wohin? Er sagt, er weiß es noch nicht. Und wenn er das sagt, dann ist das auch so. Denn genau so liebt er Kreta!

33

Gregor
Donnerstag, 2. September

Eigentlich geht die Schule ja erst am Montag los. Aber die Kids sind schon alle da. Die meisten zumindest. Von der Firmgruppe des Vorjahres. Ich bin ja nur ab und zu bei den Firmlingen dabei, an Wochenenden, aushelfen, wenn die Leiter mal krank sind – oder wenn sie jemanden zum Gitarrespielen brauchen. Aber zumindest die Typen kenne ich schon besser, die nach den Firmstunden auch noch beim Jugendtreff rumhängen. Normalerweise sind die jetzt gefühlte zwei Stunden vollauf beschäftigt: Was hast du in den Ferien gemacht? Warum wart ihr nicht in …? War echt geil. Wo hast du das Top da denn bloß gekauft, iehhhh, is das lieb … Wird ja doch nicht alles gleich immer per Facebook und WhatsApp ausgetauscht. Und heute bin natürlich auch ich das Objekt ihrer Neugierde: „Na, kannst du uns schon hören?“, schreit mich Martina lachend an, „Du warst ja stocktaub, oder?“
„Bist du wirklich durch die Luft geflogen?“
„Also wenn ich geflogen wäre, geh bitte, der Wagen war ja zu … Na dann würd' ich jedenfalls anders ausschauen. Und stocktaub war ich auch nie, aber ein paar Tage wie mit Kaugummi in den Ohren. Aber jetzt versteh ich wieder jedes Wort, das ihr hinter meinem Rücken tuschelt!“
„Wir? Wir doch nicht? Oder!?“ Hahaha. „Und diese rote Farbe? Was war denn das? War das giftig, richtig giftig? Igitt!“
„Bei der Menge, die ich da geschluckt habe, wäre das mein allzu frühes E-hehe-nde ge-wo-wor-den …“
Röchelnd lasse ich mich in die Sitzbank fallen und rolle die Augen.
„Hör auf! Das ist ja unheimlich!“

Wie ein Stürmer, der einen Elfer herausgeschunden hat, springe ich auf.
„Das war angeblich dasselbe Pulver, das sie in die Signalpakete geben. Also diese Pakete, die man ahnungslosen, naiven Bankräubern mit auf den Weg gibt. Und wenn sie mit ihren spitzen Fingern nach der satten Beute gieren, wird die vor ihren Augen total versaut. Ist natürlich nicht giftig, färbt aber sehr dauerhaft. Keine Ahnung, ob das aus meinem Wagen jemals wieder rausgeht."
„Wie jammerschade, der hatte doch noch sooo viele schöne Lebensjahre vor sich!"
Allgemeines Gekicher.
„Wenn du mich gefragt hättest, wäre dir das nicht geschehen! Da schau!", springt mich Kathi an und schwenkt ein paar Blätter Papier. Ich erkenne eines ihrer berühmten Horoskope. „Wollt ich dir zum Geburtstag schenken, und was seh ich da?"
„Was denn, erlauchte Seherin? Sprich!"
„Mars! Wie zuletzt im Jänner, und das sagt doch alles!"
„Was sagt das alles …?"
„Mars bedeutet Krieg, Kampf, Verletzung und so. Und welche Farbe hat der Mars, na …?"
„Rot?"
„Was sonst! Rote Farbe! Mars mitten in deinem Lebensquadranten! Aber so was von exakt in der Mitte, schau her! Und wann? Da, bitte … Vor genau vier Wochen war das, auf den Tag genau ist dein Auto da in die Luft gegangen. Und womit?"
„In die Luft gegangen?"
„Egal, jedenfalls ist rote Farbe explodiert. Hätt ich das bloß vorher gezeichnet!"
„Kathi, das kann doch nur Zufall sein!"
„Ach so? Glaubst nicht an so etwas? Ab heute wird sich das ändern. Schau einmal her! Wann glaubst du, war Mars zuletzt für dich so dominant?"

„Keine Ahnung …"
„Mitte Jänner!", strahlt sie mich triumphierend an.
„Ja, und? Da ist nichts explodiert."
„Ach so, und wie war das mit Lena? War's nicht damals aus mit euch? Beim Sternsingen ging's los – und dann eine Woche später …"
„Was du nicht alles weißt!"
„Weiß ich aber, leugnen zwecklos!", grinst jetzt auch Martina.
„Was ihr nicht alles wisst, das geht doch nur …"
Also gut, sie erzählen mir ja auch alles, fast zumindest.
„Wir hatten einfach zu wenig Zeit füreinander … hat sich alles wieder gechilled."
„Sag ich was anderes? Ende Jänner tauchte bei dir ein ganz anderer Planet auf, und zwar … na …" Kathi hat natürlich auch das berechnet.
„Die Venus?", mischt sich Martina ein.
„Genau! Die Göttin der Liebe hat alles wieder eingerenkt. Was für ein gütiges Schicksal, für ewig eingeschrieben in den Lauf der Gestirne."
Mir reicht's, ich flüchte und sehe einen ganzen Packen Post auf dem Arbeitstisch. Typisch: Wenn ich außer Gefecht bin, schaut sich das hier niemand an. Die Rechnung vom Jugendhaus. Die sind sicher schon sauer. Wenn wir nicht bald bezahlen, kriegen wir das Haus nicht wieder. Ein Katalog mit Sachbüchern über Jugendpädagogik. Eine Einladung zum „Fortbildungskurs für JungscharleiterInnen" … der vorgestern zu Ende gegangen ist. Ein Abholschein vom Autohaus. Haben sie meinen Wagen schon wieder hingekriegt? Nein, Gersthof … Welches Autohaus in Gersthof bitte? Worum geht's denn da überhaupt: „… erinnern wir Sie nochmals, dass Ihr Mitsubishi-Bus seit zwei Wochen zur Abholung bereit steht …"
„Was für ein Mitsubishi-Bus?"
„Wie?"
„Wir sollen ‚unseren' Mitsubishi-Bus abholen, in Gersthof."

Ja, so einen haben wir uns schon seit Jahren gewünscht. Und immer wieder kommen diese Angebote für Kleinbusse, die man nicht bezahlen muss, nur ihren Berieb natürlich, also die laufenden Kosten. Aber der Haken daran ist: Der Wagen muss mit Werbung vollgepflastert werden. Und wir haben nie genug Firmen zusammenbekommen, die dafür gezahlt hätten. Muss auch ein ziemlicher Flop sein: Ich kenne keinen, der so ein Ding in freier Wildbahn erspäht hätte. Außerdem muss der Wagen immer auf der Straße stehen, wegen der Webewirkung eben. Das kostet dann auch noch ein Parkpickerl. Forget it!
Aber da steht nichts von Werbung, nur vom Abholen. Auch im Kleingedruckten nichts von „Zahlungsmodalitäten" oder so. Nur abholen? Ich wähle die angegebene Nummer. Zufällig ist um diese Uhrzeit noch jemand da.
„Also verstehe ich das richtig? Wir müssen gar nichts … ist schon bezahlt. Aha. Und von wem bitte? … Dürfen Sie nicht sagen, aha … Aber Sie könnten sich erkundigen, bitte! … Das ist kein Problem, den holen wir gleich morgen früh ab, so um zwölf? … Ja, ich bin Student, warum …? Ich hab einen Führerschein … Ach so, das meinen Sie, sind ja noch Uniferien. Ja, danke! Auf Wiedersehen!"
„Was is los?"
„Wir haben ein Auto, ein richtiges, neunsitziges Jugendauto!"
„Was, geschenkt?"
„Geschenkt – bis auf Benzin, Service, Pickerl, Versicherung, Reparaturen und so halt."
„Von wem denn?"
„Keine Ahnung, anonym scheinbar!"
„Das gibt's doch nicht!"
Und da hat Pierre sogar recht. Mit rechten Dingen geht das wirklich nicht zu. Aber … was soll's! Wir haben ein Auto! Das lässt mir jetzt aber doch keine Ruhe. Wer wusste davon? Mit wem hab ich

darüber gesprochen? Irgendwann im Frühjahr kam die Idee kurz wieder auf, die mit dem Jugendbus.

Stefan hat damals nur müde gelächelt: „Du weißt ja, dass wir uns die Jugend schon mal was kosten lassen … ein Runde Pizza, ein Zelt fürs Kinderlager, klar, aber ein Auto? Du weißt doch, dass wir die Renovierung noch vier Jahre abzahlen müssen. Aber gibt's da nicht diese Werbebusse, die man gratis bekommt …"

Ja, aber nur in seltsamen Zuschriften, als platonische Idee sozusagen, sorry.

Also Stefan war's nicht. Einer, der im Toten Gebirge Urlaub macht, nee. Obwohl: Seine Sammlung, dieses antike Zeug, kann nicht gerade billig sein. Nur viel mehr als das kann er nicht zusammengespart haben. Dasselbe gilt für Arnold. Der hat genug Geld, das weiß ich. Aber nach dieser aufwendigen Turmaktion? Nein! Na, ich wüsste da noch ein paar, die der warme Geldregen kalt erwischt hat, die könnten schon … Aber wenn ich die durchgehe: Die wussten nichts von unseren Plänen. Nicht ausgerechnet der Mitsubishi!

Tante Fabiola! Na klar! Mit ihr hab ich darüber geredet. Mehrmals, warum eigentlich? Ja klar, sie selbst hat mehrmals danach gefragt. Welche Type, welcher Preis, ob's denn da keine Sonderrabatte gibt und ob beim Mitsubishi die Werkstatt teuer ist … Als ob sie sich jemals für Autos interessiert hätte. Klar: Hätte sie der Fred Astaire damals in Amerika dazu eingeladen, wäre sie eine Runde mit ihm im Ferrari mitgefahren. Klar. Doch sonst? Tante Fabiola? Reich an Lebensgeschichten und Lebensweisheiten, reich an Erinnerungen und dazugehörigen Bildern – aber Mindestrentnerin … Nee! … In letzter Zeit wollte sie mir zwar mal was schenken, aber das kann ich ja wirklich nicht annehmen. Woher soll sie's denn nehmen?

Lena kommt. Sie kann inzwischen hier nach dem Rechten sehen. Schnell ist sie umringt. Beachtlich! Wie sie das nur macht? Vierzehnjährige genügen sich meist selbst, zumindest solange sie

Smartphones in der Hand haben. Ach so, Kunststück: Sie hat eine große Styroporbox mit Eis mitgebracht. Das verändert die Kommunikationsstrukturen schlagartig. Nur Laura tippt noch schnell etwas fertig. Mal raten? Ich denke: „bin kurz offline ☹, esse grad erdbeereis! ☺", oder so ähnlich …

Ich verabschiede mich und laufe zu Tante Fabiola hinüber. Natürlich rufe ich vorher an. Es ist halb neun, keine Zeit für eine Künstlerin wie sie. Erstaunt ist sie trotzdem. Vorne am Eck laufe ich Stefan in die Arme. Unser Mesner ist auf Urlaub und er sperrt abends jetzt selbst alles ab.

„Weißt du etwas von Arnold?", will ich wissen.

„Ja, Gott sei Dank! Sein Sohn hat mich angerufen. Er ist über den Berg, aber noch im Tiefschlaf. Es schaut nicht einmal *so* schlimm aus, vielleicht wird er wieder. Allerdings: Becken, Oberschenkel, drei Rippen, ja, und das Sprunggelenk ist auch arg lädiert. Man muss ja schon froh sein, dass sie jetzt über die weniger gefährlichen Verletzungen überhaupt sprechen. Wie sagt die Tante Jolesch? ‚Meg uns der Herr bewahr'n vor allem, was is noch a Glick!'"

Ich atme tief durch: „Das müssen wir gleich auch Fabiola erzählen!"

„Fabiola? Bist du zu ihr unterwegs? Jetzt? Und wir – sind *wir* gerade zu ihr unterwegs?"

„Hättest du Zeit?"

„Ja, warum nicht. Ist irgendetwas geschehen, was ich wissen sollte?"

„Die Jugend von Canisius ist ab morgen früh stolze Besitzerin eines Kleinbusses, was sagst du dazu?"

„Woher habt ihr denn das Geld … Wie? Lass mich raten: geschenkt? Schon wieder geschenkt … Und wieder weiß niemand irgendetwas über den milden Spender, stimmt's?"

„Genau so ist es!"

„Seid bitte vorsichtig! Inspektor Ruhandl vermutet, dass da irgendetwas Illegales dahintersteckt."

„Welcher Ganove sollte uns einen Bus schenken? Aus schlechtem Gewissen etwas Soziales? Glaub ich nicht, passt nicht in unsere Zeit. Und welcher Ganove weiß schon, dass wir genau diesen Bus im Auge hatten?“
„Ein Ganove aus unseren Reihen!“
„Ich hab da einen ganz anderen Verdacht, obwohl … teuer ist der schon …“
„Und der Konzertflügel, das Luxusessen für Arme, mein Griechentopf, Eberhards Überdrüber-Wein … Du meinst doch nicht deine Tante?“
„Fabiola. Außer ihr wusste doch kaum jemand … Moment einmal, was sagst du da: ‚Luxusessen für Arme‘, davon weiß ich ja noch gar nichts. Wann …“
„Da warst du gerade im Spital. Vor meiner Tür ist eine Einladung gelegen, also bin ich zum ‚Hagenhofer‘ gegangen – und dort war der ganz Saal voller … na ja, hauptsächlich alte Bekannte, Obdachlose vor allem. So ziemlich alle, die wöchentlich um den Fleischhauer-Gutschein kommen.“
„Jetzt versteh ich, *das* war's! Kurz vor meinem Unfall, da brauchte sie mich. Ich sollte mit ihr Kuverts austeilen, eben genau an *diese* Leute. Zugeklebt, so dass ich nicht einmal wusste, was … Jetzt hab ich sie. Aber wie macht sie das?“
„Das werden wir sie selber fragen!“
Stefan ist also mit von der Partie. Wir läuten, obwohl die Tür einen Spalt offen steht.
„Es ist offen, komm herein! … Stefan, was für eine Überraschung. Ich kann euch leider nicht die Hand geben, ich male gerade … Da kommt ihr nie drauf, was!“
Pinsel und Farbpalette hindern sie an einer formvollendeten Begrüßung.
„Dann muss ich wohl auch auf den Handkuss verzichten, Madame!“, tut Stefan enttäuscht.

Neugierig folgen wir ihr. Sie malt gerade unsere Kirche, aber natürlich im neuen, prächtigen Farbengewand. Irgendwie ähnelt es den Bildern von Warhol. Marilyn Monroe und so: bekanntes Motiv, mit Farben total verfremdet.

„So etwas muss man doch für die Ewigkeit festhalten. Das hier wird noch strahlen, wenn all die Zeitungsbilder vergilbt und zerfallen sind."

Und sie strahlen tatsächlich, fast noch greller als die echten.

„Wenn bloß der Arnold wieder wird!"

„Da kann ich dich ein wenig beruhigen: Er kommt durch! Keiner kann noch sagen in welchem Zustand, aber das Allerschlimmste hat er hinter sich."

„Gott sei Dank! Das sind ja einmal gute Nachrichten, die ihr mir zur vorgerückten Stunde noch überbringt."

„Auch, Tante Fabiola, aber es gibt da noch etwas …"

„Und was sollte das sein?"

„Ein Bus!"

„Ein Bus? Ein Reisebus? Machen wir heuer doch noch eine Busreise, haben schon viele gefragt danach, wohin soll's denn gehen?"

„Jetzt tu doch nicht so! Ein Mitsubishi-Bus aus Gersthof! Klingelt's?"

„Ach so, den Bus, den die Jugend wollte. Habt ihr denn jetzt doch das Geld beisammen? Ist ja nicht billig …"

„Tante Fabiola, du weißt genau, wie viel der kostet. Er ist doch von dir?"

„Von mir?"

„Und kostet noch mehr als ein Menü beim ‚Hagenhofer' für sechzig Personen. Ich hab doch selbst die Einladungen ausgeteilt für dich. Seit einer Viertelstunde weiß ich, was in den Kuverts war – und seither wissen wir beide, dass nur du es sein kannst …"

„Warum sechzig? Es waren doch nur achtundvierzig!"

Sie lächelt schelmisch.

„Fabiola, also auch der Flügel und alle Geschenke?" Erst jetzt glaubt es Stefan wirklich. „Verzeih, aber bitte, woher hast du denn das ganze Geld dafür? Das muss dich ja …“

„Also gut, Sherlock und Watson, kommt mit! Ich zeig euch was, aber ihr müsst mir versprechen: Keiner außer euch erfährt etwas davon.“

Sie führt uns in ihr winziges Arbeitszimmer und holt aus einem versperrten Schrank eine großformatige Mappe hervor.

„Na, und was sagt ihr dazu, schau ich nicht gut aus?“

Eine Kohlezeichnung. Ein Akt. Gekonnt hingeworfen. Eine grazile Frau in einem weiten Lehnstuhl. Selbstbewusst und doch mit einer gewissen Spannung, als ob sie gerade aufstehen und gehen möchte, aber irgendetwas hält sie zurück. Und das alles mit ein paar knappen Strichen aufs Papier geworfen, teures Papier. Alle Achtung!

„Du?“

„Ja, ich!“

„Das hast *du* gezeichnet?“

„Aber nein, Blödsinn! Ich *bin* das, na halt vor ein paar Jährchen!“

„Aber wer hat es dann … doch nicht etwa …“

„Genau der! Wer sonst? Das sieht man doch!“

Sie strahlt Stefan, den fassungslosen Frager, an. Dann erst nimmt sie ihre Hand von der unteren Ecke, mit der sie die Signatur bisher verdeckt hat.

„Ja, er! Pablo Picasso!“

„Aber du hast doch immer gesagt …“

„Na bitte! Glaubt ihr vielleicht, ich könnte mir eine Alarmanlage und Sicherheitstüren leisten? Das muss doch keiner wissen!“

„Unglaublich! Ja gut, aber du *hast* ihn ja noch. Womit hast du das alles denn bezahlt?“

„Mit den anderen fünf! Die hab ich verkauft. Aber das hier ist eindeutig das beste Bild, das behalte ich, wer weiß denn, was kommt! Ich hab ja noch einiges vor. Na, jetzt schau nicht so frech! Ich hab

dich in letzter Zeit ja mehrmals gefragt, Gregor, ob du was brauchst. Und du hast immer gesagt, du hast alles, sogar mehr als genug. Ein Student, der mehr als genug hat ... Heutzutag gibt's Sachen ... Aber es soll ja sogar Studenten geben, die früh aufstehen!"
„Keine Angst, so weit kommt's bestimmt nicht!"
Stefan bedankt sich überschwänglich. Aber dann hakt er gleich nach, denn da gibt es noch vieles, was wir nicht verstehen und ihm den Schlaf raubt.
„Hast du Arnold auch Geld gegeben? Euch kann ich's ja sagen: Vorige Woche haben wir sein Geld gefunden, versteckt in einer Nische der Kirche: fast 650.000 Euro!"
„Was, für Gerüst und Farben und so? Und für die Baufirma? Nein! Jetzt bleibt bitte am Boden, ihr zwei! Das sind Zeichnungen von Picasso – und der hat Zigtausende davon hinterlassen. So viel sind die nie wert. Das da ist nicht die Mona Lisa ... Leider! Obwohl, rein physisch könnt ich's mit der schon aufnehmen, was?"
„Und? Hast du *noch* etwas vor?"
Sie lächelt mich geheimnisvoll an: „Das wüsstest du wohl gern! Nun gut, kann schon sein. Stefan, was meinst du? Wenn wir die ganze Partie beim nächsten Mal ins ‚Sacher' einladen? Wär das was? Kommen doch sonst nie dorthin ..."
Das scheint uns dann doch etwa zu dick aufgetragen. Aber wir haben gemeinsam noch ein paar Ideen für Aktionen, ja, die können was. Wir vereinbaren strenges Stillschweigen.
Darin bin ich ja schon geübt ...

34

Stefan
Freitag, 3. September

Alles kehrt zur Normalität zurück. Die Gerüste an unserer Kirche sind verschwunden. Ich stehe auf meinem Balkon. Wie lange bin ich hier nicht mehr gemütlich gesessen? Mein Pfeifentabak ist sicher schon ganz trocken. Dabei ist immer noch Sommer. Ab morgen werden sich die Parkplätze rundum füllen.

Das Kindergartenteam ist wieder vollzählig. Sie haben in den letzten Tagen alles in Schuss gebracht, einige Bücher und Möbel ausgesondert, geputzt und ein neues Bild vom Team aufgehängt. Laut Feuerschutzverordnung dürften die Kinderbilder am Gang nur in feuerfesten Metallvitrinen aufgehängt werden. Der Beauftragte vom Magistrat, der uns diesbezüglich belehrt hat, glaubt zwar an die meisten seiner Vorschriften, aber hier schien sogar er ein wenig zu lächeln. Die einladenden Blumentöpfe mussten jedoch weg, denn: „Es ist schon vorgekommen, dass Erde gebrannt hat!" Da hab zwar ich gelächelt, aber *mein* Lächeln zählt beim Magistrat nicht.

Monika, die Chefin, hat mir von ihrer Idee erzählt, die Kinder ihre bunte Lieblingskirche malen zu lassen. Die, die schon da sind, sind jedenfalls restlos begeistert von den neuen Türmen, die „wie lustige, riesige Kasperlmützen aussehen". Das werde ich Arnold als Erstes erzählen, wenn er endlich aufwacht.

Als ich unseren Kindergärtnerinnen beim morgendlichen Kaffee neben den Kindern erzählen will, was in diesem Sommer so alles geschehen ist … Es war einfach zu viel! Obwohl nicht viel los war und mehr Zeit als sonst zwischen den eifrig malenden Kindern. Aber dafür bräuchte ich ja Stunden. Und wie soll man Dinge erzählen, die man einfach nicht versteht?

Keine Rede von Normalität, auch wenn am Montag wieder die Schule losgeht und bei uns der reguläre Betrieb. In einer halben Stunde kommt wieder eine Reisegruppe. Und außer mir ist heute niemand da, um sie zu führen. Ich kann mich kaum an Kirchenführungen in den letzten Jahren erinnern. Vielleicht einmal für einzelne Personen oder für einen Chor, der bei uns gesungen hat, aber sonst? Normalerweise liegen wir weit vom Schuss. Aber derzeit hört man bei derartigen Gelegenheiten manchmal sogar: „Great, yes, great story! Many thanks! And what is the direction to *Stephansdom*? We have some spare time left …"
Clara ist immer noch verschwunden. Vor ein paar Tagen war „ihr" David bei mir, ja, tatsächlich! Ich dachte eigentlich, der wird sich bald mit einer anderen trösten. Einer Jüngeren, was sonst! Schaut aber nicht so aus. Das war fast ein Beichtgespräch, so dass ich mit niemandem darüber sprechen kann. Ob er denkt, ich sei in Verbindung mit ihr? Und könnte sie zu irgendetwas bewegen? Ausgesprochen hat er das aber nicht. Dass er sich überhaupt mit einem Zölibatären wie mir einlässt, der ja doch von nichts wirklich eine Ahnung hat, „von nichts *wirklich* Wichtigem, Sie wissen schon, was ich meine …" Inzwischen hat er erkannt, wovon *er* keine Ahnung hatte: von seinen Töchtern, von der Plage, einen Haushalt zu führen, vom bescheuerten Beruf seiner Frau (er habe sich sogar mit einer Kollegin von ihr getroffen, um das zu erfahren, *ohne* die übliche Anmache, sagt er zumindest). Er hat sogar einige von Claras Büchern gelesen. Verstanden hat er vieles nicht, aber immerhin. Und er geht neuerdings joggen, fast so, als ob er hoffte, ihr dabei zu begegnen.
Manu lässt mich durch ihn fragen, ob sie ‚irgendwo mitmachen' könnte. Beim Sozialmarkt wäre sie die einzige Junge … Aber … na sicher: Die Theatergruppe startet wieder einmal durch. Wenn sie die Kostüme entwerfen könnte, da kennt sie sich aus, und das Schminken … Natürlich könnte sie auch mitspielen, wenn sie

will … *Jetzt* fällt mir das ein, wie immer. Aber sie will mich ohnehin anrufen, sagt er. Irgendwie tut sich da was bei den beiden.
Viel schlimmer steht die Sache mit Eberhard. Ruhandl wertet sein Verschwinden als Eingeständnis. Niemand kann beweisen, dass er *keine* Kunstgegenstände verhökert hat. Wie auch? Die Banderolen … Das Geld, das Arnold versteckt hat. Ja, Arnold könnte ihn vielleicht entlasten, wenn er eine andere Geldquelle nennt. Aber wie lange wird das noch dauern? Und wenn er nach all dem ein Blackout hat? Seltsam, wie alle dichthalten: Jeder bei uns weiß, dass er immer nach Kreta fliegt. Und viele kennen seine Geschichten und seine Lieblingsplätze, dem Namen nach zumindest. Nur einer nicht: Ruhandl. Ist auch egal, denn Eberhard kann dort überall untertauchen. Sind doch alte Freischärler unter seinen Freunden, die im Zweiten Weltkrieg kein deutscher Soldat je gefunden hat. Also ich will das einfach nicht glauben! Und trotz aller Aufrufe hat sich noch immer kein Opfer möglicher Übergriffe gefunden. Aber es stimmt natürlich, was unsere diözesane Stelle gegen sexuellen Missbrauch sagt: Es braucht viel Mut und viel Zeit – und manche schaffen es nie, die Täter anzuzeigen.
Ja, vorgestern war ich vorgeladen. Alles an einem Vormittag: Missbrauchsstelle, Bauamt, kirchliche Denkmalbehörde – und der Generalvikar auch gleich noch. Fragen über Fragen, nachdrückliche Fragen. Ob ich garantieren könne, dass die Kirche „wiederhergestellt wird" – als ob sie schon in sich zusammengebrochen wäre. Und was die Garantieerklärung von jemandem wert sein könne, der im Koma liegt. Man könne die Behörden wirklich nicht länger als das vereinbarte halbe Jahr vertrösten. Das zu erreichen sei schon ein diplomatisches Kunststück der Rechtsabteilung gewesen.
Und diese unheimliche Konstruktion im Turm? Ja, wie sollen wir das denn sichern, wenn die polizeilichen Ermittlungen noch laufen? Auf einen Sachverständigen für historische Zimmermannsarbeit warten sie noch – aus Köln gar! Sie können einfach nicht

glauben, dass diese Falle seit über hundert Jahren bestanden hat, vielleicht schon seit siebzig, achtzig Jahren „scharf" war und erst jetzt ... Dafür gibt es weltweit keinen Vergleichsfall. Eingehende Untersuchungen haben sogar gezeigt, dass das gegenüberliegende Fenster mit der gleichen Falle versehen war. Aber das ist die Wetterseite. Dort hat sich sogar das Eichenholz im Laufe der Jahre so stark verzogen, dass die Konstruktion schlicht klemmte. Der Bolzen aus Zeitungspapier war noch vollständig erhalten – samt Datum: 18. Juni 1902.

Die Führung! Die hätte ich fast vergessen, jetzt aber schnell!

Der Bus steht schon vor der Kirche. Die ersten Gäste sind bereits ausgestiegen. Hinter der Windschutzscheibe lese ich „Verein der Lüftlmaler Mittenwald". Lüftlmaler? Lüftlmaler? Ja, beim „Bullen von Tölz" – oder waren das die „Rosenheim Cops" ... die bemalen Häuser, sehr traditionell, aber auch witzig. Ach so, jetzt ist mir alles klar. Unsere „Lüftlmalerei"! Ob ihnen das hier gefällt?

„Oha! Na wos, do schaust di oba au!"

„Na, dat is ja 'n Ding! Dat knallt ja so richtig rein!"

Da hat ein bayrischer Lüftlmaler offensichtlich eine aus dem Norden geheiratet.

Schnell haben sie mich im Visier. Nach anfänglichem Kopfschütteln setzen sich die Begeisterten durch. Unser Farbenspiel leuchtet ja auch gerade im besten Sonnenlicht. Immer wieder betrachten sie es aus unterschiedlichsten Perspektiven. Natürlich wollen sie wissen, mit welchen Farben hier gemalt wurde. Manche sind sogar richtig enttäuscht, als ich ihnen offenbare, dass das alles hier nach einem halben Jahr Geschichte sein wird. Umso heftiger kommen die Kameras und Handys zum Einsatz.

Ein Kirchenkundiger fragt mich, wie das denn so bei der „Obrigkeit" ankomme. So etwas würden sein Pfarrer und sein Bischof sicher nicht erlauben. Wie ich das denn angestellt habe? Oder ob schon was gegen mich laufe? Was ich mit einem möglichst breiten

„Wer ko, der ko!“ quittiere. Brüllendes Gelächter aller, die das gehört haben.
„Ja, wer sich's leisten kann, der kann so etwas riskieren“, übersetze ich überflüssigerweise.
„Herr Pforrer, des varstehn mer scho!“
Eine besonders eifrige Fotografin schlägt sogar vor, aus dem Haus gegenüber ein Foto zu schießen. Ob uns da jemand hineinlassen würde? Zuerst bin ich skeptisch. Aber dann fällt mein Blick auf „Alexander den Großen“. Sogar der Schriftzug hängt schon da. Franziska hat im Haus darüber eine kleine Wohnung gemietet. Oder sogar gekauft?
Ich laufe schnell hinüber. Sie ist im Lokal. Das sieht ja alles schon fertig aus! Unglaublich. Ja, ein paar können schon hinauf, aber ein paar Minuten ... Sie muss die Bewohner vorwarnen. Und, wie ich das hier finde?
„Wie habt ihr das bloß so schnell hingekriegt? Seid ihr schon ganz fertig?“
„Fast, du weißt ja ... Aber der Probebetrieb kann morgen beginnen, inoffiziell halt. Mit verständnisvollen Gästen, die nicht gleich wegen einer kleinen Panne ... Die wird es sicher noch da und dort geben.“
„Und die Speisekarte?“
„Ist fertig. Kostas und ich haben alles durchprobiert. Wir können loslegen.“
„Wie habt ihr das alles bloß ...“
„Stefan, deine Gäste warten! Kommst du morgen? Um neunzehn Uhr geht's los. Nur handverlesene Gäste natürlich!“
„Also morgen ... Natürlich komm ich. Was sollte denn wichtiger sein? Nach der Messe halt, so um halb acht?“
„Bestens! Aber los jetzt, steigt zuerst auf den Dachreiter! Ich geb ihnen inzwischen Bescheid.“
Sie erwarten mich schon.

„Und? Schafft ihr 198 Stufen? Von da oben seht ihr nicht nur unsere ‚Kasperlmützen', wie die Kinder die Türme jetzt nennen."
Alle kommen mit. Was sonst, sie kommen doch aus den Bergen.
„Wenn wir oben sind, muss ich euch erzählen, was sich hier vor Kurzem zugetragen hat. Eine unglaubliche Geschichte. Ein Verbrechen aus längst vergangenen Zeiten, und doch hat sich's erst jetzt wirklich zugetragen ..."
„Das mit dem Absturz? Sagen Sie mal, wie war denn das wirklich? Was ich da gelesen habe ..."
„Oben! Ich erzähle es Ihnen vor Ort!"
Bin ich da jetzt zu weit gegangen? Durch das oftmalige Erzählen bin ich ja ordentlich theatralisch geworden. Arnold ist über den Berg, und er wird wieder, einigermaßen zumindest, aber trotzdem. Also die Lüftlmaler, die gehen wirklich mit. Und seit gestern ist auch der „Tatort" freigegeben und abgesichert. Ich nehme mir vor, möglichst sachlich zu bleiben. Aber zeigen werde ich es ihnen. Auch Morosinis tückisches Schildchen.
Morosini! Daniele! Der kommt ja morgen zu mir, nach der Messe. Ich wusste doch, dass da etwas war. Jetzt hab ich Franziska zugesagt ... Ob ich ihn mitnehmen kann? Das wird ein schwieriges Gespräch, ein sehr heikles ... Sie wird schon einen Tisch für zwei haben, abseits vom Trubel. Wird ja auch noch nicht so viel los sein ...
„Ja, ich komme schon! Alle hinter mir, bitte. Wir gehen einmal bis zur Orgelempore!"
Sie sollen ja auch etwas von unserer Kirche sehen, von innen. Bei all dem Spektakel hier.
„Nein, das ist nicht gefährlich! Überall abgesichert! Ja, auch die Absturzstelle, behördlich freigegeben ... Sie brauchen keine Angst zu haben."

35

Eberhard
Samstag, 4. September

Zwei gelbe Punkte verschwinden gerade hinter dem Kap, das die Bucht im Osten abschließt. Zwei Kanus, die vor Kurzem hier abgelegt haben. Vater, Mutter, beide nicht mehr ganz so jung, aber sehr sportliche Erscheinungen, und ihre kleine Tochter. Geht wahrscheinlich gerade noch nicht in die Schule. Und ist sichtlich stolz auf ihre Schwimmweste. Sie sitzt vor ihrem Papa und darf auch mitpaddeln. Was gar nicht so leicht ist. Denn während sie hier in der Bucht eine Pause eingelegt haben, ist ein ganz schön frischer Wind aufgekommen, ziemlich böig, und mit ihm kleine, aber aufgepeitschte Wellen. Doch schon nach wenigen Schlägen waren sie im Takt. Und jetzt, genau jetzt … sind sie verschwunden.

Es ist noch nicht zu spät … dafür. Viel Zeit hab ich nicht mehr, aber … Nein, zu spät ist es noch nicht …

Ich bin hier nie wieder gewesen. Nicht einmal in der Nähe. Auch durch den Ort oben bin ich nie wieder gefahren. Jetzt reicht der Asphalt von drüben schon bis hinauf. Hier herunter ist alles noch wie damals. Inzwischen kenne ich noch ganz andere Buchten auf der Insel. Es ist ja auch mehr ein Einstieg über Steinplatten, kein Sand, nicht einmal Schotter. Aber dieses schillernde Smaragdgrün, jetzt, da die Sonne langsam zu sinken beginnt. Und einsam wie damals. Obwohl: *Allein* bin ich heute das erste Mal hier. Das ist „heiliger Boden" für mich. Und bald wird sich entscheiden, ob ich wiederkehren werde, oft sogar … oder nie wieder, definitiv nie wieder. Vielleicht auch gar nicht mehr nach Kreta, obwohl … Ja, doch: wahrscheinlich *nie* wieder.

Es gibt Menschen, die machen dir schon ein schlechtes Gewissen,

wenn du ein paar Monate nichts von dir hören lässt. Und es gibt Menschen, die triffst du nach etlichen Jahren erst wieder, und alles ist wie damals, vertraut wie immer. Du fühlst dich verstanden, obwohl inzwischen so viel geschehen ist – und verstehst sogar selbst, obwohl du so vieles verpasst hast. Ich bin überzeugt: Marcella wischt das alles beiseite, mit einer einzigen Bemerkung.
Es war nicht schwer, sie übers Internet zu finden. Wichtige Leute können sich im Netz nicht verbergen. Und wichtig ist sie. Zumindest in diesem Topunternehmen, das gerade zur rechten Zeit auf den Zug Umwelttechnologie aufgesprungen ist. Ihr Mann, das heißt: ihr Ex-Mann, ist da noch ein größeres Tier. Sie haben es gemeinsam ganz schön weit gebracht. Sind alle abgebildet auf dieser gelackten Homepage, alle vom *oberen* Management zumindest. Die anderen fünf oder sechs Businessladys sehen *teuer* aus, sie sieht einfach *gut* aus. Dieser Unterschied hat mich ermutigt, diesen Brief ... Hätte ich ihn bloß nicht so weggeschickt. Wie kitschig das klingt: „Wie dein Name immer noch nachklingt ... wenn du an mich denkst, und in dir dabei ein ganz klein wenig die Sonne aufgeht ...“ Also *wenn* sie kommt, das kostet mich bestimmt einen ihrer spitzen Sprüche, die du einfach nur hinnehmen kannst ... *Wenn* ...
Leitende Juristin und Pressesprecherin. Dass ausgerechnet sie dann auf Jus umgesattelt hat, macht mich unsicher. Das passt irgendwie gar nicht. Aber auch dafür hat sie sicher einen Spruch parat. Sprecherin, *das* ist sie von Natur aus, aber Jus?
Eine Hornisse zieht ihre Kreise, pendelt auf mich zu und wieder weg, hin und her – und weg. Nur noch das Plätschern der Wellen. Weit draußen ein Containerschiff. Die sieht man meist über eine Stunde lang. Wenn es verschwunden ist ... und sie noch nicht hier ...
Der Wind hat nachgelassen, die Wellen verschwinden mit ihm. Es ist so still, wie ich es liebe. Nur weit weg knattert ein Fischerboot –

oder ein Moped. Ich hab mir nichts zum Lesen mitgenommen wie sonst. Dafür bin ich zu aufgeregt …

… ein Moped! Marcella! Nichts mehr zu hören. Doch ein Fischer? Sie kommt den Abhang herunter. Das *muss* sie sein: weiße Leinenschuhe, Jeansshorts, Khakibluse und irgendetwas in der Hand. Das *ist* sie! Ich hab's ja nicht wirklich geglaubt. Wie … Was sag ich jetzt … Vierundzwanzig Jahre!

Sie kommt auf mich zu. Ich will etwas sagen, bring nichts heraus, komm vor Aufregung nicht einmal auf die Beine. Sie setzt sich neben mich. Was für Beine! Sie lächelt und ist genauso unsicher wie ich!

„Iss, die sind gut!"

Sie hält mir einen Papiersack hin: Weintrauben! Auch sie hat nicht vergessen … nichts vergessen. Wir zupfen und kauen …

Kein Wort.

Dann legt sie den Sack in meine beiden Hände, ich halte ihn, und wehrlos, wie ich bin, umarmt sie mich, so fest sie kann, und *wie* sie das kann, und küsst mich, nicht so irgendwie … Als wäre unsere Nacht erst gestern gewesen. Und ich lösche vierundzwanzig Jahre aus und will gar nicht mehr aufhören … Bis uns einfach die Luft ausgeht.

36

Stefan
Samstag, 4. September

Dieser Ruhandl lässt nicht locker. Heute Mittag war er schon wieder bei mir. Am Samstag! Trotz seiner spärlichen und reichlich konstruierten Verdachtsmomente gegen Eberhard konnte er den Zugriff auf die Flugdaten durchsetzen. Mehr noch: Er hat seine griechischen Kollegen so unter Druck gesetzt, dass sie für ihn den Autovermieter ausfindig gemacht haben. Obwohl der Mietvertrag „aus steuerlichen Gründen" nirgends zu finden war. Für den Herrn Inspektor wieder ein untrüglicher Beweis dafür, dass Eberhard Spuren verwischen will. Dabei will der sicher nur sparen, kein Wunder, denn die Erzdiözese zahlt ihm seit vier Tagen kein Gehalt mehr. Ich frage mich ohnehin, wie er das durchhalten will. Jetzt ist er jedenfalls zur Fahndung ausgeschrieben. Früher oder später werden sie ihn finden. Eher später, denn dort, wo er sich normalerweise herumtreibt – in diesen entlegenen Gegenden Kretas –, holen die Leute die Polizei nur sehr ungern.

Es hat aber auch sein Gutes, dass Ruhandl sich so sehr in diese Fahndung verbeißt. Die anderen Anschläge scheinen ihn kaum noch zu interessieren. Er tut sie als Vandalenakte ab und hat ihre Aufklärung offensichtlich an Untergebene delegiert. Zumindest im Fall von Gregors Auto und seiner nicht unerheblichen Verletzung müsste ich ihm heftig widersprechen. Aber da warte ich einmal den heutigen Abend ab.

Ein großes deutsches Nachrichtenmagazin hat unserer Pfarre einen zwölfseitigen Artikel gewidmet: mit Fotostrecke von Türmen und Fassade, mit einem reißerischen Bericht über den „Mord aus dem Grab" und natürlich auch über „erneute massive Missbrauchsvor-

würfe gegen einen katholischen Priester". Der „Ermordete" ist zum Glück über den Berg, der angebliche Täter gar kein Priester. Und das Interview mit dem „so ganz anderen Pfarrer" haben sie mit mir nie geführt. Es ist aus anderen Interviews zusammengestoppelt, aber immerhin einigermaßen stimmig.
Wirklich erstaunlich ist, wie es Franziska und Kostas gelungen ist, gleich darunter eine ausführliche Lokalempfehlung zu platzieren: „Das bis vor Kurzem verschlafene Canisius-Viertel scheint nun voll durchzustarten. Gleich gegenüber der inzwischen weltbekannten Kirche etabliert sich ein künftiges Sternerestaurant mit origineller Geschäftsidee, authentischer mediterraner, aber auch indischer Küche, fast täglichen Livemusik-Auftritten und einer ausgesprochen freundlichen Geschäftsführung. Das ‚Alexander der Große' wird bei moderaten Preisen bald kein Geheimtipp mehr sein ..." Wie haben sie das bloß geschafft? Beginnt doch erst heute Abend der Probebetrieb.
Mir ist sogar gelungen, eine italienische Gruppe, die für Montag angesagt ist, auf das „Alexander" aufmerksam zu machen. Sie gehen gleich nach der Führung bei Franziska essen. Vierzig Personen, sie sagt, kein Problem. Ich staune nur!
Mit den Reisegruppen werden wir uns etwas einfallen lassen müssen. Täglich kommen jetzt drei bis fünf. Wie soll ich das durchziehen, wenn das Arbeitsjahr wieder voll anläuft? Dazu kommt noch das Beantworten der Beschwerdebriefe, der spontanen wie der offensichtlich von gewissen Gruppen organisierten. Die Pfarrmitglieder beschäftigt dieses Thema immer weniger. Manche sind stolz wegen des Rummels, andere fragen sicherheitshalber, ob „das wirklich wieder herunterkommt". Nur zwei Damen gehen jetzt aus Protest in die Nachbarkirche, so lange „diese elenden Schmierereien" die Kirche entweihen. Wäre doch ein Grund mehr, sie zu belassen ...
Aber spätestens morgen wird der deutsche Artikel hohe Wellen

schlagen, da bin ich sicher. Wie üblich wird sich alles wieder in zwei Gruppen aufspalten: pro und kontra Eberhard. Und einige werden wieder das alte Jammerlied von der bösen Medienwelt im Speziellen und der bösen Welt im Allgemeinen anstimmen.
Ich werde beim nächsten Pfarrgemeinderat vorschlagen, die gar nicht so unerheblichen Einnahmen aus den Kirchenführungen unserer Sozialberatung zur Verfügung zu stellen. Die beginnt übermorgen wieder. Neben der Beratung im engeren Sinn ist immer wieder auch schnelle finanzielle Hilfe nötig. Wie ich auf diese Idee gekommen bin? Einer unserer „Stammgäste" kam gestern und fragte nach diesem Termin. Und dann ging er mit der leicht resignativen Bemerkung: „Na ja, will ja nicht sagen, dass mir das nicht gefällt. Aber das viele Geld dafür! Was hat unsereiner davon, Herr Pfarrer?"
Da hat er im Grunde recht. Immerhin konnte ich ihm eine von Fabiolas neuen Einladungen in die Hand drücken. Doch wieder fürs „Hagenhofer". Dort bekommt sie jetzt ordentlichen Preisnachlass. Der Chef war auf Urlaub und hat erst jetzt von ihrer Aktion erfahren. Und ist so angetan davon, dass er ab sofort ein Drittel nachlässt. Fabiola selbst ist gerade auf großer Tour. Gregor, Lena und die Firmgruppe vom Vorjahr haben sie fürs Wochenende eingeladen, zu einer „Überraschungsreise". In ihrem neuen Kleinbus natürlich. Bei dessen Einweihung darf sie nicht fehlen. Wohin? Das war auch für mich nicht herauszukriegen.
Ich frag mich jetzt bloß, wo er bleibt. Es ist ohnehin schon ziemlich spät. Nach der Abendmesse war ich noch unten in der Krypta. Erstes Treffen der Theatergruppe. Sie haben neue Mitglieder und wollen nach einem ziemlichen Hänger im Vorjahr wieder durchstarten. Sie sind sich einig: „Nie wieder so ein blödes Bauerntheater!" Sogar von einem Musical ist die Rede. Das neue Klavier hat den Anstoß zu dieser ambitionierten Idee gegeben. Und Manu ist tatsächlich mit von der Partie.

„Stimme hab ich keine, aber tanzen, ich glaub, das wär was."
Mal sehen. Die Ersten müssen schon wieder weg, als die Letzten gerade erst ankommen. Typisch Theatergruppe. Solange kein Premierentermin feststeht und solange der noch weit weg ist, also mehr als zwei Wochen, glaubt man als Außenstehender nicht daran. Und als dann auch noch der Plan aufkommt, ein *eigenes* Musical zu texten und zu komponieren, also gleich eine Uraufführung ... muss ich zum Glück auch schon wieder gehen. Aber wer weiß? Alles nichts gegen das Chaos vor der Uraufführung der Zauberflöte!
Wenn er nicht bald kommt! Ich muss ohnehin noch das kleine Säckchen mit der Messkollekte in die Kanzlei bringen. Da sitzt er, brütend vor einem Stapel Belege. Typisch Daniele! Hört mich zuerst nicht einmal kommen.
„Hallo, Stefan! Sieht nicht so schlecht aus mit den Finanzen. Das Sommerloch fällt heuer scheinbar aus."
„Hab ich auch schwer erarbeitet mit den Kirchenführungen. Das möchte ich aber zur Caritas umbuchen. Können wir uns das leisten? Grüß dich, Daniele."
„Irgendwie geht's immer. Zumindest solange *ich* hier herumtrickse. Und da, schau einmal ..."
Er öffnet eine Internetseite. Da sind sie, unsere Türme. Auf Englisch sogar!
Bright colours towards heaven. A presage of a new era in church history?
Ich muss lachen: „Presage? Wir? Wir als Vorboten einer neuen Zeit – für unsere Kirche? Na ja, warum auch nicht, ein wenig größenwahnsinnig waren wir hier doch immer schon. Wer behauptet das denn?"
„Neuseeland! Das ist eine neuseeländische Kirchenzeitung. Du weißt schon, die mit der vergessenen Hochzeit ... Die müssen hier bei uns einen Korrespondenten haben. Aber auch die anderen Zeitungen dort wissen schon von uns. Nicht schlecht, was?"
„Du, wir müssen! Sonst fangen die noch ohne uns an!"

Er schließt die Dateien und wir gehen die paar Schritte hinüber. Jetzt erst scheint mir der gute Daniele ziemlich kleinlaut. Kein Wort, keine seiner üblichen spitzen Bemerkungen. Sogar die Türme sieht er jetzt auf einmal mit echtem Canisianer-Stolz. Als wir eintreten, spielt schon orientalische Musik. Warum eigentlich orientalische? Ein junger Kellner kommt uns unverzüglich entgegen und fragt nach meinem Namen. Sein Deutsch ist noch verbesserungsfähig, aber verständlich. Sicher ist er aus Kostas' Familie eingeflogen worden. Es ist schon ziemlich voll. Ein richtig großzügig angelegtes Lokal, gut achtzig Plätze schätze ich.
„Speisen Sie Griechisch oder Indisch, meine Herren?"
„Was ist weiter weg von der Musik?"
Damit hat er nicht gerechnet: „Paragallo? Ah, ach so … Indisch ist dort drüben."
Die Musik klingt hier leiser, dafür wird der Duft einiger Räucherstäbchen intensiver. Der kleine Tisch liegt ideal für mein Vorhaben. Plötzlich steht Franziska mit drei großen Tellern auf dem Arm und zwei weiteren in der Hand in der Tür zur Küche. Sie ist seit Langem einmal wirklich im Stress.
„Na, was sagt ihr! Voller Betrieb! Manoli muss aber noch ein wenig Tempo aufnehmen! Ich bin die Köchin, er muss den Service herüben allein schaffen!
Er kommt gerade gelaufen: „Tisch 13, afentikó, ich hole die Rest …"
Sie serviert und kommt zu uns zurück: „Na, wie gefällt es euch?"
Eine Frage, die ich schon oft in meinem Leben nicht ganz wahrheitsgemäß beantwortet habe. Aber hier – ich bin erstaunt und begeistert zugleich: „Wirklich schön, stilvoll wie immer bei dir und nicht so überladen wie viele nationale Lokale. Und das alles in der kurzen Zeit! Gratuliere!"
Daniele nickt nur.
„Was ich dich noch fragen wollte: Die Italiener, kommen die jetzt wirklich am Montag?"

„Das will ich hoffen, angemeldet sind sie jedenfalls! Danke übrigens! Und ein deutsches Paar ist auch schon da. Du weißt ja, dieser Artikel im …"

„Aber die Musik? Ist das Arabisch? Ich dachte, ihr wollt Indisch und Griechisch?"

„Also Eberhard würde das sofort erkennen: Das *ist* original kretisch! Nicht Bouzouki vom Festland. Auf Kreta waren die Türken eben am längsten, das merkt man ihrer Musik auch an, ist aber wunderschön! Und wenn du anderer Meinung bist, sag das ja nicht zu Kostas!"

„Werd mich hüten. Hast du Tandoori-Huhn?"

„Sicher, die meisten kennen ja nichts anderes. Aber … Hühner-Masala Madras ist noch interessanter."

„Masala? Das ist scharf?"

„Schon. Aber für dich mach ich's halb scharf. Und du kannst ja noch Joghurt untermischen, das schadet nie. Und du, Daniele?"

„Dasselbe! Und vorher eine Paprikasuppe!"

Kostas schaut aus der Küchentür, sucht Franziska, findet sie bei uns. Zwar lächelt er freundlich, aber ebenso unmissverständlich winkt er sie in die Küche.

Jetzt ist es aber Zeit, zur Sache zu kommen: „Ich konnte dich in letzter Zeit nie erreichen, Daniele …"

„Kein Wunder bei meinen Überstunden derzeit! Alle auf Urlaub, die potenziellen Einbruchsopfer genauso wie die lieben Kollegen. Und die Kupferdiebe, die machen keinen Urlaub. Das heißt, wahrscheinlich erst dann, wenn sie zugeschlagen haben …"

„Mach mir doch nichts vor! Daniele, wenn du willst, dass ich dich da herausschlage, dann rück jetzt bitte mit der Wahrheit heraus!"

„Du weißt …? *Was* weißt du?"

„Hoffentlich alles! Frau Markner hat dich gesehen!"

„Wobei denn? Ich kenne doch überhaupt keine Frau Markner!"

„Das ist ja auch dein Glück!"

„Mein Glück, was soll das …"
Bier und Suppe kommen gleichzeitig.
„Prost! Sie hat dich beschrieben, leider sehr gut beschrieben. Vor diesem Ruhandl, dem ermittelnden Inspektor. Ich hab dich gleich danach im Pfarrbüro gesehen. Du hast genau die Sachen angehabt, die sie an dir gesehen hat, inklusive Dreitagebart, der muss sie besonders beeindruckt haben, sogar im Dunkeln. Sie hat dich gesehen, wie du an Gregors Auto hantiert hast. Und sie hat dich auch in Franziskas Lokal hineingehen sehen – und sich beide Male nichts dabei gedacht. Aber nach der Überschwemmung war ihr natürlich klar, dass sie zweimal den Täter gesehen hat."
„Wie kann die mich gesehen haben? Es war doch weit und breit … Ich versteh das nicht, ich bin doch kein Amateur!"
„Sie und ein paar vom Seniorenklub haben sich auf die Lauer gelegt. Nach dieser Sache mit der beschmierten Kirchentür."
„Und was jetzt?"
Daniele ist in sich zusammengesunken, kämpft plötzlich mit seiner tatsächlich scharfen Suppe.
„Sie kennt dich nicht, sie weiß nicht einmal, dass du mit der Pfarre etwas zu tun hast. Und noch etwas: Sie hält dich für Mitte vierzig!"
„Frechheit! Aber umso besser: Ich bin doch nicht einmal vierzig!"
„Aber du warst es. Und das wissen bis jetzt genau zwei Leute: du – und ich!"
„Und die Polizei? Machen die jetzt kein Phantombild? So was ist doch Standard!"
„Schon, aber zuerst war Frau Markner auf Urlaub. Und in der Zwischenzeit hat sich Ruhandl ganz auf Eberhard eingeschossen, den angeblichen Missbrauchstäter und Millionendieb. Daran bist ja auch du schuld …"
„Ich? Diesen Eberhard kenn ich doch kaum!"
„Dein ‚Kuttenbrunzer' hat Ruhandl auf diese blöde Idee gebracht, war doch von dir?"

„Ja …“
„Wenn auf einer Kirchentüre steht: ‚Es kommt alles ans Licht.‘, da denken Polizei, Presse und überhaupt alle doch nur an das eine! Und er ist der Einzige weit und breit, der manchmal seine Ordenskutte trägt.“
„Verdammt, ich weiß doch gar nicht mehr, was ich da geschrieben habe. Und ‚Kuttenbrunzer‘ fand ich einfach herrlich unappetitlich. Das hat doch nichts mit diesem Ordensbruder zu tun!“
„Und was bitte konnten die arme Clara und ihr Kleid dafür?“
„Die *arme* Clara, die – und arm? Dass ich nicht lache! Hast du eine Ahnung! Ich hab doch gehört, es hat ihr außerordentlich gefallen … Und die hatte doch ganz andere Probleme als meine roten Streifen!“
„Ist auch abgehakt. Genauso wie die Überschwemmung hier. Und wie die Kirchentür. Nur … die Sache mit Gregor, das ist etwas anderes. Er war im Spital. Es bleibt nichts zurück, zum Glück. Und sein Wagen, der ist wahrscheinlich hinüber. Listenpreis unerheblich, aber sein ganzer Stolz! Sag einmal, was hast du dir denn *dabei* gedacht?“
„Ich versteh das nicht. Das musst du mir glauben! Das heißt, inzwischen versteh ich es schon. Du kennst doch diese Alarmpakete, die sie in den Banken verwenden und bei Geldtransporten manchmal auch?“
„Ja, nicht persönlich, aber …“
„So was *ist* nicht gefährlich, nur lästig, besonders natürlich für Bankräuber, die um ihre Beute kommen und leichter überführt werden können. Aber ich hab noch nie gehört … also so etwas hat noch nie jemanden ernsthaft verletzt. Ich hab nicht bedacht, dass der Wagen so vollgepackt wird, bevor das Ding hochgeht. Bei so wenig Luftvolumen kann der Druck nicht ausweichen. Stefan, *das* wollte ich wirklich nicht!“
„Aber warum? Was soll das alles?“

„Das kann ich nicht sagen. Wirklich nicht! Wenn ich auch belogen und betrogen worden bin und Grund genug hatte, mich zu rächen. Ein Daniel Morosini belügt und betrügt nicht. Ich habe versprochen, meinen Mund zu halten. Und dazu stehe ich. Du sollst nur wissen, es ging um keine Kleinigkeit!"
Einen Versuch starte ich noch: „Geht es um Geld? Um das viele Geld von Eberhard? Hat ihn jemand erpresst?"
„Erpresst? Eberhard? Womit sollte man *den* erpressen? Ist da was mit Eberhard? Also zumindest ich hätte da keine Ahnung ... Ich kann dazu nicht mehr sagen. Nur so viel: Es wird nichts mehr geschehen, für mich ist das alles abgeschlossen."
„Ich sag dir, was ich jetzt möchte: Du stellst dich Gregor, du entschuldigst dich bei ihm, entschädigst ihn, wenn nötig. Und wenn er annimmt, ist die Sache aus der Welt. Ruhandl hat ohnehin gemeint, dass eine weitere Einvernahme nach fast einem Monat bei einer so alten Dame wenig bringt. Und du zeigst dich hier in nächster Zeit besser nicht, das heißt, erst nach Mitternacht. Bis sicher ist, dass sie dir nicht zufällig über den Weg läuft ..."
„Danke ... In meinem Beruf bin ich weg vom Fenster, wenn ich ... Ich meine: Körperverletzung heißt Vorstrafe, und Vorstrafe heißt arbeitslos. Und ... könnten wir das gleich erledigen? Das mit Gregor? Ich bring's lieber schnell hinter mich."
„Leider nicht. Der ist derzeit mit der Jugendgruppe unterwegs. Mit dem neuen Jugendbus. Keine Ahnung, wo die sind."
Daniele möchte etwas antworten, unterdrückt es dann aber wieder. Franziskas Madras-Huhn kann sich schmecken lassen. Ich weiß, wie sie kocht. Aber hier, mitten in all dem Stress, à la carte! Alle Achtung. Daniele ist jetzt sichtlich entspannter. Er erzählt von seiner Freundin, vorsichtig sogar von Hochzeitsplänen ... und Familie ... Nur mit seinem Job ist das so eine Sache. Als Paar geht das ja noch, aber mit Kind? Und Angst hat sie auch immer wieder um ihn. Na ja, nach alldem ... ob sie da so unrecht hat?

Pistazien-Milch-Eis mit Rosenwasser. Und danach noch ein Whisky, Geschenk des Hauses, nach britisch-kolonialer Art. Wir stoßen an. Dann liegt ihm sichtlich doch noch etwas auf dem Herzen: „Sag einmal, stimmt das wirklich, was die so schreiben, das mit Arnolds Absturz? Kein Mordversuch, kein Unfall, sondern eine hinterhältige Konstruktion, eine Falle?"

„Das meiste stimmt, was geschrieben wird. Ich hab es ja in zig Interviews wiederholt. Eine unheimliche Sache. Vor über hundert Jahren konstruiert, eine perfekt geplante und ausgeführte Zeitbombe. Zumindest auf der einen Seite des Turms. Auch die Fachleute können nicht genau sagen, seit wann die Falle aktiv war. Aber seit die Bolzen aus Zeitungspapier verrottet sind, konnte das jedem passieren, der dorthin stieg. Wahrscheinlich schon seit Jahrzehnten. Nur weil wir alle dachten, da oben sind nur tote Taubenviecher und vermorschte Stiegen …"

„Und die Sache mit dem Schild? Giovanni Morosini hat das gemacht …?"

Ich überlege einen Moment.

„Dein Urgroßvater?"

„Hieß so … und er war's auch."

„Das weißt du?"

„Mir hat das mein Vater erzählt. Aber erst, als ich achtzehn oder so war. Sein Großvater hat vor seinem Tod etwas von einem Fluch gesagt. Und von einem, der abstürzen wird. Vom Fluch des Canisiusturmes. Zumindest haben sie das damals so verstanden, mein Vater selbst war ja noch zu klein dafür. Es soll richtig unheimlich gewesen sein. Aber im Nachhinein dachten sie, Giovanni hat die von der Kirche gehasst und verflucht. Nicht schön von ihm, aber auch nicht weiter gefährlich. Wenn man nicht gerade an Voodoo glaubt. Aber wie ich das jetzt gelesen habe …"

„Hochmut kommt vor dem Fall, oder dem Absturz eben. Das wird dich der Turm lehren … oder so ähnlich, heißt es auf dem Schild."

„Du solltest eine Messe lesen für ihn."
„Ich ‚lese' keine Messen, wir werden für ihn feiern und beten. Ich verstehe diese Härte nicht, die sie damals gegen ihn an den Tag gelegt haben. Sie haben ihn um sein Lebenswerk gebracht! Was muss diese riesige Kirche gekostet haben und wie kann es dabei auf Eiche oder Kiefer angekommen sein?"
„Das waren angeblich Finanzspezialisten, sagt mein Vater. Von den Sponsoren angestellt, um den Bau zu überwachen und möglichst kostengünstig abzuwickeln. Das ist, wie wenn du heute externe Sanierer auf eine kriselnde Firma loslässt. Die kennen da auch nichts."
„Aber spätestens als er sich beklagte und Anzeige erstattete, da hätten sie doch reagieren müssen!"
„Da geb ich dir recht. Wenn ich das geahnt hätte, dass da wirklich etwas ist, nicht nur ein Fluch …"
Die Musik hat inzwischen zusammengepackt und holt das Abendessen nach. Die meisten Tische sind wieder leer. Das zufriedene, aber sichtlich erschöpfte Besitzerpaar setzt sich zu uns an den Tisch.
„Also, die Tomaten hier, das *sind* keine Tomaten. Da muss ich mir etwas einfallen lassen. Und wenn ich sie selber züchte, so geht das nicht …"
Wir beruhigen Kostas. Auch er ist ja zufrieden, im Grunde war es eine ausgesprochen gelungene Generalprobe.
„Und morgen kommst du zum Griechen, Stefan!"
Wie könnte ich da widersprechen? Morgen werden wir so viele wie möglich gleich aus dem Pfarrcafé herüberschleppen. Das hier ist zwar nicht der typische Kirchenwirt. Aber etwas Ähnliches soll das Restaurant schon werden. Franziskas Beliebtheit garantiert dafür. Und mit einem abschließenden Metaxa trinken wir auf „Alexanders" unaufhaltsamen Siegeszug.

37

Clara
Dienstag, 7. September

Da bin ich nun also wieder: Bei Grigori, dem alten Hirten. Mittags, zu spät schon für die schnauzbärtigen Pick-up-Fahrer, die hier gerne einen Kaffee lang Pause machen. Ein Bier – und ein Eis aus seiner Truhe. Sein Omelett ist mir einfach eine Nummer zu groß. Ich starre wieder und wieder auf die Zeitschrift vor mir. Dieses deutsche Magazin bringt doch tatsächlich gut zehn Seiten! Ich wollte nur schnell was einkaufen unterwegs – und dann sehe ich die Canisiuskirche, formatfüllend! Instinktiv, obwohl sie fast nicht zu erkennen ist, so grellbunt bemalt.
Kaum bist du weg … Es ist unglaublich, was dort auf einmal alles los ist: Das ist ja mein Hochzeitskleid, mit den roten Streifen, klein, aber erkennbar, unser Kirchentor mit einer Graffiti-Aufschrift und der Käfer, Gregors unverwechselbarer VW Käfer. Warum bloß mit roten Scheiben? Und dann Eberhard! Ein großes Bild von „dem Priester", der „zur internationalen Fahndung ausgeschrieben" wurde wegen des dringenden Verdachts auf … auf was? So ein Schwachsinn. Und Kunstdiebstahl auch noch. Wie kommen die denn darauf … Aha, weil man viel Geld bei ihm nachgewiesen hat. Was soll denn das beweisen … Dann wäre ich ja genauso verdächtig. Opfer sollen sich melden – also gibt es gar keine bekannten Opfer. Ob er überhaupt selbst schon davon weiß?
Zwölf ganze Seiten über uns! Uns? Gehöre ich da überhaupt noch dazu, will ich das überhaupt noch? „Das Opfer Arnold K. …" Was ist denn mit ihm geschehen? Er hat die Türme bemalt … Wofür bloß? Publicity, sein Leitwort … Na, das ist ihm ja gelungen … Vom Gerüst gestürzt? Nein, *ins* Gerüst – durch einen geheimen

Mechanismus, der hundert Jahre … Spinnen die denn? Wenigstens außer Lebensgefahr, aber …

Wenigstens etwas ist erfreulich: Franziska und Kostas in ihrer neuen Küche. Ein ganzer Artikel! Und nur Lob für ihr Lokal … Da haben sie es also wirklich geschafft! Und Stefan hat die Kurve ganz gut hingekriegt: Der „moderne" Pfarrer, der Obdachlose zum Essen einlädt, sich gegen zahlreiche Widerstände für „moderne" Kunst einsetzt, der sich so sehr für die Jugend engagiert … Ist doch gar nicht seine Art, so dick aufzutragen. Klar, die brauchen ihn als Lichtgestalt neben der „Sexbestie" Eberhard. Dabei sieht er auf dem Bild gar nicht gut aus. Stefan ist ja kaum wiederzuerkennen. Das alles hat ihn ganz schön mitgenommen.

Ich lese, dass es neben dem Attentat auf mein Kleid auch Franziska und Gregor getroffen hat. Ach, deshalb der Käfer! War der Absturz von Arnold vielleicht auch mehr als ein „Mord aus dem Grab"? Und ist es ihm gelungen, sich auch an Eberhard zu rächen, nur eben subtiler? Das würde ja heißen, dass er uns alle … Das kann aber auch nur Zufall sein, oder?

Ich muss Eberhard warnen! Es läutet. Bitte geh dran! Aber er hebt nicht ab … So wie ich seit sieben Wochen nicht abhebe. Ja, genau, vorgestern hat er seine Marcella wiedergesehen, *wenn* sie gekommen ist. Ja, wenn – dann wartet er jetzt sicher nicht auf einen Anruf von mir, verstehe … Und wenn nicht? Ob er dann überhaupt noch auf etwas wartet in seinem Leben?

Grigori kommt mit einem Salat, einem kleinen Salat. Und mit ein wenig Lammfleisch und Brot: „Sie müssen doch bisschen essen! Gut so? Sie waren ja bergsteigen!"

Ich lächle ihn dankbar an: „Danke, Grigori! Stimmt, woher wissen Sie …"

Er deutet auf die Ablage meines Wagens, wo meine staubigen Bergschuhe liegen.

„Noch ein Bier?"

„Ausnahmsweise, aber nur, wenn Sie ein Zimmer für mich haben."
„Kein Problem."
Die Woche mit Doris hat mir gutgetan. Ein ordentlicher Aufstieg, immer mit weitem Ausblick über den tiefblauen Mirabello-Golf. Übernachten ganz oben in einem Gipfelhaus gleich neben dem Sendemast, staubig und mit klapprigen Fenstern, wirklich schräg! Sie kann gut zuhören – und fragt nie nach. Ich versuch's genauso. Und dann ein paar Tage einfach drauflos durch den Osten, durch die Dörfer, manchmal auch Geisterdörfer. Weite Buchten, weit weg von allem, aber auch sehr windig. Zum Abschluss noch eine kleine, ganz enge Schlucht mit fließendem Bach. Und dann geht über der steilen Felswand der Mond auf … Ich glaub, das dort kennt nicht einmal Eberhard!
Eberhard! Verdammt, wo ist der bloß?
Grigori kommt. Ich sag ihm, dass ich auf den Psiloritis will, aber erst übermorgen, ganz früh. Er nickt und geht voraus. Seine Zimmer sind winzig. Und die Dusche liegt hinter dem Haus. Siestazeit.
Ich träume. Von himmelhohen Türmen, die in allen Farben leuchten. Und die Farben rinnen herunter, mischen sich zu leuchtendem Rot, tropfen auf mich, fließen über mich. Auf mein weißes Kleid. Menschen mit Kamera und Mikrofon beugen sich über mich: „Woher nehmen Sie das Recht?" – „Sie werden steckbrieflich gesucht!" – „Nehmen Sie endlich Stellung dazu!" – „Schämen Sie sich denn nicht?" Da spüre ich, wie die Farbe an mir klebt. Sie rinnt zähflüssig, aber sie rinnt. Sie hüllt mich ein, über und über, rote Farbe, dann orange und grüne. Sie sind weg, endlich alle weg. Ich steige ins Meer, das sich um mich herum rot färbt, dann wieder blau und türkis – und orangebraun … Aber das bin ich selbst … treibe im Meer … Ein Motorboot mit schriller Hupe schießt an mir vorbei … immer lauter …
Mein Handy. Eberhard, Gott sei Dank!
„Eberhard?"

„Sind Sie Clara?"
Eine aufgeregte Frauenstimme.
„Dann sind Sie … Marcella?"
„Ja! Er hat mir sein Handy zugesteckt. Und ist losgefahren!"
„Wo seid ihr?"
„Wenn ich das bloß wüsste! Der letzte Ort hieß ‚Akonia' oder so ähnlich. Diese Schilder hier sind ja alle zerschossen! Die Polizei ist hinter ihm her. Dann … der Streifenwagen hinter uns … er abgebogen. ‚Fahr weiter', hat er noch … Aber auf dieser Straße kann ich sowieso nicht fahren … mein Moped doch nicht. Ich bin hier irgendwo … Hochebene …"
„Keine Sorge, der kennt sich hier aus, wahrscheinlich besser als die Polizei. Wo sind Sie jetzt?"
„Allein … wollte mit mir auf den Berg, Psiloritis … nicht so hoch hier!"
Der Empfang wird immer schlechter, auch das noch.
„Und, sind Sie ausgerüstet dafür?"
„… Wie … Bergschuhe und eine Jacke hab ich an … Heute erst gekauft. Nur der Schlafsack, der ist in seinem Auto. Weg hier hinauf … schlecht … aber gut markiert … geht sich heute noch aus."
„Dann gehen Sie hinauf. Ich komme von der anderen Seite. Und einen Schlafsack treib ich auch auf für dich! Woher wisst ihr überhaupt, dass die Polizei …?"
„… SMS von Stefan, mit Hinweis auf den Artikel … Ich erzähl dir das später!"
Jetzt ist sie auch zum Du übergegangen. Grigori, du alter Held, jetzt musst du zeigen, was du noch draufhast! Ganz hab ich das nicht verstanden: Sie sind ihm hinterher, aber sie haben sie nicht einmal befragt? Hat er sie rechtzeitig aussteigen lassen? Nein, sie sagte etwas von einem Moped, wozu ein Moped?
Grigoris Traum ist noch nicht zu Ende, ich rüttle ihn wach: „Wir müssen auf den Berg, schnell, heute noch!"

„Was … Auf den Psiloritis? Es ist zwei – die heißeste Zeit, geh doch morgen!"
„Ich brauche Sie! Ein Notfall! Begleiten Sie mich bis zur Abzweigung …"
Jetzt leuchten seine Augen: „Ein Notfall? Am hellen Tag, bei diesem Wetter?"
„Ja, ich muss heute noch auf den Gipfel. Haben Sie einen Schlafsack?"
Er hat. Seine Großnichte lebt zwar in Rethymno, kommt aber oft herauf. Und ihre Wohnung ist klein. Er ist vor mir fertig. Perfekt, wie auf alten Postkarten: schwarze Schaftstiefel, Pluderhose, schwarzes Hemd, schwarzes Stirntuch und der gebogene Hirtenstab: „Kaló taxídi!"
Er geht nicht schnell, aber seine Schritte sind so lang und elastisch, dass es mir schwerfällt, mitzuhalten. Der erste Teil liegt voll in der Sonne. Der Geröllhang hat sich längst aufgeheizt. Und die seltenen Schattenbäume, die ignoriert er. Hier hätte ich lange herumsuchen müssen. Dann wird es übersichtlicher, sogar schattiger. Wasser gibt es genug – wir folgen ja der alten Wasserrinne seines Dorfes. Sie ist trocken und zerfällt schon. Das Wasser gurgelt im Rohr gleich daneben. Bevor wir die Rinne verlassen, noch eine kurze Rast. Endlich kommt etwas Wind auf. Weiter dann am Rand einer Schlucht entlang, bis wir unvermutet vor einer Quelle stehen.
„Geierquelle, längst keine Geier mehr, Hirten geschossen, alle weg!"
Aha! Deshalb schießen sie inzwischen auf jedes erreichbare Blechschild.
Er weist mich ein. Von hier kann ich es nicht mehr verfehlen. Es ist fast fünf. Er meint, zwei, drei Stunden noch. Notfalls habe ich eine Stirnlampe mit. Er springt einen direkteren Weg hinunter, ich stapfe weiter. Heiß ist es nicht mehr, aber der Rucksack drückt.
Die Sonne ist gerade dahin, als ich oben ankomme.
„Marcella?"

„Clara? Gott sei Dank. Ich dachte schon ... Du, das ist ganz schön geräumig da drinnen, aber ohne Schlafsack wär das kein Vergnügen!"
Sie ist fast seit einer Stunde heroben und ihr ist sichtlich kalt.
„Ich weiß. Wirklich, das ist ja alles noch wie vor ... zwanzig Jahren!"
„Du warst hier schon ...?"
„Das ist eine lange Geschichte. Später!"
Ich packe schnell aus und werfe ihr den Schlafsack zu.
„Was auch immer: Das lassen wir uns jetzt nicht entgehen!"
Sie nickt und kurz danach hocken wir angenehm gewärmt vor der erweiterten Bruchsteinkapelle und blicken in die Farben der Dämmerung hinter den dunklen Umrissen der Weißen Bergen im Westen. Trotzen dem stetigen Wind. Bis die Sterne herauskommen – und überall unter uns die Dörfer aufleuchten.
„Ich kann ihn nicht erreichen, dabei gibt es hier ausgezeichneten Empfang!"
Ich beruhige sie: „Er kennt sich aus, er kommt schon wo unter. Vielleicht fürchtet er ja, dass sie ihn orten können."
„Aber wozu denn dieser verrückte Aufwand? Wir haben seinen Chef angeschrieben, diesen Pfarrer, per SMS. Der schreibt, dass er absolut sicher ist: Das ist alles Unsinn! Er weiß, dass Eberhard unschuldig ist. Kein Diebstahl und nichts noch Schlimmeres. Er versucht jetzt, die Polizei unter Druck zu setzen. Aber bis dahin sind die Griechen verpflichtet ... Und Eberhard darf sich natürlich auf keinem Flughafen sehen lassen, sonst wird er sofort verhaftet ... soweit ich das verstanden habe."
Langsam fügt sich das Bild zusammen: Eberhard und Marcella sind offenbar wild entschlossen, es ein zweites Mal miteinander zu versuchen. Obwohl: Ihr geht das fast zu schnell, wie sie mir von Frau zu Frau zu verstehen gibt. Er wollte ihr sein Kreta zeigen. Damit war sie einverstanden. Aber ‚sein Kreta', das ist ziemlich herausfordernd. Dafür musste sie sich erst ausrüsten. Sie ist ja praktisch ohne Gepäck hier angekommen!

Dann das SMS von Stefan, der Artikel. Da war die Psiloritis-Gegend ohnehin das Richtige, weil die Polizei hier seiner Meinung nach weniger zu sagen hat als irgendwo sonst auf Kreta. Und sie ist mit ihrem Moped immer hinterhergefahren. Mühsam, aber es hat sich ausgezahlt: „Dann bringen sie uns nicht miteinander in Verbindung." Und auf dieser lang gezogenen Gebirgsstraße sah er sie schon von Weitem kommen – und bog mit seinem Jeep in eine sagenhaft schlechte Piste ab. Selbst wenn ihn die Polizei dort vermutet hätte, hätten sie ihm dorthin nicht folgen können. Sie tuckerte möglichst unauffällig bis zu dieser einzeln stehenden, eigenartigen Betonruine in der Hochebene. Von wo sie mich dann anrief.

Vor knapp drei Tagen hat sie ihn wiedergefunden – und schon wieder aus den Augen verloren. Sie ist verunsichert, ja, richtig aufgekratzt. Ein wenig beobachten wir noch den aufsteigenden Halbmond. Er löscht die meisten Sterne aus und lässt die weite Bucht im Süden glänzen …

Überraschend bricht sie das Schweigen wieder: „Ich habe gekündigt! Schriftlich … Meine ganzen Sachen sind sogar noch im Büro … wenn die nicht …"

„Was, deinen Überdrüber-Job …? Ja, Eberhard hat's mir erzählt. Stimmt das?"

„Ja, die meisten würden es so nennen …"

„Freiwillig?"

„Klar, ich wollte einfach nicht mehr …", und nach einer langen, nachdenklichen Pause: „… Sag, weißt du, wie sexy Arbeit sein kann?"

Ich verstehe nicht recht: „Arbeit? Sexy? Aha … also meine sicher nicht! Da hab ich wohl was versäumt. Muss ich etwas nachholen?"

„Lohnt sich nicht. Aber es *ist* so! Ja, besonders beim ersten Mal eben: Das erste Mal Vorstellen – und du kommst gleich zum Zug. Das erste Mal ein eigenes Büro – und du bist die Chefin: mit richtigen Untergebenen! Das erste Mal im Fernsehen auftreten! Das erste Mal die neidigen Blicke der Konkurrentinnen, weil du dir einen kürzeren Rock leisten kannst als sie! Und der Überchef, der dich in sein Büro bittet und dir die ganze Rechtsabteilung unterstellt. Und du gehst triumphierend hinaus, mit dreißig Prozent mehr Kohle – in deinem schwarzen Nappaleder-Mini von Armani, den du dir jetzt auch leisten kannst! Und du weißt, dass sie hinter deinem Rücken lästern, und das kann dir so was von egal sein. Wenn sie *laut* lästern, fliegen sie, und das wissen sie!"

„Du, Marcella? Ich kann mir gar nicht vorstellen, dass du ...!"

„Ich habe ja gekündigt. Jetzt. Aber vorher war es so richtig geil, glaub mir! Mein Mann war ja immer noch eine Stufe über mir. Wir waren ein tolles Team. Und wir waren richtig gut. Die Firma hat uns einiges zu verdanken. Wir wurden im Lauf weniger Jahre zum Global Player! Zugegeben, in einer Nische, aber in einer sehr lukrativen.

Und abends dann in den ‚angesagtesten' Clubs, wie es so schön heißt. Und du bist gestylt wie sie. Und du setzt dich an die Bar zu Frauen, denen die Männer überallhin schauen – aus gutem Grund. Und du fällst nicht auf, du gehörst jetzt auch zu denen, fühlst dich sexy ... Glaub mir, solche Blicke, die machen besoffen!

Und als Gert und ich diesen Patentstreit mit den Amerikanern gewonnen haben, da wünschte ich mir ein Büro mit Badezimmer und Fitnessraum, einfach so. Ich hab's halt probiert. Und stell dir vor: Ich bekam's auch. Und wenn ich eine Massage wollte, war einer da dafür, in weniger als einer halben Stunde. Unsere Urlaube wurden immer teurer. Ja, kürzer auch, aber vor allem teurer. Nur ... jetzt, wo wir hier liegen ... so etwas wie das hier, das kannst du dir nicht kaufen. Das musst du einfach tun! Aber du tust es nicht, du liegst einfach an irgendwelchen Pools herum ..."

„Aber warum habt ihr euch getrennt? Hatte er eine Freundin?"

„Nein, das heißt: damals noch nicht. Wir haben uns ‚auseinandergelebt', muss man doch heute so sagen, oder? Irgendwie stimmt es ja auch. Er hat die Leitung in Schanghai übernommen, ganz schön ‚auseinander', was? 12.000 Kilometer! Ohne mich zu fragen. So eine Chance muss man doch … Wir können ja skypen. Drei Jahre lang skypen? Telefonsex – oder was … ihm würd's ja vielleicht reichen. Ich weiß, was ihm das dort bedeutet. Vor ein paar Jahren hätt ich's gemacht wie er. Aber … *ich* hab mich verändert …"

Der Wind hier am Gipfel wird immer böiger und kälter. Das kann man sich da unten überhaupt nicht vorstellen. Eine ganz andere Welt, jetzt auch Marcellas Welt. Wir verschwinden schnell in unserem steinernen Iglu.

Und Eberhard? Er hat *zwei* Schlafsäcke – immerhin.

38

Stefan
Mittwoch, 8. September

Schulmesse! Der Alltag hat uns wieder. Uns … na ja … Franziska fehlt spätestens jetzt an allen Ecken und Enden. Solange Ferien waren, konnte ich das meiste noch selbst erledigen. Aber wer sitzt jetzt gerade im Pfarrbüro? Niemand. Dass ich noch gar nicht daran gedacht habe, die Stelle auszuschreiben. Muss ich gleich nachher angehen. Ohne Clara wird die Sozialberatung den heutigen Ansturm auch kaum bewältigen können.

Aber jetzt die Schulmesse der Volksschule, 3. und 4. Klassen. Da ist alles noch ziemlich improvisiert. Keine der Klassen hatte schon eine Religionsstunde, um irgendetwas zu proben. Die Lehrerin weiß noch nicht einmal genau, wie viele Stunden sie unterrichten wird, obwohl das mit den Abmeldungen bei höheren Jahrgängen noch viel gravierender ist. Sie unterrichtet an drei Schulen, was logistisch und menschlich eine gehörige Belastung ist. Aber sie tut das schnell ab: „Ich bin's ja schon gewohnt und bin durch all die Jahre doch schon verwurzelt in allen Schulen. Aber mein evangelischer Kollege, das müssen Sie sich vorstellen: Der hat dreizehn Schulen. Der rotiert ja nur."

Es wird wieder ein ordentlich heißer Tag. Die meisten Kinder sind sehr sommerlich gekleidet. Manchen fröstelt es sichtlich in der Kirche. Ich bitte sie, aus den Bänken herauszukommen, während Einzelne über ihre Ferien erzählen, woran sie sich besonders gern zurückerinnern. Da ist sogar einer, der gerne auf hohe Berge steigt. Auch das gibt's! Also steigen wir jetzt alle mit großen Schritten am Platz auf einen hohen Berg und genießen mit geschlossenen Augen die Aussicht. Danach schwimmen wir, paddeln mit dem Kanu,

raufen genüsslich mit unserem (unsichtbaren) Hund und klettern sogar durch eine dunkle Höhle. Auch wenn nicht alle Erinnerungen mit so viel Bewegung nachgeahmt werden können, beenden wir den Rückblick doch ganz schön aufgewärmt.
Zur Gabenbereitung gehen wir alle ganz nach hinten und laufen dann so schnell es geht zum Altartisch nach vorne, so wie man den besten Freunden entgegenläuft – um Jesus beim Mahl nahe zu sein. Das „Vaterunser" tanzen wir sowieso immer. Erst jetzt fällt mir auf, dass ich den Sommer über fast keine Kinder gesehen habe. Mit der Schule sind sie endlich wieder da.
Nachher umlagern mich einige, obwohl sie schon wieder zur Schule sollten.
„Ist der Mann wirklich von da ganz oben heruntergefallen? Ist der tot?"
Ich kann sie beruhigen: „Ich habe ihn gestern besucht. Er ist schon wieder zu Hause. Ganz gesund ist er noch nicht, aber es geht ihm schon viel besser!"
Aber natürlich komme ich nicht umhin, auf die unheimliche Geschichte mit der uralten Falle im Turm einzugehen. Die meisten wissen genau Bescheid, ich brauche nichts zu verheimlichen: „Der Mann ist damals wirklich schlecht behandelt worden und er war sehr zornig. Er muss unglaublich geschickt gewesen sein, dass das nach so langer Zeit noch funktioniert hat. Aber solche Begabungen sind doch dafür da, dass wir etwas daraus machen, das anderen hilft, meine ich."
Sie geben mir im Davonlaufen sogar recht.
Die Religionslehrerin lädt mich zur Adventkranzweihe in die Schule ein. Adventkranzweihe? Ich sage bei geschätzten zweiunddreißig Grad zu.
„Da waren doch immer diese geschlossenen Läden, diese Geschäftsruinen … Das schaut ja gut aus. ‚Alexander der Große'? Was ist denn das?"

Ich erkläre ihr das Geschäftsmodell und lade sie ein, möglichst bald mit ihren beiden Kolleginnen zu einem Gespräch zu kommen – warum nicht bei einem Essen gegenüber. Auch sie muss laufen. In eine ihrer anderen Schulen, weil sich dort mit dem Stundenplan etwas noch nicht ausgeht.

Schulbeginn liegt in der Luft, auch wenn immer noch Hochsommer herrscht. Vom Gürtel her brummen mehr Autos, das heißt, sie brummen jetzt wieder vermehrt im Stehen, das ist es. Die Parkplätze sind fast lückenlos gefüllt, die Parksheriffs wieder aufgetaucht. Und unsere Kindergartenkinder sind wieder laut vernehmlich in den Garten unterwegs.

Am Sonntag war es noch ganz anders. Eine der Lesungen musste ich sogar selbst lesen, weil alle noch einmal schnell irgendwo hinaus wollten. Abends kam ich gerade rechtzeitig zur Rückkehr unseres neuen Jugendgefährts. Endlich lüftete sich das Geheimnis: Die Familie einer Jugendlichen hat ein Häuschen an einem Baggersee. Fabiola hat es sichtlich genossen, mit ihnen die Wellen hochgehen zu lassen.

„Weißt du, nur dieses späte Aufstehen, das ist nichts mehr für mich. Zum Glück habe ich was zum Malen mitgenommen. Da malt der Picasso ja ein Fünfzig-Millionen-Bild, bis die aufstehen!"

Beim Fantasy-Rollenspiel war sie die undurchschaubare Elfe. Und als sie erfuhr, dass die meisten noch gar keinen Kurs gemacht haben, wurde sie zur Tanzlehrerin: „Jetzt wissen sie immerhin, was eine Rumba ist – können tun sie's noch nicht. Aber ich werd jetzt ab und zu vorbeikommen beim Jugendtreff!"

Ja, wie gesagt: Gestern war ich bei Arnold. Am meisten schränkt ihn sein rechtes Sprunggelenk ein. Alles andere ist notdürftig verheilt. Die inneren Verletzungen waren nicht bedrohlich, mit dem Sprunggelenk dürfte er die meiste Wucht abgefangen haben. Schlüsselbein und Oberarm sind nach vier Wochen wieder einsatzbereit, mit Vorsicht eben.

„Ich weiß nur noch, dass wir uns gestritten haben, aber Benjamin und ich, wir sind uns ja schon zuvor des Öfteren wegen dieser Geige in die Haare gekommen. An den Turm selber … Nein, da weiß ich nichts mehr. Aber die Ärztin hat gesagt, das kann noch kommen. Sag einmal, stimmt das wirklich mit diesem Zimmermann? Vor hundert Jahren?"
Ich bestätigte ihm, was inzwischen polizeibekannt und von mir in etwa vierzig Führungen wiederholt worden war.
„Da war's ein Glück, dass ich diese ‚Schmiererei' veranstaltet habe. Ohne Gerüst, ich mein, da hätte ja keiner eine Chance gehabt!"
„Stimmt … Übrigens: Deine ‚Schmierereien' sind sogar schon Gesprächsstoff in Neuseeland! Aber auch bei uns! Manche kommen zuerst zu uns, bevor sie sich den Dom ansehen oder Schönbrunn. Ich sag dir, die bunten Türme stehen schneller unter Denkmalschutz, als du sie wieder säubern kannst. Ich hab's ja nicht so recht glauben können, aber du hattest recht damit, das ist ein Geniestreich. Sag einmal, was ist denn jetzt mit Benjamin. Hat er sich wieder beruhigt?"
„Wir haben gestern lange gesprochen. Er bekommt sie. Es geht sich aus."
„Geht sich aus? Wie …"
„Herr Konzelmann, wollen Sie was essen?"
Mariana machte große Augen, als sie mich sieht: „Sie, Herr Pfarrer? Na, wie gefällt Patient?"
Mariana Drobkova kommt aus der östlichen Slowakei. Ich kenne sie von Krankenbesuchen bei einer sehr alten Frau, die sie jahrelang gepflegt hat. Vorige Woche wurde diese mit siebenundneunzig begraben. Und Mariana bat mich, ob ich jemanden wisse. Zumindest bis Weihnachten. Sie hat doch mit dem Einkommen fix gerechnet. Mir fiel weiter nichts ein, als Benjamin ein E-Mail zu schicken. Falls sein Vater nach Hause kommt und Hilfe braucht. Er hat sofort reagiert. Der denkt doch nicht nur an Bach und Kreisler!

„Mariana, die hat Potenzial! Wie schnell die alles geklärt hat, was seither liegen geblieben ist. Du glaubst ja nicht, was da alles den Bach runtergeht, wenn du einmal ausfällst als Freischaffender: Mahnungen, Steuerstrafen, ich bin ja drei Tage vor dem Steuertermin abgestürzt! Autopickerl und lauter so Zeug. Aber du weißt das ja … Also die Frau hat Managementqualitäten, 1A sogar."

Der Personal Trainer war schon wieder aktiv. Wenn er jetzt noch erfahren würde, dass sie eine technische Schule, so eine Art HTL, absolviert hätte, würde er sie sofort in sein Coachingprogramm aufnehmen.

Mariana erinnerte ihn an seine Medikamente. Und er sollte zu Mittag schlafen. Seine Kopfschmerzen überzeugten ihn, dass sie recht hatte. Auch ich musste weiter, zum Chefjuristen der Erzdiözese. Es dauerte ein wenig, aber ich bekam einen Termin bei ihm. Gestern, wie gesagt.

Der stieg blitzschnell in die Materie ein: „Eigentlich steht Bruder Eberhard nicht mehr im Dienst der Erzdiözese, seit … knapp einer Woche. Er war ja befristet angestellt. Aber da die Verdachtsmomente in den Zeitraum seines Angestelltenverhältnisses fallen, geht uns als Kirche das sehr wohl etwas an. Und natürlich sind wir bereit, ihm zu helfen, wenn er unschuldig ist. Aber jetzt sagen Sie mir doch: Mehr hat die Polizei nicht in der Hand gegen ihn? Ich meine, im Fall von Missbrauch ist natürlich äußerste Sorgfalt nötig, da muss dem kleinsten Verdacht nachgegangen werden. Andererseits ist Verleumdung auch kein Kavaliersdelikt! Ein paar Papiergeldbanderolen und dieses unsägliche ‚Kuttenbrunzer', das ist wirklich alles?"

„Wenn man davon absieht, dass er untergetaucht ist, in Griechenland. Aber er wusste ja bis zu seiner Abreise nichts von den Vorwürfen. Er hat einfach seinen Urlaub verlängert – und sein Handy abgeschaltet, mehr nicht."

„Dazu kommt noch, dass ich keinen Grund für einen Durchsu-

chungsbeschluss für seine Wohnung erkennen kann. Den kann er anfechten. Und wenn der aufgehoben wird, darf nichts dort Aufgefundenes gegen ihn verwendet werden … Unglaublich: Da schmiert irgendjemand etwas Ungustiöses an eine Kirchentür – und dann muss die Polizei in ganz Europa nach jemandem fahnden, der sich nach derzeitigem Ermittlungsstand überhaupt nichts hat zuschulden kommen lassen. Also das geht so nicht!"
„Das heißt jetzt …?"
„Wir müssen diesen Herrn Inspektor … Ruhandl unter Druck setzen. Sonst eskaliert das Ganze ja noch, auf Kreta oder sonst wo."
„Werden Sie …?"
„Also ich würde Sie bitten, ihn unter Druck zu setzen. Berufen Sie sich ruhig auf mich. Aber es ist immer gut, wenn man noch ein Schäufelchen nachlegen kann."
„Wenn er stur bleibt …"
„… nehme ich ihn mir vor. Ich überlege mir inzwischen juristische Schritte, mit denen ich ihn zur Einsicht bringen könnte."
Dieses Gespräch habe ich inzwischen hinter mir. Ruhandl wirkte bereits am Telefon unsicher und sagte unerwartet schnell zu. Heute um zwei kam er, aber nicht allein, sondern mit einem sichtlich Untergebenen. Ohne Zeugen will er nicht mehr mit mir sprechen. Hat mein Nachdruck gewirkt? Will oder kann er noch nicht entscheiden, wie es weitergehen soll? Er wird sich mit seinem Vorgesetzten besprechen. Ja, bis spätestens morgen Nachmittag.
Auch ich habe plötzlich einen Zeugen: Gregor schaut vorbei. Noch kann er sich größere Lernpausen leisten. Er kann auch gleich bestätigen, dass ihm als dem Jugendverantwortlichen nichts aufgefallen ist, im Gegenteil. Er hat natürlich in beiden Gruppen nachgefragt. Ergebnis: absolut negativ!
Danach erzähle ich ihm von Arnold, was ihn sichtlich erleichtert, und dass ich noch keine Ahnung habe, wie das hier personell alles weitergehen soll. Er will mit mir klären, wer denn eigentlich

der offizielle Besitzer des Busses werden soll. Wir einigen uns auf die Pfarre, da die Jugendgruppe ja keinerlei Rechtsstatus besitzt. Damit will er mir die laufenden Kosten offensichtlich elegant über den Tisch schieben. Nein, will er nicht! Das kann sich die Jugendkassa schon leisten. Ich vermute eine Spende von Fabiola. Während wir die Termine für den Start der Firmgruppe vereinbaren, piepst sein Handy. Dass manche das nie abstellen können! Jedes noch so banale SMS muss eingeläutet werden wie ein Hochamt. Er schaut nach, wirkt sehr erstaunt – und muss plötzlich sehr schnell weg.
Ich soll eine Stellenbeschreibung verfassen für Franziskas Nachfolgerin – oder für … Ich hatte zwar keinen derartigen Kurs, weiß aber trotzdem … ihren Nachfolg*er*! Kenne ich überhaupt einen Mann als Pfarrsekretär, o. k. *einen*. Wenn ich jetzt alles schreibe, was sie kann und getan hat, muss ich die Arbeit selbst weitermachen. Franziska ist unersetzbar. Also, auf welche ihrer Fähigkeiten könnten wir notfalls verzichten …?
Ich rufe sie einfach an, wie es so geht. Jetzt muss es ja gerade einmal ruhiger zugehen da drüben. Sie hebt ab, wirkt seltsam aufgeregt. Ja, eh gut, aber sie müsse gerade jetzt einiges planen. Unvorhergesehene Umstände. Dienste einteilen. Ich komme spürbar ungelegen, verabschiede mich bald. Ist irgendetwas nicht in Ordnung? Haben sie sich doch übernommen?
Wieder oben in meiner Wohnung schnurrt bald „Indisches Rind scharf“ in der Mikrowelle. Das ist noch aus der Zeit *vor* dem „Alexander“, muss ohnehin weg. Brot muss den Reis ersetzen, allein bin ich selten Gourmet. Dann darf's auch ein alkoholfreies Bier dazu sein. Schmeckt trotzdem ausgezeichnet, wenn auch … scharf! Um fünf kommt eine Familie zum Taufgespräch. Da geht sich noch die Zeitung am Balkon aus. Mal schauen, ob jemand angerufen hat. Drei Anrufe in Abwesenheit und ein SMS … Was bitte? Welche „anderen“? Aber wie soll ich denn – jetzt? Wie stellt er sich denn das vor?

Ich erwarte dich und die anderen GANZ DRINGEND auf Kreta! Übermorgen in der Nidha-Ebene. Es geht um sehr, SEHR VIEL!

Nummer unterdrückt, aber wer außer Eberhard soll das schon sein? Übermorgen, das ist Freitag, also wahrscheinlich übers Wochenende. Wie soll ich denn ausgerechnet an einem Sonntag …? Das muss gerade er doch wissen, wie schwer es ist, Aushilfen zu finden. Er *weiß* es, und trotzdem ... Das klingt wie in Panik. Haben sie ihn verhaftet? Aber dann kann er doch nicht in die … Wo soll das sein? ... Nidha-Ebene. Das lässt sich googeln … Gibt es so schnell überhaupt noch einen Flug? Und … wer bitte sind diese „anderen"?
Ich muss da hin! Ich weiß es auf einmal. Vielleicht ist er wirklich in Gefahr. Aber ich muss auch hin, weil … ich seit Monaten überhaupt nichts mehr verstehe. Da ist etwas im Gange. In meiner nächsten Umgebung. Etwas, in das mehrere verstrickt sind, die mir etwa bedeuten, viel sogar. Etwas Gefährliches.
Immerhin: Eberhard hofft jetzt, dass sich das Gewirr lösen lässt, notfalls wie der Gordische Knoten … Der Gordische Knoten … den hat doch … Alexander der Große! Das muss gar nichts heißen, obwohl … ausgerechnet Franziska war heute fast … ja, fast verstört. Wann kam das SMS? Moment … Vierzehn Uhr sechsunddreißig, genau, ich hab nicht auf die Uhr geschaut, aber das war doch die Zeit, als Gregors Handy gepiept hat, und auch er … Unsinn, sein Handy piept doch andauernd.
Schnell, Computer anwerfen, „Nidha-Ebene", nein, vorher Tickets …
Geht nicht! Taufgespräch. Wie krieg ich das jetzt hin? Ruhig … ruhig … die haben sich auch ein gutes Gespräch verdient und eine ordentliche Vorbereitung ihrer Feier …

39

Benjamin
Donnerstag, 9. September

Einchecken soll ich sie? Einchecken! Als Gepäck, so wie Badelatschen und diese seichten Krimis, die sie hier noch schnell im nächstbesten Shop erstehen. Eine Guarneri? Nicht eine, die Passacaglia! Meine Passacaglia! In den saukalten Frachtraum? Der Typ am Schalter hat noch nie was von Guarneri gehört? Wenn ich „Mona Lisa" gesagt hätte, hätte er genauso dämlich dreingeschaut! Briten! Verstehen nur was vom Geldmachen und vielleicht noch was vom Kochen … Scherz! Ein Scherz! Was bitte macht der Brendel da, ausgerechnet in London. Wandert aus von Wien nach London, ein Musiker! Was fangen die hier an mit … Schubert? In Temeswar verstehen sie mehr von Musik, aber wirklich!
Wenn ich drei Tage später gekommen wäre, nicht auszudenken! Die Passacaglia, bei Christie's verhökert, vielleicht an einen irren Japaner, der sich damit begraben lässt! Nein, heutzutage sind diese irren Japaner ja Chinesen.
Das hätte ich meinem Vater nicht zugetraut, muss ich zugeben: Er hat sich doch tatsächlich klammheimlich ein Vorkaufsrecht für diese Geige gesichert. Falls er es sich doch noch überlegt oder es ihm doch noch gelingt, die Kohle dafür aufzutreiben. Er wusste nur nicht, ob sich das wirklich ausgeht. Woher er's jetzt wirklich genommen hat, das erfahre ich angeblich morgen.
Und ich hab mich mit ihm geprügelt. Ich Idiot! Ein Geiger, der sich prügelt! Wie leicht hätte ich mich dabei verletzen können. Ein lädierter Finger – und das war's dann. Ja, in einem halben Jahr ist alles wieder gut … und bis dahin alle Auftritte absagen? Dann bist du weg vom Fenster in meinem Alter. Und der Übungsrückstand!

Ein verletzter Finger, das kann sich vielleicht ein … ein Schumann leisten. Aber umsatteln aufs Komponieren, nicht mein Ding.
Das alles war ja der reinste Horror. Auf einmal stürzt er und fällt – ja tatsächlich: ins Bodenlose, durch die Wand, durch den Boden – und weg ist er … bis auf den Schrei! Und dann … ich will gar nicht daran denken!
Jetzt ist er Gott sei Dank wieder zu Hause, wieder voll da, oder zumindest so einigermaßen – und sagt mir: „Flieg schnell nach London – und kauf die Geige, da hast du die Bankdaten. Mach schnell, ich weiß nicht, wie lange vor der Auktion mein Vorkaufsrecht erlischt." Jetzt versteh ihn mal einer, meinen originellen Erzeuger. Aber o. k., mehr konnte er nicht tun. Wäre er zwei Tage später aufgewacht … daran will ich gar nicht denken!
Bei der Sicherheitskontrolle werden sie doch hoffentlich nichts gegen den Bogen haben, der ist ja auch drinnen. Nicht dass sie den als Hieb- oder Stichwaffe klassifizieren und in den Kübel werfen. Allein er ist mehr wert als meine bisherige Geige! Na hoffentlich! Den Briten kann man ja immerhin eins zugutehalten: Sie sind keine Amerikaner, zumindest noch nicht ganz! Ich glaub's ja noch immer nicht: Was du da in Händen hältst, Ben, das ist die Passacaglia! Sie ist es!
Gut gegangen! Jetzt bloß noch zum Gate. Gate vierunddreißig, ja genau: „Heraklio". Hat eine Stange Geld gekostet, dieses Umbuchen. Athen war viel günstiger, aber wenn's der Papa zahlt. Kaum bist du mit ihm klar, schon wieder so eine Schnapsidee: Ich soll für ihn nach Kreta fliegen, dort irgend so ein Plateau im Nirgendwo suchen und mich mit jemandem treffen. Was soll das? Er muss Mitglied bei einem Geheimbund sein, was weiß ich. Wenn das Geld von denen kommt, na meinetwegen. Vielleicht soll ich sogar was vorspielen, auch gut. Solche Leute kennen andere „solche Leute" und die wiederum … So kommt man zu Engagements, zu den richtig guten.

Aber ich bin ja noch überhaupt nicht eingespielt auf ihr! Wird auch nicht viel Zeit bleiben dafür. Na, die reschen, feschen Jungsenioren, die jetzt dort residieren, werden sich schön wundern, wenn da aus dem Nebenzimmer …

Dort gibt's nämlich nicht einmal ein Flughafenhotel. Ich hab was nebenan am Strand gebucht. Und ein Mietauto. Dabei wäre das mit dem Taxi in eineinhalb Stunden erreichbar. Ich soll aber selbst fahren. Es darf wohl keine Zeugen geben. Sag ich ja, Geheimbund. Noch nie was gehört von irgendeiner Verbindung einer Geheimorganisation mit Kreta. Na, dann eben ein *besonders* geheimer Geheimbund! Gehen die Freimaurer gar auf die Erbauer von Knossos zurück? Oder hat El Greco etwas damit zu tun? Warum eigentlich immer nur Leonardo da Vinci? Eben, El Greco wurde doch hier ganz in der Nähe geboren … und Passacaglia ist der jahrhundertelang gesuchte Code zum Schlüssel der letzten Geheimnisse der Welt. Und dieser Steward, der uns gerade zum Einsteigen aufruft, ist in Wahrheit ein mörderischer Abgesandter des Vatikan, der mich … huch! Dieser Dan-Brown-Schwachsinn macht ja richtig Spaß!

Bloß: Was mach ich wirklich dort?

40

Franziska
Freitag, 10. September

Wie gibt's denn das? Dass ich ihn bisher nicht gesehen habe! Wir müssen doch im selben Flugzeug gesessen sein. Wahrscheinlich ist er im letzten Augenblick gekommen, wie die Jungen halt so sind. Ist ja auch viel leichter für ihn als Student, so plötzlich wegzufliegen. Wenn ich an den „Alexander" denke! Ausgerechnet jetzt!
Wo bloß mein Koffer bleibt? Er hat seinen Rucksack schon. „Gregor, warte doch!", will ich ihm zurufen, da nehmen ihn zwei Polizisten zur Seite, führen ihn in einen Nebenraum. Das ist zwar das Zollbüro, aber das sind keine Zöllner. Ich weiß ja von Stefan, dass sie Eberhard suchen, so richtig, mit EU-Steckbrief. Aber was wollen sie von Gregor? Haben sie in Eberhards Bekanntenkreis recherchiert? Dann wissen sie doch sicher auch schon, dass ich …
Mein Koffer, einer der letzten. Was soll ich jetzt machen? Haben sie meinen Namen auch? Ich zittere, ja, ich bin so aufgeregt – die sehen das sicher! Gregor kommt heraus, allein. Immerhin. Stopft sichtlich verärgert einen dicken Pullover wieder in seinen überquellenden Rucksack zurück. Ich laufe ihm nach …
„Stop please, may I see your luggage?"
Meinen Koffer können sie ruhig durchsuchen. Was soll da schon drinnen sein? Natürlich die Geschenke für Kostas' Familie und was man halt sonst so braucht. Sonst nichts. Sie legen alles säuberlich wieder zurück und schließen sogar den Koffer für mich. Alles sehr höflich. Bloß eine Zollkontrolle. EU hin, EU her, das nimmt so schnell kein Ende. War's wirklich nicht mehr?
Das geht aber schnell hier. Gregor … ist schon weg, als ich mit meinem Autovermieter zum Parkplatz gehe. Er ist sich da ganz sicher:

Die Mietautos fahren alle von hier weg. Und auch ich sitze nach kaum fünf Minuten in einem für mich allein etwas überdimensionierten Wagen und biege auf die „Autobahn" ein. Kostas hat mir alles genau beschrieben. Zuerst durch Iraklio durch und dann abfahren Richtung Anogia.

„Auf die Schilder kannst du dich in den Bergen dann nicht mehr verlassen!", war seine Warnung.

Aber das kenne ich ja schon.

Es geht kurz durch eine eindrucksvolle Schlucht, genau wie beschrieben. Jetzt kann nichts mehr passieren. Ein Höhlenkloster hoch über der Straße. Schwer zu erkennen, wären da nicht die langen, weiß gekalkten Treppenstufen hinauf. Vor mir ein typischer Touristenwagen. Ein grellgelber Winzling, der sich die steilen Abschnitte hochkämpft. Na gut, ich habe genug Zeit. Hier gibt's kein Überholen. Gregor! Das ist er, natürlich, wo sonst sollte er sein? Ich will ihn gerade anblinken, da sehe ich, wie uns ein anderer Wagen verfolgt. Immer mit etwas Abstand. Offensichtlich kein Mietwagen. Mittelklasse, getönte Scheiben, immer gerade eine Kurve hinter uns, was will der …

… das sind sie! Sie sind ihm auf den Fersen. Das war keine gewöhnliche Kontrolle zuvor. Wir können die doch nicht direkt zu Eberhard hinführen! Wenn ich ihn anblinke, verrate ich nur, dass wir zusammengehören. Wie soll ich Gregor warnen? Anrufen? Viel zu auffällig. Und hier in der Schlucht gibt es wahrscheinlich kein Netz. Es wird ebener, die Schlucht endet. Letzte Gelegenheit, und er kann jetzt Gas geben. Ich warte die letzte Engstelle ab und lasse den Wagen mitten auf der Fahrbahn ausrollen. Ich muss halt die unfähige Frau am Steuer spielen. Hier glauben sie mir das vielleicht noch.

Gang raus, ordentlich aufs Gas, Handbremse, mehrmals abwürgen, neu starten. Sie stehen hinter mir, ich mache weiter. Einer steigt aus … Meine Spiegel sind verstellt … War ich so aufgeregt, dass ich sie nicht einmal … ja … Er kommt näher, er hat etwas in der Hand … Ich hantiere weiter, mein Puls spielt verrückt … Das ist sicher eine Pistole … Aber ich muss Zeit gewinnen für Gregor, für Eberhard … Er klopft an die Scheibe …

„Franziska?“

„Stefan!“

„Was machst du denn hier? Ich meine: deine Handbremse! So kannst du nie …“

Ich schalte die Zündung aus. Er hat einen Plan in der Hand.

„Mann, hast du mich erschreckt! Ich dachte schon …“

„Was?“

„Dass uns die Polizei verfolgt, das heißt eigentlich Gregor vor mir, also genau genommen Eberhard …“

Ich brauche mehrere Anläufe, um ihm alles zu erklären. Bis ich wieder klar denken kann.

„Was machst du eigentlich hier? Du gehörst doch nicht …“

„Ich gehöre doch nicht? Wohin? Zu wem? Was läuft hier überhaupt? Dass Eberhard sich hier versteckt, weiß ich ja schon, aber du?! Und Gregor auch?“

„Du wirst gleich alles erfahren! Aber wir sollten uns beeilen. Wahrscheinlich sind wir die Letzten. Bist du etwa auch mit dem Flug um sieben Uhr vierzig gekommen?“

„Nein, etwas früher schon. Ich musste schon um Mitternacht aus dem Bett. Und über Rom fliegen, eine sehr erholsame Nacht, sag ich dir …“

„Schnell, wir müssen!“

Wir beschließen, ein paar Minuten zwischen uns zu lassen, wer weiß …

Durch fast menschenleere Gegenden und nur drei Orte schrauben wir uns hinauf. Über Anogia vorbei an einem Teich, der jetzt leer ist und nur noch aus einem riesigen Loch mit schwarzen Planen besteht. Keine Bäume mehr, nur noch Hirtenunterstände, die heute kaum noch benützt werden. Und natürlich Ziegen zwischen den Kalksteinbrocken. Die kleinen, flachen Senken sind längst abgeweidet und braun gedörrt. Hier wartet alles auf den baldigen ersten Regen.

Endlich der Blick über einen Bergrücken: die Nidha-Hochebene, die größte hier im Ida-Gebirge. Und drüben ein einziges weißes Gebäude. Je näher wir kommen, umso verwüsteter und seltsamer sieht diese Ruine aus.

Hier?

41

Marcella
Freitag, 10. September

Geschafft! Zumindest bis zum Fahrweg. Dieses letzte Stück über lose Felsbrocken, also so was bin ich einfach nicht gewohnt. Und Bergschuhe sollte man vorher besser eingehen. Dazu war eben keine Zeit. Zwei Kehren noch, dann bin ich sie endlich los für heute! Drei Nächte am höchsten Punkt der Insel. Er wollte, dass wir oben bleiben. Wider Erwarten gar nicht langweilig. Clara hat ja einiges zu erzählen. Da war ich mit meinen Männern ja noch gut bedient. Schießt sich ins eigene Bein, dieser Superman! Und die Geschichte von ihrer Jubiläumsfeier mit ihrem spektakulären Abgang, ein Wahnsinn. Die hat wirklich Mut! Und das in einer Kirche mit allem Brimborium, das du dir nur ausdenken kannst, halleluja!

Eberhard schickte am Morgen nach unserer ersten Nacht am Berg ein SMS. Endlich! Wir sollen auf ihn warten. Also gut. Wenn man auch noch wissen dürfte, wie lange zum Beispiel, wär's auch nett. Sie musste mir stundenlang alles erzählen, bis hin zum ihrem Hochzeitskleid – in diesem Magazin! Am meisten musste ich aber über ihren Job lachen und all die Querulanten in den Bettenburgen – viele ja auch hier: genau zu unseren Füßen.

Der Tag verging ohne irgendein weiteres Lebenszeichen von ihm. Das hatte ich mir anders vorgestellt. Ich war mir ja nicht sicher, damals bei meinem Anflug, ob ich ihn wirklich noch so mag. Ich spürte: ja. Aber wie wird es sein, wenn ich ihn sehe? Aber es war gleich wieder da, dieses … Und er ist tatsächlich erwachsener geworden. Aber das weiß er selbst noch gar nicht. Er denkt, er sei immer noch derselbe wie damals. Dann wäre ich aber längst schon wieder abgeflogen. Er hat alles hingeschmissen, endlich! Er riskiert viel für mich. Und das imponiert mir.

Aber was hier läuft, wird immer rätselhafter. Die Polizei sucht ihn. Er beteuert, völlig unschuldig zu sein. Und das glaub ich ihm auch, was sonst? Aber irgendetwas ist hier im Gange, hier und in Wien, da habe ich keinen Durchblick mehr. Und er vertröstet mich immer nur. Und ich verstehe auch nicht, wie er sich das alles hier leisten kann. Wie er sich auf das einlassen konnte. Auch Clara weicht mir aus. Sie kennt ihn doch, hat alle Reiseinformationen von ihm. Aber der Rest ist Schweigen.

Gestern vormittags kam er dann. Von einer ganz anderen Seite. Ohne Weg. Er war schon oft hier heroben, sagte er, strahlte mich an und gab mir einen Kuss.

„Es gab wohl keinen Rotwein die letzten Tage?" Ob er meine Ironie verstand?

„Stimmt, zumindest nichts, das ich so nennen würde."

„Wo warst du, bitte, hast du biwakiert?", wollte Clara wissen.

„Skifahren."

„Was bitte?"

„Dort, wo ich vorgestern abgebogen bin, da geht es zum einzigen ‚Ski-Resort' Kretas. Ihr habt das Schild sicher gesehen, aber es ist zerschossen und verrostet. Zwei Kilometer weiter war früher eine Skipiste. Man sieht noch, wo sie dafür die Steine weggeräumt haben. Vom Lift ist nichts mehr übrig. Aber das Restaurant steht noch. Ist ähnlich gebaut wie diese Bude, die ihr unten gesehen habt, aber besser erhalten, ganz wohnlich … Na ja, bis auf die neuen Bewohner: Ziegen. Und daneben ist eine Art Garage – und drinnen steht, auch wenn man seinen Augen nicht traut, seit den 70er-Jahren eine rote Pistenraupe."

„Dort hast du übernachtet?"

„Ja, verzeiht meinen Geruch. Wenn man sich mit Ziegen niederlegt …"

„Wer bitte ist denn hier Ski gefahren? Die Leute können das doch nicht. Und wer kam ausgerechnet hierher zum Skifahren?" Ich konnte es nicht glauben.
„Eben niemand. Es muss gleich nach Fertigstellung wieder aufgegeben worden sein. Immerhin sollen sie hier heroben im Winter bis zu vierzehn Meter Schnee haben ... Ans Tourengehen darfst du da nicht einmal denken. Nach einem Sturz bist du einfach ... weg."
„Hier Ski fahren? Das ist ja wie Wellenreiten auf der Alten Donau!"
„Exakt."
„Und wie soll's jetzt weitergehen? Schön langsam möchten Marcella und ich noch etwas anderes von der Insel sehen – trotz all dem Ausblick hier!"
„Morgen früh."
Mehr war aus ihm nicht herauszubekommen. Obwohl ich mich redlich bemühte, wehrte er alle Fragen ab. *Meine* Fragen zumindest. Wir hatten ohnehin noch nicht gefrühstückt. Zum Kaffee gab es die hier klassischen Schokokekse. Gleich danach verschwand er mit Clara hinter der Bergkapelle. Und kam lange nicht zurück. So nicht, Freundchen! Wenn er mit ihr „näher" befreundet ist, bitte. Aber nicht mit mir. Nein, das glaub ich nicht. Er war so glücklich und herzlich in der kurzen Zeit hier. Aber was sollte diese Heimlichtuerei? Entweder ich erfahr's morgen – oder er kann's für sich behalten. Aber dann ...
Der Abend wurde gegen alle meine Erwartungen noch sehr vergnüglich. Ich dachte, ich wüsste schon von all seinen Erlebnissen hier. Weit gefehlt.
Heute Morgen kam schon sehr zeitig Unruhe auf. Eberhard war sichtlich aufgeregt, ja, verunsichert. Wir durften uns gerade noch einen Tee kochen – und ab ging es. Damit wir als Erste ankommen. Ja, wozu denn? Und vor wem, bitte?
Schon eine Stunde vor Erreichen unseres Zieles kann man diese seltsame Ruine des Skihotels erkennen. Nicht direkt bei der win-

zigen Piste, aber mit einzigartiger Aussicht auf die Ebene und die Berge, die sie im Kreis umgeben. Ich versuche mir vergeblich vorzustellen, wie das hier mit vierzehn Metern Schnee aussieht. Je näher wir kommen, umso deutlicher wird das Ausmaß der Zerstörungen sichtbar: Ein großer Teil der Dachziegel fehlt. Ebenso steht es mit den Bodenfliesen und den großen Panoramafenstern. Putz war nie am Beton. Dafür sind an vielen Stellen die rostigen Eisenstangen herausgewittert.

Unten angekommen, lädt uns Eberhard auf einen Kaffee ein: „Oder wollt ihr lieber eine Omelette?"

„Wie? Hier?"

„Natürlich hier, in der Taverne."

„In welcher Taverne bitte?"

Ich sehe zwar einen uralten Pick-up vor dem Gebäude, aber …

„Na kommt!"

Inmitten jahrzehntealter Zerstörung existiert tatsächlich noch eine Taverne. Allein in ihrem kleinen Bereich ist alles notdürftig renoviert, na, sagen wir einmal: abgedichtet. Der erstaunte Wirt kommt aus der Küche. Eberhard bestellt – und hat noch einiges darüber hinaus mit ihm zu besprechen. Schon wieder …

Wir setzen uns auf die Terrasse. Es ist ziemlich kühl, aber in der Sonne gerade angenehm. Der Kaffee kommt. Und als wir getrunken haben, blinkt etwas auf. Ein Auto kommt gerade über die kleine Passhöhe herunter.

„Bleibt hier, ich komme gleich wieder!", flüstert uns Eberhard zu.

Was ist hier los? Ich schaue ihm hinterher, gehe ihm ein Stück weit nach. Er sperrt die Glastüre auf. Der Wirt hat sie also hinter uns versperrt. Polizei? Dann ist er draußen.

„Verdammt noch mal, was ist hier los?", zische ich Clara an.

Da kommt Eberhard zurück, gemeinsam mit … einem jungen Mann!

„Gregor! Du hast es also doch hierher geschafft!", springt Clara auf.

„Marcella, das ist Gregor, wir kennen uns aus der Pfarre!"
„Aha."
„Darf ich dir meinen herzlichen Glückwunsch zu deinem zwanzigsten Hochzeitstag aussprechen … oder zu sonst was? Ich hatte ja noch keine Gelegenheit …", grinst Gregor Clara entgegen.
„Hör bloß damit auf, das ist schon so lange her! Und die anderen?"
„Keine Ahnung."
„Sind die nicht mit dir im Flieger …"
„Also mir ist nichts aufgefallen. Ich habe ihn gerade noch erwischt."
„Welche anderen? Ich lass mich nicht für blöd verkaufen! Welche anderen? Oder ich fahre los!"
Jetzt reicht es mir langsam.
„Gut, jetzt kann ich's dir ja sagen. Aber du kennst sie ja doch nicht, bestenfalls aus meinen Geschichten. Wir warten noch auf Stefan, den Pfarrer, auf Ben, den Geiger, den Sohn von Arnold, der abgestürzt ist, du weißt ja …"
Ich nicke ungeduldig.
„… und auf Franziska, neuerdings Wirtin, die mit dem Kreter liiert ist, ich hab dir erzählt, mit Kostas."
„Und kommen die auch wirklich alle?", will Gregor wissen.
„Ja, hoffentlich schon."
Ich erspare mir die nächste ausweichende Antwort und verkneife mir die Frage, was die hier alle wollen. Tatsächlich kommen zwei Wägen gleich im Konvoi, der Pfarrer und die „Alexander"-Wirtin. Nach einer weiteren Runde Kaffee oder Bier kommt auch der Herr Künstler mit seinem Baby unterm Arm, wie sich herausstellt: ein wahres Millionen-Baby.
Er muss sie herumzeigen. Wer von uns hat etwas derart Wertvolles schon jemals in der Hand gehabt? Als er sie wieder einpackt, kommt der Wirt heraus. Schnell müssen wir drei dieser wackeligen Tische zusammenstellen. Ein großes Tablett mit Lammbraten, je eine Schüssel mit gebratenen Kartoffeln und Salat, Wasser und Wein.

Der Pfarrer, den alle anderen „Stefan" nennen, fragt ein wenig verwundert: „Lamm? Woher weißt du, dass wir das mögen, Eberhard?"
„Hier gibt es nichts anderes. Lamm oder – Lamm. War schon immer so hier heroben. Schmeckt aber nicht schlecht!"
„Tatsächlich, wirklich gut!" Franziska, die Fachfrau, hat schon gekostet. „Na ja, er hatte ja genug Zeit zum Üben. Wie lange kommst du schon hierher?"
„Über zwanzig Jahre. Und er sagt, er macht das hier schon seit vierzig!"
So gut das Essen auch tatsächlich ist – sichtlich will es jeder so schnell wie möglich hinter sich bringen. Ungeduld liegt in der Luft …
„Entschuldigung, Sie sind Marcella?" Pfarrer Stefan setzt sich neben mich.
„Ja, ich bin mit Eberhard gekommen. Und Clara."
„Er hat von Ihnen erzählt, nur einmal, aber … so erzählt, wie ich ihn sonst gar nicht kenne. Aber … Können wir nicht Du zueinander sagen?"
„Ach … Ja, natürlich, wir sind doch über tausend Meter hoch, oder?"
„Deutlich, danke, Marcella!" Er nimmt mich ein wenig zur Seite. „Haben *Sie* eine Ahnung, worum es hier geht? Warum gerade *wir* alle …?"
Auch er ist also ahnungslos. Er wird mir gleich sympathischer. Mit Pfarrern hab ich sonst eher selten zu tun …
„Keinen Schimmer! Er sagt, er kann mir nichts sagen bis … na, eben bis ihr alle da seid. Es ist ja so einiges bei euch passiert. Es muss etwas damit zu tun haben."
Wir helfen dem Wirt beim Abräumen, zwei oder drei wollen noch einen Kaffee.
Benjamin will keinen, er ist auch ohne aufgekratzt genug: „Könnte

ich jetzt bitte erfahren, was so wichtig ist, dass ich mein Engagement in Bratislava absagen musste? Worum geht es hier eigentlich? Mein Vater hat mich gebeten zu kommen. Und das soll auch mit seinem … Unfall zu tun haben … sogar mit dieser Violine hier. Also, was soll das alles?“

„Verzeiht mir. *Ich* bin daran schuld. Und ich bin auf der Flucht vor der Polizei. Bevor wir zu einem Beschluss kommen, möchte ich euch alle auf denselben Informationsstand bringen. Also beginnen wir mit dem ominösen 15. Mai, dem sogenannten ‚gemütlichen Beisammensein‘ bei unserer Pfarrgemeinderatsklausur …“

Endlich!

42

Eberhard
Samstag, 15. Mai

Stefan nimmt mir seine schwere Tasche aus der Hand: „Bleib noch ein bisschen bei der Runde. Das jetzt ist der wichtigste Teil der Klausur, glaub mir! Da erfährst du oft mehr als das ganze Jahr über."

Also gut. Ich gehorche, lasse die Gelegenheit zum Absprung sausen und öffne die Tür zum Stüberl.

Arnold steht gerade wieder einmal in der Mitte des Geschehens: „Und, was sagt ihr zu dieser Idee?"

„Unbedingt, das machen wir!"

„Alle? Machen alle mit?"

Gregor und Clara amüsieren sich sichtlich … Worüber eigentlich?

„Klar, alle! Aber wir halten das schriftlich fest, jeder unterschreibt …"

„… und jeder bekommt ein Exemplar, so viel Zeit muss sein."

„Muss das sein? Das ist doch umständlich!"

„Glaub mir, es ist besser so! Muss alles seine Ordnung haben!"

Franziskas Ordnungssinn nervt zwar manchmal, hat sich aber über die Jahre oft bewährt.

„Gut, aber ich hab mein Geld nicht herunten."

Typisch Daniele!

„Dann hol's halt, du alter Schnorrer!"

Clara kann ganz schön ungeduldig sein.

„Alles klar? Und du besorgst es? Beide?"

„Gleich am Montag, versprochen!"

Ich stehe da und verstehe nur noch Bahnhof. Clara weiht mich ein: „Eine saublöde Idee, aber warum auch nicht. Wenn's doch immer nur am Geld scheitert …"

„Ja, aber wie wollt ihr …"
„Wir gewinnen es einfach!", lacht sie mich an und nimmt einen Schluck. „Wir gewinnen die siebzig Millionen, na, was sagst du dazu?"
„Siebzig Millionen? Euro? Wie …"
„Euro-Millionen. Doppeljackpot. Kennst du nicht? Du hast ja auch dein Armutsgelübde. Trotzdem: Die Chance ist kleiner als irgendwo sonst, aber *wenn* … aber wenn …"
„Und für wen spielt ihr da? Jeder ein Los?"
„Nein, wenn schon, dann alle gemeinsam, ich meine zehn, fünfzehn Millionen sind ja auch ganz schön. Genau genommen ein Los für uns alle – und ein Los für die Pfarre. Das Schicksal soll entscheiden! Also, machst du mit?"
„Ja … ich meine: Was kostet denn das?"
„Vergiss es! Zwei Euro, also vier. Wir sind sechs, das heißt so circa siebenundsechzig Cent …"
„Na ja, daran wird's jetzt aber nicht scheitern."
„Also, wer hilft mir zählen? Ich hab nur das im Sack, ist genug, sonst g'winn ich noch zu viel … Scherz! Nein, kein Scherz, hähä …"
Arnold ist ja schon ordentlich benebelt. Wir helfen ihm: Ganze zweiunddreißig Cent hat er in der Hand. Und besteht darauf: Das genügt. Gut.
„5,7 Mille, das genügt, ich bin ja keiner von diesen Börsenbrokern, die den Hals nie voll bekommen, genügt, genügt …"
Erst Tage später wird mir aufgehn, dass er selbst in seinem Zustand perfekt gerechnet hat. Alle Achtung. Wir legen alle einen Euro auf den Tisch, genauer können wir wahrscheinlich nicht mehr rechnen. Der Rest ist eben für … egal.
„Und du, Daniele?"
„Hab doch schon gesagt: Ich hab kein Geld herunten. Ich geb's euch morgen!"
Daniele, der alter Schnorrer. Vor ihm haben sie mich schon am ers-

ten gemeinsamen Abend in Canisius gewarnt. Im Spaß natürlich. Um nur ja keinen Wein spendieren zu müssen, kommt er gleich ganz ohne Geld, typisch Daniele.
„Aber vergiss nicht drauf, sonst gehst du leer aus!"
Wieder ist es Clara, die es gewohnt ist, auch auf kleine Beträge zu schauen.
„So wie ihr alle eben auch!", kontert er.
„Nein, *wir* gewinnen, ganz bestimmt!"
Auch Franziska ist bester Stimmung. Sie ist ja frisch verliebt und wird in wenigen Tagen wieder nach Griechenland fliegen. Und dann wieder ganz in ihrer Profession: „Soll ich das jetzt also auch protokollieren?"
„Sicher! Aber mach dafür ein eigenes Protokoll!" Clara scheint das alles ganz ernst zu meinen.
„Natürlich, einen richtigen Vertrag mit Brief und Siegel, juristisch wasserdicht. Nicht vergessen, meine Herrschaften: Es geht um … um viele Millionen!"
Ob Arnold das jetzt wirklich ernst nimmt? Langsam wird allzu deutlich, dass ich hier am wenigsten trinke, eigentlich gar nichts.
Franziska hat schon Papier und Moderationsstifte zur Hand: „Also was soll ich schreiben?"
Gregor, der wahrscheinlich gerade eine Vorlesung in Wirtschaftsrecht absolviert hat, legt los: „Datum, Vertragsmaterie … also anteilsmäßige Auszahlung je nach investiertem Betrag … Unterschriften …"
Clara wirft ein: „Aber wir machen es nicht wie diese Verrückten, die ihren Gewinn hinausposaunen und dann vor den Bittstellern flüchten müssen, ich bin für strenges Stillschweigen …"
„… ‚bis dass der Tod uns scheidet', was? Bin ich auch dafür: Wer quatscht, fliegt raus, verliert seinen Anteil … *ihren* Anteil. Und das gilt bis ins kühle Grab …" Damit findet Arnold stillschweigende Zustimmung.

Franziska liest feierlich, aber nicht ohne Ironie vor: „Also: ‚13. Mai … Wir, die Unterzeichneten, vereinbaren vertraglich, dass wir den zu erwartenden Gewinn des Loses mit der niedrigeren Nummer der Pfarre Canisius spenden. Den Gewinn des anderen Loses teilen wir unter uns auf. Und zwar erfolgt die anteilsmäßige Auszahlung je nach der Höhe des eingezahlten Betrages. Wer von einem etwaigen Gewinn an Außenstehende irgendetwas verrät, wird ausgeschlossen von der Gewinnbeteiligung. In diesem Sinne wird strenges Stillschweigen aller Nutznießer vereinbart. Dies gilt bis zum Tod des letzten Beteiligten an der Auszahlung.‘ Passt das?“
„… des vorletzten!“
„Wie meinst du, Arnold?“
„Na ja, wenn nur noch einer da ist … Der *darf* dann reden, oder?“
„Gut … Dann bitte ich um eure Unterschriften!“
„Kannst du noch Kopien machen, Franziska? Bitte, für jeden von uns?“
„Weil du es bist, Eberhard. Gut. Sechs Exemplare. Aber dann bitte auch sechsmal unterschreiben.“
Nach Vertragsunterzeichnung wird auf unseren Millionengewinn angestoßen. Die Wahrscheinlichkeit liegt irgendwo bei zwei durch siebzig Millionen, und das abzüglich Steuern und Gewinn der Veranstalter. Selbst Arnold könnte das jetzt nicht mehr von einer simplen Null unterscheiden.
„Prost! Auf … uaghhh!“
Ich stelle mein Glas schnell ab und gehe schlafen, natürlich ohne auf mein Vertragsexemplar zu vergessen.

43

Gregor
Freitag, 10. September

Zufall? Total unwahrscheinlich? Irgendwo in Europa spielen sich jede Woche ähnliche Szenen ab wie bei uns. Bedingt ähnlich, aber sicher ähnlich aufregend wie bei unserer Gemeinschaftswette. Aber warum nicht auch bei uns? Wirklich interessant daran ist nur die Frage, warum die „göttliche Vorsehung" unser Privatlos gewinnen ließ – und nicht das gemeinnützige für die Pfarrgemeinde. Noch dazu in finanziell angespannten Zeiten wie diesen. Mit der Frage könnte ich einige Oberschlaue ins Schwitzen bringen. Mal schauen, was hier rauskommt, ob das „ewige Schweigen" jetzt aufgehoben wird …

Stefan und diese Marcella haben sich an ihren Sesseln festgehalten, als Eberhard die Vorgeschichte für sie ausgebreitet hat – und dann noch jenen Augenblick, als uns Franziska zum Essen einlud und so ganz nebenbei von unserem Gewinn erzählte. Und wie wir die ganzen Bankgeschäfte abgewickelt haben. Die beiden stecken die Köpfe zusammen – und schütteln sie abwechselnd. Er ist sichtlich erleichtert, dass *das* hinter all dem steckt – und kein Verbrechen, kein böser Fluch, keine Vorzeichen der Apokalypse oder noch Schrecklicheres.

Franziska fällt Marcella als Erste ins Wort, die meint, als Unbeteiligte lieber draußen zu warten: „Nein, bleib bitte. Du bist doch Juristin. Das könnte noch wichtig werden. Und dich, Stefan, dich brauchen wir auch. Wir stecken ja alle mitten drin in dem Ganzen …"

„Also ich seh das alles nur positiv! Wo liegt denn das Problem?", wirft Gregor ein. „Wer von uns bereut denn, das Geld gewonnen zu haben? Franziska, du hast eine Wahnsinnsidee durchgezogen, dein Lokal mit Kostas … Aber ehrlich: Nur mit ‚Ersparnissen' und so hättest du das nicht gemacht."

„Wir haben die Geschäftslokale ja gekauft und eine Wohnung darüber inzwischen auch. Ohne den Gewinn wäre uns das natürlich nie gelungen. Und ehrlich gesagt, hätt' ich mir das auch nicht zugetraut. Aber ich hab's nicht einmal Kostas verraten – versprochen ist versprochen! Gut, er hat ja auch keine Ahnung davon, wie wenig meine Eltern hatten."

„Und ihr beide, Clara und Eberhard, ihr hättet den Absprung nie durchziehen können, ohne diese Sicherheit im Rücken … Ich meine, mutig war's trotzdem. Dein Abgang war ja auch wirklich das Steilste, was ich je gesehen hab, Clara!"

„Ja, ich bin froh, dass ich's gemacht habe", erwidert Clara, sehr ernst, „und es musste wirklich hochgehen wie eine Bombe, dieses ganze Fest. Das war sehr wichtig für mich, ein richtiger Befreiungsschlag. Auf was anderes hätten sie nie gehört, meine drei. Ich weiß jetzt, was ich mir wert bin und dass ich Dinge durchziehen kann, das ist gut so. Aber stolz? Stolz bin ich nicht darauf. Dafür war zu viel Rache mit im Spiel. Ich war richtig glücklich in diesen Wochen hier, ich genieße diese Freiheit. Und die Menschen hier, die so anders sind. Und dass ich endlich sein kann, was und wie ich will. Und auch nicht jeden Tag die Gleiche sein muss. Einmal den ganzen Tag in der Sonne, die ganze Nacht am Strand. Dann wieder laufe ich mit alten Hirten um die Wette auf die höchsten Berge … Aber ihr seid mir schon abgegangen, gerade in letzter Zeit. Und Manu kommt nächste Woche, Bella vielleicht auch … Keine Ahnung, wie es weitergeht. Aber gerade das genieße ich ja. Du hast recht: Ohne den Gewinn säße ich jetzt immer noch bei SUNNY TOURS. Obwohl ich hier gar nicht so viel brauche … Du weißt ja, ich kaufe bei LIDL ein!"

Das erste Mal lacht sie jetzt. Mit Blick auf Eberhard, der ebenfalls lachen muss: „Stimmt. Wir beide sind wahrscheinlich die einzigen sechzehnfachen Millionäre auf der Welt, die LIDL zu seiner Kundschaft zählt. Es war kein schlechtes Jahr bei euch. Aber verzeiht: Das *ist* wirklich nichts für mich. Achtzigjährige, die immer noch einem Baldachin nachweinen, den sie bereits vor sage und schreibe sechzig Jahren abmontiert haben! Und die sich über jede Wagner-Inszenierung aufregen, in der nicht die Bühnenbilder aus der Nazizeit recycelt werden. Halbwüchsige, die mir ständig aus der Hand lesen oder Horoskope erstellen wollen. Und diese ewigen Streitereien und Eifersüchteleien unter Leuten, die gerade noch so fromm und gebetseifrig waren. Und diese ewig modernen Besserwisser … Stefan, ich bewundere dich, ich bewundere euch alle. Aber das ist einfach nicht meine Welt. Weder im Kloster – noch ‚draußen'. Ich hab mich in diese Welt hineingeflüchtet. Ich wollte in sie eintauchen, aber … seit ein paar Tagen erst bin ich mir darüber wirklich im Klaren. Ohne das Geld wär ich zu feig gewesen. Ich geb's ja zu. Obwohl: 16,56 Millionen, das ist einfach verrückt! Gut, wenn ich so mutig wäre, ein Restaurant zu eröffnen … oder einer der Weltbesten sein wollte wie du, Benjamin, das wäre dann etwas anderes."

„Wenn du mich schon ansprichst … Aber zuerst: Meinem Vater geht es gut, ich meine, nach alldem. In zwei, drei Wochen geht er auf Rehabilitation. Zu Weihnachten möchte er wieder ‚ganz der Alte' sein. Er hat so viel Glück bei alldem gehabt – und ich auch! Na ja, auf seinem Konto ist seit Kurzem Ebbe. Ich denke, er wollte immer schon, aber er war sich nicht sicher, ob es reichen wird … Seine berühmten zweiunddreißig Cent ergaben ja ‚nur' 5,76 Millionen von den zweiundsiebzig, die es ja letztlich wurden. Aber keine Angst, Stefan: Das Geld aus dem Versteck im Turm ist seines. Und es reicht für die große Fassadenreinigung. Jetzt bin ich am Zug. Eigentlich muss ich ja euch allen dankbar sein, dass ihr ihn dazu überredet habt. Mit der Passacaglia … na ja, wenn's mit ihr nicht

klappt, das mit den großen Engagements … dann liegt's an mir. Ich verspreche euch: Ihr hört von mir keine Ausreden mehr. Und du, Gregor? Mir scheint, du hast dein Talent vergraben, oder?"
„Ich hab noch keinen Cent davon ausgegeben, stimmt. Wollte einfach checken, ob ich das schaffe – ich kann das. Vergraben? Ja, wenn da Tante Fabiola nicht wäre. Tantchen hatte noch alte Schätze im Kasten. Die wollte sie mir schenken, wie sich's ja auch gehört für eine richtige Patentante! Nein, im Ernst: Als ich endgültig ablehnte, hat sie ihr Geld anderswo verbraten. Im großen Stil, in einem Stil, der großen Künstlerin Fabiola würdig: Konzertflügel, archäologische und önologische Schätze, Festessen für Menschen, die sonst immer zu kurz gekommen sind im Leben. Na, und natürlich unser Jugendbus. Sie ist einfach ein Schatz! Genau genommen hat mein Gewinn nicht mich beflügelt, sondern sie."
Franziska grübelt schon die ganze Zeit, jetzt geht ihr ein Licht auf: „Picasso? Hat er also doch …?"
„Er hat, ich habe eine Patentante, die von Picasso gemalt wurde. Und der war doch nicht so geizig, wie sie uns bisher weismachen wollte. Jetzt haben wir alle … Nein, bleibt … Daniele. Da waren wir wirklich zu hart. Bei der Summe hätten wir ihm doch zumindest …"
„Also der Meinung bin ich überhaupt nicht! Warum soll der Kerl immer mitnaschen? Mein Vater hat sich doch auch nicht darüber beschwert, dass er nur ein Sechstel von eurem Anteil bekommen hat. Und außerdem: Dann wäre sich meine Geige auch nicht mehr ausgegangen!"
Zumindest lächelt er jetzt ein wenig, hoffentlich ist das Selbstironie, sonst … Na, ich kann diesen eingebildeten Kerl nicht leiden. Hat *er* gespielt? Nein! Aber der Papa muss alles hergeben, sonst wird gleich geprügelt, trotz dem ach so sensiblen Geigerhändchen. O. k., ich brauch keine Geige … Aber Egoisten wie ihn brauch ich noch viel weniger. Dem geb ich kontra!

„Also ich wäre dafür, dass Daniele auch etwas bekommt von uns, etwas zumindest. Vielleicht hat er wirklich nur vergessen. Ich hab die Sache ja auch gleich wieder vergessen, bis Franziska dann …"
Stefan bremst mich ein: „Daniele würde es gar nicht nehmen. Ihr kennt ihn ja. Er war stinksauer und hat sich ausgetobt. Aber er hat auch seinen Stolz. Und es tut ihm jetzt leid. Besonders die Aktion mit deinem Auto, Gregor … Er wollte mit dir sprechen, aber du warst schon unterwegs hierher."
„Er?"
Das ist jetzt aber … Das kommt plötzlich.
„Und die anderen … Diese Anschläge … Auch er?"
„Ja. Die Schmierereien auf deinem Kleid und auf der Kirchentür … Die unsinnigen Schlüsse, die Inspektor Ruhandl daraus gezogen hat, konnte er ja wirklich nicht vorhersehen … Und die Überschwemmung bei euch, Franziska …"
„Die war harmlos! Da waren zehn andere Sachen mühsamer als das beim Umbau. Das ist längst vergessen."
„Und ich dachte schon, jemand hat mich durchschaut! Und vorhergesehen, was ich im Schilde führe." Clara ist fast enttäuscht, aber auch belustigt. „Ich meine, das war wirklich genial. Es *war* mein Hochzeitskleid, aber eben auch nicht mehr. Mein ganzes, ehrliches, von mir aus reines Bemühen von zwanzig Jahren … besudelt, mir fällt kein anderes Wort ein … Ich bin hinausgegangen damit und wollte es euch allen entgegenschreien: Schaut her, das habt ihr aus mir gemacht! Aber ich trage es – und durch mich wird es zu einem Kunstwerk. Nicht mehr so schön, aber viel lebendiger. Und mit viel mehr Kraft, als ihr alle mir zutraut! … Und ich dachte, irgendjemand hat geahnt, was in mir … oder sogar, was ich vorhabe! Dabei war's ein simpler Racheakt eines ‚Enterbten' … Ich kann auch damit leben, obwohl … Schade ... Was ist da, da?"
Clara zuckt plötzlich zusammen.
Was wollen die, wer sind …? Ein Klirren. Die zerborstenen Fliesen

draußen! Glas splittert. Bewaffnete Soldaten stürmen plötzlich mit einem entsetzlichen Schrei in den Raum, von beiden Seiten, vom Eingang und über die Terrasse. Wir sind alle völlig unvorbereitet. Die zwei von der Terrasse geben sogar Warnschüsse ab! Einige Sessel stürzen hart auf den Betonboden. Die fünf … nein, vier sind durchwegs sehr groß gewachsen und sichtlich in Bestform.
Hinter ihnen brüllt ein weit kleinerer Ziviler: „AUF DEN BODEN! KEINE BEWEGUNG! NIEDER MIT EUCH, ABER SCHNELL!"
Was bleibt uns anderes übrig? Aber warum schreit der in Deutsch? Die vier in Uniform blicken aus allen Ecken grimmig auf uns. Sturmgewehr im Anschlag … Das heißt, ich war ja beim Zivildienst, und *das* sind sicher keine Sturmgewehre – und so richtig im Anschlag?
„Sie sind alle festgenommen. Mitwisserschaft, Strafvereitelung, Fluchtbegünstigung. Auch Sie, Herr Pfarrer!"
„Inspektor Ruhandl, Sie sind das?", fasst sich Franziska am schnellsten.
„Genau der, den Sie alle hinters Licht führen wollten. Zum Glück habe auch ich meine Informanten."
Stefan ist erstaunlich ruhig geblieben bei all dem Getöse: „Alles mit der Ruhe! Dieses anonyme SMS? Mit dem Hinweis, wo sich Herr Meininger versteckt hält? Das kam von mir."
„Von Ihnen? Aber das ist ja …" Ruhandl wirkt plötzlich noch kleiner: „Aber warum denn das?"
„Nur Sie können diesen peinlichen Haftbefehl aufheben. Dafür brauchen wir Sie hier!"
„Aber Sie glauben doch nicht, dass ich das tun werde. Ganz im Gegenteil: Meine griechischen Kollegen werden euch jetzt festnehmen und abführen … alle. *Ihnen* wird gleich etwas peinlich sein, die Untersuchungshaft nämlich! Nehmt sie fest, äh … Síllipsi!"
Herr Inspektor kann Griechisch? Dieses Wort hat er wahrscheinlich den ganzen Flug über geübt. Aber auch Eberhard, um den es ja

eigentlich geht, ist erstaunlich ruhig. Er geht zu einem der Soldaten, flüstert ihm etwas ins Ohr. Der lächelt nur, ruft den anderen etwas zu. Und dann, ich glaub's nicht …, schultern die lässig ihre Jagdgewehre, nichts anderes haben sie da mit, setzen sich an einen Tisch und rufen den Wirt, der ohne die geringste Verunsicherung ihre Bestellungen aufnimmt.
„Setzen Sie sich doch, Herr Ruhandl!", lädt ihn Eberhard ein.
„Für Sie immer noch *Inspektor* Ruhandl, bitte!"
„In Griechenland sind Sie so zivil wie ich."
„Was haben Sie denn den Soldaten gesagt, das ist ja einfach unglaublich. Das wird ein Nachspiel haben. Und von uns lassen sich die in der Krise durchfüttern, hoffnungsloses Volk!"
„Wie sind Sie denn zu denen gekommen?"
„Gleich am Flughafen hat mich der eine angesprochen und die Mithilfe der Armee versprochen. Und auf der Straße hier herauf haben wir die drei anderen aufgesammelt. Hat alles wunderbar geklappt, bis … Aber was geht Sie denn das an!"
„Das sind vier Hirten aus dem Psiloritis-Gebiet. Und ihren Vater und Onkel kenne ich seit Jahren. Schauen Sie, hier heroben hat doch jeder ein Gewehr und eine alte Uniform oder so etwas Ähnliches im Kasten hängen. Und bevor Sie mir hier noch mit echter Polizei ankommen, dachte ich, da hab ich's lieber mit alten Freunden zu tun."
Das ist jetzt aber echt heavy! Da hat doch der biedere Eberhard dem Herrn Inspektor glatt seine martialischen Freunde als hiesige Militärs untergejubelt. Die vier ‚Deserteure' bekommen gerade ihr Bier, stoßen damit in Richtung Ruhandl an, lachen schallend und setzen zum Trinken an.
Auch wir nicht Eingeweihten erfangen uns schön langsam wieder.
„Ich geb ja zu, Eberhard und ich haben vorgestern ausführlich telefoniert und uns das ausgedacht", entschuldigt sich Stefan bei uns für den Schreck, „aber nur so können wir hier wirklich zu einer

Lösung kommen. Herr Inspektor, wir können Ihnen nun alles ausführlich erklären. Alles begann mit einem simplen Lotterielos …"
Noch einmal kommt alles zur Sprache, nur den Name Daniel Morosini, den klammert er vollständig aus.
„… es gibt also nicht den geringsten Grund, anzunehmen, Bruder Eberhard hätte etwas zu verbergen gehabt. Das Geld stammt aus dem Gewinn, nicht aus einem Diebstahl – und erpressen konnte ihn auch keiner."
So endet Stefans gekonnte Kurzfassung der Geschehnisse der letzten Monate.
Die vier bekommen serviert, mindestens so viel wie wir sieben zuvor. Sie interessieren sich längst nicht mehr im Geringsten für uns.
„Aber Sie müssen zugeben: Das alles war nicht so leicht zu durchschauen. Das alles wegen … eines Loses! Ich meine …"
„Wem sagen Sie das, Herr Inspektor. Ich rätsle ja auch seit vielen Wochen, was da alles mit uns geschieht", gesteht Stefan und lädt auch ihn zum Essen ein.
„Und, was wirst du mit dem Geld machen? Hast du schon Pläne?", fragt mich unvermittelt Marcella.
„Klar hab ich Pläne. Aber die hatte ich schon früher. Wenn ich das Geld angreife, werd ich mich mein ganzes Leben lang fragen: Hättest du das ohne auch geschafft? Und ich wüsste dann keine Antwort. Ich brauch's nicht. Und andererseits: Nie wieder werd ich anderen Menschen so viel helfen können wie jetzt damit."
„Dann sag ihnen das doch!" Für sie ist klar, was geschehen soll.
„Was soll ich? Du hast recht! … Hört bitte einmal alle her, alle bitte! Also ich für meinen Teil bin der Meinung: Das Geld hat seine Schuldigkeit getan! Das Geld kann gehen! Jede und jeder von uns ist jetzt einen Schritt weiter. Ich glaube sogar einen entscheidenden. Das war die Stunde der Millionen. Sie haben gute Arbeit geleistet. Für mich hat Tante Fabiola den Schritt gesetzt. Ich weiß jetzt, dass ich es nicht brauche! Wie steht ihr dazu?"

„Eberhard braucht es auch nicht!"
„Wie? … auch nicht? Marcella, das musst du aber schon mich selbst entscheiden lassen!" Eberhard fühlt sich überrumpelt.
„Sicher, das ist deine Entscheidung. Aber ich will ein normales Leben mit dir führen. Dieses Schickimicki und Überdrüber habe ich so satt! Entweder mit mir – oder mit den Millionen. Und ich werde alles dransetzen, dass du deine Entscheidung nicht bereust."
„Ich und entscheiden! Aber du lässt mir ja keine Wahl. Ja, wofür soll das Geld denn dann sein? Weißt du das schon, Gregor?"
„Ich weiß, wofür *ich* es verwende. Aber sagt zuerst, ob ihr es braucht – oder nicht!"
„Weißt du, Kostas und ich, wir haben 1,8 Millionen davon investiert. Das können wir nie verdienen in unserem Alter. Natürlich könnten wir das alles wieder rückgängig machen. Aber das will ich nicht: Die Idee hat sich jetzt schon bewährt. Und vergesst nicht, jeweils drei bis vier junge Griechen haben einen Job bei uns. Was sollten sie gerade jetzt zu Hause tun? Es gibt derzeit keine Jobs hier."
Da hat sie recht, ich stärke ihr den Rücken: „Franziska, macht bloß weiter so. Ich meine: Jetzt, wo der Laden läuft, kann er sich selbst tragen?"
„Ich denke schon. Es läuft gut an. Und die Leute aus der Pfarre sind auch eine gute Starthilfe. Den Rest brauchen wir nicht wirklich. Und sollte es wirklich schiefgehen, können wir verkaufen und davon leben. Noch etwa Neues fang ich nicht mehr an."
„Ich möchte noch ein paar Monate davon leben. Diese Auszeit brauche ich – und die steht mir auch zu", bringt sich Clara ins Spiel, „ich habe keine Ahnung, was ich nachher mache. Aber mit ein wenig Starthilfe werde ich mir schon etwas aufbauen. Nur … dafür reicht schon das hinter dem Komma! Die besten Orte hier sind nicht teuer. Also wenn ihr einen guten Plan habt: Ich brauch das Geld nicht mehr. Immer davon leben? Da hätte ich ein seltsames

Gefühl dabei, nein! Nur, na ja, eins noch: Ich hab keine Ahnung, wie tief David in Schulden steckt. Und da steck ich nun mal mit drin und unsere Mädchen auch. Ich will ihn nicht fertigmachen. Seine Schulden ausgleichen, einmal noch, so viel brauch ich von dem Geld, mehr nicht."

„Was soll *ich* jetzt sagen? Sorry, aber die Geige werde ich nicht verkaufen. Ich brauch kein Geld. Wenn sie mir wer geliehen hätte, auch gut, ich meine aber schon: auf Dauer. Und wenn mein Vater die Kirche wieder in Schuss bringt, wird sicher nicht mehr viel übrig sein. Was will man schon erwarten für zweiunddreißig Cent?"

Eberhard hat die Zeit genützt, um sich kurz mit Marcella zurückzuziehen: „Wir beide haben beschlossen: Unsere fünfzehn Millionen plus irgendwas stehen zur Verfügung. Gregor, jetzt sag endlich, was du damit vorhast."

„Ich sag dasselbe wie jedes Jahr zwischen 2. und 6. Jänner ..."

... und ernte damit die erwartet ungeduldigen Blicke.

„Da geh ich von Haus zu Haus und sag den Leuten: Die Sternsingeraktion ist das Gescheiteste, für das ihr überhaupt spenden könnt. Wo sonst werden derart sinnvoll konzipierte Projekte unterstützt, auf absehbare Zeit? Wo Menschen hilfreiche Ideen entwickeln, werden sie unterstützt, oft zugunsten von Kindern – oder von Frauen. Und kontrolliert auch. Also ich weiß nichts Sinnvolleres ... Bloß keine großspurige Stiftung mit metergroßen Schecks für die Zeitung und Selbstbeweihräucherung. Vor so was graust mir. Sternsinger, Punkt."

„Die Sternsinger? Aha, das sind dann vierundsechzig bis fünfundsechzig Millionen für die Sternsinger, nicht schlecht ..." Franziska ist oft genug mitgegangen. „Und wir waren immer schon glücklich, wenn wir wo fünf Euro auf einmal bekommen haben."

„Also ich find das gut!" Stefan geht das alles zwar „eigentlich" gar nichts an. Aber wünschen darf man sich doch etwas als Vertreter einer armen Pfarre, der die Auflösung und der Anschluss an an-

dere Pfarre drohen. „Aber könntet ihr nicht auch, ich meine, es war doch nur reiner Zufall, dass das andere Los leer ausging …"
Ich nicht, und überhaupt niemand hätte ausgerechnet von Benjamin erwartet, dass er so über seinen Schatten springen wird: „Also, wie gesagt, von mir aus soll die Passacaglia der Pfarre gehören. Solange ich einen wasserdichten Vertrag auf Lebenszeit bekomme, soll's mir recht sein. Ich bin so froh, dass mein Vater das überstanden hat, ich meine, ich will sie *spielen*, wenn euch damit geholfen ist, why not! Nur eins muss dir klar sein: die Versicherung, die zahlt der Besitzer. Nicht ganz billig in dem Fall …"
Stefan ist sichtlich erleichtert. Natürlich ist es für die Pfarre ‚erheblich', ob sie eine derart wertvolle Geige besitzt – oder nicht. Er schlägt vor, Marcella als Juristin solle den Vertrag aufsetzen und Benjamin beraten.
Franziska muss noch etwas loswerden: „Also ich will eure Großzügigkeit ja nicht torpedieren. Aber … im Leben weiß man nie, was kommt. Es sei denn, dass es meist anders kommt … Was ich meine: Jeder kann einmal abstürzen und dringend was brauchen. Ich will ja nichts an die Wand malen, aber … Ein, zwei, vielleicht drei Millionen konservativ angelegt, nur für echte Notfälle … Die uns weiterhin gemeinsam gehören. Und die nur angegriffen werden, wenn wir gemeinsam zustimmen. Ich könnte dann ruhiger leben … Spenden können wir's ja immer noch."
„Ich schlage vor: zwei Millionen, ist das o. k. so?"
Nach und nach nicken alle.
Was uns jetzt noch bleibt, ist uns auszumalen, wie die von der Dreikönigsaktion dreinschauen werden, wenn da eine Überweisung mit circa 63.007.900,– Euro ankommt. Na, sicher werden wir auch im Jänner wieder singen gehen: Da sind heuer auch so an die achttausend drin.
Wahnsinn! Ich bin stolz auf unsere Runde. Die verstehen wirklich was vom Leben! „… soll die linke Hand nicht wissen, was die rech-

te tut!" Das ist also wirklich möglich. Und Eberhard? Sechzehn Mille für seine Marcella … Das nenn ich Liebeserklärung … „Da ging er hin, verkaufte alles, was er besaß, nur um diese eine Perle zu besitzen", dieser verrückte Kaufmann aus dem Evangelium. Alles ist möglich!

Noch etwas. Bevor wir den Tag mit einem wirklich fröhlichen Abend begießen werden, meldet sich noch einmal Stefan zu Wort. Darf ein Pfarrer ein Schlitzohr sein? Nein! Sie *müssen* es! Wie Inspektor Columbo, der eigentlich schon weg war, meldet er sich noch einmal zu Wort: „Ich hätte da noch eine Frage, nur eine Kleinigkeit, ich meine, die von der Dreikönigsaktion erwarten das Geld doch erst nach … Ich meine, so etwa im Februar… Oder auch im März, denke ich …"

„Sag mal, worauf willst du hinaus, Stefan?"

Was will er jetzt denn noch? Aber Clara schmunzelt. Hat sie ihn schon durchschaut?

„Ich meine, ich würde euch das Sparkonto der Pfarre zur Verfügung stellen, um das Geld dort … sagen wir einmal … ein wenig ausruhen zu lassen."

Klarer Fall, jetzt kapier ich! Sechs Monate, derzeit so ungefähr 1,6 Prozent Zinsen …

„Das macht so in etwa eine halbe Million!", rechne ich ihm vor.

„Ach wirklich, so viel?"

„Schlitzohr!"

44

Stefan
Sonntag, 12. September

Franziska neben mir ist gerade eingedöst. Santorin – soeben noch unter uns – wollte sie noch sehen: „Dass ich mit Kostas noch nie da unten war! Am besten mit einem Kreuzfahrtschiff in die Caldera einfahren, ich stelle mir das traumhaft schön vor." Und dann ist sie eingeschlafen. Mittagessen kann man heutzutage im Flugzeug sowieso keines mehr versäumen.

Ein Wochenende in einer Therme? Eine Reise mit dem Kreuzfahrtschiff? Wenn's einmal so weit kommt mit mir, dann bin ich wirklich alt. Hierher hingegen komme ich sicher zurück. Drei lächerliche Tage, aber ich habe viel gesehen. Genug, um neugierig zu werden. Clara, Marcella und natürlich Eberhard. Wer weiß, vielleicht bleiben die ja sogar hier, auf Dauer, meine ich. Jetzt sind sie jedenfalls zurückgeblieben. Der Neid könnt einen …

Und wie! Lena ist mit der Maschine gekommen, mit der wir jetzt fliegen. Sie und ihr Gregor werden eine Woche bleiben. Er beeindruckt mich immer mehr. Ich glaube, er wollte das Geld nie. Auch wenn die anderen nicht mitgemacht hätten, er hätte die Sache mit den Sternsingern allein durchgezogen. Genial einfach! Was könnte man sich nicht alles an Stiftungen und Projekten ausdenken, die deinen Namen tragen, wo du dann durch die Welt fliegst und dich feiern lässt. Oder zumindest Bestätigung in leuchtenden Augen und tanzenden Kindern suchst. Nein, eine Überweisung an die Sternsinger, das war's. … .

Gestern mussten wir alle unbedingt nach Sougia, was ja nicht gerade am Weg liegt. Als Kostas hörte, dass alles gut verlaufen ist, veranlasste er sofort das Nötige. Erholung sieht anders aus. Die lange

Fahrt, der sehr lange Abend auf der Terrasse, die kurze Nacht, und heute früh das alles wieder zurück. Aber es hat sich ausgezahlt. Allein schon um zu sehen, wie sehr sie Franziska ins Herz geschlossen haben. Jetzt fliegt sie nach Hause, und erst jetzt wird sie Kostas schonend beibringen, was sie bisher sogar vor ihm hat geheim halten müssen. „Weißt du, Glücksspiel ist für ihn tabu, so etwas passt nicht zu ihm. Aber – ich meine: ein Euro! Das wird er mir doch verzeihen."
Benjamin ist schon gestern abgereist. Nach Berlin, da gab es gestern noch freie Plätze. Staatskapelle Berlin. Sein Agent hat den Medienrummel um den Absturz seines Vaters sichtlich schnell genützt. Er war nach dem Anruf sehr aufgeregt, denn ganz sicher ist das Engagement noch nicht. Immerhin: Auf sein erstes ganz großes Konzert in Wien hat er uns alle eingeladen – Datum allerdings noch ungewiss …
Franziska schläft immer noch. Ich gehe drei Reihen nach vorne, nehme neben dem Herrn am Fenster Platz. Er sieht mich etwas verwundert an, schüttelt den Kopf.
„Also so hat mich noch keiner drangekriegt. Dabei dachte ich, dass gute Katholiken …"
„… ein wenig übervorsichtig und fantasielos sind. So kann man sich täuschen, Herr Inspektor. Aber von uns erfährt das niemand. Beichtgeheimnis."
„So wie ich von euch manches nie erfahren werde … Ich denke da an die Bosheitsakte, die euch so gar nicht mehr interessieren. Also wenn man meine Sachen so beschmiert, mein Auto halb in die Luft jagt, noch dazu mit mir selbst drin … Nein, so etwas muss einen überhaupt nicht interessieren …"
„Eben, wir sind nicht nachtragend! Wir blicken nach vorne!"
„Wer, die katholische Kirchenleitung? Wohin blickt die?", Ruhandl muss lachen. „Gut, *eure* Kirche, die hat ja wirklich etwas Avantgardistisches … Aber bevor ihr den Petersdom nicht so anmalt, trau ich der Sache nicht. Die blicken nicht nach vorne."

„Da kann ich Ihnen nicht widersprechen. Und Sie? Haben Sie mit Unannehmlichkeiten zu rechnen nach diesem Fall? Das mit den vier strammen Hirten, das erfährt wirklich niemand."
„Also ich weiß nicht, ob dieses Theater wirklich nötig war. Und ob nicht doch etwas die Runde macht … Ich werde den Fall möglichst schnell abschließen. Wer soll mir vorwerfen, dass ich nicht auf einen Gewinn gekommen bin, auf etwas, das mit der Wahrscheinlichkeit von eins zu hundert Millionen oder so eintritt."
Er macht eine längere Pause, blickt in die Wolken und schaut mich dann direkt an: „Wissen Sie, diese Putten und selbst die Marienstatuen sind mir reichlich egal. Wenn der hundert davon gestohlen hätte, gäb's immer noch 100.000 davon. Aber wissen Sie, ich habe selbst zwei Kinder. Und wenn Kindern etwas zustößt, *so etwas* zustößt, da ist mir meine Karriere scheißegal, ob Sie's glauben oder nicht! Bevor ich da wegschaue und nicht auch dem geringsten Verdacht nachgehe … Da schau ich lieber fünfmal reichlich dämlich drein, als dass ich eins von denen im Stich lasse … und einen von *denen* laufen lasse. Da steh ich dazu!"
„Unser Bordpersonal bietet Ihnen nun zollfreie Waren zum Kauf an. Nähere Informationen finden Sie in der Broschüre vor Ihrem Sitz."
Wir blättern. Ruhandl wählt „Chanel N° 5" für seine Frau, ich entdecke belustigt ein Parfum mit dem unwiderstehlichen Namen „Maharadscha Lotus". Mit einer Prise davon wecke ich Franziska: „Das passt doch sicher vorzüglich zu deinem Hochzeits-Sari!"
„Idiot! ... Danke! Sag einmal, hast du schon eine Ahnung, wer meine Nachfolgerin werden soll? Jetzt, wo alles wieder losgeht, kannst du doch nicht selbst …!"
„Ich hab da so eine Idee. Aber ob das alle akzeptieren werden, wird man erst sehen. Ich meine, er muss ja mit allen gut auskommen …"
„Er? Ein Er? Mal was ganz Neues!"
„Daniele …"

„Daniele? Ausgerechnet jetzt? Ich meine … glaubst du, dass er *das* kann?"
„Er sucht etwas. Das heißt, seine neue Freundin noch mehr als er selbst. Aber dieser Machojob als Security, rund um die Uhr, das ist doch nichts für eine Familie."
„Daniele, Familie? Na schau mal einer …"
„Also er will, aber ist natürlich auch unsicher. Ich meine, alles mit Geld und Buchhaltung kann er aus dem Effeff. Die Dokumente, Kalender und Planungen, auch den Briefverkehr wird er hinkriegen. Der freundliche Umgang mit Menschen, na gut, da geb ich dir recht, da wird er noch ein paar Kurse brauchen. Nobody is perfect. Ausnahme: Franziska natürlich."
„Daniele, ich pack's nicht!"
Wir verabschieden uns von Ruhandl. Kurz und schmerzlos. Aber irgendwie weiß ich, dass wir uns wieder begegnen werden. Warum auch immer. Gut eine Stunde später biegen wir mit unseren rollenden Koffern in die Lustkandlgasse ein.
„Hoffentlich hat Kostas das alles im Griff. Gerade jetzt war's wirklich zu dumm, dass ich wegmusste. Mal sehen. Aber er ist fantastisch darin, den Leuten genau das einzureden, was wir gerade noch haben. Was ist denn das? Das gibt's doch nicht! Nein, nicht schon wieder …"
Auf unserer Kirchentür prangt in großen, diesmal pinkfarbenen Graffitilettern:

SCHON WIDER ALLES UNTER DIE DECKE GEKERT
IHR SCHLAUEN PFAFEN
ABER IHR KOMMT NICHT AUS IHR KUTT …

Der Rest ist wie verwischt. Nicht schon wieder! Jetzt, wo endlich alles …
„Da gab's doch so einen obergescheiten Wissenschaftler, der nach

1989 das ‚Ende der Geschichte' angekündigt hat. Nichts Wesentliches werde sich mehr ereignen … oder so. Der hatte so einen japanischen Namen … Weißt du den noch, Franziska?"
„Tut mir leid, keine Ahnung, Stefan!"
„Eben, den *muss* sich auch keiner merken. Die Geschichte geht *immer* weiter, oft genug auch die alten Geschichten!"
„Ist dem Kerl da die Farbe ausgegangen?"
Noch bevor wir die Türe erreicht haben, kommt er mit einem Kübel Farbe aus der Kirche heraus: Daniele!
„Du?"
„Was ich? Nein, aber wirklich nicht! Ich hab das da ja selbst erst vor einer Viertelstunde entdeckt! Da hab ich mich erinnert, dass ihr, ich mein, der Kostas … also dass ihr damals meine … na ja, eben mit dieser Farbe schnell übermalt habt. Und da war noch etwas über. Ich hab einmal mit diesem letzten Wort angefangen. Morgen organisier ich dann die Reinigungsfirma. In Ordnung?"
„Natürlich, danke! … Dienstantritt morgen acht Uhr dreißig, Daniele?"
„In Ordnung, Chef!"

45

Stefan
Sonntag, 16. Jänner

„Kommt, wir sollten hinein, es klingelt schon!"
Arnold ist aufgeregt. Wen wundert's? Wenn er schnell geht, humpelt er noch. Aber sonst ist ihm nichts mehr anzumerken. Außer wenn er müde wird, abends, sagt er. Aber jetzt bei der Matinee? Noch dazu bei *dieser* Matinee!
„Schaut, sie haben sogar die Plakate neu drucken lassen, noble Geste, in nur einer Woche!"
Eberhard hat einfach Sinn für Stilfragen. Ben ist für einen viel bekannteren Russen eingesprungen, Maxim … Vergessen, mein Namensgedächtnis! Krankheitshalber, innerhalb einer Woche: Sibelius' Violinkonzert. Natürlich hat er's im Repertoire, aber auf *dem* Niveau!
„Ausverkauft! Da schaut: Ausverkauft! Sicher wegen Benjamin!"
Kostas ist ganz aus dem Häuschen. Immerhin ist Ben doch vorgestern Abend im überfüllten „Alexander" aufgetreten, zwar nur für eine halbe Stunde, aber dafür hat er bei Paganini alle Register gezogen. Natürlich war ich drüben, keiner von uns ließ sich das entgehen. Nur Clara, die muss erst in der Nacht angekommen sein. Und alle sind wir überzeugt, dass es eine Sternstunde war.
Trotzdem, ein paar der Leute, die zu den Garderoben drängen, werden schon auch wegen der Symphoniker kommen oder wegen Ondrachev, einem jungen Russen, angeblich *der* kommende Dirigent! Ein paar zumindest … Unser Star aber ist Ben! In den letzten Monaten soll er ja ordentlich durchgestartet sein: Münchner Philharmonie, Luzern, Nancy … und vor dem Sommer angeblich noch Concertgebouw, ist aber noch nicht ganz sicher. Wäre die Reise wert!

Unsere Plätze liegen nicht direkt nebeneinander, aber doch in Sichtweite. Clara sitzt neben Eberhard und Marcella. Sie sind auch erst gestern angekommen. Sie haben sich offensichtlich angefreundet und öfters getroffen auf Kreta. Ich vermute, sie haben sogar gemeinsam Pläne: die Tourismusfachfrau, die Topmanagerin und der Kunsthistoriker und Sommelier ... nicht die schlechteste Ausgangsposition. Clara wohnt momentan bei Marcella. Sie hat eine recht geräumige Eigentumswohnung in Dornbach, mit Blick auf Weinberge. Ob sie sich diese Nobeladresse noch leisten kann? Leisten will?
Selbst für Eberhard muss das winterliche Kreta Neuland bedeutet haben. Bis November, sagt er, war es im Wasser noch wärmer als heraußen. Aber danach wird es doch recht ungemütlich – bis Ostern. In den nächsten Tagen wollen sie beratschlagen, ob ihnen etwas Gemeinsames zu Kreta einfällt. Alternativtourismus. Entweder für Einsteiger, die es dann beim zweiten Mal allein riskieren. Oder für Jugendgruppen. Oder eine eigene Wanderhütte betreiben oder ... Wer weiß ... Und abends dann hoch oben in den Bergen erstklassige Weinverkostungen? Mal sehen. Ihnen geht es sichtlich gut. Ich spüre immer wieder, wie sehr sie die Nähe des anderen suchen. Auch jetzt gerade.
Musikverein, Matinee: Wer hier jung ist, wurde zumeist in Ostasien geboren. Ein paar Sacré-Coeur-Schülerinnen werden wohl auch dabei sein. Pssst! Handy abstellen! Sonst muss ich ... grüne Mamba, eben!
Also Finnland, aber sehr leidenschaftlich: Sibelius. Jetzt kommen sie! Und er klopft ihm auf die Schulter, Ondrachev klopft unserem Ben auf die Schulter! Wer wohl der Jüngere ist? Irgendwie weiß alle Welt vom Absturz seines Vaters. Natürlich auch von seiner Unschuld, aber irgendetwas bleibt ja doch. Und diese unheimliche Geschichte vom Fluch aus alter Zeit ... Also was hat ihm gerade jetzt den Durchbruch verschafft? Ein glücklicher Zufall wie dieser hier, einspringen zu dürfen? Die Passacaglia, diese teure Geige? Oder

doch dieses Paganini-Image: Der soll ja „auch" jemanden ermordet haben. So etwas prägt sich ein, besonders bei diesen Teufelsgeigern mit ihren übernatürlich beweglichen Fingern! Es ist ihm gelungen, dieses hintergründig unheimliche Image aufzubauen … Wer ihn da wohl beraten hat? Ach so, na wer wohl! Arnold ist genial, das hat er ja schon mit den Türmen bewiesen.
Ein Ton schwillt an, von nirgendwoher, kommt näher, zieht in seinen Bann. Im intensivsten Moment blickt Benjamin fast hypnotisierend ins Publikum, drängt das Orchester in den Hintergrund, als wäre er schon bei seiner Kadenz, lässt es den dunkel-unheimlichen Hintergrund ausmalen, um sich gleich wieder fast diabolisch abzuheben. Das ist sein Stück! Mit Sibelius wird er berühmt werden. Der Satz geht ins Finale, wie ein Strudel, der alles mitreißt. Ich schaue die Reihe weiter: Sogar Gregor … und Kostas, die solche Musik nicht wirklich gewöhnt sind, blicken gebannt, rühren keinen Finger. Gregor und Lena wollen übrigens heiraten, nächstes Jahr angeblich. Als ich das Clara sagte, rief sie instinktiv: „Lasst euch bloß Zeit!"
Clara hat mir gerade eben noch in der U-Bahn erzählt, dass sie morgen David treffen möchte: „Ja, da staunst du? Lange wollte ich das auf gar keinen Fall. Wozu auch? Manu und Bella haben mich überredet. Und das Verrückte ist: Ich *freue* mich darauf! Und weiß überhaupt nicht, warum. Um ihm zu zeigen, wie gut es mir geht? Mir geht es gut, war aber nicht immer so in letzter Zeit. Jänner auf Kreta, das ist etwas Besonderes. Aber manchmal auch ganz schön deprimierend. Ich will ihm nichts beweisen, nichts vormachen. Oder will ich mich vergewissern, um wie viel selbstbewusster ich ihm jetzt begegnen kann? Wahrscheinlich ist es das … Keine Angst, ich lass mir Zeit, bei allem. Ich bin ja nun so eine Art Zölibatspraktikantin. Vielleicht verstehe ich dich jetzt auch besser, vielleicht …"
Ich wundere mich weniger, als sie denkt. David war zweimal bei mir. Das erste Mal war's ein vergeblicher Anlauf. Aber vor Kurzem … Das

mit den Russen steckt ihm immer noch in den Knochen. Obwohl ihn Clara mit ihrem Geld ausgelöst hat. Also Schulden hat er keine mehr. Er weiß noch immer nicht, was er mit sich anfangen soll. Aber das allein ist schon ein großer Fortschritt. Manu meint, er hat bestimmt keine andere. Kaum zu glauben. Ob es für das Gespräch mit Clara nicht noch zu früh ist? Aber da darf sich keiner einmischen.
Bin ich nicht eigentlich hier, um Sibelius und Ben zu hören? Diese Musik in mich aufzusaugen? Na also! Die Steigerung zum Schlusssatz hin reißt mich aus den Gedanken. Nordische Kobolde tanzen und springen keck auf uns zu. Erneut baut sich Spannung auf im weltberühmten Saal. *Er* baut die Spannung auf! Mitten im tosenden Applaus höre ich hinter mir zwei Worte: „Vater“ und „Kirchenturm“, in bestem Döblinger-Deutsch.
Und als ob er das wüsste, natürlich *weiß* er, legt er mit einer entsprechenden Zugabe nach: „Ich spiele für Sie die 24. Caprice von Niccolò Paganini.“
Danach, vor dem Künstlerausgang, fallen wir ihm alle um den Hals. Und für einen Moment muss ich natürlich auch hier Pfarrer sein: „Und, spielst du auch einmal bei uns in der Krypta?“
„Sicher! Aber ... nur so lange unsere Türme bunt sind.“ Arnold ist jetzt Manager seines Sohnes... mal sehen, wie lange das gut geht. „Stefan, wenn du jetzt noch zwei, drei Jahre durchhältst! Danach stehen sie ohnehin unter Denkmalschutz, so wie sie sind.“
Jetzt kann ich darüber lächeln. Das war nicht immer so in den letzten Monaten. Die Proteste sind merklich abgeflaut, das internationale Interesse ist aber ungebrochen. Die heute anstehenden Kirchenführungen hat Daniele übernommen. Ich denke, er weicht den „Gewinnern“ weiterhin aus. Die Sache ist ihm immer noch unangenehm. Und diese Ausrede bot sich ideal an. Denn wer eignet sich besser für diese Führungen als der Urenkel des „Mörders aus dem Grab“?
Ein Zeitungsverkäufer stellt sich dem Strom der Konzertbesucher entgegen. Ich kaufe eines der dicken Sonntagsexemplare. Clara

greift ebenfalls zu: „Ich habe ja keine Ahnung, was hier in Österreich gerade so abläuft."
„Hat der Teufelsgeiger seinen Vater auf dem Gewissen?" Eine kleine Überschrift auf Seite eins verweist auf den Kulturteil. Auf die Kritik des soeben gehörten Konzertes. Wie bitte …? Ach so, er hat ja auch schon gestern gespielt. Viereinhalb Sterne, immerhin … Der Brahms nach der Pause war weniger inspiriert als das Sibelius-Konzert: also fünf für Ben! Und natürlich auch hier ein Hinweis auf den Sturz seines Vaters. Aber was ist das für ein Bild, das ist doch … Ja, eben, die Canisiuskirche in all ihrer Farbenpracht im „Chronikteil": „Da verblassen selbst Gold, Weihrauch und Myrrhe", lautet die Überschrift. Und dann:

Da konnten die Verantwortlichen der heurigen Dreikönigsaktion ihren Augen nicht trauen und dachten an einen der üblichen Buchungsfehler. Aber es hatte sich niemand geirrt. Der angegebene Betrag ist tatsächlich eingelangt: Pfarre Canisiuskirche – 63.007.834,50 Euro. „Ja, das alles wurde heuer für die Heiligen Drei Könige gespendet", bestätigt Pfarrer Stefan Katzner. Über die Herkunft dieser unerhörten Summe schweigt er sich aus: „Oft genug dürfen wir Priester eben nicht alles sagen, was wir wissen." Aber den Königen wird es schon recht sein!

Nach alldem müssen wir jetzt feiern, also schlage ich vor: „Darauf müssen wir anstoßen! Ich kenn da ein Lokal, ich lad euch ein auf ein Gläschen!"
„Gerne …" Eberhard klingt nicht sehr überzeugt. Ach ja, *meine* und *seine* „Gläschen" …
Marcella blickt ihn eindringlich an, hakt sich bei ihm unter und zieht ihn mit: „Wirklich gerne, los kommt, das müssen wir feiern!"
Vieles hat sich verändert seit diesem Sommer. Vieles. Aber nicht alles … Bei Weitem nicht alles …

ISBN 978-3-222-13450-0

Wien – Graz – Klagenfurt

Lektorat: Rainer Lendl
Buchgestaltung: Maria Schuster
Covergestaltung: Bruno Wegscheider
Coverfoto: Kurt Liener

Druck und Bindung:
Druckerei Theiss GmbH, St. Stefan im Lavanttal
7 6 5 4 3 2 1
Printed in Austria